U0622749

航民
一个共富的村庄

陈崎嵘 著

作家出版社

目录

第三篇章·和谐和美

楔 子

在开始采访航民村之前，笔者特意登上航民村边上最高处——航坞山作了一次远眺。

正是江南三月，草长莺飞，春光明媚，景色宜人。极目望去，远处的钱塘江犹如一条银色的带子，裹挟着一江春水，蜿蜒而来，从航坞山北面飘逸闪过，流入汹涌澎湃的杭州湾。目光收敛至近处，只见一个个或大或小的湖泊，一条条或细或宽的河流，在春阳的映照下，水气氤氲、波光回旋，显示出江南水乡特有的婉约韵致。地处东北角的航民村，像煞一个漂亮精致的盆景：一条小河穿村而过，小河两岸，是航民村民的生活区。或是一排排黛瓦白墙的传统民居，或是一个个红瓦翘檐的别墅群落。田园广场内，油菜花正在怒放，阳光下如金箔般闪烁。山前广场耸立的石牌坊，在密集的厂房区中凸显出骄人的身份标识。依稀可辨的文化中心、幼儿园、星级宾馆，似乎在提醒人们注意与周边农村的区别。热电厂高耸入云的烟囱，环村公路上川流不息的车队，一派热气蒸腾、蓬蓬勃勃的景象。从山上俯瞰，整个航民村地形呈现出一个大T字型，南窄北宽，活像一只振翅欲飞的大鹏。只要您屏息静气，似乎可听见它抖动翅膀的声音。

笔者脚下的航坞山，海拔299米。在高山峻岭地区，这样的海拔高度根本不屑一提，但在四周皆为平地的萧山东部平原，这航坞山却是一峰独秀，显得突兀而奇特。

春天，站在这个位置，极容易思接千载、精骛八极。

隐去眼前的实景，思路穿越至春秋时期。相传那位十年生聚、十年教训，举着闻名于世的宝剑，率领三千越甲灭吴，最终实现复仇兴国的越王勾践，曾在此步行选都。因而，航坞山亦名王步山。历史烽烟已经远去，但越王勾践的故事仍在民间流传，卧薪尝胆的精神激励着后世百代。

再稍稍举起目光，朝西北遥望。与航坞山隔江相望的是观潮胜地海盐。上世纪八十年代，海盐出了一位名动天下的改革家步鑫生。他以敢为天下先的勇气，用一把剪刀剪开了城镇企业改革的帷幕，打破了沿袭几十年的平均主义分配模式，成为企业改革的弄潮儿。一时，“步鑫生旋风”越江渡河，也刮到了航坞山，吹皱一池春水。

稍远处的西子湖畔，出现了一位自名为“风清扬”、而被别人称为外星人的小个子男人。他曾数次高考落榜，但却在上世纪末瞄准互联网商业，另辟蹊径，异军突起，一步登天，把阿里巴巴的触角伸展到天涯海角，编织起全世界最大的营销网络，创造了世界互联网上的中国神话。锋芒所向，影响所至，似乎没有哪家企业可以不被波及。

目光转向近在咫尺的萧山宁围镇，在一块不算很大的沙地上，竟然崛起两家具有世界影响的企业：万向和传化。打铁匠出身的鲁冠球，被誉为江南乡镇企业教父。他把铁匠铺变成了万向节，以铁对铁，狭路相逢勇者胜，硬是撬开了美国通用汽车公司的铁门。后来又把跨国并购、金融投资等玩得风生水起，创造了中国民营企业家“不倒翁”的传奇。而以化工起家的传化公司，在父子轮换挂帅的征战中，迅速扩张为一个庞大的商业帝国，产业涉及化工、物流、农业和投资。最后，竟然与政府一起，兴建科技城核心区，成为新型城市设计者。

这是一幅钟灵毓秀、风情独特的山水画卷。

这是一个风起云涌、精彩纷呈的美好时代。

这是一片创造财富、创造神话的诗意热土。

这是一部改革发展、创业创新的历史图谱。

那么，航民村是什么？笔者曾无数次追问过别人，也反问过自己。此刻，笔者站在航坞山上，再一次陷入沉思。

毫无疑问，航民村是富裕的，它是浙江首富村。在外人看来，它富得流油。

航民村是个小村，全村占地面积一平方公里，仅为中国国土总面积的九百六十万分之一。全村 322 户，1165 人，但外来务工者却十倍于村民，多达 11500 余人。2016 年，全村工农业总产值 124 亿元，人均创造产值 107 万元；上缴国家税收 5 亿元，占全国当年税收总收入 13.04 万亿元的十万分之三点八三；农民人均收入 48000 元，为全国农民人均收入水平的近 4 倍；职工人均收入 55800 元，超过全国职工平均工资 53613 元的水平（这可是被社会称作农民工的工资收入哦）。

航民村、企业集团现有净资产近 42 亿元，航民村人均占有净资产 360 万元。按现行汇率折算成美元，人均拥有 54 万美元。这个并不包括村民个人房屋资产在内的人均财产数在全世界也算超高。据 2016 年度《全球财富报告》称，全球个人最富有的国家是瑞士，人均拥有 170590 欧元，折合为 181610 美元，即约为航民村人均财富的三分之一。

航民村企业每年印染各类布料 10 亿米。10 亿米是个什么数量概念呢？假如，拿这些布把地球赤道缠绕起来，可以绕地球赤道 25 圈；假如把这 10 亿米布做成地球到月球的彩色飘带，可以潇潇洒洒一个来回，还有剩余。

航民村企业 2016 年加工黄金饰品 77 吨，占全国黄金消费量的百分之十，位列全国第三。

数字也许是枯燥的，但数字背后蕴藏的却是一个个内涵丰富、情节曲折的故事。

笔者深知，讲述航民村，不仅仅是讲述一个大同小异的致富故事。航民村和他的带头人朱重庆以自己独特的价值追求和高远视野，探索并走出了一条代表中国农村农业发展方向、符合农民生活和心理需求、与众不同的发展之路。这条发展之路的基本特征是：始终坚持走集体经济、共同富裕道路，把乡镇企业作为建设社会主义新农村的手段和途径；始终将乡镇企业与土地和农民捆绑融合在一起，建设农村命运共同体。这条发展之路的灵魂和精髓是：创业创新、共享共富、和谐和美。

领悟至此，笔者站在航坞山上，再一次瞭望天空，觉得自己豁然开朗，似乎站到了一个更高的位置，找到了一个观察和描写航民村的最佳视角。

那么，就请您跟随着笔者采访的足迹，走进航民村，去认识朱重庆和他的村民们吧！

第一篇章

创业创新

对于创业创新，朱重庆和航民村领导班子有着朴素的农民式的理解：创业是一切一切的基础，创新是一切一切的关键。创业必须创新，创新包含创业，创业创新是推动发展之车前行的双轮。创业要稳，创新要狠。只有稳，才能行稳致远；只有狠，才能跨越天堑。笔者以为，他们的理解是正确的，也是辩证的。小如一个村庄，大至一个国家，莫不如斯。

——采访札记

站在稍为宏阔一点的视野看，航民村的发展历史，实质上就是新时期中国农村的一部创业史、创新史。

在开始叙述之前，请允许笔者先把时间镜头拉回到1978年年底。

那段时间，北京京西宾馆正开着一个后来影响到中国历史进程、被历史学家们作为新时期划分标志的党的十一届三中全会。中国由此出现了一个大转折。

千里之外地处萧绍平原的瓜沥镇航民生产大队，此时还是按照日出而作、日落而息的传统节奏运转着，社员们（当时叫人民公社社员）对这个会议的重要性认知不多、或无动于衷，该干吗的仍然干吗。

冬季农闲，田里的络麻早已剥完晾干，被瓜沥镇供销社收购走了。上面又不允许社员出远门赚钱，大家就在家门口做点小生意。一些男人用扁担挑着自制的干菜萝卜干，沿街沿村叫卖；有的用船将沙地的萝卜运到瓜沥镇供销社，赚点运费。妇女们大多在家里刺绣萧山花边。萧山花边是以针线挑绣各种纹样的手工艺品，解放前由瓜沥镇一个大户人家从外面引进、后来传授开来的，此时在周边地区已小有名气，也算是上面难得允许的一项家庭副业。航民大队有一二百名妇女在从事花边刺绣，赚的钱用来补贴油盐酱醋，维持日常生计。

离村庄不远处，就是航坞山。山的东侧，是航民大队与邻近两个大队联办的一个小石料场，有6只宕口。此时，石工们正在炸山取石，随着一阵雷管炸药爆炸声，一大堆石块夹着泥沙滚滚而下，烟雾腾腾，粉末纷飞，昏天黑地。待声音烟雾散去，便可听到那两部破旧的轧石车传出隆隆隆的轧石声。一艘艘装运石块的水泥拖轮突突突地冒着黑烟，或驶向围涂造田的工地，或卸装上火车，运到杭州上海的建筑工地。在石料场地上运石推车的人，个个灰头土脸，有时几乎分不清眉目。本报告文学的几位主人公都曾先后在这个石料厂摸爬滚打过，现在回忆起这个

昔日的采石场

小小石料场，竟如自个儿家一样熟悉。

到了晚上，社员们就想方设法自娱自乐。一些人手里端着一碗冒着热气的六谷（玉米）糊，夹上一筷子霉干菜或萝卜干，走门串户，一边呼哧呼哧地喝着稀薄的糊糊，一边海阔天空地聊着闲话。还有三五个有点小钱的社员，点起蜡烛头，围着一张破桌子，吆五喝六地“扣沙蟹”（一种纸牌赌博名称）。人群围成里三圈外三圈的，站着观战的往往比坐着打牌的还着急，因此，总是爆发出一阵高过一阵的“出牌”“出牌”的催促声。

这就是当时萧山农村冬天常见的场景。

在采访中，年纪稍长的人还清晰记得，当时航民村属于瓜沥镇人民公社的一个生产大队，航民航民，取意为航坞山下的人民。但事实上，这个颇有气魄的名称并没有给航民人带来多少幸运。航民大队本来就人多田少，人均不到半亩田。一半种水稻，一半种络麻，中间插种一茬萝卜。社员们开玩笑说，即使全部种上黄金也没有多少花头。在人民公社体制下，完全靠传统种植业进行着周而复始的低级循环。主要经济收入靠种植水稻和络麻，虽说地处鱼米之乡，但有时连基本温饱都成问题，1978 年，航民大队社员人均年收入 148 元人民币。一些年老体弱多病或多小孩的社员家庭，都是欠生产队粮草钱的“倒挂户”。

那时，一条拦截潮水的塘路蜿蜒而来，一直延伸到航坞山脚下，因此全大队被分隔为塘里塘外，散落着四个自然村：方迁溇、上山溇、经堂溇、灰埠头。小村多河浜，连接村与村之间的路，是用那些凹凸不平石板铺成的，有人这头踩上去，那头就翘起来。一眼看去，塘里是一片低矮破旧的小平房，低矮到人进出需要弯下腰来。塘外则被当地人称作“沙地”，相比较，似乎比塘里的人家更贫穷，社员们住的是简陋的“草舍”。所谓“草舍”，就是用几根木头作栋，上面覆盖稻草或麦秆，搭建而成。这种草舍，笔者幼时曾去外婆家住过。里面黑乎乎的，屋顶用一块玻璃作天窗，透进一点光亮来照明。每逢天下雨，往往是外面下大雨，里面下小雨。但凡住草舍的人家，都是名副其实的贫困户。再加上家家

上世纪70年代航民村民住房

户户养猪养鸡、露天茅坑，一到夏天，臭气熏天，蚊咬蝇飞。那个脏乱差啊，逼得一些杭州城里来的知识青年千方百计逃之夭夭。

我国著名地理学家、浙江大学陈桥驿教授在《航民村志·序》中描绘了自己当年路过航民村时亲眼目睹的景象："村舍破旧凋零，村民食不果腹，衣衫褴褛，面黄肌瘦"，航民大队所在的瓜沥镇"当时显得相当萧条，饭店还是有的（当然要粮票），饭菜只有一种——海带汤"。我们从陈教授以上这些简单的勾勒中，不难想象当年航民村的贫困状。

航民人并不是没有想过办工厂，赚大钱。几年前，在瓜沥镇水泥厂因生产熟料需要扩建场地迁移到航民大队时，聪敏的航民人改变了一锤子买卖的思路，放弃了一笔唾手可得的征地资金，提出了一个放长线钓大鱼的方案：航民大队愿意在航坞山脚下给镇水泥厂提供一块场地，但镇水泥厂所需的水泥袋须由航民大队来做，配套供应。鉴于这是一个合情合理、双方共赢的方案，镇水泥厂领导答应了。于是，航民村开始有了自己的手工作坊式企业。接着，瓜沥建筑公司也想扩大生产预制板车间，征用航民大队土地，航民人又如法炮制，同意提供场地，但要求建筑公司用水泥预制板剪下的短头钢筋供给航民大队，加工成元钉销售。建筑公司也同意这种合作方式。为此，航民大队向工商管理部门申请营业执照。令人没有想到的是，在企业名称上被卡住了。航民大队原先考虑的厂名是“航民元钉纸制品厂”，但工商部门认为，农村队办企业必须为农业服务，企业名称中没有一个“农”字不行。后来，经过再三协商交涉，工商部门在营业执照上硬硬地加上“农机”两个字，变成“航民农机元钉纸制品厂”才予以批准。而事实上，航民大队所办的这家作坊式企业，与农机八竿子都不搭界。当然，今天航民人都像讲笑话一样讲述当年这段往事，但那个时期人们的理念和思维就是如此，真是叫人哭笑不得噢！

工厂办起来了，并没有带来人们期望中的滚滚财源。所谓加工纸制品，就是用剪刀将牛皮纸剪开，然后用糨糊糊成纸袋子，用来灌装水泥。所谓加工元钉，就是将制作水泥预制板截断下来的粗的细的短头钢筋，做成大小钉子。这两个产品利润极其微薄，又都依附于水泥厂和建筑公司，而当时两个母体公司也是惨淡经营、朝不保夕，航民农机元钉纸制品厂的日子可想而知。到 1978 年年底，业务骤减，陷入困境，成为食之无味、弃之可惜的鸡肋了。眼看着航民企业这只小舢板即将在钱塘江的汹涌潮水中沉没。

这两次不很成功的办厂尝试，给航民村作出的唯一贡献是：当年大

当年队办厂生产的元钉

队党支部决定，让时任大队会计朱重庆兼任过一年时间航民农机元钉纸制品厂厂长。这成为朱重庆后来被大队党支部指定筹建航民漂染厂并担任厂长的重要依据。而朱重庆担任漂染厂厂长，则是航民村后来发展的关键抉择！

春潮中，创业之舟启航

人们没有想到的是，北京召开三中全会后，钱塘江春潮真的来了！

查阅万年历得知，马年春节是1979年1月28日，比往年提早许多。元旦一过，春节很快临近，航民村里的年味越来越浓。虽不富裕，但正如俗话说的那样，富的过富年，穷的过穷年。家家户户沿袭习俗，杀鸡拔鸭、购买年货，欢欢喜喜地准备过年。航民大队党支部利用年前难得的空闲，召开党支部会议，学习贯彻萧山县委《关于贯彻党的十一届三中全会公报的意见》。党中央号召，把工作重点转移到社会主义现代化建设上来。县委提出，有条件的公社大队可以兴办社队企业。三中全会精神，就像一块巨石投进一片平静的湖面，发出一声巨响，激荡出一圈一圈涟漪。航民村像一壶沸腾了的开水，咕咕地冒着热气，发出声音。昔日那种年复一年、日复一日的生活内容和平静刻板的生活节奏，开始出现变化，航民村人心开始活泛起来：上面号召全党转移工作重点，一心一意搞经济，可以放开手脚办厂了，我们航民村怎么办？

那一年，担任着大队会计兼农机元钉纸制品厂厂长的朱重庆，还是一个二十五六岁的年轻人，正是体力精力最旺盛的时期。白天，他忙着记账算账，应付着日见萎缩的加工厂业务。到了晚上，他与年龄相仿的堂弟、时任大队植保员的朱德泉睡在一张床上，天南海北地聊着，任思维的骏马在夜空中自由飞驰。那时谈及的范围可广了，38年后的今天，当朱德泉跟笔者回忆起当时情景，还觉得异常兴奋。那些夜晚，他们谈北京的三中全会，谈航民老百姓的生活，也谈大队企业的困难，谈农村的出路，谈如何彻底挖掉航民村的穷根。朱重庆在闲谈中，慢慢形成了一个明晰的想法：无工不富，现在这样小打小闹不行，航民村要真正脱贫致富，发展起来，必须办一个像模像样的工厂。半夜说到兴奋处，两个年轻人会不约而同地从床上腾地爬起来，相互对视着，恨不得明天把新厂办起来。

有了这样的想法后，朱重庆觉得必须马上向大队党支部汇报，以获得支持。真是英雄所见略同。朱重庆办新厂的想法与大队党支部领导的思路不谋而合。时任大队党支部书记才法老徐（这是航民一带特有的叫法，把名字前置，以便同其他的老徐区分开来）和大队长沈宝璋等人都赞同办厂，并嘱托朱重庆留心合适项目。

真是说说容易做做难。对于一年三百六十五天、至少有三百天在田里劳作的农民而言，工厂是一个多么陌生而遥不可及的事物哦。那段时间，大概是朱重庆一生中最兴奋也是最焦虑的时期。他托亲访友，逢人打听可办什么厂，有什么项目没有，简直像入了迷、着了魔。

在时隔 37 年后的 2016 年 4 月 2 日，恰逢清明节，航民集团公司职工放清明假。作为航民村和航民集团当家人的朱重庆难得有半天休息时间，他一早来到办公室，接受笔者一次漫谈式的采访。其间，还是不断有人来找他，或签批，或请示，我们的漫谈就是在这样的环境里时断时续地进行着。

江南四月，春雨潇潇。小村桃红柳绿，水汽氤氲。对面的航坞山被笼罩在一片春色和迷蒙之中，时隐时现，扑朔迷离，像一位羞涩的江南少女。办公室内一盆不高不矮的万年青舒展开厚实的枝叶，几朵玫瑰红蝴蝶兰给这间朴素的办公室平添了几分浪漫。

这是本书主人公朱重庆第一次正式出场，请允许笔者对他作些简单的描述和介绍。

朱重庆个子不高不矮，身材敦实而健朗。长着一张方盘脸，肤色黝黑，目光平和，脸上一年四季、一天到晚都挂着被朋友们称作“朱重庆式”的微笑：憨厚，自然，热情，亲切，显示出农民式的坦诚。他今年六十三岁，但步履轻松，动作敏捷。在笔者印象中，朱重庆年轻时不显得那么年轻，而年岁大了却反倒比同龄人略显得嫩相。

“好咯，”朱重庆总是用“好咯”一句开头，而不管与对方所谈之事难与不难、成与不成。所以，凡是与朱重庆接触过的人，对他的第一印象都蛮好。

此刻，春天的阳光透过玻璃窗，柔和地洒到朱重庆的身上，使人感觉到一种暖意和春意。朱重庆坐在刚刚装修落成的新办公室的沙发里，用朴实的语调向笔者讲述着航民村的故事。这种朴实，是朱重庆说话和做事的风格，也是航民村历史和容貌的特质。它不像大都市那种光怪陆离、炫人耳目的霓虹灯，而像乡村河边田头那种随意生长、却蓬蓬勃勃的野草小花。

谈兴正酣，朱重庆的手机响了起来。他对着笔者呵呵笑一声，然后转身去接听电话。从他断断续续的询问和答复中，笔者听出了一个大概。G20 峰会今年将在杭州召开，杭州市区目前正在紧张进行迎接峰会的准备工作，可能涉及航民村一个在杭基建工地工棚的停工拆迁问题。朱重庆略带惊讶地问：“G20 不是 9 月份吗，怎么那么早就要拆呀？”“什么？想办法找找市委市政府？呵呵……”

挂断电话，朱重庆转身坐下来，向笔者解释了几句。原来，航民村与本省的花园村、滕头村、方林村和上海的九星村五村联合在杭州西溪湿地边上建设一个“五村园”，当下正是建设黄金期。当地街道却通知为迎接 G20，各建筑单位必须于 4 月 27 日前拆除所有工棚。朱重庆不解地说，G20 当然是大事，大家都要配合支持。如果到 7 月底停工，大家都会理解。现在那么早要停要拆，大家肯定会有意见。朱重庆一边说着，一边仍不时发出他惯有的呵呵声，使人感觉问题虽棘手，但还不是特别严重。也许，朱重庆在每一天，或者在过去的三十多年中的每一天，都要处理这类杂事难事，他见怪不怪、见招拆招吧。

处理完“突发事件”，朱重庆恢复了他惯有的平静，用沉稳和缓的语调，开始向笔者叙述航民村初期创业的故事，平时话语不多的他，此时却显得十分健谈。从他的回忆中，笔者了解清楚了1979年开春后航民村办厂过程，便用以下文字还原出当时的真实场景。

航民大队要办新厂的消息，像一阵风一样，瞬间传遍了全村，上上下下议论纷纷。社员们都觉得这事与自己有关，出主意的，提意见的，介绍项目的，自荐跑供销的，一时，航民村像过年一般，显得热闹非凡。有人建议航民村办个造纸厂，因为他们说，杭州有家造纸厂，用的原料是麦草，他们平时就是到萧山、瓜沥一带来收购麦草，运回去造纸的。这种麦草，航民一带多得是，我们自己可以造纸呀。啊？有道理呀！这个主意着实让航民人兴奋了好几天。但接下来一打听，大家就泄气了。原来，一套新的造纸机器设备，需要上百万元，即使是一套二手旧设备，也需要30万元左右。小小的航民大队，集体经济底子本来就薄，到哪里去弄那么多的钱呀？大队党支部一议论，只好放弃。

寻找项目的路一下子似乎被堵死了。

这时，真用得上那位出生在距离航民村不远的南宋著名诗人陆游"山重水复疑无路，柳暗花明又一村"的诗句啦！正当朱重庆对办新厂干着急时，遇到了在石料场当推销员的村民朱阿大。遇到朱阿大本来不算什么，都是本村人，抬头不见低头见的嘛！但今天的朱阿大不是寻常的朱阿大，不是那个推销石子的朱阿大，而是怀里藏了一个秘密的朱阿大。朱阿大悄悄地告诉朱重庆：他在外出推销石子时，去过杭州发电设备厂。他找了在发电设备厂工作的堂舅沈汉民，跟他简单说了说村里想办新厂的事。这位堂舅还真热心，他告诉堂外甥，绍兴萧山地区赚钱靠"三缸"（酒缸、酱缸、染缸），"三缸"中，染缸又是最稳当的，航民村可以办个印染厂！朱阿大觉得堂舅说得蛮有道理，但他顾虑的是，航民村没有懂印染行业的师傅呀。这位堂舅接着告诉朱阿大，他家边上住着一位染缸师傅，姓戴，叫戴炳章。这个人蛮有能力的，是上海毕业的大学生，国家三年困难时期被精简下乡。后来，凭着自己的本事，挑着一副染担，像货郎担一样，走村串户，为乡亲们翻染旧衣裳。那个年头，人们还没有从贫困中走出来，更没有时尚时装的理念，信奉和提倡的仍然是“新三年，旧三年，缝缝补补又三年”。种田人对衣服很爱惜，穿旧了，舍不得丢掉。有印染师傅上门，将穿旧了的衣裳往担头“染缸”一丢，一会旧衣服换了颜色，变成了“新衣服”。这多合算呀！所以，戴炳章师傅生意不错。后来，他干脆搭建了两间草舍开了个小染坊，揽活做生意，据说赚了一些钱。还听说，周边有个大元乡想找戴师傅办印染厂，可能因为报酬谈不拢，戴师傅没有答应。堂舅沈汉民曾与戴师傅闲聊过印染的事，戴师傅也认为可以办印染厂。投资不大，十来万元钱就够，工艺也不复杂。如果航民大队决定办染厂，他可以把戴师傅介绍给航民大队。

听了朱阿大带来的这个消息，朱重庆顿觉眼前一亮。对于染担，朱重庆并不陌生，而且可以说相当熟悉，因为，他二伯也是干这行的，朱重庆经常看到他二伯挑着染担出门做生意。那染担极其简单：一头是柴火炉子，放着一些劈柴之类，一头是一只用来印染的铁锅。将水烧开后，放入染料，用木棍搅拌均匀就成。朱重庆想起自己父亲曾在上海染坊当过学徒，后来到上海延安油脂化工厂烧锅炉，与印染多少有点关联。朱重庆还清晰记得，自己少年时去工厂探望父亲，经常看到父亲烧锅炉的情景。在儿时朱重庆眼里，那锅炉又高又大，项颈要往后仰许多，才能勉强看到锅炉的顶。他看着父亲从翻滚着熊熊烈焰的炉膛中，挑拣出三块燃烧着的煤炭，搭成一个品字形，然后将蒸饭用的铝盒搁在上面。不一会，饭盒里便溢出诱人的饭香。这个场景是那么温馨、美好，给朱重庆留下极其深刻的烙印。当时，朱重庆就在心里默默地对自己说，长大了，也要像父亲一样做工人、烧锅炉。朱重庆后来跟笔者袒露心迹时说过，自己最初想办企业、当工人的念头就是在父亲的锅炉前萌生的。这念头刻骨铭心，成为他在创业路途上攻坚克难的动力源之一。朱重庆还想到，大伯在上海丝绸炼染厂当师傅，对丝绸印染很内行，而且有许多徒弟熟人可以帮忙。戴炳章师傅这一提醒，就像撒下一颗火星，朱重庆心中久藏的那堆柴火被腾地点燃。所有的知识、记忆、经验一时奔涌起来，瞬间充满了朱重庆的脑袋。航民大队办印染厂，或许真是一条生路？

朱重庆打定主意，便与朱阿大急匆匆来到大队党支部书记才法老徐的家。办厂是一件大事，得报告给才法老徐，让大队党支部作决定。此时虽还不是共产党员的朱重庆，这一点“组织意识”还是蛮强烈的。两人到了才法老徐家，来不及喝口水，就你一言我一语，把事情的来龙去脉给才法老徐说了一遍。才法老徐出身贫穷，自幼丧父，解放前靠母亲乞讨为生，是航民村三十六根“讨饭棒”之一。解放后，因为根子正、苗子红，才法老徐被培养当了民兵、入了党，担任过大队治保主任。1958 年，他响应国家号召支援宁夏，同时解决一下自己的生计。谁知两年后，他两手空空回到老家。航民村与周边两个村办起瓜沥镇石料场之后，他到镇石料场当了车间主任。后来，他作为镇工作组成员进驻航民村，工作组结束，组织上让他留下来当了航民大队党支部书记。才法老徐是个不识字的“白墨才子”（萧绍一带方言，意为不识字但有水平的人），写个自己的名字需要半天，但他记忆力蛮好，且为人正派、性格直爽。

当时，才法老徐听完两人叙述，立马征求朱重庆意见：“重庆，你看这事哪个办？”朱重庆毫不犹豫地接口道：“我看阿大说的事有道理，我们得赶紧去找戴师傅，问问清楚，不要错过这种机会！”才法老徐点点头：“不错，是要赶快问问清楚，一定要做到三只手指捉田螺——十拿九稳才行。”才法老徐毕竟是走南闯北的人，又是大队当家人，他的话里多了一份思索和沉稳。但当时处在兴头上的朱重庆并未多想。在他看来，才法老徐怎么说不重要，重要的是他同意办染厂这个思路，也同意立即去找戴师傅，这就足够了！

怎么才能立即与那位戴师傅联系上呢？要是换成当下，那真是再简单不过的事。拿起手机，一个电话、一条短信，甚至一个微信，分分钟搞定。在与不在、成与不成，立时见分晓。但那时航民大队，唯有一部手摇电话机通向外界。稍微年长一点的人都知道，用那种手摇电话机打长途电话，需要像发动机器一样，咕噜咕噜摇上半天，等话筒中传来镇社电话总机接线员懒洋洋的声音时，方可告诉她（因为镇社电话总机接线员一般都是女性），请她接到县邮局总机，再由县总机一级一级转接到所找的镇社、大队，再喊人接电话。这样一个来回折腾，一两个钟头是常有的事。更何况，电话打过去，人家在不在还难说呢。这事实在重要，这人必须立马找到。朱重庆等不及，才法老徐也等不及，他们一合计，干脆骑自行车找上门去。一来节省时间，骑自行车说不定比长途电话还快；二来亲自上门，也显示显示航民人的诚意。

第二天晚上，朱阿大请来堂舅沈汉民，朱重庆带上才法老徐，四个人骑着三辆自行车，急匆匆地朝戴师傅的工棚奔去。

正是罗汉豆开花季节。只见乡村田间土路两边，一蓬蓬罗汉豆枝丫间挂着一朵朵黄色或紫色的小花，煞是漂亮。自行车在蚕豆枝丫斜伸的土路上行走，像醉汉跳舞，四个人的裤腿很快被蚕豆叶片上的夜露水打湿了。但四人心中却是充满了期盼与喜悦，一点也不觉得颠簸和难受。七拐八弯，终于来到戴师傅那两间用作染坊的破草舍前。

好像是有感应似的，那天戴师傅恰巧在染坊。见到沈汉民带来三个陌生人，戴师傅先是一愣，随后就明白了来意。朱重庆抠抠搜搜地从口袋里摸出一包簇新的“利群”牌香烟，恭恭敬敬地先给戴师傅分烟，然后再逐一分发香烟，他自己也衔上一支。借着烟雾缭绕的气氛，朱重庆向戴师傅简明扼要地说了说航民大队的打算，并诚恳邀请戴师傅去航民大队帮助办厂，允诺戴师傅的酬劳从优。戴师傅见朱重庆思路清晰、言辞恳切，不免有点动心。他略一沉吟，没有把握地问了一句：“党支部同意吗？”毕竟是来自大地方、又受过教育多年的上海人，戴师傅的组织观念、政治原则性很强。

才法老徐不假思索回答：“同意，同意！”其实，因为事情急迫，他还没有来得及向党支部汇报，但这位入党多年的老支书知道，办厂致富，这是一件大好事，也是上面号召的，党支部有什么理由不支持呢？即使一时不明确，不是还有他这位支部书记可以抵挡一阵吗？于是，他毫不迟疑地答复了。

也许是党支部书记这个“官衔”让戴师傅产生了信任感，他也就没有再深究这个问题，更没有要求才法老徐出示书面证明之类。

“钞票够哇？”这位上海出生的戴师傅用上海话语提出了第二个实质性问题。

“办印染厂大概需要多少钞票？”作为大队会计的朱重庆，对航民大队的家底自然是一清二楚。他想摸个底，然后再作盘算。

“10万元。”戴师傅毫不含糊地抛出了这个沉甸甸的数字，并再追问一句：“你们拿得出来哇？”

朱重庆心中清楚，航民大队眼下没有那么多资金，但拿不出来也得拿呀！拿不出来，这厂不是没办法办了吗？他与才法老徐对了一下眼神，见才法老徐也正用眼睛盯着他。他便咬咬牙，坚定地回答：“拿得出来，我们会想办法！”

“好。那，办厂有地方哇？”戴师傅又抛出第三个问题。这个问题比较好回答，他们来之前已经筹划好了，准备把半死不活的农机元钉纸制品厂关掉，腾出场地来办新厂。戴师傅一问此事，大家便七嘴八舌地把这个方案说了，直说得戴师傅频频点头，看来，戴师傅对航民大队这个场地方案还颇为满意。

“那好，就这样！”戴师傅终于表态同意。

现在，轮到才法老徐和朱重庆他们不放心了：“这，这印染厂真能赚钱吗？”

“能啊！先从染尼龙开始。做得好，当年可收回投资；做得一般，保证一年半也能回本。”戴师傅说得斩钉截铁，不容置疑。

“那，印染厂业务从哪里来？”朱重庆又追着问了一下。

“业务没啥问题，我在上海有熟人。”

见戴师傅如此答复，才法老徐和朱重庆他们彻底放心了。当时兴办社队企业，大多依靠上海、杭州等大城市的熟人朋友帮忙联络。熟人，就意味着人脉，人脉就意味着现成的业务。有了业务，还愁什么呢？当然，朱重庆他们怎么也没有料到后来事情的发展会出乎他们预料，也完全出乎戴师傅预料。所谓天有不测风云，人有旦夕祸福，那是后话。但此时朱重庆他们，被戴师傅的允诺感动了，觉得信心满满。在返回航民的路上，朱重庆虽然骑车带着才法老徐，但只觉得脚下的自行车在飞，他的心也在飞。

公元 1979 年 4 月 3 日，星期二。羊年三月初七。对于全世界而言，这是一个极其平常的日子，地球照样转动，自然界一片祥和，国际上也没有什么大事发生。唯一容易给人留下点印象的是：西方国家刚刚过完愚人节，中国正处于清明节前夕。国内唯一列入大事记的是：新华社报道，全国重点文物保护单位孔庙等修葺一新、恢复原状。

但这一天，对于航民人而言，是一个应当被记住并值得世代珍惜的日子。

这一天，航民大队党支部召开支部扩大会议，会上讨论决定航民大队创办新厂，并决定由朱重庆担任这个新办厂厂长。

37 年后，那次会议的当事者在向笔者描述当晚会议时，还带着一种神秘的口吻。

与会者接到大队党支部通知，装作饭后散步的样子，三三两两、先先后后，走过村庄小路，赶到离航民村二里之外的瓜沥镇石料场会议室。原来，为了防止走漏消息、节外生枝，党支部临时向镇石料场借了会议室，并严格要求与会者对今晚会议内容保密。参加会议的除了大队党支部书记徐才法、副书记兼大队长沈宝璋外，还有支委朱长明、支委兼妇女主任沈阿三等，朱重庆作为大队会计列席会议。会议主题就是一个：讨论办厂事宜。

会场气氛严肃庄重。开头进行得还算顺利，才法老徐先向大家介绍与朱重庆等人走访戴师傅的情况，然后请大家发表意见。多数与会者认为，既然比较有把握能赚钱，当然要办。但也有人担忧，万一办砸了怎么办？

才法老徐说：“办厂有风险，所以请大家先不要把办厂的消息捅到社会上去。”会议气氛陡然开始紧张。

这时，一直在思考的沈宝璋开口说话了："办厂是为了航民大队致富，办好了，我们可以跷脚过日子；办砸了，会被群众揪住头发挨批斗。但只要我们路不走错、袋不装错、床不困错，就不要紧。"

才法老徐接着说："对呀，既然下决心办厂，就要有思想准备。到时候，在座的还有在台上的，就要相互拉一把。这也算是今天我们口头达成的'君子协定'。"

平时擅长"冷幽默"的沈宝璋，感觉到会场气氛有点压抑甚至悲壮，便悄悄幽默了一句："到时候我只要弄个传达室管管就好。"大家被沈宝璋的话逗笑了，会场的气氛显得稍微轻松些。

没有经历过那段岁月的人恐怕很难理解航民大队党支部讨论办厂时的那种担忧和顾虑。普遍会认为，那有什么好害怕的呀？看看今天，只要你有资本，提出开店办厂，几个工作日就搞定，且"三证合一"。可当时，被称作十年浩劫的"文化大革命"结束不久，戴高帽游大街的场景历历在目，"过七八年再来一次"的预告言犹在耳，"两个凡是"还禁锢着人们的头脑。作为一批生活在最基层的农村党员，平时有这样那样的缺点或不足，遇到风险事项有这样那样的顾忌，实在是太正常了。但在关键问题上，他们还是把个人的进退荣辱放在一边，最终作出顺应时代潮流、符合大多数老百姓心愿的抉择。这也是中国共产党基层组织在农村赢得群众信任、并具有较高权威的原因所在。

会议决定筹建航民印染厂，才法老徐牵头领导。才法老徐提议由朱重庆担任厂长，并负责新厂筹建，组织人员到上海考察。由沈宝璋负责筹集办厂资金，由支委朱长明负责基建、妇女主任沈阿三配合。这个提议获得大家一致赞同。才法老徐这才轻轻地松了口气。其实，从走访戴师傅回来，他就找到副书记沈宝璋商量。沈宝璋建议开党支部会讨论，他也觉得这是件大事，得听听支部同志的意见。在准备会议过程中，才法老徐考虑最多的还是这个厂长人选问题。他知道，这个厂将投入大队的全部家当，寄托了全大队干部社员的希望。厂能不能办好，说到底是让谁来挑这副重担。这天他闷在自己家里，让老婆烧了两只菜，一边喝着土烧酒，一边把航民村党员干部、青年后生一个个排队筛选了一遍，最后将目光锁定在朱重庆身上。是啊，才法老徐对朱重庆太熟悉、太了解了，也可以说是看着他长大的。这个土生土长的航民村后生，从小本本分分、踏踏实实，为人厚道、很少私心。因为“文化大革命”“停课闹革命”，十六岁的朱重庆辍学回家，便到航坞山山塘敲石子，补贴家用。那时，才法老徐在镇石料场当排长（当时都是军事建制，称为连、排、班），但因为年岁相差太远，彼此仅仅认识，并无深交。朱重庆十八岁时当了生产队会计，把账目做得清清楚楚、明明白白。接着，大队让他兼学手扶拖拉机，他农忙耕田，农闲在生产队劳动。后来，原任大队会计因顶替父亲工作岗位而去外地，临走前郑重地向大队党支部推荐了朱重庆，朱重庆于是成为航民大队会计，也成为才法老徐工作上的重要帮手。熟悉农村的人都知道，大队会计虽无品无级，但是事实上的大队第三把手，还兼任着并不存在的“大队办公室主任”。朱重庆每月用一个星期时间做账、处理杂事，平时都参加农业劳动。他是做农活的一把好手，参加生产队插秧劳动，他总是插得最快、最直，根本不用拉线规范。他又是手扶拖拉机手，农忙季节，没日没夜加班耕田，晴天一身汗，雨天一身泥。身上皮肤被三伏天太阳晒得一层层蜕脱，双手血泡叠血泡，使看见的人心疼不已，但朱重庆仍然笑嘻嘻地对人对事，从来没有怨言牢骚。村里有人造房子，请朱重庆帮忙拉石灰。他不但准时足量地把石灰拉到指定地点，还帮着装卸。等一车石灰卸完，他成了一个须发皆白的石灰人。渐渐地，口口相传，朱重庆的诚实、厚道、热心，在航民村里慢慢有了名气。才法老徐自己就碰到过一件事，虽说很小，但却给他留下极其深刻的印象。有一年年底，航民大队筹办年货，特意杀了集体养猪场的几头肥猪，按人头分配，凭票供应。卖肉那天，朱重庆在现场记账。才法老徐去镇石料场上班，路过卖肉摊，见一些猪下水不错，就想买一点。不巧忘记带钱了。他便对朱重庆说了句：“重庆，我现在袋里没带钞票，你好不好给我留两斤板油、一只脚爪？等我来拿时付钱。”才法老徐也是一时兴起，随口一说，后来连自己都忘记了。傍晚，才法老徐下班回家，还没有记起此事。这时，重庆找上门来，对才法老徐说："老徐，你要的板油脚爪都给你留着呢，你带上钱，去拿回来吧！"才法老徐这才想起自己早上对朱重庆说过的事。今天在考虑航民大队印染厂厂长人选时，才法老徐又想起这件小事。他当然不是因这两斤板油一只脚爪而感恩朱重庆，而是从这件小事上，他看出了一个年轻后生难得的热心、厚道、诚信。而这种热心、厚道、诚信，是未来航民村厂长必备的素质。有了这种素质，重庆一定能把厂办好。虽然，重庆眼下还不是党员，但才法老徐认为他已基本具备党员条件，党支部应当抓紧培养，争取早日发展他入党。

古谚"世有伯乐，而后有千里马"。如果说朱重庆是一匹名副其实的千里马的话，那么，当年提议朱重庆出任厂长的才法老徐，就是一位伯乐。是的，这位伯乐是一位"白墨先生"，但他却凭着一个农村老党员无私忘我的党性和走南闯北、阅人无数的慧眼，相中了朱重庆这匹千里马，为航民村事业发展找到了一位领军人物。许多年之后，才法老徐早已退下来，他曾自豪地对人说过："现在，我们航民是富起来啦，我为航民高兴，也为自己没有看错人而高兴。你说从哪里找一个像重庆这样无私心杂念又任劳任怨的人？"诚哉斯言！

当然，此是后话。

当时会场上，大家听了才法老徐的提议和分析，看法竟也出奇地一致。大家对朱重庆的器重和依赖，朱重庆当然心知肚明。这个眼前还不是共产党员的农村后生，体会到了党组织真诚的信任，感受到了众人眼中那种热辣辣的目光，当然，还有那份沉甸甸的压力。他知道自己已是"过河卒子"，必须义无反顾。事后，曾有人问过朱重庆：你当时有没有想过万一失败了怎么办？朱重庆回答说："没有！连干不好的想法都不允许有！我和老支书的想法一样，一定要让航民人有饭吃，有工作，过上好日子！干了，就一定要干好！"

重要事项决定之后，气氛显得轻松多了，会场内有了笑声和咳嗽声。接下来讨论三个具体问题：一是办厂资金，二是外请师傅的酬劳，三是工厂招工。

对第一个问题，大家很快拿定了主意：将大队历年积累起来的2万元拿出来，向镇石料场申请分红凑2万元，再向每个生产队抽调5000元，4个队就是2万元，这样合起来就有6万元。不足部分，再通过关系，向镇信用社或有关单位借款。

对外请师傅的报酬问题，大家一时拿不定主意。戴师傅提出每月现金津贴90元、补贴粮票30斤。从上海请来的师傅，还得报销两趟往返车票。有人觉得这要价有点高，我们三个人加起来月收入都不到90元哩，能不能跟上海师傅说说，车费报销包括在津贴费之内呀？朱重庆当即解释："我算了算账，从萧山到上海都是慢车，来回一趟也就五六块钱。即使十个人来回两趟，也不过百把块钱，这点钱我们无所谓的。"

此时，沈宝璋故意打趣道："重庆，这么多钱，你不肉痛？"

朱重庆此时却全无开玩笑的心思，他一本正经地说："关键是请来的师傅有没有真本事，如果真有本事，能帮我们办好厂，这点钱不算什么！"

此时，才法老徐掐灭了一支香烟，表态说："老师傅的报酬问题就这样定了吧！"接着，他又点上一支烟，慢吞吞地抛出了第三个议题：工厂怎么招人，进哪些人？才法老徐话音刚落，全场一下子变得异常寂静，大家谁也不想第一个发言，会议有点冷场。

这是一个敏感议题，因为这是村民们最关心的，也是干部们感觉最棘手的。笔者曾在老家的队办企业当过"临时供销员"，深切体会过社队企业招工与农民的利益关联和矛盾纠葛。彼时农民，一年到头还是脸朝黄土背朝天，农活苦，收入低。因此，跳出田畈，不晒太阳，是多数青壮年农民的愿望。如果能进厂工作，每月还能安安稳稳拿几十块钱工资，那简直是几辈子修来的福气。所以，当时并不普遍的小规模的社队企业都成为当地农村的"香饽饽"，不少人削尖脑袋往里钻，多少社员都虎视眈眈地盯着招工名单。社队企业招工开不开后门，甚至成为社队干部腐败不腐败的重要标尺。

现在，这个难题尖锐地摆在中共航民大队支部委员会面前。不消说，办厂的消息再保密，总有一天要传开的。全大队四个生产队，那么多人，谁不想进厂工作呀？平时就连贫困户、烈军属排个先后顺序都很难，现在面临着这么大的利益分配，谁能淡定呀？稍有疏忽，就会弄得全村鸡犬不宁，甚至“出师未捷身先死”哦。那么，谁先进，谁后进，谁不进？航民大队的共产党员和非党骨干，不能不掂量掂量此事的分量，考虑成熟再发言啊！

会场继续无声。总得有人来挑这个头吧？朱重庆用眼神征询了一下才法老徐，见才法老徐向他点点头，朱重庆心中便有了底，开口说出了他的意见：“招工要不要有一定照顾？当然要。但现在不是考虑照顾谁的时候，我们首先要考虑的是把厂办起来。厂办成了，才有条件谈照顾。否则都是空话。我们现在招工，要看招什么人进厂有利于把厂办好，而不是先照顾谁。”

沈宝璋表示赞同：“对，农民最讲实惠。厂办好了，就什么都好说了。”

朱重庆和沈宝璋的话打开了与会者的思路。对呀，应当先选那些有文化、能工作、会干活的人进厂呀。于是，在大家七嘴八舌讨论的基础上，党支部扩大会最终作出了四项决定：一是第一批进筹建人员，由大队直接抽调，条件是要有能力、有初中以上文化程度；二是第二批照顾困难户和烈军属，在筹建基本成型后，由各生产队统筹安排；三是干部家属一律暂不考虑；四是所有进厂人员一律不发工资，只记工分，年终回生产队参加分配。

应该说，这是一份具有中国农村工业化初级阶段特点和航民村特色的《招工简章》，也是党性原则与农民式智慧的完美结合体。后来航民村企业发展的事实和村民的普遍反应证明，这四项规定是一颗定心丸，它稳定了人心，赢得了民心。

深夜，航民大队党支部扩大会圆满结束，与会者脸上都露出了难以形容的喜悦。年轻的朱重庆用力推开会议室大门，一头扎进夜色中。此时，江南乡村的夜晚，景色分外迷人。航民村田畈上笼罩着一层朦胧的雾气，麦子趁着夜间安静开始拔节，有的已蹿上种田人的膝盖。栽种在田间路边和河磡两岸的蚕豆，此时已开出串串花儿。露水下来了，在星月微光下，那些紫白相间的蚕豆花，因行人视线角度变化而变幻色彩，平添几分美感。微风吹来，麦苗儿起伏，油菜花飘香，使人迷醉。朱重庆似乎第一次看到自己的家乡竟如此美好，第一次感受到自己肩负的责任。他暗暗下定决心，一定不负大队党支部的重托，一定要尽心尽力，把厂办起来。朦胧夜色中，他似乎看到漂亮的漂染厂已在航民村田野上崛起，厂门口是川流不息的运货车辆，车间内飘飞着五颜六色的布料……朱重庆兴奋了，大步流星般朝前方走去。

上海滩淘宝记

航民大队漂染厂开始筹建。

俗话说，砻糠搓绳起头难。

办一个稍微像样点的漂染厂，至少需要几十万元。但航民大队七凑八凑只凑出了6万元。当时银行有规定，你自己有多少钱，可以等额给你贷多少款。航民人聪明地利用了当地银行的这个规定，向本镇信用社贷出6万元。这样就变成了12万元。这12万元，就是航民人用来办厂的全部原始资本。

很显然，如果全部购买新设备，资金远远不够。穷人有穷人的办法，农民有农民的思路。朱重庆与戴师傅商量，决定聘请印染师傅，同时土法上马，全部采用废旧设备，以最低投资把印染厂办起来。

哪里是聘请印染师傅、采购废旧设备的最佳地方呢？航民人自然而然将目光投向了上海滩。

这是因为，上海是全国最大的经济都市，专业人才济济，各种工业机械设备应有尽有。更因为，有一批航民人早年到上海学徒做工，后来留在上海一些工厂当师傅，成为航民村与上海滩联络的天然桥梁，成为航民人到上海的落脚点。这中间，有朱重庆的父亲、大伯，朱校相的哥哥，还有村民朱金生的亲戚等。

对于上海，朱重庆并不陌生。因为父亲在上海工作的原因，他去过几趟上海，见识过上海滩的灯红酒绿、十里商场。但出门就要花钱，而这12万元钱是全村人的希望，每一分都要掰开用。为节省差旅费用，朱重庆请戴师傅先去上海探探路，找找印染行业的师傅，待有意向后，他们再去上海面谈敲定。要不，像没头苍蝇那样乱飞，就会花许多冤枉钱。戴师傅也认为这是一个比较稳妥的办法，便受命出发去了上海。

过了没多久，打前站的戴师傅很快反馈回来消息，说他已联络上了几位印染行业的老师傅，大家都愿意帮航民大队办个印染厂。戴师傅特别提到，他找到了一位即将退休的卢湾染厂供销科长，此人精通尼龙印染业务，路子很广。他也答应给航民村介绍尼龙印染业务。这样，航民大队漂染厂就会前途无量。

戴师傅打回来的长途电话真是鼓舞人心。朱重庆在接听电话时，真恨不得把这位答应帮忙的供销科长从长途电话线中挖出来，立马跟他签订印染合同。他尽力抑制住内心的兴奋，当即将这个好消息告诉了才法老徐，并商定立即赶赴上海，去见见那些能帮航民人带来成叠成叠人民币的印染师傅。

当晚，怀揣着航民村办厂希望的4个人：才法老徐、沈宝璋、朱重庆和另一名供销员朱金生，在萧山火车站坐上一辆那时常见的绿皮火车，在茫茫夜色中赶赴上海。直到今天，朱重庆还清清楚楚记得，那趟从萧山开往上海的慢车，哐当哐当地走了七八个钟头，每张车票价格为3元8角。

到达上海后，很快与戴师傅接上头。戴师傅告诉才法老徐等人，他已经与师傅们约好，明天与航民村人见见面，大家认识认识，最好是能安排吃顿饭，联络联络感情，方便以后合作。戴师傅的说法入情入理，安排也蛮妥当，才法老徐等表示赞同。他们根据戴师傅预定的见面地点，东找西找，终于在上海外白渡桥附近找到了一家长治招待所，安顿下来。长治招待所距离有名的上海提篮桥监狱很近，在招待所内，都能看到提篮桥监狱的高墙。招待所价格很便宜，每人住一晚五毛钱，这个价格是航民人能够接受的。但当他们走进这家招待所时才发现，价格便宜是有原因的：房间都是大通铺，一个稍大点的房间要安排30来个人，一个小房间居然摆放着4张上下铺，住8个人。年纪大的困上铺，年纪小的困下铺。那时上海天气开始炎热，人进了房间，就像蒸馒头一样，汗水吧嗒吧嗒往地上掉。早上醒来，穿在身上的汗衫背心竟然可以拧出水来。

第二天上午，四个人结伴参观考察了上海卢湾染厂和上海针织九厂。参观其实是走马观花，了解个大概。因为他们此行的主要任务是聘请上海师傅，所以，重头戏是晚上如何请客吃饭，按照戴师傅的说法就是“联络联络感情”。

请客吃饭本来不是什么难事，俗话说“办酒容易请客难”，而客人是戴师傅早就邀请了的，人家已满口答应前来就餐，上海高档豪华或普通大众的饭店酒楼不少，但他们四人还是感觉到为难。难就难在选择饭店档次和估算费用上。朱重庆心想，这餐饭直接关系到这些上海师傅对航民村的看法，甚至影响到今后能不能合作。他清楚自己手中没有多少钱，不可能摆阔气。但他更知道上海师傅的脾性，比较爱面子，所以也不能太寒酸，便开口说：“请客的地方，还是尽量体面些，点菜时稍微注意些就是。”大家都赞成朱重庆这个想法，于是，四个人从下午开始便“轧马路”，物色合适饭店。踱来踱去，他们终于相中了“燕云楼”。这家饭店地处人民广场附近，算是上海中心地带，还是一家涉外饭店，选择它面子上足够。

这个饭店价格怎么样？四个人又犯开嘀咕了。还是沈宝璋鬼主意多：“弄张菜单来看看价格不就清楚了嘛。要不，到时候结不了账出不了门哪个弄？”众人一听有理，就让朱金生上楼找饭店服务员要来一张菜单。一看菜单，众人都傻眼啦。天哪，一只北京烤鸭居然标价12元人民币，没有看错吧？！12元人民币相当于航民村一个农民半个月的收入呢。这只菜点不点呢？朱金生一下子没了主意，便看了一眼朱重庆。朱重庆此时在心里快速权衡了一下，对朱金生说：“既然请客，就别让他们看不起我们乡下人。把这只烤鸭点上吧！”说完，他把目光投向才法老徐，似在催促才法老徐下最后决心。才法老徐犹豫了一会，最终点了点头。

当晚聚餐非常成功和圆满。农民生来就热情好客，劝酒和夹菜，是农民强项，更何况这次有求于人。酒桌上，大家频频举杯，你来我往，既尽情喝酒，也敞开谈事。被邀请参加晚餐的上海师傅们对航民人选择的请客地点、安排的菜肴酒水十二分满意，认为蛮有派头、蛮上路的，大有相见恨晚之感。他们借着酒劲，纷纷表态愿为航民大队办厂两肋插刀、倾其所能。尤其是那位熟悉尼龙业务的供销科长，更是自告奋勇，为航民办厂献计献策，并允诺航民村办厂后，尼龙业务由他负责。朱重庆笑了，才法老徐也笑了，大家都笑了，觉得这餐饭请得及时、请得值得。航民办厂这回真有希望啦！

等到把客人送走，饭店服务员前来结账，一看账单上的数字，四个人还真是吓了一跳。怎么？一餐饭竟然要 44 元！会不会算错了？再算一遍吧？再算一遍就算一遍，服务员又算了一遍，朱重庆也算了一遍，但还是 44 元。才法老徐掏钱的手有点抖抖索索，他一边掏钱，一边压低着声音对身旁的沈宝璋说："要是厂办不成，这钱去哪里报销？只能我们三个人分摊哉！"

37 年后的 2016 年 4 月 5 日上午，当年参与组织这餐"革命饭"的沈宝璋，在他退休后的办公室接受笔者采访，说起当年在上海燕云楼点北京烤鸭时的"寒酸相"，仍记忆犹新，禁不住哈哈大笑："那时，就那样子的。"他还向笔者描述了中间一个插曲：他们点完菜，出了饭店，自以为万事俱备只欠东风。饭店却突然派人通知他们，说上级有接待任务，包厢不够，要他们退订。饭店临时变卦，令他们措手不及，连客人都已通知好了，可怎么办？但胳膊拧不过大腿，只得再在附近找相应档次的饭店。好不容易找了一家人民饭店，但就是订不上座。四个人费了九牛二虎之力，打听到航民村有位入赘女婿的舅舅在这家饭店工作，于是找到这位舅舅，这位舅舅倒也热心，答应帮忙订座。后来，那家燕云楼又带口信来，说可以安排了，这才使四个人松了一口气。"当时，请人吃餐饭就那么难。现在，饭店比厕所还多哩。”这位当年的大队长沈宝璋，结束回忆时还不忘幽上一默。

据说，请客后第二天发生了一桩有趣的故事，成为航民人创业初期一个经典桥段。航民人一遍一遍地向外来参观者、采访者复述这个故事，它已被著名作家陈继光老师写入《有一个村子叫航民》的作品中。当笔者这次在航民村采访时，还有几个人先后讲到这个故事，可见这个故事给航民村人留下的深刻印象。一次次重复倾听这个故事，也引发了笔者一些思考。

故事是这样的：第二天早上，才法老徐和朱重庆他们准备打道回府，当他们走出长治招待所大门时，一辆簇新的上海牌出租车嘎的一声停在他们跟前。四个人一时有点愣怔，反应不过来。这时，只见出租车司机摇下玻璃窗，探出头来问：“要坐车哇？”这是怎么回事呢？原来，与他们同住长治招待所的一位旅客，为保险起见，居然叫了两辆出租车送站。两辆车一先一后来到长治招待所，那位要车的旅客乘坐先到的出租车跑路了，这辆后到的出租车就被放了鸽子。出租车司机似心有不甘，正巧在招待所门口碰到朱重庆四人，他想来个顺手牵羊，便兜开了生意。

“到火车北站要多少钞票？”才法老徐开口问道。

“便宜些，送你们到北站，收 2 元钱。”司机见有戏，便一脸诚恳地回应道。

2 元？钱倒是不贵呀！朱重庆心想自己活到那么大年纪，还没尝过坐小轿车的味道呢。年轻人一时有点心动，便将目光转向才法老徐：“老徐，要不，开开洋荤吧？”

才法老徐见朱重庆这么说，也有点犹豫。但他拎了拎手中的行李包，问道：“四个人坐电车多少钱？”

“2 角 8 分。”沈宝璋脱口而出。

“哦，坐电车可节省 1 元 7 角 2 分呢。还是下次再尝吧！”才法老徐一拍大腿，算是作了决定。

村庄

村庄

既然才法老徐这样说，大家也就铁定了心坐电车去北站。仔细想想这1元7角2分钱也不容易，能省就省吧！只是当那辆上海牌出租车驶离朱重庆视线前，他还是表情复杂地回望了一眼。

写到这里，不禁使笔者联想到前辈作家柳青《创业史》中描写《梁生宝买稻种》一节的文字："他头上顶着一条麻袋，背上披着一条麻袋，抱着被窝卷儿，高兴得满脸笑容，走进一家小饭铺里。他要了五分钱的一碗汤面，喝了两碗面汤，吃了他妈给他烙的馍。他打着饱嗝，取开棉袄口袋上的锁针用嘴唇夹住，掏出一个红布小包来。他在饭桌上很仔细地打开红布小包，又打开他妹子秀兰写过大字的一层纸，才取出那些七凑八凑起来的，用指头捅鸡屁股、锥鞋底子挣来的人民币来，拣出最破的一张五分票，付了汤面钱。这五分票再装下去，就要烂在他手里了……"

可以断定，才法老徐和朱重庆他们压根就没有看过什么《创业史》，也就不会知道梁生宝是何许人也。因为，笔者在采访时曾随意地问过朱重庆，他说没看过柳青的《创业史》，只看过浩然写的《艳阳天》，觉得蛮好看的。但他们身上体现出来的那种中国农民与生俱来的节俭品格，彼此却是多么相似和相近啊！还有一处巧合是：《创业史》中买稻种的梁生宝当年虚岁二十七岁，而当年到上海"淘"旧机器的朱重庆，恰好也是虚岁二十七岁。虚构的文学场景和主人公，与现实中的生活事件和创业者交织在一起，令笔者一时竟分不清究竟哪是真实，哪是虚构。只能说无巧不成书，或者说文学本来就源于生活。

朱重庆等人需要一趟一趟跑上海，花钱住宿自然成了问题。为了省钱，住不起旅馆，农民的习惯是投亲靠友。所以，几位在上海工作的航民人的家，就自然而然成为朱重庆他们落脚的"客栈"。现年已九十二岁高龄的朱重庆父亲，时至今日跟笔者回忆起那一段接待日子来还思路清晰、神采飞扬。老人家当时在上海延安油脂化工厂工作，负责烧锅炉。因为是老职工，厂里对他还比较照顾，分配他与厂动力科长合住一间18

平方米的宿舍。他与动力科长达成一个默契：动力科长老家来人，朱老让出房间，到职工集体宿舍过夜；朱老家来客人，动力科长也让房。那段时间，他接待了无数批航民人。早上，他到外面买上一大盆稀饭油条馒头作早点，午晚餐，往往是用煤球炉子炖上一大锅霉干菜肥肉当菜。到了晚上，拿出五六条被子打地铺，18平方米睡上三四个人。航民人没有钱，连公交车也不肯坐，经常步行走路，大热天时大汗淋漓，寒冬腊月时一身灰尘。朱老就领他们到厂浴室洗澡、洗衣服。他知道航民没有钱，这些招待费用，都是老人家自费垫付的，大概至今也没有报销过吧！

像朱老这样的单身，相对还比较方便些。那些拖家带口的“航民客栈”就麻烦得多了。那时上海人信奉“宁要浦西一张床、不要浦东一套房”，住房普遍比较紧张。一家五六口人，挤住20多平方米的情况相当普遍。笔者彼时有幸去过几位上海朋友的家，只见狭小逼仄的屋内，或用塑料布或用木板分隔成若干个空间，架床叠屋，排队轮流上卫生间。一家人本身就紧巴巴的，如果再住进几个外地人，那真像小铝锅煮大饺子——连翻个身也难哪！最简单的大小便，真的变成了大小都不便。有时，因为不懂，还会“出洋相”。村民朱金生，当年跑上海滩的航民人之一，就跟笔者讲述了这么一桩趣事。有一次，他带着朱重庆住到上海亲戚四伯家里，上卫生间小便，朱重庆对那个抽水马桶蛮好奇，老是试着用手捏那个浮子，结果一不小心把它捏坏了。朱重庆这下着急了，不知该怎么修。朱金生说不要紧，告诉一下四伯就好。类似的事情还发生过不少。但毕竟亲不亲，同乡人。在上海工作的航民亲友们还是竭尽自己所能，理解农民办厂的不易，尽量帮衬着航民人，让航民人非常感动。时隔多年，航民发展起来了，但航民人永远不会忘记过去。老村委朱思甫曾动情地说过：“航民有今天，不能忘记当时在上海工作的航民人。没有他们不计报酬的关照，也就没有航民的发展。”朱思甫的这些话代表了有良知、有记性的航民人的心声！

后来，因为采购机器设备，航民人去上海越发多了，越来越觉得这样频繁去打扰亲友，实在过意不去。于是，朱重庆他们开始寻找物美价廉的住宿场地。这时，上海南市区一家“四海浴室”成为他们的首选，并从此与它结缘。现在，“四海浴室”早已被拆迁而不复存在，但在航民人口中，还对“四海浴室”念念不忘。

“袋里没铜钿，走路像瘟虫。”这是朱重庆他们当时窘况的真实形容。高档宾馆根本不敢正眼去看，即使连最简陋的招待所，他们也嫌价格太贵。不就是睡个觉，有必要花上十元八元吗？要知道，那时航民村一个农民的日收入还不到一元呢。所以，打死也不住宾馆招待所。找来找去，突然像哥伦布发现新大陆一样，他们发现了一个去处：浴室。彼时，上海有不少面向大众开放的浴室，“四海浴室”就是其中之一。浴室地处上海南市区，便宜又方便，洗个澡 2 毛钱，睡上一觉 3 毛钱，这样算下来，每晚 5 毛钱就够，比普通招待所便宜多了。在浴室既可洗澡，还可过夜。而且浴室冬天更好，无拘无束，大家都穿着浴袍，不分工农学商，不显尊贵卑贱，真合乡下来的航民人胃口。附近的小餐馆也很便宜，一大盘荤素菜只要 5 毛钱，两个人就可对付一餐。更主要的是，这里进出方便，距离他们要找的几家厂都很近。朱重庆他们从此便与这家“四海浴室”结了缘，成了亲。起初，他们来来回回在这里落脚，后来，到上海培训的工人也住进浴室，而且一住就是几个月。环境熟悉了，服务员也熟悉了，熟悉了就好打交道办事情了。有时浴室床位紧张，航民村人却可随到随住。慢慢的，“四海浴室”成了航民村人在上海的根据地。

联系落实好上海印染师傅，解决了航民人到上海的住宿吃饭问题，仅仅是创业走出了第一步。最要紧的，是到上海采购设备。按照现在网络流行语，叫作到上海滩“淘宝”，到文物市场“捡漏”。

对于当年两眼一抹黑、两手钱空空的航民人而言，这样的“淘宝”或“捡漏”多难啊！

首先碰到的，大概是多年来形成的城乡穷富差异以及由此而造成的城乡之间人与人的隔阂，甚至是隔膜。

民间有句笑话调侃那时自以为傲的上海人：除了上海浦西地区居民

外，其他都是乡下人。萧山航民村更是地道标准的乡下人！

开始时，朱重庆带着几个人，一天到晚在上海那些印染厂周边闲逛，了解情况，“侦察”他们需要的东西。不要说接触那些大企业的厂长经理，就连工厂传达室的门房，也牛气得不得了。朱重庆他们不知遇到过多少“冷面孔”。有时，明明已联系好了管事的人，但进厂门时，你要进到工厂传达室，先给那些门房递烟点火，人家接受了，算是给你这乡下人面子。你得微弯着腰，用不太标准的萧山普通话说明来意。这些门房装出一副“权威”样子，斜着眼睛审视你半天，究根问底，恨不得把你的来龙去脉、祖宗八代全问个遍。见没有什么破绽，才放行。有时趁没人注意，勉强混进去了，又被警惕性高的门房叫住，于是面临一顿大声呵斥：“谁让你们进来的？你们知道这是什么地方吗？”然后，被人像赶乞丐一样赶出工厂大门。与众不同的是，朱重庆忍受住了这样的“冷遇”甚至是“屈辱”。他知道，这是自己在创业中必须经受的精神冲撞和心理考验，是农民蜕变成长的催化剂。在这种际遇中，朱重庆一方面感受着城乡之间的差距，感受着城里人对乡下人的偏见，另一方面，这种际遇也激发出他那种自信自强的牛劲，越发坚定了办好工厂的决心。有朝一日，他要让城里人见识见识我们这些乡下人的能耐！这就是朱重庆当时心底里最强烈的愿望！

类似碰壁的事多了，朱重庆慢慢领悟到，这样瞎碰乱撞不行，还得托熟人、找关系。世上没有走不通的路，就看有没有这份心。只要功夫深，铁棒磨成绣花针。一次，朱重庆在与父亲闲聊中，父亲提及伯父朱关潮。说他曾在上海一家印染厂当过车间主任，国家三年困难时期，他响应号召退职回乡，后来又被起用，现在广西南宁工作。朱重庆立马让堂弟朱德泉与伯父联系，伯父告诉朱重庆，他有一个姓邵的把兄弟，眼下是上海第一绸缎炼染厂厂长，或许可以帮上忙。真是踏破铁鞋无觅处，得来全不费功夫呀。朱重庆见伯父帮忙找到了这样过硬的路子，喜出望外，立即带上堂弟朱德泉找到这家工厂。为做到情况明、心里清，帮忙更有针对性，朱重庆他俩进了工厂，没有马上去见这位厂长大人，而是先在厂区转悠了半天，看看有没有可以利用的旧设备。这一转悠还真有收获，他俩在厂区一个角落头，惊喜地发现一只被更换下来的不锈钢炼筒，闲置在那里，似乎正等待着他们的到来。朱重庆像突然见到了梦中情人一样，转着身看了几遍。过了一会，他俩才走进厂长室，见到了伯父介绍的那位邵厂长。因为是把兄弟介绍来的客人，邵厂长和颜悦色，态度非常不错。朱重庆见机“厚着脸皮”提出两个要求：一是请邵厂长帮助培训几个技术工人，一是解决一点旧设备，他们特意提到了那只废弃的不锈钢炼筒。邵厂长对培训技术工人的事答应得很爽快，而对购买旧设备则感觉很为难。听邵厂长吞吞吐吐解释了半天，朱重庆他俩才听懂事情的原委。原来，厂设备科长也想为自己家乡买点旧设备，但邵厂长没有同意，那位设备科长便因此较上了劲。现在，邵厂长对旧设备处理不宜直接插手，所以有点爱莫能助。那就找设备科长通融通融吧！朱重庆抱着一丝侥幸心理，找到这位设备科长。真是说尽了好话，递光了香烟，谁知那位设备科长就是死活不松口。不能卖，不能卖，就是卖给废品收购站也不能卖给你们！而且，设备科长的理由冠冕堂皇：“你们社队企业想买这种设备？出了事谁负责？”

虽说在设备科长那里碰得鼻青脸肿，但朱重庆绝不肯放弃这只炼筒。农民的厚脸皮和农民式韧性这时发挥了作用。把压力化为前行的动力，把挫折当作进步的台阶。直路不行绕道走，条条大路通罗马。朱重庆从两位上海老师傅那里得知，厂里有个化验员与这位设备科长关系很铁，可以试一试“曲线救国”。朱重庆听从建议，先把这位化验员说通了，然后再拜托他做设备科长的工作。真是一把钥匙开一把锁，设备科长居然同意把那只不锈钢炼筒卖给航民村。但为“保险”起见，他也提出了一个“曲线救国”方案：炼染厂先将不锈钢炼筒作为废品卖给废品收购站，再请朱重庆他们从废品收购站把这只不锈钢炼筒买回去。

这个方案不错！只要能买到这只不锈钢炼筒，朱重庆觉得怎么做都可以。

但好事多磨。那时真是一个滑稽的年代，航民人到上海的废品收购站买废品，需要开具介绍信，而且这属于跨省市异地购买，必须由省一级机构开具介绍信才管用。现在来描写这套程序，也是蛮复杂的：首先，由航民大队开出介绍信，说明事由，报到瓜沥镇；由镇开出介绍信到萧山县社队企业局，再由县社队企业局开具介绍信到省社队企业局；接着，还需由省社队企业局开具介绍信到浙江省政府驻沪办事处，最后由浙江省政府驻沪办事处开出介绍信到上海各地，才可办事。笔者现在用文字写出这个过程，都费时不少，当时航民人一级一级、一地一地办手续、盖红印，得需要耗费多少时日啊！

开始时，航民人不太懂得这套规矩，因此据说，光作废的介绍信就有厚厚一大叠。一般人根本瞧不上眼、低档得不能再低档的废品收购站，在彼时航民人眼里，却感觉距离千山万水、遥不可及。

朱重庆当时最担心的是，炼染厂已将那只不锈钢炼筒卖给了废品收购站，而他们却还在为介绍信"空转"，万一别人抢在他们前面买走，航民村岂不竹篮打水一场空吗？朱重庆那个急呀，恨不得住到那家废品收购站里，把那只不锈钢炼筒搂在怀里不放。

也许是瞎眼小鸡天照应，正当朱重庆焦头烂额之际，他的未婚妻阿香提供了一个有价值的"内部情报"：她家有个亲戚在浙江省政府驻沪办事处工作，经过那位亲戚联系疏通，办事处管事的工作人员答应航民村只要有县社队企业局的介绍信就可变通办理，唯一要求是：不能"泄露"彼此关系。这下好啦！朱重庆赶紧拿着县社队企业局的介绍信赶到浙江省政府驻沪办事处，排队等候，轮到朱重庆时，彼此装作不认识，心照不宣，"公事公办"，由这位管事的工作人员开具了采购废品介绍信。

这只朱重庆日思夜想的不锈钢炼筒终于买到手，运回到航民村。朱重庆等人则继续在上海滩盘桓，侦察"敌情"。不久，有人告诉朱重庆一个好消息：上海互感器厂有一台刚换下的 0.4 吨立式锅炉，俗称"炮仗锅炉"。这可是办漂染厂必需的设备呀。朱重庆闻讯立即赶往那家工厂，只见那只旧锅炉弃置在工厂露天废品堆里，就像一个弃儿。朱重庆心情急切，希望能进厂看一眼。可门卫不答应，连厂门也不让进。朱重庆只得隔着工厂的铁栅栏，观察了一阵子。这只“炮仗锅炉”还能用吗？朱重庆没有把握，但有人会有把握呀！朱重庆瞬间想到了在上海油脂化工厂烧了多年锅炉的父亲。他立马把父亲请到现场，让父亲诊断。父亲烧了大半辈子锅炉，自然经验丰富。见了锅炉，一看一敲，就断定能用。于是，跟厂方商谈购买。一开始厂方一口咬定要3000元，少一分都不卖。还是父亲把他同寝室的设备科长请出来帮忙，讨价还价，最终按照废铁计价，每斤2毛钱，以600元钱买下了这只“炮仗”。

一段时间下来，朱重庆他们买废品竟然上了瘾，一趟一趟跑浦东东昌路废品收购公司。东昌路废品收购公司总算搞清楚了朱重庆他们的来意，于是把他们介绍给浦东高桥化工厂。高桥化工厂是一家大企业，朱重庆他们一进高桥化工厂，就像找到了一座宝山，只见到处都是他们所需要的“宝贝”。各式各样维修时换下来的水管、蒸汽管、脱水机、反应锅，杂乱无章，堆得一座座小山似的，连空气中也弥漫着各种由铁锈、氨氮、汗臭混合而成的异味。但朱重庆他们全然不顾这一切，根本不顾忌有害气体对人体的影响，像探宝的勘探队员，从一大堆废旧物品中，扒拉着与漂染厂有关的构件和材料。六月天，日头毒，气温高，但白天时间长，他们戴着破草帽，一早从浦西这边码头排队等待，然后坐五分钟的轮渡过黄浦江，登上浦东岸，再坐公交车，辗转来到高桥化工厂。往往一淘就是一整天，到太阳下山，整个人像是从河里捞上来似的。三九天，天寒地冻，那些在露天里放久了的旧金属器材，冷得像冰块。他们有时连一副破手套都没有，就凭赤手空拳翻拣，有时手指被冰冷的管道粘住，疼得龇牙咧嘴。每有发现，先是惊呼，再是惊喜。然后用三轮车运出这些物件，找到相应的厂家，把这些构件、管子焊接拼凑成型的设备。他们就用这些“凑拢班子”在上海川沙农机厂加工了一台整理车，这台整理车是航民漂染厂当时最先进的设备。

“淘宝”期间，还发生了一个惊心动魄的故事，航民村人现在讲起来，还有点后怕。一次，因高桥化工厂废品管理人员大意，而航民村采购人员又不识货，竟然将6只旧氯气瓶当作反应罐废品买下来，并迅速运回航民村。等到高桥化工厂有关人员醒悟过来，发现6只氯气瓶被航民村买走了，才意识到问题严重性。他们把追踪电话打到航民村，要求航民村迅速退货。但似乎为了隐瞒责任，他们并没有说清事情原委。有意思的是航民村人以为捡到了便宜货，对方卖亏了想反悔，便迟迟不作答复。高桥化工厂人员急了，这才告知这是氯气瓶，属于危险物品，泄露后会毒死人，必须马上退还，并且答应，只要把氯气瓶退还，什么设备材料任由航民村挑选。航民人这才知道了事情真相，不敢怠慢，赶紧把6只氯气瓶原封不动地运回上海。高桥化工厂人员见事情稳妥解决，大大松了口气，他们也真的没有食言，任由航民人挑选了一通，配齐了大部分有用的设备和管线。

朱重庆在自己带人到上海滩淘宝的同时，下了一着日后被证明具有先见之明的高招：派出朱德泉等人去上海学习培训，培养航民村自己的技术人员。这个做法当时并没有告知那些被聘的上海印染师傅，但当后来这些上海印染师傅因待遇问题作梗、撂挑子时，航民村自己培养的技术人员已学成回来，马上接手，使漂染厂没有因此而影响生产。这一招，显示出朱重庆的深谋远虑。

2016年4月14日，一个阳光灿烂的日子。航民非织造布公司总经理朱德泉，在他漂亮宽敞的办公室接受笔者采访时，滔滔不绝地向笔者描述了当年他和同事们赴上海接受培训的情景。这位现在掌管着亿元产值、数千万利税企业，年逾花甲、额头可见明显被"垦荒"了的老航民人，回忆起当年初生牛犊、意气风发，一时唏嘘不已。

大概是1979年4、5月份吧，航民漂染厂筹建班子成立，当时担任大队植保员的朱德泉被大队党支部确定为技术副厂长，他明白这是堂兄朱重庆推荐的。但那时的他，并不知道技术副厂长应该管什么，做什么。不久，朱重庆悄悄告诉他，要他带上几个人去上海学技术。说实在的，当时他并不想去上海，想想年纪也不小了，所谓学技术，其实就是当学徒。但听听重庆说得蛮有道理。再说，他与重庆既是亲房，也是开裆裤朋友，从小一起长大，对重庆比较信赖，就答应去上海当“学徒”。

朱德泉带着航民村5个年轻人，来到上海滩。一开始，大家并不清楚需要学什么，有点误打误撞。5个人被分到几个厂培训，他自己去的是上海线带漂染厂，学习印染化验技术。朱德泉此时充分表现了农民的朴实和勤劳，每天提早到车间，先把办公室、车间、厕所卫生打扫得干干净净，再给师傅泡好茶，然后上班。师傅告诉他，许多印染技术是保密的。学技术，先要学会看书。师傅还把朱德泉带到他家里，借给朱德泉一批技术书籍。朱德泉觉得师傅说的有道理，于是，他一头扎进书堆里，每天看书不少于7个钟头。只有初中文化程度的他，看那些技术书籍，难度当然蛮大，但他为学到技术，硬着头皮坚持，终于把师傅借给他的那些书啃了一遍。

一眨眼，一个多月过去了。有一天，师傅突然告诉他，听说航民村办的是漂染厂，是染布，而师傅所在的厂是染线的，染布跟染线工艺技术不一样。朱德泉他们学的技术不对路，应该赶快换过来。师傅这一说，把朱德泉给吓蒙了。怎么，这一个多月都白学了？这，这可怎么跟重庆交代呀？恰巧当天重庆有事到上海，把德泉找到下榻的四海浴室，询问培训的事，德泉一五一十向重庆说了实话。重庆这时倒沉得住气，说既然这样，那就赶紧换个厂吧。到哪里呢？朱德泉提出通过他父亲再找找那位邵厂长，争取到上海第一绸缎炼染厂培训。朱重庆表示赞成，让朱德泉抓紧联系，联系上后，由他出面求邵厂长帮忙。两人一直商量到深夜一点多，然后，朱德泉步行回厂。朱德泉记得很清楚，等他回到厂，天都快亮啦！

朱德泉自然不敢拖延，通过父亲很快联系上了邵厂长。朱重庆找到那位邵厂长，邵厂长当场答应接收朱德泉等3人的培训，并当着朱重庆的面，打电话给厂技术科长徐沛东，要他落实此事。朱德泉看到第一绸缎炼染厂规模很大，本以为这回找对了路子，可以顺风顺水地学到技术。谁知第二天，他和另外两个前来学习技术的航民人提着行李，挎着背包，提前到厂技术科报到时，却遭遇了意想不到的尴尬。原来，学技术都是一对一、师傅带徒弟。当厂技术科长提出由技术科人员自己物色确定传帮带对象时，该厂技术科几位师傅对乡下人有点看不起，都不愿意带他们。空气似乎凝固，时间突然停滞。朱德泉被晾在一边，进也不是，退也不是。按照朱德泉的个性，他很想冲动地背起行李，甩手就走。但想到航民漂染厂，想到重庆和村民们眼巴巴地等着他们学好技术回厂时，朱德泉竭力克制着自己，等待着转机。也不知过了多久，突然一位漂亮小妹挺身而出，脆生生地喊了句："我来带！"一边说，一边袅袅婷婷地走到朱德泉跟前，以不容置疑的口吻说："跟我来！"

就像断头悬崖处突然出现了一条大路，或者是想登天时竟然有人放下一部天梯。朱德泉只觉得眼前瞬间一片光明，这个闯进门来的小妹像彩虹一样美丽，把他救了，也把日后的航民漂染厂救了！直到今天，朱德泉还清晰地记得，这个没有歧视乡下人的小妹叫陆美华，人如其名，长得苗条靓丽。她比朱德泉仅仅大了一岁，是一位工农兵学员、共产党员，毕业分配进上海第一绸缎炼染厂做技术工作，同时兼任厂团总支书记，是位人见人爱的姑娘。事后，朱德泉曾问过这位女师傅，为什么愿意带他们？她回答了两个原因：一是农村小伙子老实、不会耍滑头；二是勤奋、肯吃苦。而朱德泉后来以事实证明，这位女师傅没有看错人。

朱德泉攀上了这样一位又红又专又漂亮的女师傅，学习技术的劲头自然没得说。他每天和同伴们提前一个钟头到厂，打扫完技术科所有的办公室，给每位技术师傅泡好茶，他们的真诚勤奋和虚心好学，渐渐感动了技术科各位师傅，大家慢慢接纳了他们。女师傅更是名副其实、不遗余力，对朱德泉照顾有加，特意把每周一顿的营养餐让给他吃，还给他指定专业书籍，毫无保留地教他印染技术，并让他做试验。这样，没有多长时间，一起参加学习培训的一家江苏国有企业的人员还没有学会什么，而朱德泉已学会了分析坯布。接着，女师傅又教给他配方的核心技术。朱德泉这才知道，需要根据不同原料，采用不同配方，才能染出不同的花色品种。朱德泉一下子似乎找到了进入技术高山的路径，看清了前行的方向。他一天到晚把自己关在办公室和寝室里，不贪懒、不逛街，用了不到3个月时间，就基本掌握了各种复杂配方的关键技术，俨然成为一名土专家。后来，当那些被聘请的上海印染师傅扬言不干时，朱德泉临危受命，带着那些经过培训的人，当天就接手漂染厂全部技术工作，第二天就拿下了染色配方这个高地，没有让漂染厂停产。这就是对他们培训效果最直接、最权威的考试。朱德泉他们合格啦！

半年学习培训时间一晃而过，朱德泉他们要返回航民村，准备投入热火朝天的创业之中。临走时，朱德泉到办公室跟女师傅告别，女师傅提出要到上海火车站送送他们，朱德泉婉言谢绝了。师徒就在办公室里，依依话别。朱德泉不敢抬头看女师傅那双漂亮的眼睛，他看出了女师傅想说又强忍住的复杂神情。想起这半年来的朝夕相处，想到这位漂亮能干而今仍孑然一身的女师傅，朱德泉心中有无限感触，除了感动感谢感恩之外，似乎涌动着一种莫名的情愫，有点恋恋不舍。是什么？他自己也说不清楚。他想说点什么，又觉得说什么话都是多余的。好在萧山离上海不远，他会经常来上海请教女师傅的，今后见面的机会多得是。

“真是没想到，绝对想不到。”37年后的今天，开始谢顶、儿孙绕膝的朱德泉反复用这两句话来表达自己的感慨。接下来的几年中，因为工作变换，他没有再去找过这位女师傅，只是偶有书信往来。到后来，女师傅也许结婚移居外地，也许因为工作家庭事务繁忙，疏于音讯，他居然与女师傅失去了联络，至今不知女师傅的状况。但他始终记着这位女师傅，记着她的善良、真诚，记着她的漂亮、精干，记着她对他对航民村的这份情感。朱德泉甚至希望，他的女师傅能看到笔者这部作品，从而找到他。在事隔几十年之后，给他一个补偿和报恩的机会！

世事叵测，风云变幻。但愿如此吧！

老母鸡孵出“印染家族”

公元1979年12月5日，这是航民村史上具有标志性时间刻度的日子。航民村新办的第一家真正意义上的工厂——航民漂染厂正式成立并试产，

刚开办时的航民漂染厂

由朱重庆担任厂长。这天，航民村像过节一样，热闹非凡。漂染厂搞了一个简朴的试产仪式，并广发英雄帖，邀请县内外丝绸厂厂长来厂里看样品。来自县内外的厂长们看了漂染厂生产的产品，都竖起大拇指认可，纷纷下单加工。这下，朱重庆才把那颗悬着的心放回到胸腔里。

航民人等待这一天已太久太久。而为了这一天，朱重庆和航民人度过了多少个不眠之夜，经历了多少次过山车般的颠簸哦。

这里，特别需要回叙一下漂染厂筹建之初，那位给航民村打了包票的供销科长。

正当朱重庆他们认为漂染厂筹建工作即将如期完成，一切准备就绪，即可上马那个投资省、效益不错的尼龙染色项目时，一个意外消息，宛若晴天霹雳，在航民村上空炸响。那位满口答应保证尼龙业务的供销科长，在一次出差途中，车子出了交通事故，一下子冲入河中，不幸车毁人亡。供销科长一甩手走了，却把几百号兴冲冲的航民人丢在半路上。这个事故的连锁反应是：原先按照漂染尼龙生产工艺而设计、采购的机器设备需要更换，技术师傅需要调整；更要命的是，航民村办厂今后生产什么产品？业务从哪里来？一时，全村上下着急，朱重庆心头也是愁云密布。但想到天无绝人之路，筹建工作已铺开摊子，绝不能半途而废，领头人决心不能动摇。朱重庆抓紧与才法老徐、沈宝璋等人碰头讨论，想办法稳定人心，决定继续采购挑选设备。他自己则连夜赶赴上海，与上海师傅们商量，争取找到一个补救办法。

也许是航民村人致富的诚心感动了上帝，正当航民村上上下下焦急路在何方时，一个来自萧山县社队企业局的长途电话打到了航民大队。打电话的是县社队企业局一位叫朱惠卿的科长，接听电话的是大队长沈宝璋。朱科长在电话中告诉航民村，萧山全县每天能生产2000多条丝绸被面，现在都运到邻近的绍兴去加工。他知道航民村在办漂染厂，但不知道有没有能力印染丝绸被面。如果航民村能“吃得落”，这些丝绸被面就不用再到绍兴加工，而全部交给航民村来做。沈宝璋一听这个消息，真是又惊又喜，他恨不得从地上跳起来，根本没有作任何考虑，就一迭声地回复道：“吃得落，吃得落！”朱科长是个办事认真的人，见航民村承揽下这笔业务，他也很高兴，就在电话中约定：明天早上八点钟，请航民大队和企业筹建组负责人到县社队企业局具体洽谈敲定。

放下电话，沈宝璋这才回过神来，想一想他刚才冲口而出答应的事，根本毫无把握，心里一下子慌张起来。这可不是闹着玩的呀！他赶紧跑到党支部书记才法老徐家，把事情原原本本地告诉了才法老徐，说：“我是瞎说说的，现在怎么办？”才法老徐一时也没有什么主意。但他还是沉住气，劝沈宝璋说：“反正倒霉不拣日子，碰碰运气看，赶快叫重庆连夜回来！”

怎么联系上在上海的朱重庆呢？当时没有手机，众人一时犯了难。后来，有人提出，可以先找重庆父亲，他一定知道重庆行踪的。这主意不错，沈宝璋就将长途电话挂到了重庆父亲那里，谁知重庆父亲在电话那头告诉沈宝璋，重庆一早就出门了，这辰光在哪里，他也搞不清楚。这下糟啦，沈宝璋心凉了半截。他只得把事情简要地说了说，拜托重庆父亲，如果重庆回来，一定要告诉他，无论如何当夜赶回来哦！话是这么说了，但谁知道呢？看运气吧！

这一夜，沈宝璋躺在床上，翻来覆去，老是做梦，梦里找不到朱重庆，急得他大喊大叫。又梦见一叠叠丝绸被面，像彩虹一样飘进飘出，直到天快亮时，他才迷糊了一会。一样睡不着的还有才法老徐。一直到凌晨两点，还没有一丝睡意，他干脆爬起来，喝了半斤烧酒，才迷迷糊糊睡去。

其实，此时朱重庆已坐上夜班火车，正往萧山赶呢。虽说是夜班火车，但这时城乡已开始“搞活经济”，人员流动量陡然增加，车厢内人呀行李呀，连过道都塞得满满当当，不时漫过来一波波汗臭脚臭。朱重庆是临时决定坐车，根本买不到座位票，好不容易买到一张站票挤上了车。因为经常坐车，他具有了这种情况下坐车的“丰富经验”：拿张旧报纸，在两节车厢连接处找了一块屁股大的空地，干脆一坐，背脊靠着车厢。此刻，与才法老徐和沈宝璋那种焦急不同，也许是这几天实在太疲惫了，也许是做好了死马当作活马医的心理准备，随着老爷车“哐当哐当”的声音，他居然安安稳稳地睡着了。

第二天一大早，当才法老徐和沈宝璋怀着忐忑不安的心情赶到萧山县社队企业局办公楼前时，只见朱重庆已笑眯眯地在等他们了。这下，才法老徐和沈宝璋心中的石头才落了地。他们直觉，重庆回来就好了，他会有办法的。

三人刚见上面，还没来得及沟通情况、“统一口径”，想不到朱科长提早出现了，并立刻把他们三人带进办公室，开门见山，直奔主题。朱科长一边介绍情况，一边拿眼睛盯着对面坐着的这位年轻厂长，看他的态度和表情。这时，坐在旁边的才法老徐和沈宝璋也手心里捏着一把汗，怕朱重庆不知前因后果，说话穿帮了怎么办？等朱科长说完情况，等待表态时，朱重庆显得深思熟虑、胸有成竹，一口答复道：“请朱科长放心，这点活，我们航民保证能完成！”朱科长见这位年轻厂长回答得言语朴实、信心满满，也就放心了。他交代朱重庆：“那，你们先做一批样品试试看吧！”

从萧山县社队企业局办公楼出来，三个人心情并不轻松。话虽说出去了，但能不能加工印染丝绸被面，朱重庆其实也没有把握。他只是不想让好不容易筹备起来的工厂半途夭折，更是下决心要闯出一条路子，让航民村不再这样贫穷下去。

他们先去绍兴参观取经，看了绍兴大河印染厂和绍兴航里印染厂。他们发现，由染尼龙改为印染丝绸被面，技术和工艺跨度不小。印染老师傅需要另请，航民村通过人转人的介绍，好不容易挖到两个挡车师傅，再加上前段时间外派学习培训的5个青年人已回厂，技术力量基本够用。部分设备需要调整，那就再到上海的废品收购站和高桥化工厂废品仓库去淘宝，把该配的设备添置上。用不起不锈钢染缸，就买江苏宜兴生产的粗陶大水缸代替，并请补缸师傅在水缸底部凿出两个洞，一个洞冲蒸汽，一个洞放水，效果是一样的。12月4日下午，一批作为样品的丝绸被面被印染出来，质量相当不错。但当时航民漂染厂还没有丝绸被面整理机，怎么办？外加工！入夜，才法老徐、沈宝璋等人骑着三辆自行车，将这批丝绸被面运到绍兴大河印染厂，请他们帮忙整理定型。然后，又连夜运回，赶在天亮前，把整理定型后的丝绸被面光光鲜鲜地放在产品展厅里，供客户参观。总之，没有什么事能难得住航民人。航民村像只孵蛋母鸡，历尽千辛万苦，等待时机成熟，航民漂染厂终于像小鸡一样破壳而出，成为萧山县第一家印染企业。

航民漂染厂第一次试产推介会极其成功。朱重庆在刚刚改建而成的工厂食堂摆了20桌酒菜，感谢厂长们的支持，庆贺漂染厂开张。那一餐饭，大家吃得实在高兴，都喝了不少酒。据说，才法老徐后来喝得舌头都有点大啦。

因供销科长之死而引发的变化，使猝不及防的航民漂染厂遭遇了致命一击。在一击之后，迫使航民村办厂迅速调整转换对象，找到了适销对路的加工产品，驶上了发展的快车道。老子云："祸兮，福之所倚；福兮，祸之所伏。"此之谓也？！

到1980年年底，航民漂染厂获净利14万元，也就是一年时间，连本带利收回全部投资。厂里拿出其中2万元，分配给4个生产队，每个生产队5千元，还清了当年筹建时向各生产队借的钱。各队积极性高涨，社员们也都很高兴。

1981 年，朱重庆已敏锐看到丝绸被面将被逐步淘汰的征兆，而各类化纤布发展很快，尤其那种被称之为“的确凉”的化纤衣物风靡城乡，就决定扩产，主攻化纤布印染。但这样意味着添置化纤布印染设备，需要一大笔投资。钱从哪里来？朱重庆一家一家跑银行、跑信用社。后来听说上级银行刚出台了一个新政策，允许信用社将部分自有资金投资企业。县信用社恰好有一笔自有资金闲置着，正在物色投资对象。朱重庆迅即跑到信用社，向社负责人“吹牛”（这是朱重庆自己的用词，也是他一生唯一的一次），说航民漂染厂前景如何如何好，现在如何如何赚钱，信用社投资航民漂染厂，一定会有很多分红。而且为了解除信用社后顾之忧，朱重庆答应他们只赚不赔：盈利时按投资比例算，如果万一亏损了，亏损部分由航民漂染厂承担。而且，朱重庆似乎卖关子一样，最后才抛出了当时最具杀伤力的“杀手锏”：如果信用社肯投资，航民村还可以考虑安排信用社职工家属子女进厂。这样的投资自然是风险小小、获利多多，尤其是解决家属子女工作一项，更是戳中了信用社的软肋——那时信用社系统有许多职工家属子女在家待业呢。信用社领导被朱重庆说得怦然心动、眉开眼笑。双方一拍即合，合作关系成立，互赢局面形成。信用社决定投资 30 万元，占漂染厂 30% 的股份，又贷款 30 万元。60 万元，对一个刚起步的村办企业而言，自然是一笔“巨款”。

第二年，国家对银行业有关投资政策作了调整，不再允许信用社投资，县信用社按上级要求收回本金 30 万元，分得利润 15 万元。但对于朱重庆和航民村，在这一政策换挡之前，抢先赢得一年时间。他们当即用这 60 万元买进了当时最先进的化纤布印染设备，抓住了化纤布起步的第一次机遇，并利用县信用社渠道优势，几乎把全县化纤布印染业务都收入囊中，迅速把漂染厂做大了。至 1982 年年底，漂染厂获利 100 万元，成为萧山县除万向节厂外第二家利润超百万元的乡镇企业。至 1983 年年底，漂染厂获利 153 万元。两年一跨越，航民漂染厂改名为萧山漂染厂，一下子站到了全县社队企业前列。

朱重庆和漂染厂尝到了与人合作联营的甜头，他们继续物色可靠的合作伙伴。1984 年年初，浙江省乡镇企业局所属浙江地方工业供销公司进入了航民村的视野。他们从朋友处了解到该公司凌总经理是萧山人，对乡镇企业供销业务可熟悉啦！朱重庆就找上门去谈合作。凌总经理告诉重庆，供销公司本身是做涤纶丝、丝绸被面生意的，业务主要在余姚慈溪一带。当地利用涤纶丝做针织汗衫背心，数量很大，可以作为漂染厂印染业务的一大货源。朱重庆与凌总经理商定，供销公司投资 10 万元，同时负责帮忙牵线搭桥，把针织汗衫背心的印染业务拉到萧山漂染厂来。萧山漂染厂同意从这些业务利润中提取 5%，作为对供销公司的回报。这样，连续合作了三年，后也因政策调整而停止。在这三年间，萧山漂染厂充分利用浙江地方工业供销公司供销网络，成功实现了主导产品转型，把印染业务扩大到宁波、绍兴一带。1989 年，萧山漂染厂利润高达 400 万元，成为当地乡镇企业的翘楚。

写到这里，笔者忍不住要加几句议论。当年乡镇企业刚兴起时，国人对乡镇企业的假冒伪劣和不正之风颇有微词，后因邓小平同志“异军

创业初期的朱重庆

突起”的评价而一锤定音。倘若我们能用历史唯物主义观点观照乡镇企业，把它放到历史环境和特定条件下去分析，就可发现，那时绝大多数乡镇企业，都是在一穷（缺资金）二白（缺设备、缺技术）三无（无名分、无计划、无渠道）情况下，创造条件，强行起飞，才杀出一条血路的。故有些不合常理、超越常规的做法在所难免，有些“善意谎言”“瞒天过海”似可原谅哦。

萧山漂染厂在市场经济的大潮中，不但站稳了脚跟，而且迅猛发展，迅速崛起，经济实力逐步壮大。1989 年 1 月，在萧山漂染厂基础上，组建萧山航民实业公司，朱重庆担任航民实业公司总经理。第二年，航民村工农业总产值达到 1.37 亿元，成为全省第一个亿元村。1997 年 8 月，航民实业公司整体改组为浙江航民实业集团有限公司。同年 12 月，以萧山漂染厂为基础，以航民集团公司名义联合万向集团公司、杭州钢铁集团公司、佛山顺德金纺集团、上海二纺机股份有限公司、湖南邵阳第二纺织机械厂等 6 家企业法人共同发起设立浙江航民股份有限公司，注册资本 2 亿元。其中，航民集团出资 1.02 亿元，占股 51%，朱重庆兼任股份公司董事长。

因为组建股份公司，萧山漂染厂摇身一变，被叫作股份公司印染厂，成为厂区占地最小、单位亩产最高、管理效益最好的企业，成为航民集团企业的标杆。更为可喜的是，萧山漂染厂在自身发展的同时，成为航民村经济发展的动力源和加油站。按照朱重庆的说法，漂染厂是航民村的大母鸡，而且是一只生育能力极强的大母鸡。这只大母鸡开始孵化一只只小鸡，并把它们喂大养肥。一厂变十厂，队长做厂长。最典型的是现在成为航民村主导产业和经济支柱的“印染家族”，就是漂染厂这只大母鸡下蛋并养育的。

且听笔者选择其中三家，慢慢道来。

时间进入 1985 年，航民印染在行业内声名鹊起，各地来料加工的车辆络绎不绝，企业急需扩产。到哪里选地建厂呢？这时早已成为中共正式党员的朱重庆，有了更远大的目光，也萌生了结对扶贫的意识，他将目光投向了航民村之外的钱江乡。

钱江乡，顾名思义，地处钱塘江边上，是一处海涂围垦区，当年也是萧山最贫困的地区。朱重庆提出在此处建厂，用联营办法帮助钱江乡脱贫致富，这对于钱江乡而言，是喜从天降呀，他们当然举双手欢迎。但在欢迎之余，也忧虑没有资金，怎么办？朱重庆慨然允诺，让钱江乡占 30% 股份，并同意招工押金也可算作投资，折算成股份。这样，钱江乡方面自然可以少投入、多分红。钱江乡领导感动了，他们体会到了朱重庆和航民人的热心、诚意，于是，全心全意地配合航民村筹建新厂。1985 年 10 月 1 日，由航民漂染厂和钱江乡合资联营的萧山市钱江染织厂正式成立。昔日荒凉寂寞的围垦区，耸起了高大的烟囱，迈开了工业化步伐。

钱江染织厂此后经历风风雨雨、起起伏伏，但总体上慢慢发展壮大起来。到九十年代末，年盈利 400 万元，其工业产值占了钱江乡的 90%，在围垦区排名第一，全县排名第九，一时风头无双。

2016 年 5 月 5 日，恰逢丙申立夏，天气已显得有点燥热，有的田块，农民已开始在春播插秧。笔者来到坐落在钱塘江畔的杭州钱江印染化工

钱江染织厂旧貌

公司（系由钱江染织厂与钱江化工厂合并后改名）采访，见到的是一家大型现代化企业。厂区面积17万平方米，建筑面积24万平方米，绿地面积近2万平方米。宽阔的厂区大道两边，绿树掩映，敞亮的厂房仓库，到处小山般堆满了等待加工印染的布料，两个上万平方米的污水处理池内水流翻滚，“钱江印染污水处理中心”的硕大荧光屏，实时监测着各个进水口、出水口的数据。现任总经理施建华接待了笔者，并陪着参观厂区。施建华属于航民企业集团第二代企业管理者，四十多岁，高个子，体格魁梧，浓眉大眼，穿着一件颇具特色的蓝点子衬衫，说起话来高音大嗓，一点没有总经理的派头。施建华告诉笔者，公司现有2000名员工，固定资产已超4亿元，年印染加工1.8亿米布料，利润超过1亿元。说到污水问题，他说公司已投入7000万元建设污水处理设施。说着，他用随身带的试管，从污水处理池出口处舀起一管水，先在阳光下晃了晃，然后递给笔者，一边做着介绍：现在实行废水分级处理。政府要求我们输水标准为COD200左右，我们公司污水进口处COD是1500，出口处COD是175，然后输送到东片污水处理中心再进行集中处理，降到COD100以下，就可正常排放。现正在申报国家循环经济示范企业。笔者紧盯着问：“有希望吗？”“估计很有希望。在整个江东片区，我们企业是做得最好的。”说到这里，施建华开朗地笑出声来。

航民美时达印染公司的发展，则是另外一种故事版本。

美时达印染公司的前身是航民村附近坎山镇一家福利型乡镇企业，企业名称为“凤凰印染厂”。不过，漂亮的凤凰名称并没有带来企业的腾飞。因为管理不善，企业经营混乱，渐渐资不抵债，被迫宣布破产。但在两年之中，居然找不到买家。朱重庆听到这个消息后，果断出手，以1525万元盘下这个破产印染企业，进行重组，使这只凤凰浴火涅槃，获得重生。航民集团先后派朱德强、朱水虎出任总经理，管理这家企业。面对着破旧简陋厂房、陈旧落后设备，航民人充分利用国家政策和集团优势，对这家企业进行脱胎换骨般改造。先是采用“嫁接”办法，引进港商资本，使它变成合资企业，这样，即可享受国家对合资合作企业税收“两免三减半”优惠政策，减轻企业负担，同时，从航民集团本部转移过来一部分换代更新设备，替代这边落后设备。企业还向集团公司借款600万元，改造老厂房，调整企业布局，新上了锅炉和发电设备，使企业生产经营逐步走上正轨。从2005年开始，调整主打产品结构，主攻棉布印染，一下子打开了局面。2008年，正是东南亚金融危机蔓延之时，印染行业很不景气，但现任总经理朱水虎看准了日后发展机遇，冒着风险，向银行贷款5000万元，进行企业更新提质改造。在引进设备同时，注意吸收消化创新，一改棉布印染行业三十年不变的老规矩，加快设备自动化改造，把前处理烧毛、煮漂、丝光三道工序合并为一条生产流水线，减少用工量，提高生产效率。当一切完成之时，正迎来棉布印染行业发展窗口期，美时达的业务数量和质量大幅跃升。目前，企业年加工能力已超亿米，去年利润达到5000万元。笔者听了朱水虎介绍才清楚，这是他们在一块仅为40多亩面积的狭小土地上取得的效益。据说，在全国棉布印染行业中，单位亩产效益数他们最高。看来，这只乡村凤凰真的开始翱翔蓝天了。

那天，笔者跟着朱水虎在美时达公司厂区转悠，一边看着眼前热火朝天的生产情景，一边听着朱水虎充满自豪的介绍，心里真是感慨万千。天还是这片天，地还是这块地，厂还是这家厂，人还是这批人。但朱重庆和航民人却用自己的体制、机制、实力、魅力，彻底改造了它们，使这里发生了天翻地覆的改变。沧海桑田、白云苍狗。目睹的事实使笔者感触颇深，航民人具有一种独特的慧眼：他们善于捕捉商机，从看似无缝的地方找到通向未来的大路。航民人具有一种点石成金、化腐朽为神奇的本事：他们善于组合变通，从看似亏本的生意中挖掘出增值的元素。航民人有一种不做则已、做则必成的韧劲：认准一个目标，百折不回，最终做成旁人认为不可为、不可能的事情。通过对美时达的采访，笔者自以为慢慢接近了航民人创业创新的精神世界。

另一家名称洋气的航民印染企业——杭州澳美印染公司的兴办，却富有传奇色彩。

那是1992年，邓小平南巡讲话的春风吹遍大江南北，自然也吹进了航民村。小平同志那句“胆子再大一点，步子再快一点”的话语，激励着航民人寻找新的机遇，大干快上。那年，航民村征得了开采多年的镇石料场，开山放炮，削峰填谷，清理坟地，硬是整理出一块狭长条、被朱重庆形容为“弄堂火腿”的工业用地，并请出办厂能人朱建庆。朱建庆提出再办一家印染厂，朱重庆采纳了这个提议，并彻底授权他抓筹建工作。

说起朱建庆，萧山一带远近闻名，这倒不因为他是名人朱重庆的弟弟，而是大家公认的一位办厂治厂高手。前面提到的钱江染织厂，就是在他手里搞得风生水起，被萧山企业界视作潜力股，他本人也因此被评为萧山市劳动模范。1991年，时任中共中央总书记江泽民同志曾到朱建庆家做客，央视新闻联播播出后，朱建庆一夜之间成了新闻人物。

说是全部授权，但朱重庆和集团公司并没有给朱建庆“开小灶”，只给了区区40万元开办费，其余资金都靠朱建庆自己想办法解决。这倒也难不倒朱建庆，他凭着个人信誉，从银行贷了一点款，并用赊欠办法，租借建筑设备，把厂房建了起来。朱建庆一边抓基建，一边物色产品项目。此时，瓜沥镇有位与朱建庆非常熟悉的老干部，想自费去新马泰旅游，希望和朱建庆作个旅伴。朱建庆也正想趁此机会考察一下国际市场，便欣然同行。游览完新马泰，两人转道香港，正准备返回萧山，这位老干部突然接到一位港商的电话，那位港商说要在香港宴请他和朱建庆。港商叫刘根土，本是萧山人，还与这位老干部在瓜沥镇冶金厂搭过班子，担任过厂党支部书记。八十年代初到香港继承遗产，自然摇身一变，成了港商。既然是熟人请客，朱建庆也就不推辞，还利用宴请场合，把航民村筹建印染厂的事，作为酒宴上的谈资，自自然然地说了。也许是说者无心，听者有意。春节过后，港商刘根土主动跑到瓜沥镇，并找到瓜沥镇镇长，提出要与航民村合办印染企业。镇长自然高兴，就把刘根土引荐给了朱建庆。

对于这样“不请自来”的港商和港资，朱重庆、朱建庆兄弟俩自然十分欢迎，一起出面，约请刘根土洽谈。此刻早已变成“资本家”的前共产党支部书记，与航民村党委书记和委员，谈得十分投缘。刘老板说，他在内地当过兵，在瓜沥镇当过企业领导。这段时间他也考察过不少地方和项目，但他还是相信集体企业，愿意把钱投给航民村。他当即表示准备投 15 万美元，还主动提出，未来企业一切经营管理，都交由航民村负责，由朱建庆全权处理，他只派他兄弟做一些日常联络工作。这些话说明这位港商是真诚的，话也说得蛮到位、蛮得体。当然，这都是在桌面上能说的话，桌面上不说的原因更是主要的，这就是航民村的实力和潜力，航民村企业这些年来形成的诚信口碑。事实一再说明：家有梧桐树，何愁凤不至？

谈判、签约，一切进展得很顺利。但在企业取名上，却发生了一段小插曲。朱重庆提议取名“德美”，意谓“品德美好”，而港商刘根土提议取名“澳美”，意谓要将生意做遍澳洲美洲。合资双方对厂名似乎都很重视，而这两个名字各有千秋，双方各执一词，谁也说服不了谁。但一家企业不可能用两个名字，最终必须二选一呀。这时，不知谁提议“抓阄”吧？抓阄？这是农民式裁决法，不错呀。双方都赞同。当然，这个“抓阄”形式有点特别，玩的是儿童时代飞洋片的游戏：将一张纸折叠成一只小飞船，在“船底”和“船面”上各写上“德美”和“澳美”，然后贴墙飞船，以落地朝上的一面为准。结果，“澳美”胜出。于是，航民村印染家族中出生了一位名称时尚洋气的兄弟——杭州澳美印染有限公司。

朱建庆治厂的确蛮有一套，港商刘根土也对他信任有加。朱建庆自称信奉三位著名企业家的治厂格言：一是香港李嘉诚的“有钱大家赚。让利百分之一，财源滚滚来”；二是台湾王永庆的“管理越简单越好，关键是组织、执行、合理、节约”；三是华西村吴仁宝的“小材大用，一般有用；大材小用，一般无用”。朱建庆的治厂理念与众不同，充满了奇思妙想。在企业内，着重研究形成一种有效的激励机制。他借鉴当年生产队 50% 包口粮、50% 分钞票的分配制度，在车间、班组、职工个人层层采取“毛利承包法”：第一层次：普通职工实行“最低饭钱 800 元”，这样确保每个职工“饿不死”，其他收入全部取决于班组实现毛利的状况，多利多奖。第二层次：班组长除基数外，明确每百万元毛利奖励 2.2%，多利多奖。第三层次：车间主任（工段长）实行毛利承包制。他把全厂划分成规模、人数、场地均等的 10 个车间，每个车间以保本经营的 270 万元毛利作基数，超出部分奖励 10%。这种责任制，调动了全体员工的积极性，职工会监督班组长，班组长会监督车间主任（工段长）。澳美公司在他的指挥管理下，发展得又好又快，一度效益还超过了老漂染厂。

澳美公司厂区占地实在太小了，随着业务发展，越发显出促狭，朱建庆向集团公司提出扩建一个车间。

报告递上去了，却一直没有回音。朱建庆真急了，找到了朱重庆，劈头盖脸就问：“怎么不作决定呢？别人都在说，航民这个红旗村，红旗还能扛多久？”

朱重庆还是笑眯眯地对着火急火燎般的弟弟，慢条斯理地回了句：“心急吃不了热泡饭。还是再看一看，再等一等。”

处变不乱、遇事不惊，这是朱重庆的性格。但这次为什么如此慎重呢？这是因为的确遇到了特殊情况。这种特殊情况，航民村办厂以来没有遇到过，他也没有遇到过。作为航民集团的掌舵人，他必须慎之又慎呀！

原来，始于泰国、波及东南亚的金融风暴此时正呈现蔓延之势，多年来顺风顺水发展的纺织业受到强烈冲击。社会上到处传闻某几家纺织企业倒闭、破产，某某纺织老板跑路，甚至连号称中国纺织行业窗口和晴雨表的柯桥轻纺城，也出现了历史上少有的冷清局面。作为与纺织业关联度极高的印染业，自然也受影响。虽然航民印染业仍保持了基本业务，但加工值越来越低，利润越来越少。这时，是坚持发展，还是自然收缩，对航民村、对朱重庆而言，无疑是一场严肃的带有风险的考试！

朱重庆在反复思考。他想到，眼下纺织印染业虽然在走下坡路，但有下坡总有上坡，事情就是这样的。他不相信纺织印染业会从此消失。地球再变暖，人还是要穿衣服的，变的只是材质和花色。只要这个前提存在，纺织印染业就有希望。航民是靠印染起家的，现在显然站在行业第一方阵。他相信航民印染的实力，如果连航民印染都扛不住了，那别的印染企业就不用说了。航民印染应当把当前行业不景气当作一次考验，甚至是一次逆风起飞、加快发展的机遇。

有了初步主意，朱重庆立刻将澳美公司要求扩建新车间和老漂染厂希望拆除厂南民房以便安装新设备的事项提交集团公司党委讨论。

党委会讨论开始。有人有点担忧目前印染行业形势，但多数人认为，两家公司要求合情合理，投资风险不大，似乎可以同意。说完，大家都习惯性把目光转向朱重庆，等他表态拍板。

朱重庆的发言出乎与会者预料。他先撇开两家公司具体方案，谈了他对当前纺织印染行业的看法和预测。形势越是严峻，越要看准机遇，免得到时后悔，做事后诸葛亮。接着话锋一转，切入主题：他认为这两家公司现在的方案，有点修修补补味道，会造成日后反复投资，不是最佳方案。他建议干脆趁别人还在懵懵懂懂、不辨东西的机会，进行一次较大规模扩产技改，调整结构，更新设备。具体方案是：从村北新征土地中划出 60 亩，给澳美公司建新厂房，然后实现澳美公司整体搬迁。漂染厂可利用澳美厂老厂房，也可考虑再划出 100 亩土地，将老漂染厂整体搬迁至村北，与澳美厂做邻居。借此把澳美做大，把老漂染厂做大，把航民印染行业进一步做大做强！

一言既出，满座皆惊。

与会者没有想到，朱建庆也真的没有想到，一向以稳健著称的朱重庆，在整个行业如此不景气的形势下，居然出此险招。朱建庆以略带疑惑的目光看了一眼这位兄长，只见朱重庆沉稳地坐着，脸上是一副自信坚毅的神情。他这才确信，这位兄长这次真下了决心啦！竟不由自主地点了点头。

会场气氛顿时显得热烈而带点亢奋。

“那好。干脆动个大手术，省得以后这痛那痛的。”第一个投赞成票的是党委委员沈宝璋。

“赞成。”多数人都表态同意。他们从以往经历中明白，朱重庆提出这个想法，事先肯定反反复复思考权衡了不知多少遍。而他一旦形成想法，就是九头牛也拉不回来！

决策慎重，执行高效，这是朱重庆的风格，也是航民人的传统。党委会之后，航民人说干就干。他们投入上亿元真金白银，新建标准厂房，从德国、意大利、韩国和台湾地区订购当时最先进的印染设备，引进先进工艺技术，使用美国纳米助剂。不出朱重庆预料，两年后，当航民村的大动作准备胜利收官时，中国纺织印染行业新一波发展浪潮迎面而来，澳美公司及航民印染业再一次抢得了先机，站上了潮头……

2016 年 4 月 17 日下午，雨后阴天，空气湿润。笔者慕名采访了被誉为航民印染行业标杆式人物的朱建庆。朱建庆在他摆满绿植的办公室接待笔者。今年正好是他的花甲之年，几年来兼任着老漂染厂和澳美公司总经理。两家厂虽只是一路之隔、业务相同，却是独立核算、相互竞争的。朱建庆给笔者介绍接待江总书记的“辉煌一天”，回忆创业创新的曲折生涯，条分缕析地说明管理机制，偶尔表达对老大朱重庆“菩萨心肠”的不同看法。言谈举止中，朱建庆给人的感觉是：聪敏、活络、干练，具有农民式的精明，略有点恃才傲物，但又显得随和洒脱。这些原本有些不同的品质，就那么矛盾地统一在朱建庆身上，使他成为另一种类型的企业管理者。他说自己没有读过几年书，读书时唯一课本就是《毛主席语录》，当年能够从头背到尾，现在好多都忘记了，但始终牢牢记住了他老人家说过的一句话：只要把人民群众的积极性充分调动起来了，什么人间奇迹都可以创造出来。管企业，其实就是管人呀。他比较喜欢研究毛泽东、武则天的用人术，也喜欢看李嘉诚、王永庆等人谈管理的书，注重企业文化建设。企业检验产品，也就是检验人品。他为两家企业确定了一个目标口号："比客户所希望的做得更好"，以此来要求企业、要求员工，更是要求自己。最近，他刚听说瓜沥镇有家日资企业，生产雅马哈乐器，企业没有考核，但员工积极性非常高，这就是企业文化的效能。他准备去好好考察一下，学习学习。用文化来管理企业，形成企业文化，这是管理的最高境界。

从朱建庆和航民村企业管理者身上，笔者悟到了乡镇企业管理经验的真谛：它们没有宏大的理论架构，只是把农民最纯朴最原始的民本思想融入其中，吸纳现代管理中某些科学先进的理念，抓住人性中最本质的利益追求，直抵人心，用最简便的程序和最浅显的条文，明晰管理的主要标准和基本规范。这些管理方法是服水土的、行之有效的。它们从企业内在管理的角度揭示了航民村企业之所以能在激烈的市场竞争中获得生存、发展、壮大的奥秘。

逼出来的热电厂

1991 年 8 月的一天，高温酷暑，杭州地区成了有名的火炉。航民村也被裹挟在热浪之中。近期上马的纺丝实验厂已进入设备安装调试期，机器轰鸣声、人员呼喊声混杂成一片，显示出一种令人亢奋的景象。几位远道而来的德国工程师正以德国人惯有的认真严谨，帮助调试着那些从德国进口的纺丝设备，忙得满头大汗。突然，所有机器设备刹那间齐刷刷停止运转。原来，又被拉闸停电了。那些现场德国工程师摊开双手、瞪着蓝眼珠问：为什么这个时候停电？为什么事先不通知我们？这样动不动就停电，设备调试怎么进行呀？原定的合同期如何完成呀？完不成合同，责任算谁的？谁赔谁呀？

为什么？我们也不知道呀！航民人显然只能憋着满肚子委屈，向那几位满腹牢骚的德国工程师解释着。其实，拉闸限电，在 1991 年夏秋季是稀松平常的事。那时全国电力供应严重不足，为了保证居民生活用电和重点工程建设用电，电力部门迫不得已，只能采取隔三差五拉闸限电的措施，首当其冲的则是乡镇企业。有的电力部门态度好一些，事先还发个所谓的安民告示，有的则连个招呼也不打，说停就停，说拉就拉，不管你当时在生产什么。这不是明显欺负人吗？不是明显影响企业生产吗？于是乡镇企业干部职工把电力部门称为“电老虎”，有的更干脆骂他们是“电霸”。气管气，骂管骂，停管停。对于高度垄断的电力部门，乡镇企业厂长经理们是一点办法也没有。航民村遇到的时不时停电拉闸情况，只不过是当时中国乡镇企业一个缩影。

朱重庆遇到了办厂以来最头疼的问题，他把厂长经理们召集起来商量。有懂行的人提出，可以用柴油发电机。于是就把全村 8 台柴油发电机集中起来，合并发电。国家电网有电供应时，这 8 台柴油机休息；国家电网拉闸停电时，就用航民村的自发电，解决几家企业燃眉之急。但柴油发电机发电量毕竟有限，偶尔顶替一下可以，天天如此，怎么吃得消？再说，柴油机发电成本那么高，污染严重，柴油又是限量供应，总不是长久之计啊！怎么办？一个天大的问号，悬在航民村头上，也悬在朱重庆心上。有没有更好办法呢？

临近 1991 年年底，联营厂广东顺德金纺集团也碰到了类似缺电情况，他们委托朱重庆帮忙去宁波代为考察订购柴油发电机。在返回途中，朱重庆和同行的设备科副科长沈宝水等人在车上聊起用电问题，沈宝水即建议朱重庆去看一看绍兴热电厂，或许会有收获。既然是顺路，又不用买门票，看看就看看吧。在途经绍兴热电厂时，朱重庆和随行人员一起，下了车，停了半个钟头，将绍兴热电厂里里外外看了个遍，弄清了热电厂大概情况。突然一个念头冒出来：热电厂不错呀，既可以发电，还可以供气供暖。也许就是这次短暂考察，使朱重庆萌生了办热电厂的想法。

时代列车驶进了 1992 年。这是一个中国历史上具有标志意义的年头。邓小平同志视察南方谈话精神传达下来，全国掀起新一轮改革开放热潮，浙江更是呈现出大干快上良好势头，乡镇企业、民营企业如雨后春笋般涌现。记得笔者那年在浙江西部一个县担任县委书记，积极贯彻邓小平同志南巡讲话精神，提出“超常规发展”观点，发动全县干部群众，大力加快发展，曾创下开发区每天引进两个项目、全县经济总量年增长63%的新纪录。由一斑可窥全豹。从一个县，可以想象当年全国那种火辣辣、热腾腾的发展情景。

在这一波发展浪潮之中，用电问题更为凸显。“停三开四”（即一周中开4天、停3天）成为常态，“停四开三”也屡见不鲜。电力这样供应，还怎么办企业呀？一向稳重的朱重庆开始坐不住了，自己办厂发电的念头越来越强烈。他带着人，又一次悄悄考察了绍兴热电厂。回来后，他接连几次召开实业公司党总支会，明确提出航民村要兴办热电厂，自己发电，自己供电，彻底解决企业用电问题。

航民村要办热电厂自己发电？这航民村、这朱重庆是不是有点疯啦？当这个消息刚刚传开的时候，许多人都表示怀疑，都当作笑话听一听。其实，这种怀疑是有道理的，那是1992年啊。电力是国家高度垄断、统一布局调控的行业，电力部门是针插不进、水泼不进、具有排他性特权的单位。不要说一个小小的村，就是一个县，一家大企业，也得受制于他们、有求于他们。在朱重庆他们提出兴办航民村热电厂之前，萧山市（当时萧山早已撤县建市）还没有一家像样的热电企业，不光是萧山，就是再将眼光往远看，放眼浙江省，也没有一家村办热电企业。你朱重庆就那么牛，就那么异想天开，就想从老虎口中夺食？没有那么容易吧？

不过，朱重庆铁定了心要办这个热电厂。朱重庆有个特点，他酝酿事情的过程会很长，但一旦看准下了决心，你就是用火车头也拉他不回来。朱重庆知道，办热电厂，冲击的是一种现行体制，难在审批手续。当然，朱重庆有朱重庆的思路和办法。

1993年3月，又一个阳光明媚的春天，全国人大八届一次会议在北京隆重召开。作为全国人大代表的朱重庆，与其他代表一样来到北京，随浙江省人大代表团一起住进京西宾馆。第一次当选全国人大代表的“农民兄弟”朱重庆，见到了许多过去只能从电视和报纸上“见一见”

的领导同志及各地各行业的名人名流，内心自然是欣喜的、激动的，也是紧张的。他将主要的时间和精力用来参加会议、审议报告、参政议政。他还应会议新闻中心之邀，与华西村老书记吴仁宝等一起，代表农民企业家，回答中外记者提问。但他内心深处时时记挂着航民村那个热电厂，总想利用这个难得机会寻求突破，寻找理想的合作对象。他在人大讨论会场，听着大家发言，偶尔走神，一遍又一遍地逐个扫描着每个人，最终将目光锁定在两个人身上。一位是时任杭州钢铁集团公司总经理孙永森。会议间隙，朱重庆将办热电厂的设想方案粗线条地勾勒出来，希望这位大名鼎鼎的孙总经理能够支持他这位农民兄弟。孙总生得人高马大、声音洪亮，是位性格率直、大大咧咧的企业家。他当即就表示支持，并说等会议结束回去，他就带人去航民村考察。另一位是时任浙江省计经委主任马村应。朱重庆向这位掌管着审批大权的“大官”申述了航民村缺电的困扰、办热电厂的渴望，恳请马主任帮忙。这位马主任虽然位高权重，面相却生得一脸和善，为人非常低调随和，是位熟谙经济、循规蹈矩的官员，对乡镇企业的困难非常了解。他被朱重庆的诚意和决心所感动，也答应朱重庆，一定抽空去航民村看一看，等看了之后再商量。朱重庆看省计经委马主任这里并没有一口回绝，便觉得此事大有希望，越发增添了信心。

北京人大会议一结束，朱重庆立马回村，准备接待两位关键人物的考察。杭钢孙总经理真是说到做到，没过几天，他就带着杭钢集团公司领导班子全体成员，来航民村考察现场。朱重庆陪着他们看航民村办企业，介绍情况，谈了兴办热电厂的方案和所需的5500万元资金。孙总经理与同来的班子成员一沟通，大家都表示看好航民村、相信朱重庆，于是，孙总经理当场拍板，同意投资，与航民村合办热电厂。签订合同之后没几天，杭钢集团公司就如约将1650万元资金打到了航民实业公司账上。过了一段时间，浙江省计经委马主任也没有食言，抽暇来了一趟航民村，朱重庆陪着他转悠了半天。他看得很认真，问得很具体。临走时，他明确交代一道来的有关处室负责人，让他们回去后好好研究研究，

朱重庆参加人大会议

看看有没有可能变通一下政策，支持一下航民村。在当时情况下，马主任这个态度应当算非常明确了，似乎在漫天阴霾中为航民村留出了一道亮光。

情况有喜有忧、难题将破未破。朱重庆清楚，应当主攻热电厂审批手续。手续，手续，就是那张薄薄的16开纸、一颗颗圆圆的红章。这是重中之重、难中之难哦！朱重庆寻思，得找一位成熟稳重老练、熟谙机关程序的人来办这件难事。找谁呢？对呀，找校相！这件事非校相不可！

这位校相，就是被航民人戏称为“不当乡长当村长”的朱校相。

朱校相，可谓航民村老干部啦。他很早就担任了生产队长，成为中共预备党员。1969年4月，航民大队党支部恢复，朱校相担任大队党支部副书记，第二年又接替朱关兴当了大队党支部书记。后来他被抽调至镇农技站当站长，成为乡镇半脱产干部。八十年代初，朱校相当选为昭东乡乡长，一直工作到1989年。笔者上世纪八十年代初曾在老家组织部门工作过较长时间，比较了解当时乡镇干部状况。那些当时被称为“半脱产干部”，其实全部脱产工作，只是他们工资比正式“国家干部”要低一档，而且，不迁移农村户口。这些干部，大多是在土地上摸爬滚打几十年、具有丰富农村工作经验的人，特别擅长解决农村中的疑难杂症，善于对付那些刁钻圆滑的农民。朱校相是其中佼佼者。

航民村发展到1988年底已初具规模，村里向瓜沥镇委提出筹建航民实业公司党总支，并推荐朱重庆出任拟成立的实业公司党总支书记。朱重庆这时想到了在昭东乡当乡长的朱校相，恳切地对他说，村里现在事业发展起来了，感到人手不够、人才缺乏，动员原本就是航民村的朱校相回村工作，担任村委会主任，也就是老百姓俗称的村长一职，共同把航民村搞得更好。朱校相与朱重庆本来就是极要好的朋友，现在他被朱重庆这番话说动了心，表示愿意回航民村，与朱重庆一起为村民服务。他想起萧山市曾下发过一份鼓励机关行政干部留职停薪创业的文件，元旦刚过，便马上向萧山市委市政府写了一份要求留职停薪、回航民村工作的报告。为减轻朱校相的心理压力，朱重庆陪着朱校相两次去找萧山市委分管领导，希望能按照文件规定，允许朱校相留职停薪、回村工作。谁知市领导认为，一般干部可以留职停薪，朱校相是乡长，不可以。要走，只能脱开，与公职身份一刀两断。何去何从？朱校相一时拿不定主意，朱重庆也感觉左右为难。但航民村的确需要朱校相回来，考虑再三，朱重庆采用了激将法。他对朱校相说：“如果你在意干部身份，那就算了。人有退路有时是好事，有时并不是好事，因为那样会心挂两头。可能没有退路会更好，那样你会勇往直前。如果你相信航民村会更好，那你就回来，我们一起干！”朱校相一想是这个理呀！他最终下定决心辞去公职，回村担任村长。

此事一经传开，萧山全市反响极大。朱校相不当乡长当村长、敲破铁饭碗捧泥饭碗，一时成为萧山城乡街谈巷议的热门话题。但朱校相不为所动，调整心态、放低身段，勤勤恳恳地当起了航民村长，无怨无悔地做了朱重庆助手，办了不少实事，赢得航民村群众赞誉。

所以，在办理热电厂手续的关键时刻，朱重庆自然而然地想到了朱

工业区全景

工业区夜景

校相。朱校相当过乡长，见多识广，上上下下认识人多，懂得机关办事门道，一定能把热电厂手续跑下来。后来事实证明，朱重庆这一次又对了。朱校相前前后后跑了一个多月时间，不知多少趟跑三级计经委，也不知多少次进三家电力局，其间，面对门难进、脸难看、话难听、事难办的机关工作人员，这位昔日官员，真是说尽千言万语、尝遍千辛万苦、听尽千训万斥、受尽千羞万辱。一次，朱校相进了一个办公室，满脸堆笑，刚想询问一下审批报告进展情况，冷不丁对方劈头盖脸抛过来一席话："你老是死乞白赖地来跑有什么用？没有用的！我不是为你们航民村一家服务的，我管的是全市，懂不懂呀？"弄得朱校相头不是头、脸不是脸，只得悻悻然退出。朱校相这副委曲求全的样子，惹得同去的司机都受不了了。他张口就喊："你是大机关，但也不能这样对待人吧？人家老朱好歹当过乡长，你这个毛头小伙子怎么这样训斥人呀？"但朱校相还是拉住他，把他拖出了机关大院，一边悄悄地说："算了，算了，万事和为贵，以办成事为目的。跟他一吵，就前功尽弃了，不值得，不值得啊！"

这些辛苦和委屈，还都是表面的。真正较量较劲的还是旧的管理体制和利益格局。一方要维系，一方要突破；一方已占有，一方要创新。

2016 年 4 月 6 日上午，丙申年清明节后第二天，现已退休多年的朱校相，应笔者之请，在他"发挥余热"的办公室接受了一次长时间采访。他翻出许多旧本子，找到后给笔者一一介绍。回忆起当年跑项目，尤其是这个热电厂项目时，他仍情绪激昂、气愤难抑，似有无限感慨。从他介绍中，笔者还原出当时一次会议激烈的争吵场面：

萧山宾馆一个会议室内，会议气氛紧张而沉闷，略带点诡异色彩。

这里正在举行萧山航民热电厂项目可行性论证会。参加论证会的有浙江省、杭州市、萧山市三级计经委，三级电力主管部门有关负责人、专家工程师，约 20 余人，航民村朱重庆和朱校相等参加。

论证会开始，先由省电力设计院介绍项目情况。因做这个项目的人员多次到航民村实地考察了解，反复与朱重庆、朱校相他们沟通研究，他们对项目比较熟悉，所以，介绍情况比较顺畅。而且，明眼人可以听出弦外之音：他们倾向于同意航民村上这个热电厂项目。

接着是专家发言。专家们发言各有侧重，多数是论证技术可行性，有的则是重复设计院意见。但主导性意见，似乎也持赞同态度。

轮到萧山市计经委同志发言。对他的态度，朱重庆和朱校相倒不是很担心，因为事先已做过工作，知道他不会积极赞成，但也不会坚决反对。果真，这位多年混迹于官场的干部，说话小心翼翼，留有余地："这个项目，是航民村提出来的，属于我们萧山本地项目。我们不太好说明确意见。如果坚持要上，别人会说我们是本位主义，不顾政策红线；但要否决这个项目，于情于理又说不过去。所以，我们还是先听听省市领导部门的意见吧！"他把这只有争议的球轻轻地推向了省市有关部门。

"不行，我们不同意这个项目！"杭州市电力部门参会的一位处长迫不及待地表态了。

"能跟我们说说道理吗？"朱校相不紧不慢、不硬不软地问了一句。

"道理明摆着呀！电力是国家统一建设管理的，不是谁想建就能建的。"这位处长似乎显得理直气壮。

会场开始充满火药味。

这时，朱校相将目光投向省计经委的那位能源处长。在事先联系沟通中，他知道省计经委领导是持赞成态度的，在这个时候，别人不太好说话，只有他出面缓和一下气氛可能会好一些。

省计经委能源处长似乎也觉得自己该说说意见了。但他并不想一下子开罪这位杭州市电力部门负责人，所以字斟句酌地说："电力设施由国家统一建设，这是真的；但，也不是说一律不准开口子吧？"

"就是不能开这个口子。"杭州市电力部门这位处长似乎有点得理不饶人。"如果航民村坚持要搞，那么，热电厂资产要归国家所有！"

这简直不讲理了吧？朱校相有点听不下去了："我们是自办发电，村民自己掏腰包呀！"

省计经委能源处长也觉得杭州市电力部门这位处长讲得有点过分。于是，他开始升高声调，态度明朗地说："我们经过研究，认为航民村自己筹钱办热电厂，资产当然应当归村里所有。"

"那，我们不会同意的！"杭州市电力部门那位处长还是不退让。与会者你看看我，我看看你。会场气氛陡然紧张，炸药包似乎就要爆炸。

这也太偏执了吧？省计经委能源处长想，同意不同意航民村新建热电厂的审批决定权在省计经委，对你们杭州市电力部门，最多就是征求一下意见而已，你怎么把话说得那么满、那么死呢？这就不仅仅是对航民村一个村办企业的态度问题，而是涉及对热电企业审批权的争执。在这个问题上，省市的权限是清晰的，省计经委领导的意见也是明确的。他不能再退让、再谦让了！想到这里，他有点上火，将目光对准杭州市电力部门那位处长，声音显得有点咄咄逼人："我再问一遍：你们到底批不批？"

"不批！"那位处长丝毫不作让步。

"腾"地一下，省计经委能源处长心里的火苗被点燃了。"你们蛮不讲理！我们省计经委同意将航民村作为全省电力建设改革一个试点，你们不批，我们批！就一个村，就一个点。出不了大错！"

会场上响起一阵掌声。

尘埃落定。朱重庆、朱校相心中悬着的石头才算落地。

航民热电厂项目终于获得批准，就像一位不准出生的婴儿领到了出生证，也像一位不准上车的长途旅客买到了急需的车票，解决了名正言顺问题。朱重庆开始带领航民人，开辟第二战场，组织热电战役，解决兴办热电企业所需要的场地、资金和专业管理人员等三大难题。

2016 年 5 月 11 日，一个春风和煦的上午，笔者走进航民小城热电公司厂区，采访了参与航民热电厂草创、后来担任第一任厂长的沈宝水。在简单整洁的办公室里，这位自称为"孤独的老头"的人，略带点农民式蛮横口吻，向笔者简略地回顾了23年前建设航民热电厂的艰辛历程。办热电厂得先有场地，重庆提出利用航坞山原有的宕口坡地，平整出一块厂区来。那就干吧！弄了一帮人，搭建起简易工棚，一天到晚放炮炸石。那时连一台挖掘机也没有，基本上靠雷管炸药和手工。好在放炮炸石是航民人的强项，你现在也知道了吧？航民人在“文革”前就在航坞山开山取石。但当时情况已与以往不一样，石头炸下来，没有人要，没有人拉。没有办法，只好恳求别人。外面的车辆进不来，我们就用手扶拖拉机一趟一趟短途驳运，弄得手上脚上全是伤口，用纱布一缠，牛皮筋一扎，继续干。终于硬巴巴平整出一块山地来，兴建起热电厂厂房。比较难办的是第二件事：资金。俗话说，世界上什么事都不算难，唯有借钱最难。建热电厂需要一大笔钱，当时，航民村自己的实力还有限，余钱也不多，所以只好千方百计想办法。朱重庆通过杭钢公司筹到了1650万元。航民实业公司出面，向农行贷款1200万元，这笔贷款还是分期分批到账的哦。等到热电厂工程进展到60%时，钱用完了，就跑到萧山市电力局，找到熟人，软磨硬泡，最后终于从电力局“三产”公司那里借到一笔钱，总算渡过了难关。为了与市供电局的人搞好关系，就跟他们赌喝啤酒。每人一箱，把啤酒围成一圈，一瓶接一瓶地干，那场面蛮壮观哩。第三大难题就是专业管理人员。航民人从来没有接触过热电行业，最多是村里几个“三脚猫”电工，包括他自己在内，哪里懂得热电呀？完全是一张白纸。还是老办法，就是请人呀，培训呀。这时发生了一件有趣的事：有位在省火电公司专门负责热工调试的工程师，是邻近东恩村人，居然在我们航民村找了一位女朋友。女朋友说航民村正在办热电厂，你回来吧！回来就跟你结婚。爱情的力量真大呀，这位“毛脚女婿”立马找到航民村，说愿意到航民热电厂工作。正想瞌睡时有人递上一只枕头，这事多好呀！于是，他就进厂担任车间主任。七拼八凑，总算把热电厂的管理架子搭起来，开始运行了！

那个被戏称为“正想瞌睡时递上来的枕头”的沈松仁，现在已是航民热电公司总经理。2016 年 4 月 28 日下午，按照约定时间，笔者到航民热电公司采访这位沈总。谁知他不在办公室，一位副总告诉笔者，车间技改临时碰到一个难题，沈总赶过去处理了，请笔者稍等片刻。这没有问题，处理难题自然比采访着急哦。笔者在门口等了一会，沈松仁才匆匆回来。只见他中等个儿，戴着一副眼镜，穿着一件黑色拉链衫，形象极其朴实普通。开口寒暄时，笔者就提起“枕头”一事，人到中年的沈总竟略微露出一丝羞涩，不禁嘿嘿嘿笑将起来。“当时，女朋友陪着我去找航民实业公司总经理朱重庆，朱总当即表示欢迎我到热电厂来。我除了考虑女朋友因素外，其实那时航民村已经蛮好啦，否则，我也不会回村的。”沈松仁倒是实话实说。在回忆航民热电厂创业时期的故事时，沈总补充了不少细节。譬如，外聘技术老师傅。杭州第二棉纺厂有位工程师叫金循惠，即将退休，就返聘他到航民热电厂当总工。合作的杭钢集团派来了一位管理人员和少量技术骨干。热电厂筹建班子派出一批青年职工去新昌热电厂学习培训。他当时被任命为车间主任，也带着一帮人，到浙江几家热电厂、电厂考察取经。建厂时，靠建设单位帮助安装和调试设备；运行前期，主要请有经验的老师傅在现场指导把关，我们是慢慢熟悉，慢慢接手的。好在当时的热电设备自动化程度还不高，一期两台 35 吨锅炉，一台 6000KW 发电机，规模不算大。没有多长时间，我们就全盘接过来，能够独立运行管理了。到后来，由分散控制到集中控制，再到自动化控制，就全部由我们自己摸索着搞成功的。沈松仁后来由车间主任提任技术副厂长，再当总经理，二十多年下来，现在对热电厂技术显然是熟悉的、在行的。他介绍说，航民热电厂主要是为航民印染企业配套服务的，供电、供气、供暖。价格比社会上要便宜 10% 到 15%，这样可以大大降低航民几家印染厂的生产经营成本，提高同行业竞争力。这是集团公司从全局出发确定的价格原则吧！他们也都赞同。其实，在他看来，价格仅仅是一个方面，另一个方面是供气。就像人理发时发式定型要考虑形象一样，印染定型工艺对蒸汽的热度、稳定性要求很高，集中供应稳定高质量的蒸汽，对提升印染质量、形象、效率至关重要。

所以，目前他们正根据集团公司安排，在进行一次大规模技术创新提质工程，就是将各厂各家原先用导热油锅炉定型改为集中统一的中压蒸汽定型。为此，他们需要投入6000万元，用一年时间进行技改创新，争取到今年12月底全部完成。完成后，能增加供电量10%，使集中供气量翻一番。

笔者似乎也被沈总这番话所感染，提出能不能去厂区转一转，现场感受感受。他自然赞成，并让人找来几顶安全帽，他自己先戴上，也让我戴上。然后，他就带着笔者开始在厂区和高塔间穿行，一边对笔者作着说明："场地比较狭窄，技改期间，厂区显得有点乱哦。"只见一辆辆卡车进进出出，一些新设备刚刚卸货，还没来得及拆去包装外壳，一批显然已被淘汰拆卸下来的旧设备，堆放在临时场所，有数位工人在高塔上爬上爬下，敲敲打打，不知在做什么。沈总给笔者解释说，那些技术人员在做空气监测取样。笔者也学着爬上高塔瞭望，从高处俯瞰庞大的发电机组，进监测室观看监测数据，感觉很是新鲜，也没有疲惫感。在监测室，沈总指着那些荧屏上跳跃着的数据，蛮有信心地说，等他们厂提质技改完成后，航民村印染企业将登上一个新台阶。说这话时，他镜片后的那双眼睛显得亮晶晶的。

"农民兄弟办热电"，这是朱重庆后来常常用来自嘲的一句名言。朱重庆以超前远见、过人胆魄、农民式韧劲，在热电行业捷足先登，成为浙江电力系统第一个"吃螃蟹"的农民。后来，他发现，这只"螃蟹"又肥又大，肉质丰美：热电企业具有空间垄断、运行稳定等特点。于是，一发不可收拾，接二连三地办了三家热电企业，热电也因此成为航民集团支柱产业。除最早兴建的浙江航民热电有限公司外，又于2004年5月同时开工建设杭州航民小城热电有限公司和杭州航民江东热电有限公司。在两个多月采访时间里，笔者先后去了这三家热电企业，搞清了它们的布局及分工：第一家热电企业，主要负责为航民集团公司供电供气供暖；第二家热电企业，主要负责为当地瓜沥镇开发区企业及居民生活供电供气供暖；第三家热电企业，主要负责为大江东地区企业供电供气供暖。这样形成既三足鼎立，又“三国演义”的局面，满足了航民集团自身发展需要，降低了集团所属企业运行成本，赚得盆满钵满，每家热电企业年稳定盈利均在4000—5000万元以上，仿若航民村一棵棵摇钱树。随着国家电力管理体制改革完善，为国家电力运行削峰填谷，客观上又有益于社会，真是一举数得！

染缸里飞出金凤凰

平地一声惊雷，炸响在钱塘江两岸：航民村要办黄金饰品厂了！染缸里要飞出金凤凰了！

黄金饰品？就是平时女同胞们戴在手腕或手指上、挂在项颈或头发上，黄灿灿、明晃晃、亮晶晶，引得许多回头率和羡慕眼光的物件吗？

这是真的吗？农民能做这个？有人怀疑。真的！有人证实。

去问问重庆吧？人们习惯性地想到：只要重庆说是真的，那就一定是真的！

有人就真的去问朱重庆：“重庆，听说我们航民村要办金饰品厂，是真的吗？”

朱重庆笑眯眯地回答道：“是真的。”

这是2003年开春之初。后来肆虐中国的“非典”此时在江南还毫无征兆。

其实，稍微了解一些航民村史的人知道，航民村人萌生挖金刨银的想法已很久了！

上世纪九十年代中，航民人在航坞山西北一个叫“石大门”的山宕口，办起了一家名为杭州萧山稀贵金属冶炼厂，聘请退休师傅负责冶炼技术，从外地炼铜厂买来阳极泥，提炼出黄金白银。有一年，这家冶炼厂竟提炼出1吨黄金、20吨白银。但当时国家有规定，任何单位和个人生产、挖掘的黄金，必须统一卖给国家，各地人民银行按照当时规定的金价收购，最低时每克黄金只有 69.70 元人民币。这样一来，航民村稀贵金属冶炼公司盈利就非常有限。企业搞了几年，还是小打小闹、原地踏步。

这时，朱重庆感觉不满意了。他找到时任冶炼公司副总经理朱思宝，商量怎么把企业搞大搞好。一坐下，朱重庆就把自己经过深思熟虑的想法倒了出来。他说，他在一次出国考察中，偶然听到我国驻外使馆的一位外交官说起，黄金珠宝饰品既是身份象征，又具有保值增值作用，因此，在国外颇受欢迎。说者无心，听者有意。朱重庆觉得似有人击打了一下电石火花，顿觉眼前一亮。是呀，国外这样，国内不也是这样吗？随着群众生活水平提高，人们对黄金珠宝饰品的需求量必然大增。譬如，我讨老婆时，女方只要 3 钱重的黄金饰品，现在小青年结婚，恐怕 30 钱也不够哦。这样想一想，今后黄金珠宝饰品市场该有多大呀？但眼下，浙江经济那么发达，有不少金银珠宝商场商店，却没有一家较大的黄金饰品制作企业，这是不是老天爷有意留给我们航民村的商路呀？现在将黄金卖给银行那么便宜，我们可不可以加工成首饰再卖呢？他考虑再三，决意投资黄金饰品行业，希望朱思宝将眼光转过来，拼命一搏。

朱思宝是个头脑活络、目光远大，很想干一番大事业的人。他早年当过生产队长、漂染厂会计、实业公司财务科长，其间，他还外出办过几年印染厂，具有实际管理经验。朱重庆这一席话，说得他热血沸腾。朱重庆的想法正中他下怀，真正是英雄所见略同，两人不谋而合。于是，以朱重庆为军中主帅、以朱思宝为开路先锋，航民人开始了一次被形容为“黄金大道探险”的旅程。

事情当然是说说容易做做难哦。朱思宝开始按照朱重庆的思路，到处考察，寻找商机。但当时，黄金饰品还属国家严控产品，生产销售必须有资格证书，否则，一逮一个准，轻者罚款，重者停业。设置在航民人通向“黄金大道”的第一道难关，就是必须做到冠冕堂皇、名正言顺。也正是应了那句老话：功夫不负有心人。正当朱思宝被这个名分弄得焦头烂额之时，从几十里之外杭城，忽然传来一个在别人眼里也许是“极坏消息”，而对于航民人而言却是“极好消息”：杭州市二轻系统所属杭州金银饰品厂因经营亏损，即将倒闭，准备遣散职工，但需要一笔不小的安置费用，眼下正在四处物色接手单位呢。朱思宝一听这消息，喜出望外，觉得机缘来了。他赶紧跑到对方单位，跟他们商谈出一个双方受益的“合作”方案：航民集团公司以200万元一次性买断杭州金银饰品厂执照，并改名为“杭州航民珠宝首饰工业有限公司”，对方将航民集团公司支付的200万元作为全厂职工遣散费。收购方案一形成，朱思宝立即向朱重庆作了报告。朱重庆一口答应下来，全权交给朱思宝办理。

航民人从杭州二轻公司接手过来的杭州航民珠宝首饰工业公司，本来就是一个空壳子，开张后，并不一帆风顺。因没有太大把握，公司前期只是用银做材质，生产加工一些低档银首饰，为职工们练练手，盈利显然不多。接着，慢慢从深圳、广州等地金银饰品生产厂家买来一些金银首饰，作为航民珠宝首饰公司产品销往上海、杭州地区，他们在上海、杭州几家大商场租赁了几个柜台，做起经销生意，从中赚点差价，真是吃不饱、饿不死。这与朱思宝原先期望的目标相距太远，他便急匆匆地找到朱重庆：“重庆，这样不行啊！我们不能吃人家嚼过的饭菜，得另辟蹊径，上新项目。”朱重庆点点头：“你这个想法对头，但主意由你拿，我来做你后盾。”

于是，朱思宝开始一家一家考察金银饰品厂商，整夜整夜思考航民珠宝首饰公司经营方向，目光逐渐转向，思路逐渐明晰，他决定溯流而上，必须直接生产黄金首饰。那，有哪一家企业可以合作呢？朱思宝想起了深圳一家名为“百泰首饰”的港资企业。这几年，航民珠宝首饰公司从深圳百泰首饰公司进过不少货，这家公司在行业内数一数二，产品质量不错，购销结算蛮讲信誉，在内地有着广泛营销网络。更重要的是，平时他在与这家百泰首饰老板周桃林闲谈中，觉得他有寻找合作伙伴、进军内地黄金饰品市场的意向。朱思宝反复思忖，忽如灵感闪现，他觉得这是一个必须牢牢盯住的目标。此后，他就密切关注深圳百泰首饰和那位周老板的动静。每次去深圳百泰进货时，他总是千方百计与周老板见上一面，聊上几句，诚恳地邀请周老板到航民村看看。周老板近年来与航民珠宝首饰公司做生意，多有来往，对朱思宝也颇为欣赏。但对考察一事，他则总是虚应着，表示有机会时一定去看看。

时间在朱思宝焦急的期盼中一天天过去，转眼到了江南冬季，有的人家竟开始准备年货了。但朱思宝连一点心情都没有，心思全放在航民珠宝企业的出路上。他时刻打探着周老板的行踪。这时，深圳百泰公司有位熟人给朱思宝透露了一个“内部消息”：周桃林老板是个虔诚佛教徒，到处烧香拜菩萨。朱思宝眼前一亮：自己不是认识普陀山法雨寺方丈吗？可不可在这上头做做文章呢？主意打定，他以进货为名，即刻飞赴深圳，与有关人员谈完进货事项，便径自去找周桃林老板。

这天是周末。周桃林老板见朱思宝年前进货，更是平添三分热情。一番寒暄之后，朱思宝便试探着问周桃林老板：“听说周老板一生礼佛，到处拜菩萨。我们那边老百姓说，拜菩萨最好是到普陀山呢！”

“那当然。”周桃林不知是计，顺口应道。

朱思宝马上接口道：“不瞒周老板，我与普陀山法雨寺方丈是多年好友，对普陀山地形地貌也比较熟悉。要不要我陪周老板去一趟普陀山呀？”

周桃林一听立刻来了兴致，马上就说：“当然好！当然好！我还可以顺道去常州考察考察。”

什么？难道周老板打算去常州投资？朱思宝心下一惊。但他很快就稳定住自己的情绪。先把周老板拉到普陀山再说，他相信凭自己这三寸不烂之舌一定能说服周老板，他更相信航民村的实力和诚意。

想不到周桃林老板对到普陀山拜佛一事比朱思宝还积极，他竟顾不得周末回家休息，从公司随手拿了一些衣物，就跟朱思宝一起直飞杭州。朱思宝立刻打电话向朱重庆报告此事，并安排人员接机。

到了普陀山，已近黄昏。朱思宝早已联络妥当，把周老板安排进普陀山法雨寺，并请出法雨寺主持清净法师，还摆下一桌素斋，真是给足面子。斋毕，周老板由僧人引导入僧房稍事休息。朱思宝陪同着，品茗闲聊。冬日，天黑得早。法雨寺外冬雨淅沥，暮鼓声声，情景十分引人话题。周老板自然十分感谢朱思宝的安排及陪伴。朱思宝则利用晚上这段充裕时间，用并不标准的“萧山普通话”，向说着“广东普通话”的周桃林老板详细介绍航民村情况。讲航民村怎么从6万元起家，这些年来怎么与外界合作，宁亏自己不害人家。讲航民集团是集体经济，实力很强，资金没有问题。讲自己的为人品行，如果周老板信任他，把项目投给航民村，他自信有能力搞好，让周老板赚很多钱。他还介绍了航民村和朱重庆与工商、银行、财税部门的关系，保证没有办不下来的手续。周老板问得很多，朱思宝说了很多，凡是周老板关心的担忧的关注的问题，朱思宝都说到了说全了。他海阔天空、风趣幽默，中间穿插着佛法禅理、故事笑话、商场段子、农村乡谚，说得周老板一个劲地点头。周老板禁不住说：“朱老板，您可真会说呀！让我考虑考虑，让我晚上再考虑考虑哦。”周老板后来对人开玩笑说过，他与航民村合作办厂，第一个因素是被朱思宝“忽悠”的。

夜宿法雨寺。第二天一早，周老板要去烧“头香”。朱思宝早早起来，准备好长香、供品等，陪同周老板上山进香礼佛。烧完头香，还有点时间，朱思宝陪着周老板乘兴游览普陀山。普陀山四面环海，风光旖旎，幽幻独特，被誉为“海天佛国”“第一人间清净地”。虽说是寒冬季节，游客不多，但漫山古木穿天，并没有凋零枯萎，普济寺、法雨寺、慧济寺依山而建，香烟缭绕，显得庄严巍峨、金碧辉煌。山石林木、寺塔崖刻、梵音涛声，皆充满神秘色彩。周老板遇庙就进，见佛即拜。他俩辗转来到著名的“心字石”景点，停留了好长时间。美丽的传说、现实的人情，给人以无限遐想。

佛说“心诚则灵”。一天一夜，周老板感受到了朱思宝待人接物的热情周到、无微不至，从中反映出他寻求合作的诚意。如果能本着这种诚意合作该有多好！周老板开始思考与航民村的合作问题。他对航民村越来越感兴趣，提的问题也越来越多。朱思宝看出了周老板尚未言明的意思，索性再进一步，恳切邀请周老板在去常州途中，顺道去看一看航民村。朱思宝这个适时的恰到好处的口头邀请，被周老板欣然接受。

说去就去。港商周老板在朱思宝陪同下，第一次踏上了航民村的土地。当时的航民村，新农村格局已经形成：厂房连片，烟囱高耸，别墅亮丽，设施齐全，商贸一条街，物流人流车流繁忙。周老板有点惊呆，有点不适应。他也出生于农村，怎么也想不到一个村居然可以发展得那么好。直到来航民村途中，他还对朱思宝介绍的航民村抱着某些疑问，觉得大概会打折扣。但耳听为虚、眼见为实。周老板看到了真实的航民村，他觉得比朱思宝昨晚介绍的还要美好，还要真实，还要幸福。短暂的航民村之行，给周老板留下极其深刻印象，他对此时尚未谋面的航民村领头人朱重庆已深为敬佩，心中虚设的投资天平开始向航民村倾斜。

周老板从杭州坐火车去常州。傍晚时分，朱思宝送周老板到杭州火车站。路上，朱思宝再次提起希望与周老板合作一事，周老板动情地说："航民村条件不错，你老兄也很有诚意，我也很愿意考虑。但不知你们那位董事长意下如何？"朱思宝见周老板如此说，直觉这事有希望，当即回答说："那好，我回去就向我们董事长汇报，请周老板等我电话吧！"周老板见朱思宝那么干练利落，心中自然欣喜，但口头上仍说："不急，不急。等我考察完常州再答复也不迟。"

令周老板没有想到的是，他还坐在去常州的火车上，朱思宝的电话就追过来了。朱思宝告诉周老板，他回村后，当即找到集团公司朱董事长，大约用十五分钟时间向朱董事长汇报了航民珠宝首饰公司与周老板的合作设想。话刚说完，朱董事长就表态同意，并让他立刻转告周老板。朱思宝接着说，航民村的情况和条件您都清楚了，现在您去常州考察，两边的条件摆在您面前，哪个适合，哪个好，您确定吧！周老板有点感动了，在电话中一迭声地说："我知道了，我知道了，你就等我的消息吧！"

但消息迟迟未到。朱思宝焦急得像热锅上的蚂蚁。

刚巧，朱重庆、高天相需去深圳一家证券公司洽商航民股份上市事宜，朱思宝借此由头，打电话给周桃林老板，烦请他接待一下朱重庆、高天相，同时，也让朱重庆他俩看一看深圳百泰公司。周老板倒是满口答应，表示愿意做好“地陪”。

2002年12月17日，朱重庆、高天相飞赴深圳。

走下飞机舷梯，深圳就在眼前。

虽然已近寒冬，但这个地处北回归线附近的年轻城市，却仍是树木葱郁、满目绿色，有的地方居然开着鲜艳的花，让来自浙江的航民人有时竟怀疑起自己的眼睛。到处都是摩天大楼、繁华的商业街、摩肩接踵的人流。当夜幕降临时，商业区霓虹灯依然闪烁变幻，与时装橱窗相映成辉；居民区楼群还是万家灯火、喧嚣热闹。一点不像冬天的情景。有人据此说，深圳没有冬天。

他们去了那家证券公司，谈得不是很理想，所以朱重庆更希望这个金饰品项目能成功。第二天即12月18日下午两点多钟，朱重庆、高天相兴冲冲地赶到周老板公司所在地盐田工业区沙头角。据说，这是华人首富李嘉诚的码头。看来，周老板实力不容小觑呀。

就这样，朱重庆第一次见到了周老板，周老板也第一次见到了朱重庆。周老板原以为，朱重庆是一个大集团公司的老总，必定西装革履、高高在上，但他没有想到朱重庆竟那么朴实、亲和，丝毫看不出大老板的样子。一见面，朱重庆就给他递烟、点火；一坐下吃饭，朱重庆就给他布菜、敬酒。这一切，朱重庆做得极其自然、娴熟，使人舒适、乐意。似乎彼此本来就是熟人，就应当这样。周桃林内心既充满敬佩，又深为触动。那天，朱重庆、高天相在周老板陪同下参观了公司办公楼、生产车间。朱重庆一眼就发现，周老板管理办公与生产现场是在一起的，并没有专门的办公楼。车间的状况、销售的场面，周老板透过隔断的玻璃墙，看得一清二楚。嗯，这个办法不错，我们今后也可以学。朱重庆一边参观，一边思考。他们看到周老板这家金饰品企业规模较大，年生产黄金饰品达到十多吨，销售业务很好，客户在排队等货，心中便有了底。

到了晚饭时间，周老板自然要尽地主之谊。他正儿八经地问朱重庆、高天相喜欢什么口味的菜肴，朱重庆脱口而出：“随便吃一点。”随便？

那就吃海鲜大排档？周老板带着朱重庆、高天相，来到“海鲜一条街”，三人找了一家食材还比较新鲜的小店，要了一瓶酒，非常随意地吃了起来。

酒过三巡、话入正题。几杯酒落肚，周老板脸色开始泛红，话语也显得更多了。朱重庆敬了一杯酒之后，借着酒兴，提出与周老板合作开办黄金饰品厂一事。见朱重庆提起此事，健谈的周老板便一五一十地向朱重庆倒出了自己的苦水。原来，周老板从小学做打金工，后来自己当老板，在这个行业摸爬滚打几十年，有过成功，也有过失败，被合作者欺骗过。但他不认输，认定黄金饰品行业大有前途。周老板给朱重庆、高天相分析说，现在黄金饰品市场处于低潮，但他们看准了国内外黄金饰品市场，预测新一波消费高潮即将到来。再说，黄金饰品本身是值钱的，生产经营黄金饰品需要有经营资格、有专业技术，换句话说，是有高门槛的。几年前，他从香港回深圳办起金饰品厂。凭着原先在行业内的影响力和那股拼命三郎的劲头，他的深圳百泰品牌已成为内地黄金饰品行业中的“大哥大”，营销网络遍布各地。山东、南京、常州等地都有人找他合作办厂，提出很多优惠条件，但他一个也没有答应。他说他听朱思宝介绍过，也亲自去过航民村。他对航民村、对朱重庆是敬佩的。他的公司与航民村比，他自己与朱重庆比，一个是地，一个是天。他很愿意跟航民村合作，但他一时真的没有钱、没有精力再投资。再说，他也被以前那些合作伙伴弄怕了，至今心有余悸呢！感谢朱总！感谢高总！感谢朱思宝经理！（这种表述句式是周桃林老板特有的风格。）

周老板说得如此坦率实在，朱重庆觉得周老板是个性格直爽、很想干事业的人，不是在与他虚与委蛇。对于周老板的预判分析，朱重庆是赞同的。正因如此，他目光的焦点瞄准了深圳百泰这个品牌，视线锁定了周老板和他的营销网络，更看准了黄金饰品这个行业的前景。朱重庆已暗下决心：志在必得！想到此处，朱重庆再次介绍了航民村的实力优势和合作诚意，特别指出朱思宝也是个拼命三郎，敢抓敢管，没有做不好的行业。接着，他推心置腹地对周桃林说：“我相信你说的这些困难都存在，但我们航民人相信事在人为。我们一起来解决这些问题，好不好？”

“那么，请问朱总：您是愿意种花还是种树呢？”周桃林故弄玄虚地问朱重庆。

朱重庆一时不解：“什么叫种花，什么叫种树？”

周桃林答道：“种花，就是把我们深圳百泰的现成产品拿过去现卖，这显然是短期行为。种树，就是要有长远打算，做百年企业。第一年亏本，第二年保本，第三年才开始盈利。”

“种树。”朱重庆毫不犹豫地回答。

达成合作意愿后，双方在餐桌上开始洽商具体合作方案。

周老板说，合资经营需要出资，但自己眼下真的没有钱再投资。朱重庆回答说，我们航民集团可以借钱给周老板，而且周老板占 51%，当大股东；我们航民集团占 49%，当小股东。

周老板又说，办一个金饰品厂至少需要 5000 万元流动资金，这可不是一个小数目呢。朱重庆微微一笑，又回答说，这 5000 万元流动资金由航民集团负责筹措。

周老板还是带着顾虑说，企业还需要有生产厂房、员工宿舍呀，怎么办？朱重庆不慌不忙地回答说，来之前，我们已商量过了，由航民村提供现成厂房，每年只收适当租金，这样可摊入生产成本，减少企业基建投入。

然后，周老板提出，企业投产后，由他们先行承包 3 年，不分红，盈亏归他们。朱重庆满口答应。

啊？世界上竟然还有这样真诚的合作伙伴？还有这样优惠的合作条件？朱重庆的回答令周游世界、见多识广的周老板一时也反应不过来。在唯利是图、锱铢必较的商界，哪有这样谈合作的呀？周老板事后对人说，他当时感觉航民村人就两个字：诚，爽。他被朱重庆的气场、气魄打动了。再加上席间酒精的作用，兴奋之中、迷糊之间，周老板居然改变初衷、抛却顾虑，一口应允下来啦！

那，自然好啊！周桃林说着，与朱重庆、高天相干完了杯中酒。

一餐饭结束，主要合作内容已敲定，双方握手告别。

时隔不久，周老板委派深圳百泰公司闪总经理赶在春节前来到航民村洽商具体事宜、签订合作协议，朱重庆则全权委托朱思宝商谈落实。待双方将全部合作细节商定，朱思宝特意选择航民宾馆“鸿运厅”举行协议签字仪式，并宴请深圳客人。这位闪总经理信仰伊斯兰教，崇拜真主，吃清真菜，是位虔诚的穆斯林。为尊重少数民族习惯，那天晚餐大家吃的都是清真菜，这可把那位闪总经理乐坏了。还未开筷，他就滔滔不绝地给大家灌输了一套“理论”。他说，真主早就把人类安排好了。你看，阿拉伯地区上面是沙漠，但下面有石油；你们这个地方是鱼米之乡，但有台风，也没有黄金。所以，高不可攀的事情不要去做，遇到困难时要有信心。因为真主会保佑你们！这番亦真亦假的开场白，逗得酒席上的人哈哈哈大笑，晚宴气氛十分活跃。

航民人用超深圳速度的速度，仅仅用短短56天时间，申办营业证照，抓紧厂区装修，进行设备调试，开展员工培训，完成了这家金饰品公司的全部筹备工作。深圳百泰周桃林老板则亲自带着100多名熟练员工，分坐4辆大巴，从深圳出发，雄赳赳、气昂昂，一路高歌，经过28个小时的长途跋涉，抵达航民村。2003年4月18日，杭州航民百泰首饰有限公司在众人的期待和祝福声中正式开张营业了。

真是“天有不测风云”。正当航民百泰首饰开门营业、准备喜滋滋地赚上第一桶金时，中国“非典”疫情大规模爆发，并向全世界公开。凡是经历过“非典”时期的人都会记得，那段时间，每天都是“非典”病例的播报，什么确诊病例多少、疑似病例多少、死亡人数多少、隔离人数多少，随着这些数字的上升变化，人们整天坐卧不安、提心吊胆，恐慌心理日甚一日。谈“非典”色变，听见咳嗽声就躲，遇见广东人、北京人就跑。平时引以为傲的北京人、广东人成为最不受欢迎的人。据说，北京京郊有的村居然挖了壕沟地堑，公然挂出“不准城里人进村”的牌子，把那个北京城里人气得呀，但又无可奈何。因为，面对生命威胁，人家有权正当防卫哦。这场事先毫无征兆、猝不及防，又不明原因、波及全国且影响世界的疫情，猛烈冲击了全国正常的生产工作秩序和日常生活规律。笔者记得蛮清晰的是，2003 年“五一”国际劳动节那天，笔者驱车去机关值班，平时拥挤不堪的东二环，一路上竟然很少见到车辆和行人。明明是明媚的春色，却显得凉气飕飕；明明是阳光灿灿，却似乎暗淡无光。笔者体会：“非典”疫情当时的不可知、难预防，对人们心理冲击最大。它在一定程度上超过了人们对战争的恐惧。因为，战争尚有前后方，炮弹总有弹着点。“非典”给人的感觉是无远弗届、无处不在、无人能逃、无方能医。

朱思宝和周老板同时遇到了这一劫。因为当时严格的地区隔离、人群隔离措施，杭州、深圳两地员工无法交往交流、切磋技艺，各地客户也不能前来洽谈取货，500 来名员工中，查出有 7 人高温发烧，就与那些“接触者”一起住进了航民宾馆。前来参加开业庆祝仪式、准备亲自管理一段时间业务的周老板，突发高烧，也被“请”进航民宾馆，按规定隔离一星期。朱思宝亲自把饭菜送到他住的房间门口，把周老板感动得热泪盈眶。航民百泰这台机器一时近似于停转。说实在的，朱思宝经历过多少风风雨雨呀，但他也没有遭遇过这样的境况。有个别子女因高烧而被隔离的父母居然说，航民村的“非典”是他朱思宝引进来的，万一子女有个三长两短，他们就跟朱思宝没完。朱思宝压力骤增，他对家人交代说，如果他也高烧高温了，就把他的衣物用品都烧掉，千万不要传染给别人。

感到“压力山大”的朱思宝找到朱重庆，向他反映航民百泰的状况。朱重庆说，他相信“非典”定能战胜，乌云总会散去。作为管理者，既然看准了，就要坚持干下去，不能有半点退缩。他鼓励朱思宝要挺住，产品销售不畅，但员工队伍不散；企业暂时亏损，但员工工资照发。如果航民百泰亏损，这些钱由集团公司来出！朱重庆这番话给了朱思宝巨大的精神支撑和心理安慰。朱思宝回公司后，做了许多稳定人心、开拓销路的工作，与全体员工一起，同甘共苦，终于渡过了难关。事后，朱思宝多次对人说，没有当时朱重庆这样坚决支持，航民百泰不会有今天！

同样感到“压力山大”的还有港商周老板。他看到了“非典”对正常生产秩序的影响，万一“非典”长期下去，就很难完成与航民集团合同约定的目标。他忧心忡忡，寝食难安，一连几个晚上，他在航民集团办公楼前犹豫徘徊，只见朱重庆在办公室总要忙到深夜，有点不忍心打搅。但最终还是在一个晚上走进朱重庆办公室的门，不间断地叙说了三个小时，尽情倾诉了自己的焦虑和担忧。朱重庆不厌其烦，耐心地倾听着，与他一起分析，最后明确告诉他：如果“非典”是短期的，那就继续执行合同；如果“非典”是长期的，那就根据长期的情况，调整合同。周老板你不要有过多压力！朱重庆这句话把周老板感动了！他觉得朱重庆很睿智，有战略眼光，他找到了过硬的靠山，心里变得非常踏实。从第二天开始，周老板居然模仿军队做法，组织员工早上五点起床出操，开展军训，还由朱思宝教授太极拳，帮助员工增强体质，合唱《三大纪律八项注意》，培养员工意志。更感动周老板的是，航民集团后来兑现了与他洽谈的每一条约定。朱重庆、朱思宝说话算数，答应的事一定做到！这下，周老板彻底打消了顾虑，放弃了他当初的“小九九”：把深圳百泰的研发技术和新产品试制这一块也拿到了航民百泰。也就是一夜之间，航民百泰与深圳百泰处在同一条起跑线上。

航民百泰在朱思宝精心管理下很快走上正轨，迅速发展起来。朱思宝他们利用深圳百泰公司的管理理念、销售渠道、专业技术，第一步完成了模仿和移植。第二步，在扩大规模上花功夫。黄金饰品生产量大，需占用大量周转资金，为减少资金成本，降低经营风险，他们先是争取到银行授信，然后将这个授信额度按当时当地黄金价格，换成真实的黄金数量，将此黄金作为航民百泰公司的生产原料，还让银行调减贷款利率的10%。归还贷款时，又按照当时当地黄金价格，折算成还贷额度，用同等价值的黄金归还贷款。这样做，名义上还是信贷关系，实际上，变成了航民百泰公司“借”银行的黄金来生产加工。黄金来，黄金去，使得信贷双方即银行和航民百泰公司均规避了黄金市场波动的风险，真正实现了双赢。与此同时，他们从航民百泰特点出发，学习借鉴行业先进经验，研究华东地区消费者审美爱好和消费习惯，提出黄金饰品由佩戴保值功能向时尚文化用品转变的新理念，先后开发出一大批适销对路、深受消费者拥趸的新产品、新款式，如“团圆首饰”系列、“凤尾手镯”系列、“凤尾戒指”系列、“记忆手环”系列、“水立方手镯”系列等，风格独特，靓丽时尚，在华东地区市场受到追捧，有的引领消费，其技术含量和工艺精度均走在全国同行业前列。随着市场接纳度提高，航民百泰黄金饰品产量迅速增加。第一年生产加工了10吨黄金，第二年增加到15吨黄金，第三年为20吨黄金，2015年竟然达到了70吨黄金。现在，航民百泰一年创造加工值70至80亿元，年盈利在1亿元左右。2014年7月，航民百泰金饰品公司联袂深圳百泰首饰公司在本省余杭成立杭州尚金缘珠宝首饰有限公司，开辟第二战场，建设一个集创意、研发、生产、展示、交易于一体的珠宝产业集聚地，加工车间整套流水线设备全部来自日本、意大利等。2015年，杭州尚金缘珠宝首饰公司生产加工黄金20多吨，实现加工产值30亿元，成为航民企业集团经济的又一个增长点。就在笔者采访期间，航民百泰饰品公司通过半年运作，全资收购杭州尚金缘珠宝首饰公司全部股权，并完成工商变更登记。这样，航民百泰产品总量将位列全国行业前三名。同时，将黄金提炼作为一个部门并入航民百泰公司，还设想兴建黄金珠宝文化创意园，为航民百泰今后改制成股份公司、直至上市打下基础。

朱思宝提出了“产品是钱、质量是命”的口号，培养职工的质量意识，在黄金饰品行业树立了航民百泰诚信品牌。1吨黄金约加工为15万件黄金饰品，70吨黄金就是将近1000万件黄金饰品。但航民百泰员工硬是将这近千万件产品，件件做成了精品，一年下来，竟然没有一位消费者投诉。这是多么不容易的事啊！但航民人做到了！因此，2011年，航民百泰被中国珠宝玉石首饰行业协会评为“十一五期间全国黄金行业先进集体”“中国珠宝玉石首饰行业驰名品牌”。2014年，又被国家工商总局评为“中国驰名商标”。港商周老板以当初150万美元的原始投入，现在每年从航民百泰公司分红几千万元人民币，真是赚得眉开眼笑哦。今天，已病退的朱思宝与现任总经理朱坚力都自豪地对笔者说，开头一段时间，港商周老板似乎还有点不太放心，经常派人监督航民百泰公司的生产经营，到后来，就彻底放心，基本不管。现在，航民百泰有些管理制度已超越深圳百泰公司，他们在3年时间里，曾先后调换过11位总经理，而航民百泰公司不要说是公司级领导，就是连中层干部也是比较稳定的。所以，现在反过来了，深圳百泰公司有时还派人到航民百泰考察学习呢。

除了黄金饰品市场因素外，朱思宝坚持以人为本、善于管人治厂，是航民百泰长盛不衰的奥秘之一。容笔者在本报告第三部分再作详细介绍吧！

笔者几次去航民百泰公司采访，一天下午恰巧在车间办公室里碰上台湾老板林泰荣先生。这位林老板看上去五十来岁，瘦高个儿，穿着一件黑灰色羽绒衫，一头潇洒的黑发，脸廓棱角分明，深眼鹰鼻，似乎有点外族血统。他操着一口明显的港台腔，热情而健谈，言谈举止显示出商人特有的机敏和活络。当他得知笔者来意后，爽快地答应了采访。于是，我们之间有了如下一次长谈。

林老板是台湾高雄人，高雄大学毕业后，由表姐带着学做金饰品，慢慢积累财富发展起来。二十五岁那年他跑到厦门探险，拿到了大陆第一张外商独资金饰品公司营业执照，开始独自做起金饰品生意。也许是少年得志，一时有点忘乎所以吧！林老板自嘲着说。结果栽了跟斗，生意亏得一塌糊涂，只好跑到深圳另起炉灶，寻找新的商机。2003年，一个偶然机会，他从同样做金饰品生意的周桃林先生那里，获悉航民集团想筹建金饰品公司。好像是天人感应，林老板感觉到财神来了，一拍即合，鼓动周老板一起投资航民村。他居然还跑到北京，在央行金融管理司长面前，滔滔不绝、振振有词地分析金饰品市场的布局和走向，凭着他对海内外金饰品市场的熟稔和能言善辩，终于说服那位央行金融管理司长同意高抬贵手。这才有了现在我们航民百泰金饰品公司。

说到这里，这位侃侃而谈的林老板脸上现出些许得意之色。笔者也被感染了，笑问一句：林老板口口声声说“我们航民”，俨然是航民人了？那是自然。他毫不迟疑地回答道。现在，我们航民（看，又一个“我们航民”！）在金饰品加工行业中已排到全国第五位、华东地区第一位。人家是靠打金砖、做金币占的份额，我们航民实实在在做饰品，从一克到几百克，打造出自己品牌，获得良好口碑。才短短十年时间呀，真是一个奇迹！许多公司是用几十年，甚至上百年时间才有这样的品牌。靠什么赢得口碑？就是靠质量。饰品行业内大家公认，航民金饰品质量最稳定、成色有保证。这是一贯的，可不是自吹。譬如2013年，市场上一度出现黄金大抢购风潮，一些金饰品公司认为赚钱机会来了，纷纷提价销售，但我们航民一分钱也不涨。回过头来看这件事，也许，那时少挣了一些钱，但因此赢得了客户。客户们认为，航民是大公司，走的是正规商道，不挣一点小钱，跟航民做生意靠谱，心里踏实。你说，这样的信誉多重要？千金万金难换呀。所以，我们航民的信誉和口碑就是这样慢慢积累起来的。不为一点点小利而丢掉信誉，这是我们领导班子的共识。笔者开玩笑地问：“林老板也讲领导班子呀？这可是大陆的专用术语哦。”林老板明白过来，不禁莞尔一笑，待久啦，习惯了！

从林老板后来介绍中，笔者才弄清他与航民百泰金饰品公司独特的合作方式。他所在的“台湾项链车间”，专门加工生产台湾式样和风格的项链，在公司里属于相对独立的分厂。黄金原料由航民百泰公司统一购进，“台湾项链车间”将它加工为成品，以出厂价卖给航民百泰公司，再由航民百泰公司统一批发销售，“台湾项链车间”赚取的就是中间差价。这种模式在行业内称为“外协”。林老板认为这种模式很好，各扬其长、各负其责、各取所需、各得其所。而且可以复制，无限做大企业。他分析说，这些行业领军人物一般拥有专业技艺和管理经验，但缺少资金；航民村资金实力雄厚，但缺乏专业人才。专业技艺和经验的积累譬如博士读书，非一朝一夕之功。两者一结合，就可以快速发展起来。所以，这几年，他采用这种模式，在航民百泰公司如鱼得水，赚了不少钱。赚了多少呢？当笔者笑着追问时，这位台湾老板打着哈哈：“不在于赚多少钱，在于享受这个过程。我一餐也就是 30 只饺子而已。”

聊完了生意，林老板似乎意犹未尽。稍微一顿，提高了嗓门，继续说着。我们航民是抓到了一个机遇，黄金饰品是个很好很有前途的行业，黄金既有货币保值增值功能，又有人民币使用功能。航民村必须转型，要成为华东地区最大的珠宝城。这个珠宝城可以叫“珠宝文化创意园”。由加工黄金饰品拓展到钻石、珠宝、翡翠加工及销售，还可以开发黄金系列礼品，如小孩礼品、婚典礼品、老人礼品等，再加上珠宝鉴赏、旅游，那样就搞大了。就拿“台北故宫博物馆”作例子，原先游客到那里，也就是转一转、看一看了事，后来，他们将馆藏文物复制成旅游纪念品，生意好得不要说哦。林老板越讲越兴奋，笔者蓦然想起一帧照片。那是一位友人在一个婚礼上抓拍后发送给笔者的。照片背景是一个盛大的婚礼场面，新娘穿着鲜红色的结婚礼服，胸前竟然挂着十几件黄金饰品，一步一摇，闪闪发光，新娘脸上洋溢着喜悦和幸福感。笔者当时还觉得这样的装饰打扮特夸张，现在经林先生一点破，才知道这已成为当下年轻人结婚的一种时尚。天哪，要是这种做法普及开来，全国金银珠宝市场上得有多少件饰品呀?!

笔者把那张照片的情况和刚才自己的惊讶告诉了林老板，林老板频频点头，似乎为自己美妙的设想而陶醉。他说，他一直在考虑这件大事，最近才形成比较清晰的想法，准备跟朱总谈谈。快结束谈话时，林老板竟然像诗人一样打了一个形象的比喻：航民这条船已经驶出港口了，现在，他希望这条船驶向大海。

当晚，笔者在与朱重庆共进晚餐时介绍了一天采访的情况，顺便提及林老板关于设立航民华东珠宝文化创意园的建议。朱重庆照例呵呵一笑，说此事他也考虑很久，感觉是可行的，现已开始着手筹划运作。航民村向当地政府打了报告，初步计划是将现在航民百泰首饰品公司边上的老漂染厂异地重建，并将村委会办公室搬到集团公司老办公楼上，腾出一块40亩左右的场地，花3年时间，兴建一个航民黄金时尚产业园。这个产业园不仅有黄金饰品，而且有镶嵌工艺品、铂金饰品，既可批发，也可零售。还要与观光旅游结合起来，将社会公众视为神秘的黄金、珠宝企业“透明化”：展示黄金、珠宝首饰加工生产的整个过程，供游客参观鉴赏。还有，设想引进国外黄金珠宝行业的厂商或品牌，占领行业制高点。总之，好做的事情很多，设想的事情也很多。当然，需要一步一个脚印前进。目前，集团公司老办公楼正在装修，一俟完毕，即可动手。哦，原来是这样！看来，这位台湾林老板又与航民村朱重庆想到一起去了！

航民村搞黄金饰品真是“无中生有出名牌”“赤手空拳创市场”的一个成功范例。其实，放眼浙江乃至全国，凡“区域块状经济”或“一村一品”经济发达的地方，这种范例不胜枚举。如最早的温州桥头纽扣市场，后来的义乌小商品世界、绍兴轻纺城、海宁皮革城、浦江水晶玻璃产业、诸暨大唐庵袜子生产集群及河北白沟箱包市场，等等，并非都是资源产地或人才集聚地，且往往是在偏远的交通不算便捷的农村地区，故每每令人匪夷所思，叹为奇迹。笔者追根溯源、细加研究，从航民村黄金饰品发展轨迹中析出若干奥秘：一是强烈的发展意识。为生存为发展愿意拼命干；二是敏锐的机遇意识。善于从微量信息中捕捉到发展曙光；三是农民式诚信意识。说话算话，说到做到；先吃亏，再赚钱；四是主要决策者的魄力。虽然农民平时节俭得“三分钱鸡屎也要捡”；但凡属看准了的，不按常理出牌，即使是“一千两银子的牌九也敢押”；五是模仿创新能力。先学习“像”，然后再逐步做到“新”和“精”。笔者以为，这些精神意识和品格行为，是中华民族精神和传统在改革开放新时期的激发和更新，它或许可以用来解释不少中国奇迹、中国故事背后的原因。

敢向金融潮头立

2016年5月19日早晨，朱重庆接受笔者第四次采访。

春夏之交的季节，天气很好。蓝蓝的天上白云飘，而且飘的是薄薄带状云，染上早晨的阳光，有点像彩带，也有点像航民村印染的彩布。朱重庆愿意作这样的联想。也许是多年来搞印染，他总是爱把眼前的景物与彩布呀、花绸呀、五颜六色的化纤织物挂起钩来。笔者在不知不觉间，也慢慢养成了这样的思维习惯。正所谓近朱者赤近墨者黑，想一想也真有意思。

今天，与朱重庆聊的主要话题是金融。这是笔者最感陌生的领域，却是朱重庆最重视的工作之一。目前，金融资产在航民集团总资产中的份额已过半，而且这个比重还在逐步增加。航民集团下一步能发展多快，飞得多远，很大程度上取决于对金融资产的把握和运营。作为集团掌门人朱重庆，怎敢掉以轻心呢？笔者强迫自己集中精力，去理解一个个陌生的金融术语，去感受云谲波诡的金融市场，去体会站立在金融潮头的风险和那种特有的快感。

在长期交流接触和这次集中采访时，笔者有一个突出的感觉，那就是：作为生产队会计出身的朱重庆，对数字有一种职业本能的敏感，对金融有一种与生俱来的判断力。他随口就能把几十年创业过程中的各类投资、借款、融资包括各企业的生产数量、成本、盈利、折旧，能把航民集团投资各个金融机构的原始资金、占股比例、股票市值等各项财务数据，说得极其精确。如果说朱重庆有异于常人之处，这是其中之一。

"你知道的，航民集团是靠漂染厂起家的，本来就是一家村办企业，我们对金融啊，股票啊，一点不熟，有的名词听都听不懂。1997 年 8 月实业公司整体改组为集团公司后，我才注意股市金融问题的。"朱重庆抽了一口烟，语调平静而舒缓地开始了他的叙述。作为老朋友，笔者知道这是朱重庆说话的风格。朱重庆给笔者讲述了约有两个小时，把整个过程及主要情况给笔者作了介绍。然后，他建议笔者再进一步采访一下集团公司副总经理高天相和航民股份公司副总经理兼董事会秘书李军晓，他们是航民具体分管领导，也是操盘手。还可以考虑去一趟深圳，找第一创业证券公司的钱总聊聊。他们或许会给你提供一些故事或细节吧！

对高天相的采访分两次进行，一次是在他的办公室，一次是他陪笔者去东阳市花园村考察的车上，似乎后一次谈得更轻松、更放开些。高天相是土生土长的航民村人，瘦削精干，低调谦和，脸驻笑颜，文质彬彬，镜片后的那双眼睛显得睿智、灵光，脑门上头发略为稀疏，说话思路清晰，逻辑性极强。高天相比朱重庆小五岁，又因为接任朱重庆当大队会计，故他戏称朱重庆为“师父”。他对当年朱重庆任大队会计时，带着他们几个小队会计办公算账，半夜三更煨番薯、烤花生充饥一类事，还记忆犹新、津津乐道。1981 年，他凭本事考入机关，先后到辽宁、北京学习培训，后来在萧山县政府办公室法制科当科长，不久调任萧山开发区江南开发总公司分管财务工作的总经理助理。因为感觉自己不太适合机关工作，又笃信朱重庆识才容人，便寻思找了个“愿意投身于建设社会主义新农村”的理由，经特批留职停薪，于 1998 年 2 月回到航民村，担任航民集团公司总经理助理兼办公室副主任。这是一位见过世面、有过历练的人，对法律、金融，对财务工作颇有研究。时也，命也，高天相深信这句话。事实证明，朱重庆信任他，把筹建航民股份公司和参股深圳第一创业证券这两件大事交给他具体负责，是走对了路，用对了人。

李军晓则是另一种典型。这位现年才四十四岁，但已灰白头发、戴着一副深度近视眼镜、略显老相的中年知识分子，是航民村从外面引进的高层次人才之一。河南平顶山人，原是中专毕业，后通过自学参加全国研究生统考，进入福州大学企业管理专业学习。毕业后曾到一家外资房地产企业工作。一次偶然机会，参加杭州市人才招聘会，被航民村的事业和朱重庆的实在所吸引，义无反顾地来到航民村，并在当地结婚成家。朱重庆先让他担任集团公司总经理助理，后来任航民股份公司董事会秘书，主要负责航民股份公司的日常运作和有关金融业务。航民股份公司的董秘没有百万年薪和宝马轿车，而是来往公交车、住在招待所，但李军晓却没有怨言，干得有声有色。2015 年，航民股份公司被上海证券交易所评为优秀股份公司，他本人也被评为优秀董秘。

对深圳第一创业证券公司总裁钱龙海的采访，令人印象深刻。

丙申，夏秋之交。深圳高楼林立、满城碧绿葱茏，天气时而艳阳高照，时而暴雨如注，充分表演着夏秋之交的季节特征。笔者与仙泉宾馆总经理欧阳华一起打的去深圳金融区，找到气派时尚的投行大厦。正是上班时间，只见满眼帅哥靓女，如过江之鲫，进进出出，展示出金融行业年轻化风采。笔者在19层办公室，采访了第一创业证券公司总裁钱龙海。这位金融界“中帅”，年近五十，穿着浅色衬衫，打着细花领带，看上去热情、干练，非常健谈，笑声朗朗，不时从嘴中吐出一些警句名言和外语单词。他自述毕业于首都经贸大学，接着赴加拿大深造，回国后与朋友共创佛山证券公司。2002年，佛山证券被首都创业投资公司收购，遂移师深圳，改名为深圳第一创业证券公司，钱龙海担任总裁，至今已逾15年。经过多年发展，第一创业已成长为全国性综合类证券公司，固定收益业务一直保持着行业领先优势，现券交易量保持银行间市场同业前5名。从一个地处一隅的小公司发展成全国性券商公司，在深圳金融区拥有如此气派豪华大楼，钱龙海和他的同事们肯定非等闲之辈。但钱龙海待人接物极是平和，并不像别的金融大鳄那般傲慢和高冷。他也不讳言自己出身农村、幼年清贫、遭遇苦难。他向笔者详细介绍第一创业公司的创业历程和奋斗目标时，双目放光，音调高亢。他将第一创业公司的全部理念概括为两句话：建设世界一流投行，与优秀企业共同成长。而他们与航民村交往、帮助航民股份上市，就是一个极其成功的范例。一聊起航民村，钱龙海对朱重庆、高天相等的熟悉程度和敬重态度，令笔者惊讶。他坦言，他也是从农村出来的，对农村、农民有着朴素的、深厚的感情，发自内心地把航民村的事当作自己的事一样去办，想帮他们一把。这就是钱龙海自己体悟到的“原动力”。时至今日，钱龙海还清晰记得，他为审核航民股份上市资格第一次去航民村，见到航民村会议室里并排挂着马恩列斯毛的画像，他当时心里就感到：航民村是个充满了理想主义色彩的地方，朱重庆是个有着高远理想的人。第一创业也有理想、有目标，不谋而合哦。合作的基础是价值观相同和彼此信任。现在回过头来看，第一创业与航民村的合作为什么那么牢固和长久？为什么会成为券商公司与股东单位关系最好的一对？就是因为价值观相同，彼此信任啊！说到第一创业对航民村的影响，钱龙海略显自豪地说，不光是帮助航民股份上了市，也不光是使航民村成为第一创业股份公司的股东，最重要的是给航民村人灌输了经营金融资本的理念，为航民村打开了一扇通向资本世界的窗户，帮助航民村走上了一条产业资本与金融资本相结合的发展之路，"再造一个航民"！

从朱重庆、高天相、李军晓、钱龙海不同重点、不同角度的介绍中，笔者可以大体勾勒出航民集团探索上市公司之路、搏击金融市场的历程，其间故事可谓一波三折、步步惊心。

1997 年 8 月 18 日，航民人选了这个"发"了又"发"的日子，将航民实业公司整体改组为航民实业集团公司。又过了整整一个月，9 月 18 日，集团公司召开第一届股东代表大会，选举产生董事会、监事会，朱重庆担任集团公司董事长兼总经理。

这个董事长是干什么的呀？它与过去的实业公司总经理有什么区别呢？不能仅仅换个名称、旧瓶装新酒吧？朱重庆开始思考这个问题。

一天，萧山市体改委主任对朱重庆说，根据现有政策和条件，航民股份公司可以考虑上市，并表示愿意帮助航民村来做这件事。这下，朱重庆琢磨开了。既然成立集团公司，那就要按照现代企业来运作，而现代企业结构，最好是混合股份制啊！对，混合股份制！此其时，亚洲金融风暴已开始蔓延，那种摧枯拉朽、波涛汹涌的情景，给朱重庆以极大的震撼。金融，是经济运行的血脉，对现代企业而言，金融实在太重要啦。朱重庆想起在北京"两会"期间，他与杭钢集团老总孙永森闲谈，孙永森谈到了杭钢正在组建股份公司，筹备上市。这位外号称"孙大炮"的老总，东拉西扯地给朱重庆"启蒙"了一下股份、股市、证券知识，还广征博引地给朱重庆介绍了股票上市的种种益处，说得朱重庆怦然心动。"两会"结束回村后，朱重庆想起万向集团。他知道万向集团股份公司早在 1994 年就进深圳证券交易所 A 股市场上市交易。于是，他专程上门，向万向集团董事局主席鲁冠球讨教。鲁冠球当然赞同企业上市，认为企业能上市是最大的收获，并一一介绍了上市公司应当怎么规范等。

朱重庆虚心地征求这位老大哥意见："我们航民也想成立股份公司，不知可不可以？"

鲁冠球回道："航民如果能上市就尽量争取上市，这样能打开融资渠道。"

朱重庆没有把握地追问一句："如果航民成立股份公司，鲁主席能不能参与？"

鲁冠球二话没说，答复得态度明朗、语言干脆："我对你非常认可。如果航民需要，我可以来投！"

朱重庆从鲁冠球处返回航民集团，又把电话打到杭钢集团总经理孙永森那里。再次向这位老朋友询问情况、征求意见，并告知万向集团鲁冠球主席的态度。其时，杭钢集团即将上市。朱重庆一开口，孙永森一迭声赞成，并表态："你这个农民兄弟人正，如果航民村筹建股份公司上市，我们杭钢肯定来投。"朱重庆心中有底了，也忽然觉得坐不住，有点刻不容缓了。想到这里，他又逐一打电话到有联营关系的广东顺德金纺集团、有协作关系的上海第二纺织机械厂、有业务关系的湖南邵阳纺织机械厂，一个厂一个厂商量，征求联合组建股份公司的意见。令人意想不到的是，这些单位竟众口一词，都愿意联合发起组建航民股份公司。得到大家答允，朱重庆非常高兴。他立即召开集团公司党委会，提出了组建航民股份公司的建议，并介绍了万向、杭钢等参股的情况。说实在的，那时航民人对什么股份公司、股票呀等等，还是懵懵懂懂、似懂非懂的，一听朱重庆提出，大家认为不会有错，就一致通过了。

党委会一开完，朱重庆迅速行动，抽调人员，组织起筹建班子，并按规定程序，由村报镇，由镇报萧山市，再报杭州市，然后由杭州市报省。这一圈程序走下来，就过去了几个月。1997 年 12 月 30 日，经浙江省人民政府证券委员会批准，航民集团作为主发起人，联合万向集团、杭钢集团、顺德金纺集团、上海二纺机、邵阳纺机等五家企业，组建

"浙江航民股份有限公司"，注册资本2亿元人民币。朱重庆心中目标很清楚：争取股份公司"上市"！

一个村办企业，需要上市吗？能够上市吗？诸多带着疑惑的目光投向朱重庆。

此时，发端于泰国泰铢贬值引发的金融风暴已波及东南亚。"山雨欲来风满楼"，看来，中国也难以幸免。此时的金融形势，云谲波诡、扑朔迷离，让人看不清、看不懂、看不准。因此，一些原先准备上市的企业，放慢了筹建节奏；几家已经上报材料的企业，也在想方设法找理由抽身。当时朱重庆是怎么想的呢？朱重庆后来告诉笔者：资本市场永远充满风险，也永远充满着机遇，就看谁能有效化解风险，及时把握机遇。根据他多年观察和经验，当钱塘江涨潮时，只有弄潮儿才能捕捉到第一网鱼虾。台风过后，天气肯定比先前还晴朗。资本市场也是同理。当资本市场受到一波强烈冲击之后，必定是资本资产的重新组合和选择。这中间，就蕴藏了许多机会。如果能在重组选择中上市，就能抢占先机，夺得制高点。于是，他下定决心，逆流而上，迈出搏击资本大海的关键一步。

"上市"也并不为大家所接受和理解。高天相在采访中给笔者列举了几条：一是前期费用比较多。七算八算算下来，前期费用包括补税、补土地款等，总额竟达6000多万元，相当于当时集团年利润的三分之一。不少厂长经理感到"肉疼"；二是规范要求极高。航民村办企业都是"游击队"出身，过去对管理制度、财务报表之类，重视不够。特别是对"税款"，有一些企业总是欠一点、拖一点。如果想上市，首先必须做到"滴税不漏""齐步走"，缴税压力大；三是审批手续极其麻烦。开始是"部门配额制"，后来改为"通道制"，最后又改为"核准制"，把人折腾得七荤八素，搞不清东西南北；四是上市成功概率很低。萧山，杭州，浙江乃至全国，有那么多"工人老大哥"和"农民兄弟"企业都想上市，而能上市的企业毕竟是少数中的少数。这个馅饼会掉到航民村头上吗？如果上不了市，岂不是无效劳动、竹篮打水一场空？还把那么多的钱白白扔进黄浦江，连个水花花都看不到呢。高天相这时已回到航民村，朱重庆指定由他具体负责股份公司上市筹备审批工作。高天相偶尔也免不了心中打鼓，就找朱重庆诉诉苦。朱重庆态度明朗地告诉他：航民企业集团已发展到一定阶段，要做强做大，规范是企业本身发展的要求；即使不上市，也应当逐步规范。足额缴税是企业应尽的义务，如果说过去有做得不够好的地方，应当检讨改进，而不应成为不上市的借口。至于航民股份能不能上市，你高天相吃不准，我朱重庆也没有把握。但我相信事在人为、心诚则灵。总而言之，言而总之，一句话：航民股份公司上市的目标一定要坚持，绝不能动摇，而且要尽可能加快步伐！多年以后的今天，高天相在向笔者介绍航民股份上市曲折经历时，由衷地说，航民股份后来能成功上市，亏得重庆的判断和坚持，亏得他力排众议。回想当时情况，真的很危险，真的说不好！自己也有点犹豫，但我相信重庆的判断。而朱重庆评价高天相在航民股份成功上市中的作用时，只用了一句话："天相功不可没！"

统一内部认识，做好规范工作，仅仅是为争取上市奠定一个基础。能不能上市的决定因素在外部。如果把航民村筹备上市的过程，比作唐僧师徒四人赴西天取经的话，差不多也有九九八十一难，其间并没有那种"你挑着担，我牵着马，迎来日出送走晚霞"的轻松和潇洒。航民村用了6年多时间，探寻这条取经之路。更多时候朱重庆和高天相唱的是："敢问路在何方？"路漫漫其修远兮，航民人上下而求索。

稍微熟悉我国证券市场历史的人都知道，我国股票发行制度曾经历了三种形态，即：额度制、通道制和目前正在逐步探索推开的注册制。

航民股份公司成立后的两年，我国股票市场尚处于初期。属于中国股票额度制的一个特殊阶段：部门额度加监督部门审批。理由是：为了维护上市公司的稳定和平衡复杂的社会经济关系，采用行政和计划办法分配股票发行指标和额度，由地方政府或行业主管部门根据指标推荐企业发行股票。公司发行股票的首要条件是取得指标和额度。也就是说，如果取得了政府给予的指标和额度，就等于取得了政府保荐，股票发行仅仅是走个过场。当时国家证券委将新股上市额度指标分配给中央一级部门团体，由这些部门团体遴选本系统优秀企业上市。从理论上看，貌似公平合理，但实际上，由政府部门预先制定计划额度、选择和推荐企业、审批企业股票，这是一个明显带有计划经济特征的制度，极容易产生权力寻租和部门本位主义。在此制度导向下，各类准备上市的企业八仙过海各显神通，希望如过江之鲫、鱼跃龙门。一家家找到自己的“娘家”或“婆家”，呼吁纳入中央部门团体推荐的名额之中。航民村显然属于“农村”，按照习惯，应当属于农牧渔业部归口管理。可以想象，全国有多少“农民兄弟企业”急等着上市呀？说句夸张的话，也许可以从天安门金水桥排队到萧山航坞山吧！航民股份能不能上市，很大程度上取决于当时的农牧渔业部领导能不能高看一眼、网开一面、推荐一下。这时，有人找到高天相，建议跑“部”前进，去找找关系，活动活动。朱重庆和高天相不是不懂，也不是不会，更不是不认识农牧渔业部领导，但他们坚信打铁需要自身硬，只要把企业办好，总有上市那一天。他们按兵不动。朱重庆甚至放出狠话：如果要靠活动出来，航民股份宁可不上市！

航民股份自然没有被遴选上。但这一波“选美”浪潮也很快过去，部门审批推荐，瞬间成为明日黄花。国家证券委改革股票上市制度，将部门配额制改为券商通道制。

通道制(又称“推荐制”)，是指由证券监管部门确定各家综合类券商所拥有的发股通道数量、券商按照发行一家再上报一家的程序来推荐发股公司的制度。由各家券商根据其拥有的通道数量遴选发股公司，协助拟发股公司进行改制、上市辅导和制作发股申报材料，并由各券商公司将发股申报材料上报中国证监会进行合规性审核通过。

游戏规则是别人定的。航民人别无选择，只能遵守这种游戏规则。

这时，有家名气蛮大的证券商——南方证券公司找上门来，说是愿意做航民股份发行申报的推荐券商。真是瞌睡时有人送枕头，这很好呀。朱重庆和高天相也把他们当作贵宾对待。但一年多“辅导”下来，发现这家证券公司跑来跑去，都是几个负责具体业务的一般职员。朱重庆、高天相感觉不对头，几次提出想见一见南方证券公司的高层领导，他们总推说不是在北京，就是在海外，满世界地转悠，似乎比国务院总理还忙，还要“日理万机”，哪里轮得上见你们呀！2002年12月17日，朱重庆和高天相来了个先斩后奏，径自跑到南方证券公司总部所在地深圳，说不见也得见，不见不走。这下他们没辙了，南方证券公司总裁答应从“百忙之中”抽出时间见他们一面，但说好只有5分钟。于是，匆匆见了一面，双方连手也没有握热，就急急忙忙地告辞，改由投行部总经理出面应付。朱重庆跟高天相说，既然这样，我们先去饭店吃饭吧！也行，高天相回应道。朱重庆热情地邀请这位总经理共进午餐。但这位总经理说，饭就不吃了。他大概也觉得证券公司领导做得有点不适当吧，多少为了表示点歉意，他转身从办公室橱柜里拿出一瓶酒，讪讪地作着解释：我送你们一瓶30年陈的53度茅台酒吧，53度茅台酒的水与酒饱和度是最好的。这酒还是贵州茅台酒厂董事长送给我的，送给你们尝尝吧！说完，将那瓶茅台酒放在办公桌上，拱拱手送客了。高天相就陪着朱重庆找了一家附近的饭店，准备坐下来吃饭。朱重庆只说了句：“天相，我们把这瓶茅台酒喝掉！”就自己动手，把茅台酒打开了。这可真是一瓶好酒呀，一打开，整个饭店大厅立刻弥漫开茅台酒香。不少客人纷纷向服务员提出要喝这种茅台酒。饭店服务员哪里拿得出来呀？只能说，这是他们自带的……朱重庆、高天相和同去的人一口气就把这瓶茅台酒喝了个底朝天。这酒可真香啊！那么多年后，高天相说起这瓶茅台酒时，似乎还能闻到当年的香味。据说，自打那次深圳茅台酒事件后，朱重庆就喜欢喝高度白酒啦！

“子在川上曰：逝者如斯夫。”时间在航民人焦急等待中匆匆而过，一眨眼，两年啦。高天相一天几个电话追问，南方证券那边总是说没有通道，排不上队。高天相觉得这样拖下去不是办法，航民股份公司上市机会很有可能被南方证券公司拖黄了。他向朱重庆建议，抓紧与南方证券公司“离婚”，另找“对象”。朱重庆同意高天相的意见。于是，高天相把航民股份公司希望与南方证券公司解除合作的意向告诉了对方。这

金饰品展厅

浙江航民股份有限公司

下，南方证券公司不干了。说要解除合作协议也可以，必须赔偿“辅导费”，而且是狮子大开口。他们凭什么呀？就凭着两三个职员跑了几趟航民村？航民人当然不干！更重要的是，他们承诺的“通道”并没有打通，浪费了航民人争取上市的时间，航民村还要他们赔偿损失呢。当然，这些都是双方怄气时说的话，谈判时还是要讲究策略。高天相打比方说，就像双方本来应当结婚了，但是南方证券公司办不下结婚证，航民村也没有准备好婚房，弄得大家结不了婚。既然结不了婚，那就好聚好散，请他们撤出吧！南方证券公司毕竟感觉底气不足，那些派来的人也认为自己的公司有点过分。最终，航民村对这些职员按劳动付出作了些补偿，算是了结了此事。

请神容易送神难。好不容易把南方证券公司这尊“大神”送走，航民村又开始“请神”。这次找的也是一家有名的证券公司，又在本省物色了会计事务所和律师事务所，把架子搭起来。本来，应当由券商牵头协调，三家中介机构意见一致、步调一致。谁知开始不久，三方闹起矛盾，而且闹得不可开交，谁也不服谁。这家券商能力有限，协调不下来。眼看时间一天天过去，高天相急了，这样下去怎么行呀？他认为还是要再换券商。跟朱重庆一说，朱重庆蛮干脆，请高天相自己拿主意。那行，高天相三下五除二，快刀斩乱麻，炒了这家券商公司的“鱿鱼”。

事不过三吧？高天相一连换了两家券商，也换出一点经验来。他在实践中感悟到：券商公司不一定要非常大、非常著名，关键是要用心、办实事。仿若神助，高天相顿时豁然开朗，他改变了找大券商、做大买卖的思路，决定找一家实实在在的券商机构。也许是天意，也许是有缘。这时萧山市上市办公室主任陈建新向高天相推荐了一家小券商公司——深圳第一创业证券公司。后来正是这家小小券商公司，把航民股份推上了上海证券交易所。而且，“有心栽花花不开，无意插柳柳成荫”，在运作航民股份上市的漫长岁月中，航民人结识了深圳第一创业证券，深圳第一创业证券也熟悉了航民人，逐渐由合作伙伴，变为朋友，最终“结婚、成亲、生子”，成为一家人。当事情过去十多年之后，高天相深有感触地对笔者说，就像结婚要找准对象、看病要找对医生一样，搞企业合作也要找对人。航民股份上市，找深圳第一创业证券公司是成功的。这个成功，不仅是指航民股份成功上市，而且是产生了后续效应和溢出效益，带来的收获超出航民人的预期。它促使航民企业集团进行产业结构调整，提升产业品质，走上了产业资本与金融资本相结合的发展之路。

当然，那是后话。笔者还是把话题和视线拉回到彼时。

2003 年 3 月 30 日，高天相至今清晰地记得这个日子。征得朱重庆同意，高天相与萧山上市办公室丁宝根、陈建新两位主任去这家券商实地考察。那天，他们按照事先商定的时间，坐飞机抵达深圳机场。从出口处走出来，发现来出口处接客的人，都戴着显眼的大口罩，他们一时感觉很惊奇：这是干吗呀？难道深圳人把戴口罩作为礼遇？一问，才知道深圳开始闹“非典”。因当时浙江一带还未出现“非典”一说，大家也并不知“非典”的厉害，嘻嘻哈哈一笑，也就过去了。来机场迎接高天相他们的是深圳第一创业证券公司投行部经理，这位经理告诉高天相，第一创业证券公司刘学民董事长将接待他们，并直接与他们洽谈上市事宜。本来，公司总裁钱龙海也要参加，但不巧得很，钱总前几天去北京出差，尚未返回。高天相立刻感觉到这家券商与以往不一样，看得出，他们十分重视航民股份上市一事。见此情景，高天相心中顿觉踏实许多。

住下不久，刘学民就把高天相等人请到公司，开始商谈。刘学民是位真诚热情、精明坦率的中年人，中国社科院研究生毕业，长期在北京市体改委、计委机关工作，担任过首创集团、佛山证券公司领导。他介绍说，他们第一创业证券公司前身是佛山证券公司，刚成立不久，目前只有 50 来名员工，租用了 2700 平方米办公场地，推荐“通道”尚在申报之中，并没有多少实际经验，也名不见经传。运作航民股份上市，将是他们的“处女秀”。对他们而言，也是蛮难得的一次创业机遇。因此，他非常感谢航民集团把航民股份上市业务交给他们来代理。刘学民作出书面承诺，只要他们一有“通道”，一定第一家推荐航民股份。刘学民现场与高天相敲定，他们公司团队 4 月 8 日就去航民村，进场开始工作，争取越快越好。

后来，也因为众所周知的缘故，深圳第一创业证券公司团队虽如约飞到航民村，但根据当时防治“非典”的要求，在对他们作了例行体检后，还是被送进航民宾馆隔离了半个月。但这个团队的确非常敬业专业，他们虽被“关”进宾馆，但仍坚持办公，用电话与各地联系，强力推进。航民集团在高天相亲自操刀下，自然是全力配合，进展非常顺利。中间唯一碰到的，就是朱重庆的职务问题。按照当时股份公司上市规定，航民集团董事长与股份公司董事长应分开由两人担任。朱重庆就主动提出，他只担任航民股份公司董事长，不再兼任航民集团公司董事长，很快解决了这一难题。5 月中旬，全国“非典”疫情基本过去，审核报备工作骤然提速。等到 6 月份，就已形成材料，开始逐级申报。

航民股份上市的曙光终于逐渐显现。

2004 年 8 月 9 日一大早，朱重庆和前来敲锣的杭州市、萧山区领导来到坐落于浦东陆家嘴金融贸易区的上海证券大厦。见时间还早，他们先绕着大厦转了一圈。

这是一幢集建筑美学与现代科学为一体的智能化大厦，据说由加拿大一家建筑设计事务所设计。大厦采用敞开式巨门造型，立面外罩银白色铝合金板米字型网，显露出全钢结构的粗犷和稳重。

朱重庆和航民人还是第一次如此近距离地接触这幢充满神秘感和时代感的大厦。朱重庆站在证券所交易大厅内，似乎想得很多很多。也许，他想起了航坞山敲石子的岁月，那份骄阳暴晒下的艰辛；想起了在上海滩淘宝、捡拾废品时的那种兴奋与满足；想起了来回奔波、挤在“四海浴室”时那份逼仄和温馨；想起了航民人那种执着坚韧的劲头、那份盼望富裕的心愿；想到了航民股份公司将成为社会公众企业、全体股民焦灼热切的眼神……

这时，一个声音在朱重庆耳边响起：朱重庆呀朱重庆，你为什么肯花那么长时间、那么多精力、那么大费用，坚持上市？朱重庆在心里回答着：上市，既是对企业的一种规范，也是对企业的一种促进。这样做，对航民村企业只有好处，没有坏处。航民企业，总不能永远只是一艘停泊在方迁溇里的小舢板，也不能永远只是行驶在萧绍运河上的小火轮。上了市，航民企业就有可能成为一艘大轮船，依托黄浦江，驶向大海洋。此刻，在朱重庆眼里，这上海证券大厦就像一艘扬帆远航的巨轮，载着航民人的梦想，从遥远的地方驶来，又从这里出发，把航民人带向更为开阔的海洋……

也许，此时的朱重庆什么也没有想，只是以一个股份公司董事长的眼光，尽情地欣赏着这幢华丽而新颖的建筑。

公元 2004 年 8 月 9 日 9 时 30 分。上海证券交易所交易大厅如期敲响了“航民股份”上市的铜锣声。

值得插叙的是，在这个万众瞩目、光鲜亮丽的场合，作为航民股份上市主要决策者和策划者的朱重庆，却躲到了幕后，他把敲响交易所铜锣的槌子，交给了杭州市副市长盛继芳和萧山区区长陈如昉。原来，“航民股份”是国家证券委实施核准制后，第一批经严格审查而上市的股票，上上下下都比较重视，朱重庆热情邀请市、区领导亲赴上海证券交易所，共同见证航民股份上市这一历史性时刻。后来，朱重庆又诚恳提出由市、区两位领导出面敲锣。

在敲锣之前，盛、陈两位领导仍觉不妥，现场劝说朱重庆：“你是股份公司董事长，我们一起敲吧？”

朱重庆却笑眯眯地把两个裹着红绸的锣槌递给两位领导：“哪里，有市长、区长为航民股份鸣锣开道，就是政府在为我们航民村保驾护航呀。我们高兴还来不及呢！”

场面管场面，高兴是高兴。最后，在别人的起哄和怂恿下，这位未占任何股份的航民股份公司董事长朱重庆，与区长陈如昉在上市锣前，摆拍了一张敲锣的照片，留下喜庆的瞬间，为航民股份成功上市画上了圆满句号。

笔者叙述完航民股份上市的故事，再续前话，回过头来描述航民村与深圳第一创业证券公司的佳话。航民村因委托第一创业证券公司代理上市业务而与其结缘，第一创业证券公司从中感受到航民人，尤其是朱重庆、高天相等人的诚信和实在，没有一点架子，不搞虚头巴脑那一套，与第一创业证券公司董事长刘学民、总裁钱龙海等人行事风格极为吻合。航民人也熟悉了第一创业证券公司“诚信、进取、创新”的经营理念，看到了第一创业证券公司在行业内的快速崛起。彼此越来越投缘，平时互通信息，对方有重大活动时，互相邀请，就像走亲戚一样。第一创业证券公司有时还把公司董事会安排在萧山召开，组织与会者到航民村参观。航民村举行30周年庆典，邀请第一创业证券公司刘董事长参加活动，刘董事长欣然赴会。2007年，第一创业股份公司第一大股东单位首创集团执行证券管理部门有关“一控一参”（一家投资公司只允许控股一家公司、参股一家公司）的规定，需要“瘦身”退居为第二股东，他们希望转让部分股权。刘学民、钱龙海首先想到了航民村，他们建议由航民集团受让这部分股权，朱重庆欣然答应。接着，朱重庆又听了刘学民、钱龙海的建议，收购了另一家股东单位出让的部分第一证券股权。这样，航民集团先后出资3亿多元，成为第一创业股份公司第四大股东。

2016年5月11日，深圳第一创业股份公司获准首次公开发行股票并在深圳证券交易所上市交易，证券简称“第一创业”。朱重庆作为特邀股东，出席深交所股票上市敲锣仪式。“第一创业”上市后，逆市上扬，一路飘红。至2016年8月19日上午11点25分，笔者写到这里时，顺手用百度打开证券市场浏览了一下，看到第一创业每股股价38.77元，市值848.58亿元。根据航民集团所持股权比例7.06%计算，航民集团的第一创业股票市值59.91亿元。当然，朱重庆认为，目前仅仅是“纸上富贵”，股价涨跌谁也预测不准。2016年5月19日上午，笔者采访朱重庆时，他曾给笔者算过一笔账：航民集团先后投入3亿多元，每股原始股成本2.6元。当天股价每股24元，航民集团所持股票总值36亿元；即使股票再跌价一半，也有 18 个亿，减去成本利息，赚个 10 来亿，恐怕没有问题！这 10 来个亿，对航民村今后发展是一个很好基础。当时，朱重庆说到这里，一向稳健、笑眯眯的他多少显得有点兴奋。朱重庆对中国证券市场很有信心。他想起小平同志在南方谈话中曾说过，证券、股市也可以试。搞好了，放开；搞得不好，关了就是啦。“现在看来，证券市场是关不掉了！航民村走实业资本与金融资本相结合的路，是走对的。”朱重庆带有总结性地说。

假如，朱重庆看到今天第一创业股票价格，是否会兴奋得喝一杯 53 度白酒？笔者猜想着。

腾笼换鸟与振翮高飞

2012 年，历史进入二十一世纪二十年代，中国共产党在北京召开十八大。不久，一场命名为“供给侧改革”，以去产能、调结构为主要内容的经济革命在九百六十万平方公里的辽阔大地上展开，化解过剩产能、淘汰落后产能，成为中国城乡改革中必须啃下的一块“硬骨头”。

笔者正是在这个特定的时代背景下赴航民村蹲点采访的。

诚如诗人所言：一滴水可以映照太阳。解剖一只麻雀可以知晓全部动物。

笔者感受到，从一个村可以了解全国。

因为，航民村是全国乡镇企业和工业经济发展的一个样本。

航民村办企业是在我国处于短缺经济阶段，由农民借助城市的技术、设备和产品扩散转移而兴起的。按照经济学家们的说法，那是卖方市场。市场像一头长期饥饿的狼，有什么吃什么。企业只要能生产出来，就不愁没人要。企业之间的竞争，主要体现在资源投入、产出数量扩张及销售价格上，而不是集中在自主创新能力提高和质量改善上。应当说，朱重庆和航民人确有过人之处，那就是：见人之所未见，干人之所未干。抢先一步，捷足先登。但，朱重庆和航民人不是神仙，更不能未卜先知。

他们同样也会受到历史的局限、时代的局限、农民的局限。

穿行在航民村办厂区，或驱车去远离航民村的分厂分店考察采访，总体上看到的都是集体经济蓬勃兴旺、主导产品后劲十足的现象。但深入采访，也能拍摄到一些产能过剩的视频，触碰到我国经济转型升级中乡镇企业承受着的阵痛。

视频之一：落满灰尘的稀贵金属冶炼厂

5月上旬的一天，笔者前去这家坐落在航坞山北侧的稀贵金属冶炼厂采访。王利江，一位眉清目秀的80后“留守总经理”陪着笔者踏看已布满尘土的厂区和停用两年多的设备。因为停产，厂区显得空旷而寂静。天，淅淅沥沥地下着雨，厂区坑坑洼洼处积满了雨水，积水上面泛着一层薄薄的金属微光，从地面可以明显看出一块块大小不一的猩红色铁锈斑痕，似乎在证明这家企业昔日的行业身份。走进车间，两台提炼金银的马沸炉，四个黑乎乎的洞口，就像伺机扑食的虎口，令人毛骨悚然。一台增强聚丙烯压力机，像是被人遗忘般静静地躺在那里，身上覆盖着一层透明塑料薄膜。2万吨电解铜车间，现在空无一人。一排排冶炼渡槽，恍惚之间，就像一个个张着口需要喂食的婴儿。我们转到厂区一角，见有个20来平米小间，两位师傅正用5台电子吸附设备在进行电解金作业，此处才显现出若干活气。王利江介绍说，这是在用航民百泰首饰公司的旧金和下脚料，分解回收黄金，一天50公斤。这是冶炼厂目前唯一业务。我们爬上爬下，一圈走下来，几个人裤腿上全沾满了灰尘。

在电解铜车间，王利江给笔者大略介绍了一下冶炼厂情况。上世纪九十年代初，航民人为实现“披金戴银”梦想，创办了这家稀贵金属冶炼厂。在开办后十来年间，铜价很高，原料又多，对企业污染治理没有像现在这么高标准，冶炼厂产销两旺。最好时，一年生产标准阴极铜1.5万吨、黄金1200公斤、白银40吨。要知道，每吨铜盈利2000多元，一年下来就是3000多万元哦。冶炼厂最好的年份比印染厂、热电厂、百泰首饰厂效益都不差啊！真是红红火火、风光极了。说到此处，年轻的王利江眼睛闪着光，似乎沉浸在昔日辉煌之中。但目光回到现实之中，看到眼前空空如也的车间，王利江瞬间显得心情沉重。现在国家规定，冶炼厂必须具备10万吨级生产能力方可营业，这家2万吨级冶炼企业明确属于淘汰关闭之列。再加上现在铜价下降厉害，出厂价还不到过去一半，成本价高于加工费。每生产一吨铜就亏损3000元，这怎么经营呀？不得已，集团公司于2014年11月下决心停产，寻找新项目，力争“腾笼换鸟”。笔者问王利江：“眼前有什么思路和项目吗？”王利江倒是老老实实回答笔者：“难啊！现在好项目不太好找。集团公司正在考虑是否扩大炼金车间，让我们开拓市场，争取为全国金饰品厂家加工回收黄金及下脚料。现在集团公司尚在研究，我们等等吧！”是，可以等一等。但等到什么时候呢，小伙子？

视频之二：下海后搁浅的航民船队

航民村紧挨着航坞山，航坞山是航民村的靠山。史传航坞山曾是越王勾践渡江出征之处。航民人对航海、对船舶似乎有一种天然亲近感。在朱重庆和航民人诸多梦中，有一个梦就是希望哪一天，航民村能拥有自己的航海船队。等到航民村先后办起3家热电厂，用煤量大增，印染、热电、煤炭、航运一条龙呼之欲出，这个愿望就更为迫切了！

2007年开春后，航民集团用两年时间，经过考察比较，逢低吸纳，先后出资2.5亿元购进了3条轮船，分别命名为“航民富春轮”“航民富华轮”“航民庆丰轮”，总运力达6.6万吨。经国家交通运输部批准，正式成立航民海运公司，开展近海和内河运输业务。一开始，就发生了一个小插曲：刚招聘来的那位新船长，好不容易把“航民富春轮”开到上海黄浦江上，因驾驶技术不够熟练，开着开着，竟然靠到黄浦江岸边，此时恰逢黄浦江退潮，这艘崭新的“航民富春轮”竟然在江边搁浅了，直到下一波涨潮时才开走。

这似乎是一个不太好的预兆？航民海运船队成立后，还没有尝到赚钱甜头，中国整个航运业务就一路下滑、哀鸿遍野。究其原因，主要是全球航运运力严重过剩，且新的运力增长仍远超运力需求增长，加上世界经济复苏乏力，中国进口同样减少，波及运力需求。还有金融资本大举介入航运业务，组建船队租赁公司，同台竞争。特别是航民海运船队从事的干散货运输价格暴跌，国际上用来衡量航运业经济指标的波罗的海干散货运价指数 BDI，2015 年年底已跌至自 1985 年该指数创立以来的最低点位。著名的中海集装箱运输股份公司 2015 年亏损 29.49 亿元。航运成本普遍高于运输收入，一些航运企业为求生存，饮鸩止渴，整个航运业竞争更趋白热化。

航民船队出师不利，严酷的航运市场给了本想满腔热情拥抱海洋的航民人一个下马威。年轻的董事长于俊荣猝不及防，一时有点手足无措，直到今天，他似乎还有点反应不过来。在接受笔者采访时，他头脑清晰地分析了航运业面临的大势，然后扳着手指一项一项地列举：继续做吧？成本高于收入，越做越亏。不做吧？坐以待毙、坐吃山空。把船卖掉吧？现在这种情况，谁还敢买船？即使真有人敢买，那个价格肯定也令人恐怖。他觉得有点对不起朱重庆，对不起航民村。当然，他仍在竭力想方设法，寻求差别化航运业务，争取生存空间，尽量减少亏损。

对于航民海运船队前景，朱重庆倒不是太悲观。笔者曾问过朱重庆。他承认在这件事上，航民村有点贪多求快了。如果当时只买一两艘，那么自己用自己运，一点问题也没有。现在就是多了百分之四十运力，靠市场消化。但他分析说，航运业不景气已经十年，一个周期快结束了。许多造船厂倒闭，不再造船；一大批船舶使用年限到期，将被强制淘汰。中国和世界经济终将复苏。那时，运力会逐步恢复。再过一两年吧，航民海运公司会赚钱的。

在航民海运公司办公楼大堂，有一巨幅照片，拍摄的是“航民富春轮”在东海上劈波斩浪、昂首前行的雄姿。站在这幅照片下，笔者猛然想起英国前首相丘吉尔的那句名言：“如果你正在经历地狱，那就坚持下去！”再想想朱重庆这番言之成理的话语，觉得朱重庆和航民海运船队眼下是在蛰伏，但更在韧性坚持，等待东山再起的机会。

愿苍天保佑他们!

视频之三：被强制关停的水泥厂

诸暨与萧山交界的浦阳江边，青山绿水间，有一个年吞吐量达180万吨的水运码头，2014年10月被废弃了，同时被地方政府明令关停的，还有水运码头边上一家年产百万吨水泥企业——航民上峰水泥有限公司。

2016年5月9日上午，春雨潇潇，笔者与航民上峰水泥公司的“留守经理”朱永生一起，驱车百里，到现场考察采访。

在一个半小时行程中，朱永生一边熟练地开着车，一边海阔天空、滔滔不绝地说着，笔者颇感兴趣、心无旁骛地听着。有时因车子颠簸听不太清楚，就偶尔提问或请他重复一遍。朱永生从国际国内形势，谈到杭州承办G20，从个人家庭史、工作史，谈到生态污染、统计造假。当然，谈得最多的还是目前他正在“留守”的这家水泥公司。从他断断续续、前后并不连贯的叙述中，笔者基本搞清了航民上峰水泥公司的来龙去脉和病症根源。

航民上峰水泥公司的前身，是由当地一位企业家创办的长河水泥厂。2004年开建，2006年1月建成投产。那个时候，那家水泥厂与航民村、与朱重庆连一毛钱关系也没有。可是，到2008年年底，这家水泥厂因经营亏损而被迫停产了。停产就停产吧，还是与航民村、与朱重庆八竿子打不着呀。水泥厂办不下去了，关了算啦。可是，银行贷款还不了，许多借款还不了，怎么办？于是，先搞了一次区域内部转让，结果，没有一家企业愿意受让，转让试验流产了。有位领导转过身来做朱重庆的工作。开始，朱重庆不答应，因为朱重庆去看了看这家水泥厂，又看了这个厂的账，看出这家水泥厂毛病多多、坏账多多。但朱重庆毕竟是朱重庆，他经不住领导劝、朋友劝，心一软，口一松，就答应下来。然后，朱重庆联合其他三家企业，共同出资2.35亿元，把这家原本毫不搭界的水泥厂收归麾下，取名航民上峰水泥公司，朱重庆担任董事长，第二大股东单位派出总经理，负责具体经营。收购后第一年，水泥市场行情还可以，航民上峰水泥公司马马虎虎过来了，到2012年春节后，水泥行情下跌，航民上峰水泥公司开始出现亏损。到当地政府宣布停产关闭时，航民上峰水泥公司欠银行贷款1.7亿元，仅一年支付利息就得1000万元。

也许有人会说：关闭停产后厂区场地能置换卖钱吧？笔者到达现场后很是疑惑：真不知当年那位选址建厂的企业家是怎么发现这个山沟沟的？至今偏僻得无人问津。还有，几条公路穿厂而过，想将厂区改作养生疗养基地也不可能。水泥厂设备拆卸后更是不值钱。打开网页，用百度搜索，就能发现这样的销售广告："航民上峰水泥公司因地方政府节能降耗问题关停，现出售二手重型板式喂料机，价格面议"，然应者寥寥。还有一份又一份劳动争议判决书，一件又一件窝囊事啊。

那天中午，在瓢泼也似的雨中，高个子朱永生撑着一把已经破损的雨伞，领着笔者察看厂区、堆场和原料仓库。雨水穿透雨伞缝隙，沙沙地流下来，不一会，我俩衣裳就湿了一半，使人心情显得有点郁闷，而更加令人郁闷的是眼前的场景。朱永生指指点点地介绍着，只见那些高大的生料罐、熟料罐、磨机、成品罐，像一个个被父母遗弃了的孩子，在风雨中默默站立着。雨水从罐顶斜飞出来，形成一道道飘洒的小瀑布，像煞人极度悲伤时热泪横飞。那个硕大无比、被称作"蒙古包"的原料仓库，那个一望无边的煤炭堆场，此时都显得空空荡荡，给人一种荒凉悲哀的感觉。朱永生一边快步走着，一边语速极快地介绍着，力图让笔者搞清楚水泥生产的每一道工序和工艺。说真话，笔者在县里工作时，曾主抓过一家水泥企业生产线的扩建改造，对水泥生产工艺技术多少有点了解。在朱永生比比画画的介绍中，笔者对该条百万吨级水泥生产线工艺流程的了解已八九不离十。

诚然，地方政府宣布停产关闭的理由是极其充分的。航民上峰水泥公司是一家高耗能、高污染企业：每月烧煤1万多吨，相当于排放多少吨二氧化碳；还有每月用电600万度以上，严重污染环境，影响当地在全省全市空气质量排名。这样的企业难道不应该关闭吗？是应该呀！航民人对治理污染、改善环境举双手赞成，他们是懂大局、识大体的。问题是，当时是政府动员航民集团收购的，现在怎么不认这个账、不讲个前因后果了呢？除支付几百名职工遣散费外，怎么连合理的补贴也不给，甚至连提都不提呢？新官不理旧账，也蛮自然哦。航民人无话可说，朱重庆和几位联合收购的企业老总们也没辙了！朱重庆唯一感到愧疚的是，他一辈子没有做过任何对不起朋友的事，但在这件事上，却觉得有点对不住另外三家合作伙伴。而那些合作伙伴却认为要向上面反映。朱重庆还是朱重庆，他既不告，也不求，只是默默地吞下这颗苦果，期望用时间来慢慢消化它。

写到这里，请允许笔者引用中宣部《时事报告》2013 年第 9 期中的一段话："我国钢铁、水泥、电解铝、玻璃等行业在本世纪初开始出现了系列并购重组，但多半是行政主导的、以地方龙头国企为依托的、兼并收购大量中小企业的非市场化重组，协同性差，无助于化解过剩产能，地方政府即使本地企业出现破产倒闭，往往设置种种障碍，也不愿意外来企业并购本地企业，跨地区重组障碍重重。"斯言，信矣！

视频之四：停产待转的纺丝厂

说起航民纺丝厂，话题可就长啦！

上世纪九十年代初，萧山漂染厂经过十来年发展，已成为盈利大户，航民人开始将发展目标瞄准自己熟悉的纺织业，准备生产当时市场奇缺的涤纶丝。他们拿出了漂染厂多年积累起来的利润，投资创办航民纺丝实验厂。半年时间筹建上马，设备安装调试，到年底基本就绪。航民人都等不及过年，就在年三十夜开始试车，结果一次性成功。纺丝厂虽然只有一条生产线，但每天能生产 10 吨涤纶丝。那时涤纶丝真受市场欢迎呀，外地提货的卡车从厂门口排到马路上，每吨涤纶丝盈利在千元以上。航民人看着如瀑布般滚滚而出的涤纶丝，心里那个欢喜哦。这纺丝厂哪里是在拉涤纶丝呀，分明是在印人民币呢！

正当航民村人喜滋滋地想再上几条生产线时，一次意想不到的重大打击从天而降：因为急于搞到紧缺的涤纶丝生产原料聚酯切片，航民纺丝厂供销人员接连两次上当受骗，先后被沈阳和杭州两家公司骗去购货款共计 685 万元。天哪，那时 685 万元（还不包括由此引出的诉讼费、差旅费、公关费等）对于纺丝厂，甚至对于航民实业公司而言，都是一笔天文数字。因此，纺丝厂购买新生产线计划被迫取消，只能维持现状，由此失去了第一次扩产提升机会。过了这个村，就没有了那家店。机遇稍纵即逝，在航民纺丝厂身上得到了最有说服力的验证。从此以后，航民纺丝厂一路走来磕磕碰碰、坎坎坷坷。原厂长朱德泉因工作失误被免职调离，新厂长张可强上任后，立志老骥伏枥、东山再起。他拼尽老命，动用关系，用银行贷款加多年积蓄，投入 4000 万元进行技术改造，又从昆山购买了一套二手设备，试图再创纺丝厂辉煌。但几经努力，效果不佳，张厂长只好认命，黯然退休。接替张可强的是毕业于沈阳工业学院、从河南安阳一家国企慕名前来投奔航民村的李林达。那时李林达并不知道下面这组数据：全国纺织聚酯产能从 2000 年的 490 万吨，增加到 2005 年的 1800 万吨；纺织能力从 2000 年 3400 万锭，增加到 2005 年的 7500 万锭。这位在今天自嘲为“败军之将不言勇”的航民集团工会副主席，当年也曾有过热血沸腾、卧薪尝胆的岁月。在担任航民纺丝厂总经理的 8 年间，他什么办法都试过，什么苦头都吃过，还承受了周边指责他无勇无谋的压力，连原先力挺他的朱重庆也不能幸免，获得一个“菩萨心肠”的雅号，那含义是不言而喻的。短短几年，李林达愁白了头发，面相老了十几岁。但市场是残酷的，它不同情弱者，也不相信眼泪。李林达回天无力，他管理的纺丝厂继续每年亏损几百万元，最高一年竟亏损 1500 万元。技术和设备比人家落后两三代，就像一场势不均力不敌的跑步比赛，他尚未起跑，就早已被人家远远地拉在后面。他开始拆卸一批老设备，用锤子敲碎，当作废钢烂铁出售给废品公司。周边地区频频传来不好信息：年产 20 万吨的萧山龙达集团纺丝厂倒闭，年产 10 万吨的绍兴华舍涤丝厂倒闭，年产 200 万吨的萧山远东集团涤丝厂倒闭，连最老牌、建于上世纪七十年代初的浙江涤纶厂也宣布倒闭。

2014 年春节后，航民集团壮士断腕，宣布航民纺丝厂停产，退出这个鲸吞虎咽的魔鬼行业。拆卸了大部分陈旧设备，只保留了一部分被李林达称之为尚属先进的新设备，覆盖上厚厚的帆布或塑料薄膜，寻找腾笼换鸟的契机。

在纺丝厂停产两年多后的今天，该公司“留守”副总经理沈军根陪着笔者走进这家老厂，所见所闻，真是令人扼腕叹息。航民纺丝厂占地面积 25000 平方米，场地开阔。但映入笔者眼帘的，是一种带有冷清的空旷。走进一个个车间，电灯为节电而关着，到处显得黑咕隆咚，沈军根只好一路开灯。笔者费劲登上机器高台，只见一排排机器静静地安卧着，毫无生气、毫无声响。两年过去，这些所谓的“新设备”其实也已老化，帆布或塑料薄膜上已有了一层厚厚灰尘，一些不锈钢风道和栏杆可见斑斑锈迹。沈军根告诉笔者，再过一段时日，它们面临着与以前那些兄弟姐妹同样命运：作为废钢烂铁被拆卸，卖入废品公司。一圈转下来，给人一个突出印象：纺丝厂就像一位曾经风华绝代、风姿绰约的美艳少女，经不起岁月磨洗，突变为一位白发佝偻、乳房瘪陷的邋遢老妇，而且只是让人觉得可怜加可惜，丝毫引不起人们的尊敬或尊重。

航民纺丝厂在等待时机。航民集团和朱重庆在寻找捕捉时机。

提出腾笼换鸟思路是一种清醒和进步，做到壮士断腕、凤凰涅槃是一种勇敢和牺牲，但真正能实现腾笼换鸟、浴火重生却不是一桩易事。

航民村向项目大海撒下了一张大网，望眼欲穿，但捕获极少，再三打捞，只见一些小鱼小虾。不是项目太“高精尖”不适合航民村，就是太“土粗小”被航民村瞧不上。有一回，好不容易找到了一个双方对得上眼的项目：中国移动杭州公司打算利用航民村已停产的纺丝厂场地，建设一个电信大数据基地，放 4000 个机柜，投入五六个亿，航民股份公司也有相应投资。杭州移动公司几次派员考察，觉得现有场地不错，航民村距离杭州不远，进进出出方便。航民村也觉得这个项目“新潮”“时尚”，不妨一试。双方谈得很热乎，都开始谈具体合作条件了。然而一请示当地政府有关部门，一个答复就把这个项目打入了十八层地狱。政府部门主要理由是：大数据基地是个用电多、高耗能项目，当地电力供应难以支撑，政府不予批准。这个“新潮项目”就因此半途夭折。

航民人再次被迫放弃。

但，航民人继续翘首期待，盼望着哪一天真有一只凤凰飞临航民村，栖居于纺丝厂。

机缘终于来啦!

这只凤凰，居然来自祖国宝岛台湾，一位名叫陈庆祥的台商。

这位台商陈老板，笔者见过一面。他是笔者在采访航民达美染整公司总经理朱顺康时碰巧撞上的。

那是2016年5月3日下午3时许，笔者正在采访朱顺康。那天下午，阳光很好，透过纱窗，照拂到办公室的绿植上，整个办公室显得暖和而温馨。采访进行得蛮顺利，朱顺康按照笔者采访思路，正在细细回忆当年他坚持进口韩国、台湾地区设备的事，说到激动处，朱顺康一时显得有点慷慨激昂。正在这时，推门进来一位五十来岁的中年人。只见他戴着一副金边眼镜，额发略显稀疏，操着一口典型的台湾腔。朱顺康总经理指着他对笔者说：“这是一位台湾朋友。”

这位台湾朋友从上衣口袋中掏出一沓名片，递给笔者一张，一边说着：“陈庆祥，搞印染机械的。”笔者看名片上印着“合同精机股份有限公司总经理”字样。

“对不起啊，打扰您了！”陈老板说话慢吞吞的，显得温文尔雅。

笔者赶紧答道：“不要紧，你们尽管聊。我正想多听听情况、灵灵市面哩。”

于是，这位陈老板就与朱顺康聊起了印染机械业务。

陈老板自我介绍说，他在台湾做了三十多年印染机器业务，对印染设备行情比较了解。目前世界各国使用的印染机器大多是意大利、德国和台湾地区制造的，日本已很少生产。那些印染机器功能、性能都差不多，就看谁的染缸能节水。所以，以他为主的技术团队一直在研究染缸节水技术。他们把传统的直筒子染缸改成两大截：管道3米是斜的，底部3米是平的，而要染的布都放在染缸底部，这样就可节水。虽然这个节水原理大家都懂得，但技术工艺上未必能做到，核心技术是构造设计。他的团队也是经过两年多时间，才终于攻克这一难关，实际节水达到30%。他们已在日本、大陆和台湾地区申报专利并获得批准。前不久，他们运来一台新研制出来的印染机器，到澳美公司试验了8个月，获得预期成功。他和朱建庆总经理都很高兴，今天，顺道也向朱顺康总经理报个喜。

笔者明白了一个大概，就故意问这位陈老板："您为什么选中航民村呢？"

陈老板一听，似乎觉得笔者提了一个外行问题，但他仍和善地笑笑，回答说："航民是印染行业指标厂呀。不说全国第一，定是全国第二。以前手头没有好设备，我们来航民，航民人还不理我们呢！"看来，这位陈老板也蛮"记仇"的。

朱顺康赶紧插了一句："那倒不是。航民有航民的标尺。"

陈老板接着说："那是，那是。当然不怪你们。我们到萧山、绍兴许多厂家去推销产品，人家都问航民村用了没有？如果航民村用了，他们也用。"这样，陈老板就决定与航民村合作生产新型节能环保型印染设备。刚才，他已与朱重庆、朱建庆商定，双方成立合资股份公司，航民股份占股51%，陈老板占股49%，马上开始筹建。

笔者有点不放心地追问了一句："别的企业能很快仿制这个染缸节水技术吗？"

陈老板蛮有把握地答道："这套技术，是我们独创的，目前也是全世界唯一的。我就是主创人员，一般人剽窃不了。"

哦，原来如此！

说来凑巧，当日薄暮时分，吃完晚饭，笔者信步走在航民村道上。在南风桥边，巧遇航民股份公司总经理兼澳美印染公司总经理朱建庆，想起下午在达美染整厂见到台商一事，便与他交谈起来。朱建庆一说开，才使笔者了解了整个经过。

"这也算是企业提质增效升级吧！"朱建庆以足够的高度开始他的

叙述。几年前，他就在思考印染厂怎么在设备方面尽快改制升级。记得前年，他到全国印染行业协会开会，听说台湾最近出了一种新的染缸设备，改传统的直筒式为斜翘式，能节水20%。听到这个消息，他极为敏感，觉得这是一件重要的事。回厂后，立即通过他们公司的设备代理商，想办法从台商陈老板那里订购到一台传说中的染缸设备，先在厂里试验。一试用，果真不错，真的节水20%多。20%，是个什么概念呀？首先是节水20%多，与之相应的，节约蒸汽10%多，节约染料10%多，节约各类助剂20%多。这就意味着每一米加工物可增加10%多的毛利。原来，在印染行业，染缸工序是大部分成本所在。世界印染设备主要生产国德国、比利时、日本、韩国等都在尝试着改直筒式为斜翘式，但一直找不到相应的工艺技术，而台商陈老板在台湾从事印染设备制造业已三十多年，本身又是这方面专家，他率领团队经过两年多时间研制，成功解决了这一世界性难题，在同行业中脱颖而出。朱建庆在试用成功新设备之后，千方百计与那位陈老板取得联系，提出让陈老板帮助改造一台厂里现有的染缸设备。陈老板开始不答应，因为改造旧设备盈利不多，费时不少。但他经不住朱建庆“软硬兼施”，再加上未来航民集团印染设备市场的诱惑，遂答应帮助改造一台试试。旧染缸拉到陈老板在福建石狮的工厂，经改造后运回厂里，朱建庆立刻让人安装调试，发现经改造后的染缸就像变了一个人一样，节水效果非常明显，其他各项指标也非常不错。这下，朱建庆真正动心了。他与陈老板商量，希望能把全部染缸设备改造一遍。这让陈老板为难了。因为，陈老板虽然在福建石狮开着一家厂，专门制造染缸设备，但因为大陆销路尚未打开，这个厂处在小打小闹阶段，要把航民集团几百台染缸设备改造一番，不知要猴年马月？陈老板倒是个诚实厚道人，他据实以告。他一说，这边朱建庆眼前一亮：这不是一个好机会吗？干脆把陈老板拉过来吧！于是，他试探着跟陈老板商量：干脆两家强强联合，搞一个染缸设备制造厂得啦。投资也不多，航民村眼下有几排纺丝厂旧厂房可以利用，这样很快就可上马。陈老板一听，也觉得好。只提出一个条件：要朱建庆当董事长，航民股份占股

51%，他占股49%。否则，他不干。朱建庆见事情有了眉目，便向朱重庆作了报告。朱重庆听了，也觉得这是一个好项目，同意上马。朱建庆就将这一结果告知陈老板，并约陈老板来航民村见见朱重庆，当面敲定一下合作事宜。陈老板应约而来，双方谈得极其顺利。商定立即动手申报项目，如果营业执照审批顺利，预计12月即可试产，至迟元旦能喝上开业喜酒。朱建庆喜滋滋地说，这个厂上马后，如果没有意外，只需投入1000万元，就可生产1亿元产品。如果他的厂全部换上新的染缸设备，将增加2000万元利润。那么整个航民集团呢？如果全部换上，将增加1亿元利润。假如，全国所有印染厂全部换上这种染缸呢？笔者紧追着问。呵呵，那是共和国总理该算的账咯。朱建庆笑而不答。

时隔20天，多日春雨后一个难得的艳阳天。因连绵阴雨而形成的氤氲水汽并未完全消退，但航坞山显得分外碧绿青翠。此时，已微微偏西的阳光投射下来，使人感觉到春天的温暖和某种冲动的燥热。一幢幢土黄色厂房，组合成稳健牢固的"航民方阵"，恰似航民村气质和风格的物化。

朱重庆带着笔者，来到航民纺丝厂场地，介绍航民村壮士断腕、腾笼换鸟的构想与实践。

仅仅过去20天，与台商陈老板谈定的印染设备生产项目已开工建设。原先寂静的厂区现在回荡着隆隆的机器轰鸣声，一台台挖掘机俯仰进退，一辆辆运土车来回奔突。虽然是机械化施工，人员不多，但能使人感觉出整个工地充满了生机。

朱重庆指点着稍远处的旧厂房对笔者说，那里原先是纺丝厂的加弹车间，将改造成长132米、宽20米的厂房。他又指着眼前已挖出深坑的地方对笔者说，这里要建一个长84米、宽32米的标准厂房，用大跨度水泥板盖顶，作为机械主车间，上面还要用行车、吊机。建成后，加工10米长、2.5米高的染缸机械时就能来回自如。同时，将纺丝厂旧仓库改建为零部件加工车间。计划5个月改造好厂房，3个月安装调试好设备，年底年初投产。第一年保守预计销售收入3000万元，第二年估计销售收入6000万元，第三年可能达到1个亿，净利能超1500万元。这样，就能以最省的投资、最小的改动、最快的速度、最好的效益完成腾笼换鸟。

朱重庆说到这里，眼睛里闪现出一种惯有的自信："这个项目把握性比较大。因为它与我们航民印染产业链是配套的，上下连接。光我们航民集团自己就需要更换染缸设备1000多台，每台40万元人民币，总价就是4个亿。萧绍地区、苏杭地区印染厂那么多，需要的染缸设备不是个小数字。做得好，还可以出口到国外，与外国同行们竞争一把。退一步说，即使这个项目失败了，总投资不过千把万元，损失不大，我们完全承受得起。"站在这个新旧蜕变的临界点，听朱重庆讲述这些预案，觉得蛮有意思。他就像一位沉稳成熟的指挥员，在制订一个作战计划时，真正做到了权衡利弊、预测得失，知己知彼、稳操胜券。

夕阳西下，航坞山顶透出一抹绚丽的晚霞，映照出朱重庆那张古铜色的脸。朱重庆脸上仍然是那个招牌式的微笑，所不同的是，此时还有难得一见的一丝轻松。

更令人欣喜的是，航民村一边腾笼换鸟，一边已开始培育雄鹰猛禽，放飞高空，把目光投向陌生的西半球，飞向遥远的美利坚合众国。

2012年9月，由航民科尔集团组织的联合考察组，飞赴美国亚特兰大、北卡罗来纳州、南卡罗来纳州考察。最终确定在南卡州兰开斯特县投资2.2亿美元开办纺织厂。这是兰开斯特唯一的一个中国项目，能为当地创造600多个纺织相关工作岗位。为了迎接科尔公司，南卡州经济发展协调理事会批准了财税优惠政策：免除科尔公司州税收13年，并奖励400万美元，以资助该项目基础设施建设，科尔公司厂房附近一条道路将会被拓宽。美国杜克电力公司免费把电线接到工厂，还送上"感谢费"17万美元。这些五花八门、匪夷所思的"优惠"，一时弄得航民人丈二和尚摸不着头脑：山姆大叔怎么这么热情好客呀？

南卡州盛产棉花，一百多年来，该州兰开斯特县一直是美国纺织行业的领头羊。周边的北卡州和田纳西州也都是产棉区，南卡州电价、油价便宜，税收优惠。从自然地理环境看，南卡州纬度与中国浙江相近。它没有美国北部的极寒，也没有西海岸的终年阳光，而是四季分明、气候宜人，绿草如茵、碧树成林，高速公路、田园小径，在这里工作生活就像在故乡中国江南一样。这些都成为科尔公司选择办厂地点的考虑因素。

科尔纺织厂选址占地920亩，一期开发250亩，建设25000平方米厂房、3500平方米仓库，已于2015年4月建成投产。由航民人管理的纺纱机开始在兰开斯特的土地上昼夜不息地轰隆作响。科尔公司一期年产棉纱3万吨，他们带去了世界一流的纺纱线设备，即使是在当地从事过纺织行业的员工，也得从头学习如何操作这些先进设备。二期工程26000平方米标准厂房正在建设之中，预计2017年完成，完成后可增加2万吨棉纱生产能力。然后再考虑三期工程。一批又一批印有“中国制造”的产品将会在美国土地上由美国人生产。

与此同时，美国科尔公司办公大楼在切斯特县落成。这是一幢方圆30英里内最高的楼。大楼巧克力块造型，海蓝色和淡蓝色外墙，与南卡州的蓝天白云、碧草绿树融为一体，十分和谐。偶尔，成群的野鸭、高傲的天鹅、漂亮的梅花鹿，会笃笃悠悠地漫着步来“看望”办公楼内的人们。

2016年5月19日，美国科尔公司董事长、航民村人朱善庆在科尔中国总部那套宽敞、时尚、洋气的办公室里接受笔者采访，详细介绍了美国科尔公司“走出去”，并在美国南卡州立住脚的过程。他热情洋溢、口若悬河地介绍着，并眉飞色舞、喜形于色地从手机里调出一张张精美的照片加以佐证。“国内棉纺行业产能严重过剩，人力成本和财务成本却刚性增长，逼着我们走出去。世界很大，我们应当走出去看一看、比一比。真的不看不知道，一比吓一跳。美国棉花原料质量好，1吨棉花居然比国内便宜约3000元；还有物流成本优势，美国运输货物到中国的价格，约是中国货物运到美国的三分之一。换句话说，在美国生产棉纱，再运回到国内，生产成本和销售成本比在国内生产的棉纱还低许多，而且没有什么配额限制。这多合算呀！”

笔者偶然见过波士顿咨询集团2014年一份分析材料，似乎在印证航民村人朱善庆的实际感受：在过去10年中，中国劳动力成本上升187%，而美国劳动力成本则只增加了27%；中国电力成本上涨66%，增长率是美国两倍；过去10年，人民币对美元升值30%，导致中国商品在海外售价提高。这一系列成本上升削弱了中国竞争优势。2004年，中国制造成本比美国少14%，现在这种优势已缩小到5%。波士顿咨询公司预测，如此趋势继续，到2018年，美国制造成本将会低于中国。

在快结束采访时，朱善庆深有感触地对笔者说：“中美之间要学会相互欣赏。纺纱织布是中国强项，是老祖宗传给我们的；而资源和科技是美国强项，似乎也是他们的上帝赐予的。”他的目标第一步是用美国资源加中国市场，缩小贸易差价；第二步是用美国资源加中国技术，占领美国棉纱市场，进而占领世界纺织行业制高点。

航民人壮志可嘉，领军者始终前行！

愿航民村放飞更多雄鹰猛禽，飞赴美利坚，飞赴欧罗巴，飞赴非洲大陆，搏击世界风云，自由翱翔蓝天……

第二篇章

共享共富

实现全社会共享共富和公平正义，是中国共产党人矢志不渝的理想目标和价值追求。朱重庆和航民村领导班子的可贵可敬之处在于：他们不仅坚持了这种理想目标和价值追求，而且根据农村农业农民的实际，找到了实现这种理想和价值的体制、机制，使这种理想在一个村落地生根、开花结果，成为每个村民、每位职工触目可见、触手可及的现实，成为当地老百姓认可和赞美的价值观。从航民村实践看，农村实现共享共富，一是取决于当地当时的生产力发展水平，二是取决于当地带头人的价值追求，三是取决于设计一套科学合理的制度方案。

——采访札记

人类自诞生以来，一直在追求和实践天下大同、公平正义。原始社会，生产力极其低下，人们合作生产，抵御自然灾害，进行均等而简单分配，使人类繁衍生息，继而不绝。进入奴隶社会，生产力有所发展，社会开始出现剥削现象和阶级压迫，随之而来的，就是奴隶反抗和逃亡。漫长的封建社会开端，似乎已暴露出诸多问题。中国第一大圣人孔夫子十分怀旧地描绘过远古的大同社会："大道之行也，天下为公，选贤与能，讲信修睦。故人不独亲其亲，不独子其子，使老有所终，壮有所用，幼有所长，矜、寡、孤、独、废疾者皆有所养。男有分，女有归。货恶其弃于地也，不必藏于己；力恶其不出于身也，不必为己。是故谋闭而不兴，盗窃乱贼而不作，故外户而不闭，是谓大同。”这是一幅多么美妙和谐的天下大同的景象哦。可惜的是，它仅仅是孔圣人勾画的令人神往的一个乌托邦，在现实世界中从未出现过。有的只是一次又一次的农民暴动，一个又一个王朝更迭。资产阶级民主革命旗手孙中山先生当年奋力书写“天下为公”四个大字时，响应者寥寥，反对者多多。

当那个游荡在欧洲街头的共产主义幽灵，借助苏联十月革命炮火进入古老华夏时，中国共产党人坚定举起天下大同、天下为公的旗帜，开始了真正意义上的革命。革命者用暴力从地主土豪那里夺回土地和财产，分配给贫困老百姓，以此作动力，激励人们革命斗志。于是，革命风起云涌、势如破竹，旧的社会制度很快被推翻，在满街爆竹秧歌声中，新的社会制度建立起来了。但中国共产党人很快发现，自己面临着一个历史性课题：如何建立天下大同的社会分配制度？探索中挫折和失误出现了，当时三级所有、队为基础、一大二公的人民公社制度成为中国农村的主体组织形式，所谓集体劳动、计分核算、一平二调的分配政策成为占统治地位的分配模式。超越经济社会发展阶段、脱离农村农民实际的做法，很快结出了这套制度设计者不愿看到的果子：农村百业凋敝，农民生产积极性不高，普遍出工不出力。绝对平均导致了绝对贫困，一些地区竟出现逃荒要饭、逃港偷渡等事件。

现在回头来看，十一届三中全会之后农村改革，势在必行。

关键支点在体制，改到深处是产权。但产权改革之路真是漫漫兮！

就中国农村整体改革而言，实际上走了三步棋。第一步棋：落实生产责任制，调动农民生产积极性，解决全国大多数人吃饭问题。第二步棋：在落实产权和明晰使用权的基础上，实现产权、使用权与经营权适当分离，使生产要素科学合理转移和聚集，提高劳动生产率和资源利用率。第三步棋：探索建立共享共富体制机制，实现城乡一体化、工农一体化、经济混合化、农民股民化的社会主义新农村。“三十八年过去，弹指一挥间”，中国亿万农民真正成为历史舞台的主演，多年被压抑的主动性积极性创造性如火山般迸发出来，上演了几千年来最为威武雄壮的活剧。农村改革发展的典型如过江之鲫，千姿百态；似雨后春笋，精彩纷呈。

航民村探索共享共富体制机制、发展壮大混合经济之路，就是在这样一个广阔历史背景下展开的。它无疑是中国农村管理体制和产权制度改革的一个精彩缩影，是中国农村改革发展潮流的一朵绚丽浪花，也是颇具典型性、代表性、前瞻性的一个理想样本。

对土地的集体眷恋

2016年4月2日下午，朱重庆从繁忙中抽空陪笔者到航民生态农业园考察。路程约一个小时，对于笔者而言，这是一个难得机会，正好用来采访聊天。

江南春天，清明时分，雨淅淅沥沥地下着，空气湿漉漉的，似乎抓一把就能捏出水来。朱重庆和笔者坐的是一辆老旧的奔驰车。这辆奔驰是当年航民股份上市时，众人逼着董事长朱重庆买的，至今坐了十余年，车子已相当陈旧和落伍。大家都劝朱重庆该换一换车子了，但朱重庆说能坐就行，怎么也不肯换。此时，车子缓慢地行驶在海涂乡间柏油马路上，车轮擦过路面，发出沙沙声，轻松而富有节奏。两边绿树掩映，满目苍翠。一块块金黄色的油菜花田，宛若闪着金光的毯子，不时从车窗外掠过，给人一种梦幻般的感觉。

朱重庆一路给笔者讲述着航民村土地与农业，企业集团与农村、自己与农民的关系。此时的他，完全不像一位掌管着百亿资产的企业家，而像一位刚从农田归来、正在描述今年收成的老农。他沉浸在对往事的回忆之中，他的话触动了笔者蕴藏多年的“三农”情结，产生强烈共鸣。于是不时插话探讨。这种回忆性叙述和对话，显得十分轻松而惬意。

从朱重庆叙述介绍中，航民村在土地问题上坚持走集体经营之路的历史轨迹清晰地显现出来。

航民村是从1983年开始推行家庭联产承包责任制的，俗称“大包干”。开始时，航民村群众欢天喜地，觉得土地终于回到了农民自己手中，以后种什么、什么时候种，完全由自己说了算，定了干，这多好呀！当时，村里根据本地实际情况，在分田到户时，还是“留了一手”，就是集体留出二三十亩田，作为集中育秧的秧田，并由集体负责播种育秧，省得一家一户分散去搞，这个做法倒也受到全体村民尤其是那些自己不会育秧的村民的赞同。1985年，瓜沥镇分配给航民村海涂围垦地120亩。后来，航民村又以每亩2000元的价格从别的乡镇购买了400亩海涂围垦土地。邻村有9户人家并迁到航民村，又随人口转过来110亩围垦田，这样，航民村便有了630亩海涂围垦田。这些土地也没有分到户，因为这些土地远离航民村四五十里路，村民们不可能跑那么远去种田，即使勉强种上，也不合算，于是留在村里。村里为此专门成立了一个农业服务队，负责管理种植这些远离本村的土地。这样过了两三年，情况发生了变化。航民村办企业越办越好，越来越多的村民进厂当了工人，工厂上班与农业种田的矛盾就凸显出来。很多人顾了这头顾不了那头：有的白天上班辛苦，就没有精力再去种田；有的夜间种田劳累，白天工厂上班打瞌睡，被处罚扣工资；有的村民还为抢“晒谷场”而闹纠纷、吵翻脸。“双夏”或“三秋”季节，光自己忙还不够，得请人帮工。一请人，势必鱼肉老酒加香烟，一天帮工开销就花去一亩田农业收入，村民们大呼小叫，认为种田不合算。大家纷纷强烈要求村里收回土地，由集体负责种植。一些村民甚至跑到朱重庆办公室，愁眉苦脸，申诉理由，希望朱重庆早下决心。根据这种状况，1987年秋收过后，村里作出决定，将已分给农户的土地，包括自留地在内全部收归村里，由集体统一种植。并仿照外地“农业车间”的做法，实行集体经营、农场式集约化管理、机械化耕种。当时，村里一片叫好声、欢呼声。尤其是那些平时被农田农活缠身的青年人，恨不得用啤酒瓶子当爆仗，热烈庆贺一下。

一着从实际出发、符合民心的妙棋，稳定了大局，搞活了全盘。

“后来呢？”笔者坐在车里，听得津津有味，有点迫不及待想知道后来的情况。朱重庆却仍是他一贯风格，继续不快不慢、娓娓道来。

航民村共有936亩土地，其中474亩后来外包给别人种养，自己耕种462亩。他们从村办企业中拿出一大笔钱，添置了拖拉机、收割机、插秧机、烘干机和粮食加工设备，实现了机械化耕作。村里为此组建了农业党支部，专门负责全村的农业生产，并聘用17位农业职工，大多是五六十岁的中老年人，负责春播夏种秋收冬藏。他们薪酬收入与企业同等劳力相近，还给他们全部买了社会养老保险，使农业职工没有后顾之忧。工厂要“三班倒”，搞农业虽说免不了日晒雨淋，但毕竟是“全日班”，所以这些人还是愿意干。他们内部进行评析分档，适当拉开收入差距，这样比较合理，人员有积极性，也比较安心。土地种什么呢？朱重庆也经常过问过问，开始时是种传统的麦、稻、油菜，现在一般是菜稻轮作、瓜稻轮作，这样有利于土地休养生息。1989年后，航民村开始在海涂垦地开辟养殖场，养鸡养鱼养猪，到年终分配给村民。

说到这里，朱重庆扳着手指，如数家珍地开始报账：供应优质大米，每斤计价5毛。全村18岁以上成人，每人每年360斤；男60岁、女55岁以上，每人每年300斤；小孩，每人每年100斤，每一年递增10斤，直至18岁成人。每人菜油10斤，每斤1元。春节期间，每人免费供应肉5斤、鱼5斤、鸡1只，还有冬笋、咸鲞、腌菜若干。反正基本上够过年用的啦！

笔者不禁被朱重庆报的这些杂账逗笑了：真是一幅自给自足、丰衣足食的农家乐图谱呀！

笔者曾给航民村算过一笔“农业账”：2015年，航民村农业总收入200万元，仅占全村工农业总产值134亿元的万分之一点四九。如果仅从产值占比的角度看，几乎完全可以忽略不计。航民村自己种植462亩土地，一年需投入种子、农药、化肥、机械费用、人工支出等成本共计183万元；全年收入235万元，盈利52万元。盈利部分包括了政府补贴30万元、外包款80万元。换句话说，如果算净账，航民村自营农业这一块是亏本的。

那么，航民村为什么要这么重视土地、重视农业，心甘情愿地做这样一笔“赔本买卖”呢？笔者向坐在旁边的朱重庆提出了这个问题。

朱重庆的回答完全出乎笔者的预料。他略作沉思，不禁提高了声调说。这个问题，不知有多少人问过他，他也不止一次地问过自己：航民村为什么还要搞农业？有村民甚至提出，把航民村全部土地外包出去，把那些外包款按照村民人头分掉，要干脆利落得多。不是吗？但他坚决不同意那样做！为什么呢？他说，航民作为一个农村，必须有农业，否则就是一个社区。要坚持农业为本，留住航民村的根，让航民村下一代知道什么是农业，记得住乡愁啊！农业这一块绝不能放弃。农业的价值不是用产值来衡量的。记得当年他当漂染厂厂长时，萧山一位老县长曾对他讲过，任何时候都不要轻视农业，自己种、自己收、自己吃，放心。一遇到自然灾害就知道农业重要了，在所有商品中，粮食是最重要的。现在有钱，可以买到粮食；万一哪年歉收了，有钱也买不到粮食。民谚说：“手捏金元宝，难买麸皮糕”，讲的就是这个道理。记得他十八岁那年，隔壁邻居家父子为一碗米饭吵架，父亲硬说儿子吃了三碗，儿子坚持说自己只吃了两碗。儿子一气之下，跑到楼上，在床上吊死了，朱重庆上楼把这个上吊死去的小青年背下来。这件事对他刺激很大、印象极深。那时困难，一碗米饭，就夺走了一条鲜活生命哦。这些年来，航民办厂建村，但到现在，全村手头还有近千亩土地。这是航民最大的财富。他的态度是：宁可多用一万钱，决不浪费一分田。粮食再亏本，还要种。航民村不寄望于种粮食赚钱，赚钱还是靠工厂。这一点，老百姓也是理解的。

听完朱重庆这一番略显悲壮的答复，笔者甚为动容。笔者生在农村、长在农村，与农民、农业打过多年交道，自然知道中国农民对于土地、对于粮食那种与生俱来、刻骨铭心的眷恋情结，那种几千年来流淌在血液、渗透于骨髓的记忆和传承，自然能听懂朱重庆这番平时少有的慷慨陈词。是啊！土地是人类赖以生存最基本的资源，人类将长期继续在土地上生存和发展。英国古典经济学家威廉·配第曾经说过：劳动是财富之父，土地是财富之母。对我国广大农民来说，土地是命根子。土地问题，始终是中国农村的核心问题。农民与土地所有权、使用权、经营权之间的相互关系，往往能折射出不同的生产关系，明显烙上时代和社会的印迹，鲜明地显示出不同的文化传统和价值取向。在土地关系上，航民村走了一条与众不同的道路。实践是检验真理的唯一标准。实践已证明，航民村选择的是一条符合航民村生产力发展水平和农民觉悟程度的路子，是正确的。

此刻，笔者坐在车上，不由得向这位熟悉的老朋友投去充满敬意的一瞥。

一个小时后，我们在预计时间内抵达航民生态农业园。门口挂着两块牌子，一块是“杭州航民生态农业有限公司”，一块是“浙江航民集团农业观光园区”。院子不大，但十分整洁。正中一幢主楼三层八间，主要是会议室、活动室和宿舍，东西两边是厢房，南边是几间办公室和职工休息室。一式的徽派建筑，粉墙黛瓦、飞檐雕砖。

稍事休息，朱重庆陪同笔者开始参观生态农业园。

人间四月芳菲天。航民生态农业园内几百亩油菜花，一望无际。成片的油菜花，像一匹硕大无边、铺展开来的织锦，也像是一位巨匠用彩笔描绘的黄金图谱。它们在春天田野上尽情地展现着淳朴、清新、自然、妩媚，渴望着被人们欣赏和记忆。一阵阵油菜花香随着春风扑面而来，沁人心脾，使人产生一种微醺的陶醉感。这才是真正的自然呵！置身其间，使人的视野和灵魂回到久违的田野生活，一时物我两忘。

朱重庆告诉笔者，眼下正是油菜花开得最旺的时候，再过几天，就会开始凋谢。那时，就没有这么漂亮了。笔者这才恍然大悟：原来，朱重庆催着笔者来生态园，就是要趁油菜花盛开时来“体验体验”，免得遗憾。

生态园除了油菜花，还种了一部分小麦和蔬菜，看上去长势良好，丰收有望。朱重庆领着笔者转了一圈之后，指着稍远处说，那几排红瓦白墙房子，就是养殖场。那里养着不少鸡鸭鱼猪，有七八个人在管理，他建议笔者也去看一看。走近一看，只见鸡圈里，几百只大小不一的柴鸡活蹦乱跳地在觅食。鱼塘中，满塘鲤鱼鲫鱼鲢鱼在自由游弋。猪舍里几十头毛色红润的肥猪正在相互拱食。尤其令人惊奇的是，它们似乎都“认识”朱重庆，见到朱重庆来，居然都跑出来“欢迎”。有的还自作聪敏地表演用鼻子顶着节水龙头吸水，有的饱餐一顿后，甩着大耳朵，洋洋自得。

此刻，朱重庆显得十分放松，他不时用鱼竿撩拨一下鱼塘中的游鱼，或者俯下身抚摩一下那些肥猪的脊背，嘴里还发出“啧啧啧”的呼食声，使人感觉朱重庆似乎在欣赏他的另一类“作品”。也许，眼前这些产品，跟印染布料、黄金饰品同等重要，甚至有过之而无不及。

简单晚餐后，我们便各自安寝。夜里，真是安静极了！对于整天为汽车声、喧嚣声骚扰而难以入眠的城里人来说，生态园简直是人工创造的“静音区”，静得可以听得见麦子拔节、油菜花瓣掉落的声音。多日失眠的笔者，居然蛮快睡着了。

早上六点一刻，笔者早早醒来，洗漱完毕，出门散步。碰到一样早起、已在打扫庭院卫生的管理人员老张，便与他攀谈起来。老张大名叫张天安，1954 年生，刚好比朱重庆小一岁，比笔者大一岁。他个子精瘦，头发有点稀松，脸上已有不少皱纹，显得比实际年龄要苍老些。他自我介绍说，他年轻时是生产队植保员，长期搞农业，对农业这一块比较熟悉。所以，重庆让他一直来管农业，后来还担任村委委员，享受村办企业副厂长待遇，蛮好的。前年到六十岁，按村里规定办了退休手续。但村里看他身体还不错，就派他到这里管理生态农业园。这里是海涂，靠近海边，平时风比较大，所以，人容易显得老相些。

老张在接下来断断续续的介绍中告知笔者，生态农业园区平时跟其他农业区是一样的，“旅游旺季”有两个时间段：一个就是眼下，油菜花盛开，金黄色一片；一个是晚稻灌浆弯腰后，看过去也蛮漂亮的。来农业生态园区观光的人还真不少。一到收割季节，主要还是靠机械化收割耕种，他们的任务就是照看和管理。

当老张得知笔者是附近绍兴人时，显得越发亲近了些。“怪不得你对这边情况那么熟悉。”他用手往东边方向一指说，从这里再过去30里地，就是绍兴的袍江新区，横跨杭州湾的嘉绍大桥就在那边。笔者告诉老张，年轻时跟他一样，参加过历次围垦海涂。围垦海涂一般都在寒冬腊月，住的是临时搭建的工棚，半夜冻得瑟瑟发抖。白天赤脚挑泥筑堤，双手双脚全是冻疮。一餐饭吃一斤多，有时打开铝制饭盒，饭团已变成冰块。老张惊讶地看着笔者：“真的呀？”“当然是真的。老张，您只比我大一岁哦！”他似乎有点不太相信：“你看上去还像个小伙子呢！”笔者被他这句善意的奉承话逗笑了，赶紧说：“哪里，我的头发是染的。只是您日晒雨淋，的确比我辛苦啊！”

聊到朱重庆，老张是一脸笑容，连连说：“重庆这个人蛮好咯、蛮好咯！”问朱重庆好在什么地方，老张回答说：“重庆对年纪大的人蛮尊重的。自己比较节约，不该花的钱绝不乱花，当然，该投的钱照样会投。譬如昨天夜饭，简单吧？就是重庆关照的。”

有一种选择叫百姓

1999年，是二十世纪最后一年。那一年最时髦的话题就是：如何跨世纪？世界上许多国家都在设想跨世纪蓝图，也有许多人在策划自己世纪之夜该在哪里，做些什么。

处于世纪之交的中国，正在抗御亚洲金融危机的冲击，全国上下都在保增长。在经济领域，那时被用得最多的一个词，叫“转制”。那两年，全国企业转制似狂飙突进，许多国有和集体企业纷纷转制为民营企业，许多国有集体企业厂长经理一夜之间华丽转身，成为控股的老板。经过十多年时间，这场转制风暴的利弊得失，今天的人们也许看得更清晰了。但在当时，犹如盛夏季节从太平洋上席卷而来的超强台风，使人一下子辨不清东西南北。

航民村和朱重庆再一次来到向东或向西的十字路口。人家在转制，航民怎么办？

朱重庆虽然还是像往常一样，脸上挂着那副招牌式的微笑，正常上班下班，有板有眼、不急不缓地处理着工作。但细心的人发现，这段时间，朱重庆略显消瘦了些，坐在办公室的时间明显增多了，而且一坐就是半天，直到很晚下班走回家。那么，他在思考些什么呢？

此刻，让笔者当一回网络作家，学着时空穿越，回到1999年春天，来描写一下当时情景。

1999年元旦刚过。农村人对元旦似乎并不太重视，所以，航民村也看不出多少新年氛围。

朱重庆办公室。一张宽大的已见斑驳的老板桌，坐东朝西，桌上是各企业各部门送上来的情况汇报或报表。办公桌背后是一排橘黄色书柜，书柜正中玻璃窗内，摆放着当年党和国家领导人视察航民村时与朱重庆、与村民的合影。橱柜平台上，北边放着一个景泰蓝地球仪，南边放着一个用牛角制作的“一帆风顺”雕塑小品。桌子对面是一圈陈旧的皮沙发，地板偶露裂缝。一切都在告诉人们：这间办公室和他的主人，都已有年头了。只有那两盆万年青和五棵松，才透出一丝青春气息。

一个接一个深夜，朱重庆把自己关在办公室里，一支接着一支抽烟，任思绪激烈地跳跃着、起伏着。

朱重庆知道，凭着这么些年来为航民村作出的努力和由此带来的变化，凭着在领导班子中的权威和村民中的威信，他朱重庆不管提出什么样的方案，反对的人都会极少极少。也就是说，他的方案会比较顺利地获得通过。越是这样，朱重庆越觉得责任重大，越发需要慎重。向东或向西，富豪或平民，是要共同富裕，还是当亿万富翁？一念之间呀。他强迫自己冷静下来，保持头脑清醒。

要争取说服大家，不能压服，要让大家不光口服，还要心服才行。如果要压服，他朱重庆只要一句重话就够了，他自信有这个权威。但他不能这么说。他朱重庆不是这样的人。都是几十年来与自己一起摸爬滚打的人，有的还是开裆裤朋友，乡里乡亲的，抬头不见低头见。蒙得了一时，蒙不了一世。得让大家从内心里觉得他朱重庆考虑是周全的，是为大家着想的，对每个人都有利。

要说服大家，首先需要说服自己。自己不服，底气不足。那，我朱重庆应当怎么说服自己呢？

朱重庆陷入回忆之中，思绪被拉扯得远远的。

作为当年的大队会计，后来当了20年厂长、经理、董事长的他，大账他自然是算得清的：如果转制为民营企业，他肯定会占不少股份；按照航民集团现有资产，可能上亿，那就是名副其实的大老板了。有了大把的钱，想干什么就干什么，就可以拥有多处豪宅、几辆豪车，周游世界、开眼界、吃洋荤。但，这是朱重庆追求的目标吗？是朱重庆从小的理想吗？是朱重庆当年创办漂染厂的初心吗？是朱重庆值得向朋友和世人炫耀的资本吗？

他记起宁围乡一位姓马的副乡长曾跟他说过历史上一则小故事。说的是清朝有位太监，生前贪得无厌，搜刮了大量钱财，以为自己很富有。等到快去世时才意识到，疆土无限，不过一堆；房屋千间，不过一宿（“良田千顷，日餐不过一斛；华屋万间，夜卧不过五尺”之化用？）；菜肴百盘，不过一饱。一个人长则一百年，少则几十年。即使天下的钱都归你，你死后，你的儿女们也不可能天天到坟头上去看你。大家要看清哦。当年，那位马副乡长讲这个故事时，朱重庆觉得文绉绉的，有点拗口。现在，他重温这段文绉绉的话，觉得这话蛮深刻，可以说服自己、引导他的伙伴们了。

这么多年，航民村靠什么发展起来的呀？朱重庆一年一年地回忆着，一件事一件事地过滤着。航民村从6万元起家，发展到现在这样一个大型企业集团，成为浙江首富村、全国先进村，得到从中央到地方各级领导的肯定，靠的就是集体经济的力量、共同富裕的魅力。集体经济回答了“发展经济依靠谁、为了谁、发展成果归于谁”的问题。可以集中力量办大事，可以办一家一户办不好、办不了的事，如村庄建设、社会福利、文化事业、共同致富等等，等等。航民村当然有能人，可以凭自己

科尔美国公司—德国赐莱福气流纺纱生产线

浙江航民集团公司产权制度改革会议

的本事致富。但多数人还得靠集体致富。他坚信集体经济之树常青，坚信共同富裕之路永恒，要让“壮大集体经济、实现共同富裕”这句话成为航民村乡土文化、企业文化的核心价值。朱重庆深深懂得：集体经济能不能搞好，与所有制没有必然联系。这也是被航民村二十多年发展历史证明了的事实。集体经济能不能坚持、能不能搞好，关键是我们党员干部，特别是主要经营管理者有没有集体主义的思想、共同富裕的信念。朱重庆甚至猜想，老天爷让他生在航民村，就是为了让他带领乡亲们致富的。他这一生注定就是为航民村、为老百姓的。他从办厂初就是那样想的，二十年来矢志不渝、义无反顾。“既然选择了远方，便只顾风雨兼程”，朱重庆并不知道这句诗是哪个诗人写的，但他觉得这句话说得蛮好。

如果航民村继续坚持走集体经济道路，也许有个别企业领导会以为自己的贡献与所得收入不匹配，感到委屈和不公。但社会上不公的人不公的事多得很呢。看看市县乡镇那么多有能力的党政干部，工作压力比我们大几倍，但只要他们不贪污不受贿，收入也很有限，可以说他们更委屈。在朱重庆看来，你为集体作出了贡献，村民和职工看在眼里，记在心里，这种成就感不是钞票能买来的，也远比单干有意义。

要坚持共同富裕，航民村不能“翻烧饼”，但也不能再吃“大锅饭”。对于大锅饭，朱重庆有着深刻的记忆和切身的疼痛。朱重庆曾多次拿人民公社化时期一个最常见的现象来说明大锅饭的弊病：夏季生产队收割完早稻后，通常做法是将稻谷统统晾晒在仓库前的晒谷场上，靠夏天炙热的阳光自然干燥。那时，晒场上的稻谷就成为鸡呀鸭呀的美味，经常会有三五成群的鸡鸭或贼头贼脑、或悠然自得地偷吃生产队那些稻谷。很显然，这些稻谷是生产队集体的，大家人人有份。但他经常看到，路过晒谷场的社员根本不去驱赶那些偷吃的鸡鸭。因为，在大家意识中，这些稻谷是生产队集体的，不是他家的，他犯不着去管去做恶人。朱重庆讲的这个现象，笔者深有同感。笔者少小时曾在生产队当过仓库保管员，看管过晒谷场，无数次亲眼看见过类似的事，可谓熟视无睹、习以为常。这种名义上集体所有、人人有份，事实上权属不清、人人无关的所有制形式，成为农民积极性不高、出工不出力、主人翁意识淡薄的症结所在。所以，社员们说，集体财产像月亮，挂在天上，看得见，摸不着哦。这几年，航民村发展起来了，富裕起来了，本想给村民们做点好事，办点福利，但不如意的事也发生了。村里免费给家家户户安装了电话，结果有人专打声讯台点歌，一天竟然花去几十元。村里给家家户户安装了自来水，免费使用，有人就开着水龙头与人聊天，一点不注意节约。这些都是“大锅饭”遗留下来的问题，也是体制机制不完善的表现啊。朱重庆认为，选择产权制度的标尺应当看怎么有利于绝大多数老百姓，一定要顾及航民村村民会怎么看、怎么想。他一定要让航民村多数村民满意，觉得他是公道的、公正的、公开的。因此，我们航民村不搞“转制”，而搞“改制”，就是进行集体经济产权制度改革，探索出一条新路。这条新路，既能充分发挥集体经济集聚财富集聚力量办大事的优势，又能充分调动村民和职工的积极性。最佳模式应当是一种混合经济：国有、集体、个人和法人资本融合在一起，集体控股、村民持股，使集体经济从天上的月亮变为天上的太阳，人人能看见，人人能照到，人人能温暖。

朱重庆这辈子读的书不算多，但他清晰记得毛主席老人家在抗日战争胜利后的一篇讲话中，妙趣横生地讲过一个故事。大意是说，抗战开始后，蒋介石躲在山上旁观；现在抗战胜利，他要下山摘桃子，夺取胜利果实了。朱重庆觉得毛主席的这个比喻蛮不错，通俗而形象，农民也听得懂。他就信手拈来，作为自己的理由啦。我们航民村奋斗创业二十年，就好比种了一棵桃树，结了桃子，现在桃子已成熟，要摘桃子了。那么，这桃子应该分给谁呢？假设现在这棵桃树上有 10 个桃子，我觉得其中 4 个应该分给“土地公公”，因为没有土地就无法种桃树，更不用说长桃子。这个“土地公公”就是航民村村民，他们是企业最早的原始资本积累者。没有当初 6 万元创业资金，就没有萧山漂染厂，就没有航民村后来的所有企业。还有 4 个桃子，应该分给劳动者。桃树种下后，要施肥、喷药、除草，要有人侍弄。如果没有劳动者辛勤劳动，桃树是不会自然而然长大结果的。剩下的两个桃子，应该给管理和技术人员。桃树要长得好，还要嫁接、剪枝，在合适的时机施肥、治虫，还要选择最佳辰光采摘。因此，管理和科技人员的作用也蛮重要。

在1999年1月15日召开的党委会上，在后来召开的一次次干部会、村民会上，在路上遇到村民或干部时，朱重庆就用这样深刻直观的故事和生动形象的土话，来阐述他的许多想法，不疾不徐、不高不低、慢言细语、家长里短，把他这段时间以来思考的心事全盘端出来，说清楚。大家都被他说服了。不是吗，重庆说得在理呀！这样明白的事实、浅显的道理，谁都应该懂，谁也无法辩驳。当然，他们也没有想过要去辩驳。因为在他们的记忆中，朱重庆的决策和选择大多都是正确的。他们更深知：朱重庆不是为他自己，而是为大家。既然是为大家，那还有什么可说的呢？

在这件事已过去了16年之后，朱重庆在他新落成的办公室里接受笔者采访。他还清晰地记得当时他的思考、他讲述的故事和主要理由，当然已经没有了当时的兴奋和激昂。他告诉笔者，他提出航民村进行产权制度改革时，就是考虑怎么做到公平合理，能使老百姓接受，也能使企业管理人员接受。实践结果，比预期要理想，群众满意度比预期要高。这要归因于我们设计出了一套比较科学合理、具有航民特色的产权制度方案。

农村产权制度的“航民设计”

笔者手头有一份2001年9月27日的《中国乡镇企业报》。该报以整版篇幅刊登了航民村产权制度改革的纪实报道，并为此加了“编者按”。“编者按”激情洋溢地向全国读者推介航民村产权制度改革的做法：“航民村产权制度改革的最大特点是科学、公正、透明，而且具有良好的可操作性和村民满意度。在众多企业产权制度改革方案中，能够将所有细节公之于众，本身就需要勇气。这也从一个侧面显示航民人对自己改革方案的自信。”

这是一家首都新闻媒体对航民村产权制度改革的中肯评价和独特见解。经过 16 年时间的淘洗，这家媒体的这个判断牢牢地站住了！

现在，让笔者暂时放下手头这份报纸，先回过头去，追溯航民村人当时是怎么探索这项具有历史意义和独特价值的农村集体经济产权制度改革的吧！

1999 年开春之后，航民村连续召开了几次党委会、董事会、股东会、村民会，研究产权制度改革具体方案。道理接受了，思想统一了，但具体的产权股份方案怎么设计呢？大家搞企业几十年，每一道工序都熟悉得像自己手掌纹路，但对于股份结构，却都是大姑娘上轿头一回呀！朱重庆说，我们化繁就简，还是过去生产队老办法，就是按照“口粮”“劳力”“肥料”来计算。“口粮”就是村民股，凡是航民村人，个个有份；“劳力”就是工龄股，在厂职工才算；“肥料”就是贡献量，按干部职务来评。这说法、这办法多熟悉、多简便呀！在座的大多当过生产大队或小队干部，有的还是会计出身，对这一套自然记忆犹新、驾轻就熟。大家都赞同集体控股、村民持股的前提下，从现有集体经济中拿出一大块，量化到个人，做到人人有股份、个个是股东。人与人之间，要有差别，但差别要小；要有档次，但分档要严；要论功行赏，但要赏罚分明：赏要赏得赏心悦目，罚要罚得心服口服。朱重庆率先表态：他和他家人不多要一股。党委会议定：集体占股 56%，个人持股 44%。在个人持股中，航民村村民股占 40%，航民村职工股占 40%，企业管理人员股占 20%。实行同股同利。每股 1 元，村民和职工每股出资 0.25 元，买一送三。这“送三”的钱，自然是历年来航民村集体积累资产的一部分，也就是朱重庆形象说的“桃子”。最后，党委会是以“特殊贡献”为由，参照其他党委委员职务股，“硬”给朱重庆加了微乎其微的两分。党委会提出的这个产权改革原则方案，获得航民集团董事会和村民代表大会一致赞同。

兹事体大。毫不夸张地说，它牵涉到航民村每一位村民、每一位员工的切身利益、根本利益和长远利益。党委会决定，由朱重庆挂帅，由党委委员、集团办公室主任沈宝璋具体牵头协调，成立三个工作小组，分为：村民村龄组、村籍职工组、干部任职组。开展调查研究，制订具体操作方案，反复征求意见，达成广泛共识。用了整整一年时间，产权制度改革才尘埃落定。

在航民村实施产权制度改革一事已过去16年之久的2016年4月5日，笔者找到当年具体操盘手沈宝璋主任，整整一天时间，听他从头到尾、详详细细地介绍整个过程和做法。

沈宝璋主任算是老航民村人了，现已因超龄而退休，但他仍十分关心航民村，力所能及地为航民村做些工作。笔者与沈宝璋主任很熟，以前笔者每来一趟航民村，差不多都能见上一面，有时还劳烦他安排食宿。此次见到，只觉得沈宝璋主任额头上多了几道沟沟壑壑，其余没有什么变化，还是那么健谈，还是那么幽默，还是那么热情。他在那间被戏称为“发挥余热”的办公室里，把当年那些会议记录、调研笔记、登记表格、股民签名本、文件原始稿等，一一找出来，堆在办公桌上，思路清晰地给笔者一件件讲述。从他的讲述里，笔者了解了当年航民村进行产权改革的许多细节。

航民村产权制度改革大幕徐徐拉开，三个工作组开始了紧张工作。大家听说过国有企业搞股份制，但没有一个农村这样搞的呀。想参考参考外地经验，也找不到，只能自己摸索着干。所有材料都是村里独创，所有表格都是村里自己设计。三个组中，村民村龄组是最复杂最麻烦的一个组，情况千差万别，工作量极大。这一组由时任村长朱校相负责，但许多事情沈宝璋仍亲力亲为，所以现在回忆起来，仍如数家珍。虽说航民村是个小村，全村也就千把号人，但一深入摸底，情况还真是错综复杂啊。他们到镇派出所翻阅户口登记、走访村民，确定以1980年为起界，截止期1998年年底，把这段19年时间内航民村村民的情况搞清楚搞准确。年老已去世的，算出存活期时间；小孩出生的，算出到 1998 年 12 月 31 日的时间；中途户籍变动的，如出嫁、嫁入、农转非等，算出时间，哪一段可算村龄；还有参军服役的义务兵，按照国家政策规定，应当享受村龄待遇。航民村子女上大学并已迁出户口的，大学在读期间算村龄，如果大学毕业回村工作，就连续计算村龄；如到外地工作，则中止村龄。还有判刑坐牢的，就取消村龄。如果不取消，那显然不合理呀，坐牢的岂不就跟当兵的享受一样待遇了！沈宝璋介绍到这里，蛮自然地幽默了一下。

第二小组是村籍职工组。这一组由沈宝璋自己兼任组长。这一组情况与村民组有相似之处，难点也在于确定村民身份和工龄，工龄包括参加农场农业劳动的终身职工，以体现工业农业一视同仁。工龄计算的确比较麻烦，本村村民有中途离厂后来又进厂的，得把中间这段时间去掉。工龄计算时间从十八周岁开始，因为不满十八周岁的属童工，不符合国家法律规定，我们航民村不能做违法之事，也算是堵塞漏洞吧！让外界看到，我们航民村人还是蛮遵纪守法的哦！沈宝璋又不忘适时补上一句幽默话。

第三组干部任职组。这一组就是以厂、村干部职务为主要依据，体现村内村外一视同仁，以调动外地干部积极性。凡是厂、村副科长以上干部和产值 5000 万元以上企业主办会计，均属于干部认购股权对象，并按照职务职级不同，适当拉开档次，有多有少。这一组比较麻烦的是任职年限确认。航民村办企业开始时不够规范，那时也不知道日后要搞什么股权股份。当时，有的干部就是会上一提名，或口头宣布一下，就走马上任了，哪有什么档案文件呀！也有些干部中途离厂后又回来担任企业领导职务的，都尽可能找到原始依据，找到能证明的当事人，算得清清楚楚，让人心服口服。

很显然，这三个组人员身份是有重合的。有的既是村民，又是村籍职工，还是企业干部，那就得合并计算股权，有两项就合并两项，有三项就合并三项。这过程，肯定是极其繁杂的。工作小组白天分头工作，晚上碰头汇总，好不容易弄出一个初稿来，朱重庆主持召开党委会、中层以上干部会、村民代表会，进行反复讨论，同时将产权改革初步方案张贴在村宣传橱窗上，让广大村民“评头论足”。工作小组同志不管白天黑夜，挨家挨户上门，征求意见。将工作组掌握的材料与本人核对，确凿无误后，由本人签字确认。这样一来，问题和意见逐步反馈上来了。有的村民怀疑，这是不是集团为筹钱搞的一个假动作、障眼法，自己真的能拿到钱吗？有的村民反映自己手头没有钱，买不起股份。有的问：一家发一本产权证，平时归谁保管呀？有的担心老人过世后，这股权怎么办，能转让吗？女儿出嫁时，这股权能带走吗？在企业工作的干部，今后离职跳槽了，股权怎么办？等等。真是群众的眼睛是雪亮的，群众的头脑是聪明的。怪不得毛主席他老人家说要相信群众，怪不得老话说，三个臭皮匠顶个诸葛亮。于是，针对群众反馈上来的这些意见和疑虑，除讲清道理、消除群众疑虑外，一系列关于村民和干部持股的新细则出台：村里确保每年股份分红，决不食言；如有村民手头一时没有钱，可向村集体临时借款购买，到年终分红时逐步扣还；每人一本股权证，老人过世后可继承可分割，女儿出嫁时可带走；有人如果不愿意买股份，其股权可在家庭成员之间转让；干部职务股份，采取人走股退办法，由集团按照原价收回；到达退休年龄后，便终身享受。

所有问题都作了解答，所有漏洞都堵住了，所有疑虑都消除了。党委决定再次将股权设计方案下发给全体村民、干部讨论，获得百分百满意，居然没有一个人再提出意见。航民村全面推行产权制度改革的时机终于成熟了。

1999年9月16日，航民村召开村民代表、村资产经营中心股东代表会议，出席会议人员共41名。会上，一致作出了关于航民村产权制度改革的决议，庄重表决通过了《浙江航民实业集团有限公司产权制度改革总体方案》。

笔者自然无缘参加当时这个会议，也没去了解那次会议的过程和细节。但在本次采访中，看到了41名村民代表、股东代表的签名。他们用黑色或蓝色钢笔签字，带头的是朱重庆，接下来有沈宝璋、朱思九、朱德泉、朱校相等。看得出，他们每个人签名时都极其庄重、认真，体现了农民最高的书法水平。也许他们第一次意识到，自己这次签名是那么不同寻常、那么值钱。笔者还看到了这个《总体方案》。《总体方案》阐述了航民村进行产权制度改革的重要性必要性，明确了进行产权制度改革的指导思想和基本原则，提出了深化产权制度改革的具体办法。决定从航民集团公司3.0603亿元净资产中，划出1.5亿元，折算成1.5亿股，让村民、职工、干部进行股权认购，每股出价0.25元。明确股权认购对象为：一是具有航民村农业人口户籍的村民；二是具有本村农业人口户籍并在本村集体企业单位工作的职工；三是干部，即集团公司部门副经理、企业副科长以上职务人员，包括村“两委”成员。这个《总体方案》是一个中国农村村级产权制度改革的宣言书和路线图，其思想智慧之高深，政策界限之清晰、逻辑思维之严密、文字表述之准确，令笔者叹为观止！

时令进入初冬，小雪刚过。航民村产权制度改革方案水到渠成、瓜熟蒂落。

11月25日，航民村村民和职工看到了一份醒目的《会议通知》：

公司各单位、各部门：

经公司研究决定，一九九九年十一月二十七日下午一时三十分，在航民文化中心影剧院召开浙江航民集团公司产权制度改革会议。参加对象：航民村村民家长或家庭代表，每户不少于一人，企业享有认购权的全体干部。请安排好工作，准时参加。

浙江航民集团有限公司

一九九九年十一月二十五日

（印）

这一天，航民村像过年一样热闹。为了这件大事，集团公司破天荒停产半天，让认购对象安心参加会议。村文化中心影剧院焕然一新，会场主席台仿照市县“两会”场面布置，红底白字的“浙江航民集团公司产权制度改革会议”会标，显得庄重大气。会标两侧各是五面红旗，正中悬挂着航民村“飞航”村徽，衬托红旗和村徽的是一排错落有致的绿植。主席台上坐着集团公司和村委会领导。场内，座无虚席、满满当当，有一些村民和小孩，居然站在走道上和会场外，旁听会议。参会的人、旁听的人，都穿着新衣裳，脸上洋溢着发自心底的笑容。是呀，作为农民，多少代、多少辈，哪里遇到过这等好事，哪里见过这样的阵势呀！朱重庆关于产权制度改革的讲话，用“萧山普通话”与航民村土话相结合，还有朱重庆特有的笑话、段子，深入浅出，浅显通俗，但是说到了在场群众的心里，引发了共鸣，他们情不自禁，一次又一次鼓掌、喝彩，硬是把初冬会场的气氛鼓荡得像阳春三月天一样。

从 12 月 1 日到 12 日，航民村全体村民、职工和干部都沉浸在议股、购股的气氛中。到了最后一天，最终认购结果出来了：99.863% 的人认购了股权，领取了大红股权证书，总数达到 1.4321 亿股。全村仅一位有智障的村民没有认购，还有两三个准备跳槽的企业干部没有认购。前者自然情有可原；后者倘在今天知道了航民股权实际价位，大概要后悔一辈子了！

在 2006 年，航民村推出了《浙江航民实业集团有限公司配股实施办法》，对第一次股权方案进行补充完善，共增资扩股 7482 万股，每股出资 0.5 元，集团总股本扩大到 4 亿股。其中，村资产经营中心增配 2030.91 万股，航民控股有限公司代表村民、职工增配 5451.09 万股。增资扩股后，村资产经营中心持股 2.04 亿股，占总股本 51%；航民控股有限公司持股 1.96 亿股，占总股本 49%。同时提出，增加职工股权比重，职工股占 70%；减少村民股权比重，村民股占 30%。把享有股权的对象扩大到非航民村籍的经营管理干部，使航民村用人机制与社会接轨。

2010 年，航民村对原有股权方案作了进一步完善，又配股 8000 万股，一元一股，主要是向企业骨干倾斜。60岁以上村民不再配股，改为补助。

动作较大的是2016年下半年航民村开始逐步推开个人股股权内部流通事宜。

5月底，笔者第一阶段蹲点采访结束后就因事返京了。一天，因牵挂航民村近期进展，就给党办主任王丽发了一则短信询问近况。王丽给笔者回了短信，同时告知了党委开会讨论股权内部流通的议题。短信是这样表述的：

> 航民集团党委会讨论了关于航民村个人股份实行流通的事宜。为体现股权价值，同意集团量化的个人股份在航民村内部流通20%，价格最低为每股4元，也可由劳资结算中心按不高于每股4元的价格收购。收益部分可用于职工的利息支付。适时召开董事会与村民代表大会讨论确定。

允许流通20%，每股最低4元，这些都充分体现了朱重庆的谨慎。他要确保在没有任何风险的前提下，稳妥推进。如果计算航民集团实有资产，航民村股权每股的价格肯定超过4元，而且还在不断增值之中。所以，可以预期，没有多少航民村民股东会抛售自己拥有的股权。但这样一来，毕竟让村民们感受到了可兑换、可实现的股权价值，由墙上的美人图，变成了家中的俊媳妇；由每年有限的分红，变成了可兑现的巨额人民币。这对航民村民股东而言，不能不说是个极好消息。对于取信于民、增强村民凝聚力和向心力，不能不说是个重大举措。

笔者再次返回航民村作补充采访，是在“江南一片红”的时候。央视播音员预报气象时，江南华南地区总是一片赤褐色图像，报纸媒体在惊呼这段让人无法忍受的酷暑。航民村所在的杭州地区遭遇历史罕见的长时间高温天气，最高气温超过40度，成为名副其实的“火炉”。一大早，太阳就热辣辣地照射到地面，江南阳光变得有点像高原阳光，明晃晃地刺眼。马路上尘土被热浪裹挟着，朝行人扑过来，使人感觉自己似乎行走在火焰山边上。笔者从住地走到航民办公楼不足两百米，竟然大汗淋漓。

朱重庆在他的办公室再次接受笔者采访，详细解释这次股权计划内部流通的来由和方案。

“这次内部股权计划流通一事，就是因你的建议而起的。”朱重庆一开头就这么直截了当地说。笔者私下也猜测到了。因为在上几次采访中，有些干部村民向笔者反映，航民村股权现在仅仅是分红，就是利息比银行高，大家感觉不到股权价值，不知他们拥有的这些股权到底值多少钱。久而久之，会影响村民股东的积极性。因此，在采访结束时，笔者向朱重庆反馈了这些情况，并建议在明确规则、风险可控的前提下，实行部分股权内部流通，允许村民股东们在航民村内部相互转让或受让。这样，可以体现航民股权价值，调动大家积极性。没有想到，朱重庆如此从善如流、如此认真重视，迅速把此事提到党委议事日程上来，并计划付诸行动了！

朱重庆继续慢慢说下去，一直来他们规定不让流通，有不能流通的考虑：如果有的村民卖掉股权，去赌博、吸毒，或者做生意抵押贷款，万一输光了、吸光了、亏损了，有困难最终还得找集体。现在企业发展了，价值提高了，村民经济承受力、心理承受力也都增强了，但大家还不清楚航民股权值多少钱，这样不好。所以，这段时间，他也反反复复在琢磨这件事，认为笔者的观点和建议的确有道理，可以考虑在航民村内部实行部分流通。为尽可能减少风险，允许先流通个人股权的 20%，以后视情况再作打算。提议内部流通每股最低价为 4 元，这是每股股权的底线价。虽然大多数村民股东不会卖，但也知道自己的股权价值多少钱。如果受让购买的人多，允许竞价上浮。如果有人出让没人买怎么办？他们设想可由村劳资结算中心按照每股 4 元钱买下来，其收益用来支付职工利息。总之，要把各式各样情况都预计到考虑好。还要防止特殊情况出现，由村委会负责审核。真正实施前，还要召开村民股东代表会，进一步征求意见，完善方案，作出决议。

稳扎稳打、步步为营，这就是朱重庆风格！

笔者对自己提出的意见建议被采纳，由一位旁观者变为一位参与者，内心自然也是欣喜的。

笔者之所以不厌其烦、絮絮叨叨、事无巨细、包罗万象地写下航民村产权制度改革的过程及方案，是因为认识到航民村产权制度的历史意义和典型价值。如果说，当年安徽小岗村农民以按血手印方式，实行"大包干"，解决了劳动责任与劳动报酬匹配、种什么与怎么种自主权问题的话，那么，今天航民村人解决的是一个更为深远、更为宏大的农村农民问题：从体制机制上找到发展集体经济、实现共同富裕的道路——农民人人有其股。当其他一些地方纷纷将集体经济私有化的时候，航民村探索出集体经济股份化加农民股东化，圆满地诠释了集体经济的本来涵义；当全国上上下下忧虑基尼系数突破极限、贫富差距进一步扩大时，航民村做到了合理适当可控的差别化，而且使这种合理的差别化变为具体清晰的股权，形成谁也无法改变、无力剥夺的格局，这样就从源头上保证了共同富裕的可行性，杜绝了贫富悬殊进一步扩大、部分农民再度赤贫的可能性。这，就是航民村产权制度的机制设计，也是航民村村民及职工的体制保障。它从体制机制上回答了"发展依靠谁、发展为了谁、发展成果归于谁"这个根本问题，全面贯穿了以人民为中心的发展理念。

据说，时任中央政策研究室副主任肖万钧、郑新立同志先后考察过航民村，他们对航民村的产权组织形式、分配形式非常推崇，认为符合中央政策，符合社会主义初级阶段国情。

2016 年 12 月 30 日，笔者在北京沙滩家中继续修改这部文稿。此时，《中共中央国务院关于稳步推进农村集体产权制度改革的意见》公开发表。笔者一边学习文件，一边对照航民村的做法，强烈感觉到航民村关于集体产权制度改革的这些做法完全符合中央文件的精神，甚至连一些具体政策和环节程序也高度近似。对啊！中央文件精准总结了来自基层一线的创造和经验，广泛融汇了中国农民的智慧和心声。读完之后，笔者兴奋难抑，立即给朱重庆挂了一个电话，建议他抓紧看看。电话那头的朱重庆仍是那个笑呵呵的声音："呵呵，那我要认真看一看！"

笔者以为，站在新的历史起点上，面对新的历史课题，怎么评价航民村的产权制度改革方案都不为过。笔者甚至冒昧地建议：农业大包干学小岗村，农村股份化学航民村！

航民村几代人的"共富观"

朱重庆目标很明确：使共享共富成为航民村基本经济制度、航民村人共同价值观、航民文化核心内涵。

笔者在航民村采访座谈了一批航民村骨干，寻求这种价值文化生长的土壤、人群，很幸运地找到了许多内化于心、外化于行的人和事。

朱顺康，杭州航民达美染整有限公司总经理，他掌管的这家印染企业年利润超亿元，属于航民企业集团第一方阵，他本人是航民村创业者之一。当笔者于2016年5月3日下午采访他时，他正看着自己的体检报告，旁边有两位医务人员在给他作着解释。朱顺康个子不高，不胖不瘦，打扮极其普通：上身穿着绿条隐格衬衫，下身是一条蓝色隐花尼龙裤，趿拉着一双布鞋，鞋后跟被压倒在地。一眼看去，朱顺康的形象难与一个亿元利润企业老总的形象重叠。但他一开口说话，就显示出他的干练和果断。朱顺康当过兵，先后到辽宁海城联营厂、钱江印染联营厂、广东联营厂担任负责人，可谓南征北战、辛苦多多。从1994年1月起，朱顺康就担任这家印染厂厂长，后来改叫总经理，一晃二十多年过去了，印染厂有了很大发展，机器设备增加十倍，印染量由原先每年3000万米，达到现在每年3亿米，利润也差不多增长十倍。当然，朱顺康也由青年进入中年，身上毛病也多起来了。这不，最近他刚作了一次体检，医生说他毛病不少呢。但朱顺康没有把这些病当回事，仍然一心扑在工作上，思考着怎么把达美厂做得更大，管得更好。说到达美公司的发展，朱顺康简单明了地告诉笔者，那是因为朱重庆决策得好，客户信任航民，货源比较稳定。

话题说到1999年集团产权制度改革上，朱顺康很坦然地说，他与朱重庆一样，根本就没有想过要把这些集体企业改成私人的。他从内心里认为，厂是集体的、是集团的，他是代表集团在管理。代管也有代管的优越感：他们这些集体企业厂长经理，管着那么大一笔资产，收入也不低，坐着中央部长一级都未必有的车子，与私营老板是一样的好车，平时还有出国考察机会，家庭和子女也都安排得蛮好，像他儿子还出国留学，现在已学成回国，在厂里当助手。你还不够？还想怎么样啊？做人得讲良心，得知足常乐。集体企业有集体企业的好处，压力比私营企业小得多，集体福利不错。万一有点事，还由集团扛着，还由集体撑腰。真正能自己办厂的，没有几个。即使办起来了，也是东借西贷，求爹爹告爷爷，低三下四，担惊受怕。如果到私人企业打工，先不说规模有没有像航民印染企业那么大，首先地位就不一样，那是雇佣关系，是打工仔。钱自然是好东西，如在温饱阶段，钱显得很重要；现在够用了，钱多了也没有什么意思。就像开始吃南瓜饭时，觉得米饭很好，现在餐餐吃米饭了，觉得就那么回事，反而不太想吃了。再看看朱重庆，他一年到头忙忙碌碌，还坐着那辆旧车，每天回家比他们还晚，你说，他们还好意思不满足吗？朱顺康打着比喻、举出例子，振振有词地解释着他的观点、他的逻辑。

在闲谈中，朱顺康还给笔者透露了早年间一件事。萧山有家蛮有名的民营企业，也做印染行业。那家老板找到朱顺康，说自家集团有家印染厂，但他自己不想再管了，恳请朱顺康去帮他管理管理。那位老板许诺：朱重庆给朱顺康年薪10万元，他就给朱顺康50万元；朱重庆给朱顺康坐“桑塔纳”，他就给朱顺康坐“公爵帝”。面对着高薪豪车的诱惑，朱顺康没有动心，没有动摇。

在将近半年时间里，笔者在航民村采访了几乎所有现任的厂长经理，与他们探讨共享共富问题。感到朱顺康上述这番话是朴实的，也是真实的，具有典型性，透射出航民村企业家群体的共享共富观。

如果还要举例的话，那就选择朱岳斌吧。1970年出生的他，介于航民村第一代与第二代创业者之间，所以，他既经历过第一代创业者后期的艰辛，也具有第二代创业者的洒脱。他现任航民股份公司印染分公司总经理，并兼任着集团党委委员，属于航民村办企业中的“少壮派”。

笔者对朱岳斌的采访，是从闲聊这家印染分公司的来历开始的。印染分公司前身是航民染料化工厂，那是一家被“逼出来”的企业，是航民人在染料极度紧张的1987年凭着“不蒸馒头争口气”的劲头创办的，后来染料供应充足了，再加上染料厂污染问题无法解决，遂于1995年下决心关停，转产为航民村拿手好戏的印染行业后，逐步发展起来。朱岳斌告诉笔者，目前印染分公司业务很好，每月利润近千万，今年可能拿下一个亿。说到共享共富，说到朱重庆，这位刚刚跨入中年门槛的人，显然有许多话要说。2012年，曾经有人请他去合伙收购一家印染厂，由他做老板。但他没有去。问起原因，朱岳斌慨叹说，做人要知足，朱重庆待他们都不错。如离开航民，自己感情上说不过去。要对得起老百姓，对得起朱重庆，真是天地良心啊！再说，航民村现在这种集体控股的体制机制也是蛮好的，印染行业是劳动密集型企业，要靠人做出来。作为管理者，还是要一心为公，公平公正，私心不能太重，这样才能搞好企业。譬如，航民村周边有两个村，也办了私人印染厂，但都倒闭了。周边地区也有不少印染厂承包给私人经营，急功近利，同质化普遍，污染非常严重，现在都办不下去了，纷纷关停倒闭。为什么航民村印染行业那么好？说明集体经济有优越性，说明朱重庆倡导的思想是很对的。朱重庆是劳模，不图什么，不是为自己，他坐的还是十几年前的那辆奔驰320旧车哦。

那么，航民村年轻人或者说第二代创业者，他们是怎么理解和接纳共享共富理念的呢？笔者把镜头焦点对准了两个具有标杆式的人物。一个是朱立民，另一个是朱鹏峰。

聚焦朱立民的理由是显而易见的。因为他不仅现任航民集团党委委员兼航民股份公司织造分公司经理，属于第二代青年人中的“代表”，而且因为他是朱重庆的儿子，他的一举一动，对周边年轻一代甚至整个集团都具有影响力。

对于朱立民，笔者应当说是熟悉的。他与笔者儿子同年，他们还曾是杭州外语学校同窗。他以前与笔者偶尔见面，也就是客客气气叫上一声“叔叔”，彼此并未作过深谈。二十年过去，朱立民的成熟、沉稳、练达、才识，超过笔者预料。这是笔者与朱立民畅谈一天后的感受，以至于笔者回家后向儿子发感慨，希望儿子好好向朱立民学习。其实，深究起来，还是实践出真知。是航民村这个环境、这个舞台让朱立民迅速成长起来，逐步显露出担当重任的潜质。

对朱立民的采访是在 4 月 29 日下午和 30 日上午。他现在集团办公楼三层办公，办公室很简朴，除了一些书籍之外，别无任何装饰。因为熟悉，彼此也就没有多少客套，采访开始就直奔主题。显然，朱立民对航民村及父辈早期创业历程一清二楚，言谈举止间流露出由衷的敬佩。因为父亲朱重庆和叔叔伯伯们有时围坐在一起，对他们这些晚辈进行“革命传统教育”。这些教育，尤其是老一代创业者言传身教，给朱立民一代留下极其深刻印象。在访谈中，朱立民一再表示他从父辈身上学到许多优良品质和工作方法。他大学毕业后回到航民村，直接到澳美公司车间第一线做化验员，又到印染厂做业务员跑市场，并先后在集团公司审计部门、投资部门工作了 7 年，一直到 2010 年初集团党委决定派他到织造分公司当经理。所谓织造分公司，说白了就是织布厂，规模不大不小，400 来号人，当时全厂生产能力闲置，经营上困难。朱立民到任后，了解市场，调整设备，招收新员工，加强管理，到年底就初见成效，赚了 600 万元。第二年实现利润 1100 万元，2013 年再创新高，达到 1300 多万元。对此，朱立民比较开心。更开心的是，这一切都是凭他发挥主观能动性，组织发动全厂干部职工拼搏取得的，父亲并没有给他“吃小灶”。实践证明，朱立民有能力管好一个企业。在磕磕碰碰中，朱立民学到了与客户打交道、处关系的经验，懂得了诚信的重要性，明白了帮助客户解决困难，实际上就是在为自己解决难题。当然，朱立民在其间也深切体会到办企业不易，体会到管理不易，依法治厂不易。

谈完他的大致经历和情况，话题开始转到共享共富上来。笔者直截了当地询问朱立民，他对航民村实行共享共富体制机制怎么看，朱立民回答得简洁明了。共享共富已成为航民村核心价值观，成为航民企业文化，大家都比较认可。父亲对钱不是太看重，这种价值观已深入到他的骨髓之中。父亲常说，钱如水，没有时要渴死，多了要淹死，够用就好。他很小就知道父亲工资不高，在潜移默化中受影响，所以他从小也很节约。他认同父亲的话，钱够用就好！现在吃饭穿衣肯定没有问题，一个人最大的成就是社会、周边人、朋友对你的认可和尊重。不能获得认可和尊重，钱再多又有什么用呢？在他看来，还是共同富裕为好。对于厂长经理们而言，在这种体制下考核奖励，荣誉感更强，每年收入也不低，完全可以做到家庭富裕。对老百姓而言，彼此差距也小，最多的130、140万股，最少的也有40、50万股，这样心理容易平衡些。假设，当然仅仅是假设哦。朱立民说这话时，镜片后的那双眼睛闪烁着年轻人的聪慧。假设当年父亲他们不是坚持集体经济、共享共富，而是把航民企业分成大大小小的厂子，肯定没有像现在发展得那么好，那么大。

笔者顺着这个思路，再问朱立民："你知道你父亲的奋斗目标吗？"

朱立民略一沉思，用手推了推鼻梁上的眼镜，带着一种猜测口吻回答说："我知道父亲是想让村民们共同富裕起来。但究竟富裕到什么程度，父亲并没有具体说过。现在航民村有一半以上村民是富裕户，也就是达到国外中产阶层标准：有房有车有存款，年收入几十万元。我猜测，父亲是想让全体航民村民都能这样，也就是实现航民村全村中产阶层化吧？"

中产阶层化？这，对于中国农村一个村庄而言，真的是一个诱人目标！朱重庆，您真是在作这样的思考和不懈的追求吗？

朱鹏峰则是另一种类型。虽说他也是土生土长的航民村人，但他同时是只"海龟"，毕业于英国北部一所大学，学了四年市场管理专业，五年前回到航民村办企业，协助老爸管理一家印染厂。今年三十虚岁，正是人生中最好年华。

采访朱鹏峰时，太阳已逐渐向航坞山靠拢，一抹夕阳洒在他的笔记本电脑上，闪着金色光芒，使得这次采访有了一种别样的诗意和美感。小伙子玻璃镜片后双目炯炯，语调平稳、沉静而自信地叙述着，这种沉稳，似乎与他的年龄并不相称，也许是“英国式教育”熏陶的结果。

笔者自然首先问朱鹏峰对英国和英国教育的看法。小伙子直言不讳地回答说，四年中，他对英国社会和人文现象深有感触。开始时，看正面的多，觉得英国社会处处都好。待的时间长一些，就逐渐发现了英国社会的弊端和不足。他们毕竟是资本主义社会，看上去对外国人比较文明比较友好，但实际上还是排外的。他们比较遵守制度，但不是从内心里为你好。他们不敢违法，是因为违法成本太高，他们承受不起。当然，他们非常重视教育，在这方面值得我们中国学习。中国教育主要是应试教育，为考试而考试，在国外主要是靠自律学习。

谈到航民村经济模式，这只“海龟”倒是一脸欣赏之色。他说要感恩于航民村，感恩于航民村集体经济发展。他现在的一切都是航民村给予的。朱重庆伯伯和他老爸是第一代创业者，是他们打下基础。他回到航民村的唯一心愿，就是为了报恩，就是准备付出。作为企业管理者，他深知，如果是私营企业，就会比较多地考虑生产经营成本，有些社会性公益性的事，就不太会去做。而作为集体企业，与全社会目标一致，就会做得好一些。他也认为，钱多到一定程度时就没有意义了。他们这一代人的使命与责任，就是在老一代创业基础上，让企业不断发展壮大，实现稳步增长。

“你就不怕村里老百姓责难你，误解你，说你是靠着老爸关系上位的?”笔者抛出了一个略微尖锐些的问题。朱鹏峰毫不犹豫、立马接口答道：“不怕误解，我也不会在风言风语前退却！只要严格要求自己，把企业管好，做的事问心无愧，对得起村里大多数老百姓就行。”这样自信和决绝态度，也许只有第二代人才具备的吧！

在采访中，笔者强烈感觉到，要落实共享共富理念、调动方方面面积极性，朱重庆其实碰到了两大难题：一是如何处理企业与村民的关系；

二是在集体经济框架下，如何形成村办企业之间竞争力。笔者时时留意着这两大问题，从朱重庆的答复，更多的是从其他采访对象身上，笔者找到了“航民村答卷”。

首先观察航民村企业与村民的关系问题。毫无疑问，企业是由村孕育出来的，是村里这只“老母鸡”下的“蛋”。朱重庆一次次语重心长地对企业员工说，如果没有当年航民村积累的6万元钱，就没有航民漂染厂，也就没有现在的一切。当企业快速发展，无论就体量还是影响力均远远大于农村的时候，企业容易尾大不掉、自以为是；村民容易心理不平衡、不满意。笔者深切感受到，朱重庆其实是在走钢丝：极力维持企业与村民两者之间的平衡。一方面，他要按照现代企业制度办，给企业以足够自主权，使企业能够按照企业规则和市场规律去运作，调动厂长经理们积极性和创造性。他不允许村民插手企业具体经营业务和日常管理。他对有些村民提出的既然是航民村的村办企业，就应当由航民人说了算；既然是航民村的企业，为什么有那么多外地人来当厂长、经理、科长？我们儿子也会当等等“理论”，进行反驳和一定程度的屏蔽。但另一方面，他又不忘当年为了村民脱贫致富的初心，不改乡镇企业发展农村、致富农民的初衷。当许多乡镇企业把农村、农民视为负担和包袱，纷纷割断与土地农村农民的“天然脐带”，成为所谓“现代企业”时，朱重庆却坚定地保留下这条“天然脐带”，把航民村办企业与土地、与村庄及村民紧紧地捆绑在一起，同舟共济、荣辱与共。利弊是显而易见的：对于企业的轻装上阵和高速发展，它是一种“负担”，甚至是一种“拖累”；但对于农村、农业、农民而言，它是一种反哺，甚至是一种助推。在这种理性判断和价值追求的两难选择中，朱重庆选择了后者。于是，他又要顾及村民的感受，安抚村民的情绪，尽可能缩小企业职工与村民收入的差距，说服动员企业尽量为村里和村民多办好事实事公益事，让村民真切感受企业发展给村里、给村民带来的看得见摸得着的实际利益。假如您去考察航民村企业与村民关系，就会明显感觉到，它们总体上是相当稳定、稳固、和谐的，从来没有发生过别的地方常有的冲击或闹事现象。

为了解详细情况，笔者采访了航民村村主任陈国庆。这位被老百姓俗称为村长的陈国庆，原是部队退伍兵。2002 年，在毫无思想准备的情况下，作为“陪衬”候选人，却意外地被村民选为村长，至今已 14 年，算是年轻的“老村长”了。

前一天，航民村及周边地区刚下了一场春雨，此刻室内有点闷热。“老村长”陈国庆一边打开风扇，一边抽着小包装“利群”牌香烟，开始了他的叙述。他在谈到村企关系时认为，普遍实行村民股份制，使全体村民成为股东，这是最根本的机制保障。朱重庆在考虑村企关系时，还是倾斜的，总是考虑以村为主，以村民为主。凡是村里老百姓有意见的，他都要求企业尽量做、尽量改。陈国庆也认为，企业要参与市场竞争，应当有企业的做法，应当由厂长经理负责，如果都听村里老百姓意见，人多口杂，那企业就没有办法搞好。再说，企业对村里也已经够好了。集团每年核拨给航民村 4320 万元，由村委会负责管理。其中的 49%，也就是 2100 多万元，算是给村里“分红”；其余 51%，也就是 2200 多万元，用于村庄建设、村委会人员和农业、卫生、绿化人员薪酬补贴、文化中心开支及村民集体公益福利。包括从幼儿园到大学学费全免，每个考上大学的村民奖励人民币一万元。每年村里还可以结余下 1000 多万元，赚的钱也是为村里办公益事业。

也许有人不同意笔者以上分析判断，认为航民村稳定主要是朱重庆个人威望在起作用。笔者自然不排除朱重庆个人因素，但笔者同时固执地认为，个人威望是在众人利益得到公正维持的前提下，才能发挥影响力；如果你严重地侵犯了众人利益，再高的个人威望也是无济于事的。此类事例，古今中外，俯拾皆是啊！

再来观察航民村集体经济架构下企业之间相互竞争问题。公有制架构下如何确保企业之间良性竞争与经营管理人员积极性？这是一个带有普遍性课题。笔者在航民村考察采访中，时时处处感受到企业与企业之间、厂长与厂长之间那种竞争状态，那种暗暗较劲、彼此不服输的状态，而看不到松弛懈怠现象。厂长经理们每天工作十几个小时，他们自嘲比那些私营老板还勤快。那么，航民村是如何做到这一切的呢？笔者曾就此专门采访过朱重庆，请他解读“三味真经”。

2016 年 5 月 8 日下午，朱重庆在他的办公室里，再一次扳着手指，条分缕析，向笔者详细介绍了他的治厂之道。航民村办企业厂长经理，多数是航民村人，所以都有个面子问题，也就是以什么形象、什么记录进入“村史”问题。但说到底，那不是主要的，主要还得靠机制。这个机制，概括起来有四点：第一点，分好家。航民村企业发展起来了，俗话说“树大分杈、人大分家”，分是必然的，问题是怎么分。像兄弟分家一样，选择适当时候，让他们先独立出去，自己去造房子，去建设小家庭，做父母的给予一些补助。这样，他们反而会感谢父母。而不是等所有子女都长大成人，父母把所有房子都建好，再分点债给子女，然后给子女们安排房子。这样的话，子女们十有八九会不满意。即使当父母的很关心子女，做得再公正、再公平，做子女的也会觉得有好有差，父母有偏心。企业分家也是同样道理。当企业还小时，先独立出去，由他们自己去发展，发展得快与慢、好与差，那就要看你的本事，不是我有什么偏心，吃“偏食”。所以，我们先后办起了二十多家企业，把漂染厂管理人员分出去，裂变为六家印染厂，大家同台竞争，谁也不怪谁。搞不好，只能怪你自己。这样企业就有了竞争的内生动力。第二点，抓考核。我们给厂长经理定了一个底薪 72000，每月 6000 元，保证你能吃上饭，不会饿肚皮。然后是考核奖励，指标四大项：一是工业产值万分之一点六，这条主要考虑企业规模和管理难度；二是利润 2%，这条强调精细管理、多创企业利润；三是折旧提留 1%，这条是鼓励在政策范围内提好留足，给企业增加后劲；四是税收 0.5%，这条是确保企业向国家纳税，并将纳税数计入管理者业绩，同样给予奖励。四项合计起来的奖金奖给厂长经理及其他经营管理人员。这个考核奖励办法是从航民村办企业实际出发的，在实行中完善，实践效果是好的。第三点，充分授权。厂级领导班子由集团公司党委任命，其他干部都由厂里研究确定，产供销也充分授权，集团公司一概不管。第四点，营造宽松环境。坚持实事求是、公道正派、一视同仁。我们提出“宁愿喝碗开心汤，不愿吃碗愁眉饭”，领导要做开明人士，要在表扬声中做好工作。同时，立下规矩，不能明知故犯。明确表态：凡是明知故犯的人和事，航民集团决不出面求饶讨保。

一个结构特殊的战斗堡垒

史无前例、举世无双的中国特色社会主义事业，是由中国共产党领导、组织和推进的。中国共产党由 8800 多万名成员和 440 万个基层组织组成。这 440 万个基层组织是中国共产党执政的基础，是基层的主心骨和指挥所。中国人形象地把这些基层党组织称为“战斗堡垒”。

航民村党组织，就是这样一个“战斗堡垒”，而且是一个结构特殊的“战斗堡垒”。剖析、挖掘、描绘这样一个“战斗堡垒”的特殊性和特质性，也许具有全国意义。至少对那些乡镇企业发达地区的“战斗堡垒”会有一定借鉴作用。

让我们具体看一看这个“战斗堡垒”特殊性的演变轨迹吧！

初始阶段，航民大队党支部与全国各地农村党支部是一样的，也是由大队党支部发动群众兴办村级企业，并领导管理村办企业。后来，村办企业发展起来了，体量越来越大，市场化、社会化、股份化程度越来越高，职工人数和党员人数迅速膨胀；而行政村相对缩小，任务基本固定，总人数和党员人数变化不大。如果继续维持原有领导体制，就会产生“小马拉大车”现象，村里会感觉力不从心，且势必去插手干预企业具体经营管理，使企业无所适从。航民人高明和聪明之处在于：与时俱进，从实际出发而不是从本本出发，开始转换思路。第一步，在成立航民实业公司同时，成立航民实业公司党总支，探索企业领导行政村的新路。

1989 年初春一个清晨，天边刚刚露出一抹亮色，江南水乡笼罩在一

航民村老一代创业团队

缕缕淡淡的雾气中，像一个似醒非醒的睡美人。

时任航民村党支部书记的才法老徐，起了个大早，骑着自行车，根本无暇欣赏什么风景，一路急匆匆赶路。在早饭时分，闯进了瓜沥镇镇委书记周来新的办公室。

周来新与才法老徐彼此是老熟人，不用什么客套。但他对才法老徐那么早来找他，不知是什么急事，心中还是不摸底。他一边泡着方便面，一边试探着问："老徐，这么早来，有急事？"

才法老徐个子不高，但声音却不小："我来请示一件事。"

周来新看着才法老徐火烧眉毛的样子，不由得"扑哧"一笑："什么事，那么急呀？那好，我们边吃边聊吧。要喝茶，自己泡。"说着，周来新书记端着刚泡好的方便面，坐到办公桌边，稀里哗啦吃起来。

才法老徐自己泡了一杯茶，一屁股坐到周来新书记办公桌对面的仿皮沙发里，三言两语，说明了来意。

原来，这几年，航民村办企业发展很快，就像人们形容的那样"如雨后春笋"。除新近投产的染料厂外，村里还开办了织布厂、钱江染织厂、电器修配厂和商场，还有土地收归集体后的“农场”，真是一厂变十厂，队长当厂长，出现了“老厂管新厂”“大厂带小厂”现象。虽说都是漂染厂“生出来”的子子孙孙，但在实际管理中总感到有点别别扭扭。再加上与村里的关系也有变化，许多事名不正言不顺啊！

这些事情，周来新书记心里其实是清楚的，他非常关注航民村发展，也在考虑如何帮着航民村理顺这些关系。作为一镇之首，他心中已有了一个雏形。只是他不想贸然端出来，他更愿意听听村党支部和才法老徐的想法。

“那，你们打算怎么办呀？”周来新书记欲擒故纵。

才法老徐是个直性子人，说话从不转弯抹角。他竹筒子倒豆子般说出了航民村党支部的方案：“我们党支部议了几次，准备成立航民实业公司。同时根据重庆的建议，成立实业公司党总支，行政村成立党支部，漂染厂和其他厂分别建立党支部。”

哦？这倒是一个新想法、新思路啊！周来新书记眼前不觉一亮。不过，据他所知，全省已有村一级成立党委的，但还没有成立企业党组织领导行政村的做法。可行吗？任何模式不都是试出来的吗？既然航民村发展需要，他们又有这个新想法，不妨让他们试一试、闯一闯吧！

想到这里，周来新书记开门见山地答复才法老徐了：“镇委也考虑过航民村党组织的设置问题，现在企业多了，党员也多了，镇委可以同意航民村设立党总支部。至于村厂彼此关系怎么处理，既然重庆有这个建议，你们就根据实际情况试着干吧！”

才法老徐听到周来新书记如此明朗的态度，有点喜出望外。但他肚子里还揣着一个问题没问呢。此刻，他小心翼翼地提出来：“周书记，镇委打算让朱重庆做什么？”

周来新书记欲言又止。他毕竟多年从事乡镇基层领导工作，当然清楚乡村干部肚子里有几条蛔虫。想到这里，他聪敏地把问题推给了才法老徐：“村支部是什么意见？你才法老徐又有什么考虑没有？”

“我嘛，年纪大了，又没有文化。重庆人好，有能力，现在已是村党支部副书记，我私下听听意见，许多党员希望重庆来挑这副担子。不知镇委怎么考虑？”

听才法老徐这一说，周来新书记心中有底了，他不禁一喜，觉得才法老徐这位老同志有自知之明，能出以公心退位让贤，不由得心生几分敬意，盯着他看了几秒钟。然后，一字一顿地答复才法老徐：“具体人选问题，镇委还没有研究。我个人也会与重庆沟通一下，然后提出方案报镇委审批吧。镇委对航民村新班子的要求是，必须强有力！”

从后来事情发展看，瓜沥镇委是开明和高明的。镇委书记周来新亲自找朱重庆谈话，告诉朱重庆，镇委准备让他担任新成立的党总支书记，并征求他对党总支副书记、总支委员人选的看法。最后，镇委任命文件下来了，决定由朱重庆出任实业公司党总支书记，才法老徐任副书记，朱德水、沈宝璋任委员，还给党总支预留了一个委员名额。后来填补这个空额的，就是那位不当乡长当村长的朱校相。

2016 年 4 月 4 日，丙申清明节。

清明时节雨纷纷。前两天，航民村所在地区下过几场透雨，满山树木葱郁，空气十分湿润。此刻，雨已停了，但天仍阴沉着脸，似乎配合着人间正在进行的清明祭扫活动。

航坞山上，航民村公墓，一批批扫墓者来来去去。笔者跟随着一队人马，进入山前广场，拾级而上，前去祭扫航民村老支书才法老徐。才法老徐 15 年前因患食道癌去世，安葬在航民村公墓里。笔者特意通过航民集团党办工作人员与老徐家取得联系，想在这个特殊日子，献上一束鲜花，表达对这位航民村创业先行者的敬意和哀思。

才法老徐的儿子媳妇、女儿女婿、孙女外孙一大帮人簇拥着老徐的遗孀来到墓前。老人今年七十二岁，已是满头银发，但脸色红润，腿脚健朗，说话声音像铜钟。她坚决不要别人搀扶，坚持着自己爬山登高，走到墓地前。

才法老徐的墓地坐落在半山腰，与周边的墓葬并无两样，看得出，才法老徐去世后并没有搞“特殊化”。笔者低声问老人：“怎么不把老支书的墓地搞得稍微好一些呀？”老人平静地回答：“跟大家一样为好，老头子生前不搞特殊，大家都说他好。死后更不能让大家骂他。”她一边说着，一边从随身带来的篮子里，一样一样取出供品。只见有蔬菜、海虾，还有一碗猪脚爪。在旁的小女儿插嘴说：“这个猪脚爪是爸爸生前最爱吃的，妈妈今天特意为他烧的。”老人又在墓碑前放下几只酒盅，随后逐只斟上黄酒。一边斟酒，一边口中念念有词地请老徐多吃。她做这些事时，显得极其认真仔细，仿佛才法老徐就在眼前一样。安排停当，二女婿烧起纸糊的银锭，全家人轮流着到墓前给老徐揖拜。笔者也把带来的一小束鲜花放在墓墙上，双手合十，轻声说着：“老支书，我是朱重庆的朋友，曾多次见过您。今天是清明节，来航民出差，跟您家人一起来给您扫墓。您一生为航民村做了大量好事，老百姓是不会忘记您的。特别是您培养重用了朱重庆，使得航民村有今天，这是您一生最大的功劳，最好的决策。大家都十分感谢您！”

祭扫活动结束，笔者和她小女儿一家陪同老人回到她住的老年公寓。老人热情地招呼笔者坐下，并让小女婿倒上茶水，然后坐下来与笔者聊天。从她全家断断续续、相互补充的闲聊中，才法老徐的形象逐渐变得鲜明起来。

老人叫胡阿二，这阿二并不是正式名字，因为在姐妹中排行第二，就被叫做胡阿二。她出生在绍兴乡下，因家中贫穷，十三岁就到才法老徐家做童养媳，到十七岁时与才法老徐结婚。老徐当时是大队治保委员，管理大队治安工作。后来，国家号召青年人支援大西北，老徐思想好，积极报名参加，结果被分到宁夏，在银川市粮食局下属的一家粮食加工厂工作，胡阿二就做家务陪他。在那边干了三年，实在待不下去了，最后，只好靠自己节省下来的一点钱，买车票逃回老家来了。老人至今还记得蛮清爽，宁夏到萧山的火车票价是 35 元 5 角。这钱在当时也算是一笔大数字了。回是回来了，但家里还是穷。穷到啥样子呢？全家住着一间破旧屋，连大门都没有。家里也没有灶头，就用几块砖头搭起来烧水煮饭。老徐到附近乡镇开山抬石头。没有粮食吃，只好用萝卜当饭吃，一顿一个萝卜。那时真是饿得不行，有一天，才法老徐往山上抬石头，半途晕倒了。人家说要送医院，胡阿二知道是饿的缘故。

后来，才法老徐当了大队党支部书记，全家人居然都不知道这件事，只觉得他比以前更忙了，整天不着家。但胡阿二从来不去埋怨他。她每天等老头子工作完回家，不管多晚，她一定等着。因为，才法老徐每天回家后，都要先喝上几口酒，才能入睡。多少年了，已形成习惯。老人今天说，老头子在外面为公家做事，肯定要受气，如果回家来再给他受气，他就没办法活了。才法老徐把家里好不容易积蓄下来一点钱，用到大队办厂的开销上，她也不知道，还是后来别人告诉她的，她也没有跟老徐计较。她知道，重庆为办厂，把他老父亲从上海寄给家里的生活费花了；沈宝璋为办厂，把他媳妇挑花边赚来的零用钱也花了。她认为，老头子那样做，肯定有他的道理，花就花了吧。有时，厂里司机跟着老徐来家吃饭，胡阿二也好菜好饭招待，从来不向大队报销什么饭菜费用。直到今天，航民村许多厂长经理还在记挂才法老徐的好，遇到家中有什么喜事，都会邀请胡阿二到场。她知道人们吃饭不忘种田人，在感谢才法老徐。她蛮知足、蛮满意的。

才法老徐患癌症事先没有什么症状，只是偶尔吃饭时会噎住，他还以为年纪大了，没有放在心上。因为工作忙，也没有及时去检查。到后来实在吃不下饭了，到医院一查，确诊是食道癌，就已是晚期了。回天无力，从检查发现到去世，才短短六个月时间。其间，重庆几次到医院看望才法老徐，与医院商量，不管花多少钱，一定要治。胡阿二记得蛮清楚，2001 年 7 月 3 日，农历五月十三日，才法老徐走到了生命尽头。好像是回光返照，才法老徐躺在家中，一直等待着朱重庆，说重庆一定会来看他。儿女们告诉他，重庆去北京参加中央召开的中国共产党成立 80 周年庆祝大会，今天可能来不了啦。但才法老徐不信，坚持着。后来，重庆真的从北京赶回来了，他连自己家也没有回，直奔才法老徐的病床前，见上了最后一面。到半夜，才法老徐慢慢地合上双眼，似乎满足而放心地走了。

萧山一带有个习俗，人死后，家里人要给死去的人“烧饭”吃。就是每天要像活着时一样供奉早饭和午饭，一般人家是烧一个月，而胡阿二烧了整整三年。每天早上 7 点、中午 11 点，胡阿二都准时把饭菜烧好，供奉在才法老徐的遗像前，等着他“吃”完，自己才开始吃。为了对上才法老徐的胃口，她还经常变换蔬菜的花色品种，做一些才法老徐平时爱吃的饭菜。今天，当胡阿二老人向笔者陈述这一切时，显得那么风轻云淡、理所当然。她告诉笔者，老头子生前与她感情蛮好，虽然两人都没有文化，但彼此实在离不开。老头子生的病治不好，那是没有办法，但烧饭供奉这件事是一定要做好的，这是她作为妻子应当尽的一份责任。听到这里，笔者真的被感动了！三年时间，冬去春来、暑往秋至，1095 天，2190 餐，她没有忘记一天，没有落下一餐。这是多么难得的一份执着，多么深厚的一份感情啊！

说到现在的生活，老人显得蛮满意。她与一班年龄差不多的老人们住在老年公寓，生活上许多事情由村里包办，她的主要兴趣就是在家侍弄花花草草，偶尔也出门念念佛。她有公司发的退休工资，还有她和老头子的股份分红，需要用钱时，就去航民村的银行取。她笑呵呵地说，她也不去查问股份分红有多少钱，她也不告诉儿女们她有多少钱，儿女们自己都有钱，也不需要用她的钱。反正，用不完，用不完。老人重复了一句用不完，开心地笑了。

时间似梭，岁月如歌。航民实业公司党总支成立后，一眨眼又过去了 6 个年头。航民村办企业越办越红火，党员队伍和干部队伍也随之壮大，到 1995 年 5 月，航民村实业公司党委宣布成立，由朱重庆担任党委书记。又过了两年，航民实业公司整体改组为浙江航民实业集团公司，党组织设置与之相适应，也改名为浙江航民实业集团公司党委，党委书记仍由朱重庆担任，一直至今。

这个掌管并运营着百亿资产，管理着 400 多名党员干部、千余村民、万名职工的集团公司党委，真的是非常精干高效。党委书记朱重庆兼着集团公司及股份公司董事长，其余6位党委委员，都兼着集团所属企业或行政村负责人。党委只设一个办公室，主任王丽还是个女“光杆司令”。但是，航民集团公司党委却具有坚固的领导地位和权威的决策功能。集团和村里的大事小情，都要经过党委讨论，形成决议。一旦定论，没有不贯彻落实的。笔者采访村委主任陈国庆时，问到这种企业领导行政村的体制，陈国庆非常肯定地说：“蛮顺的。”他给笔者这样介绍：朱重庆是村和厂总的把舵人，发展难点和工作重点自然在企业，行政村工作实际上成为航民村总体工作的一部分。除了不管企业外，航民村委会与其他行政村是一样的，抓村庄建设、规划、管理，抓村民自治和教育。凡属村里重大事项，都提交到党委会讨论决策，然后由他这位分管行政村工作的党委委员去落实。笔者在采访朱重庆时，多次与他探讨过这个党政企的领导体制问题，朱重庆认为，航民村办企业盘子已做得这样大了，再由村里来讨论决定企业的事情已不太现实。航民村实行这种领导体制已二十余年，实际操作中关系是顺的，实践效果也是好的。当然，前提条件是，航民村是集体控股、村民持股，在共同利益上是一致的，在分配机制上是有保障的。听说，这在全国村级党组织中还不多见时，他憨厚地笑一笑，竟然幽默了一下：“看来，被陈书记（朱重庆一直来这样称呼笔者）这么一挖掘，航民村还真有几项全国唯一哩！”事实上，航民村两次被评为全国先进基层党组织，获得全国一系列荣誉称号，真的在全省、全国创造了一个村所能创造的奇迹。

随着采访深入，笔者越来越感觉到，航民村这个“战斗堡垒”之所以有战斗力和影响力，除了上级特许的这个领导体制机制外，还源于“战斗堡垒”灵魂人物朱重庆的因素。几十年来，朱重庆以上率下，身体力行，书写着一位基层党员干部对党和人民事业的忠诚，践行着一个农村共产党员的先锋模范作用。在采访中，许多人向笔者介绍了朱重庆许多不为人知的故事和细节，从中可以看出他的实诚和崇高。

笔者试着从大海中掬出几朵浪花、从生活中挑出一些细节，从另一个角度来描写一下朱重庆。

航民集团党委有400多名党员，航民村党委每次换届，都搞直接选举。朱重庆充分尊重党员的民主权利，每次对自己都投弃权票，把选举的权利交给党员代表。他毫不掩饰地对笔者说，每一次选举，他都不是得全票或满票，总有十来票，不是反对，就是弃权。笔者不解，向朱重庆讨教此事。朱重庆坦率地回答，他从来不去猜测是谁投了反对票或弃权票，因为这是党员的民主权利。分析起来，说明他自己的工作还有不足。除此之外，他管着那么多人、那么多事，职务上上下下，人员进进出出，企业好好坏坏，最终都得由他来拍板，总会有几个人不满意，这是没有办法的事。经朱重庆这么一分析，笔者也就释然了！

朱重庆对自己要求严格得近于苛刻和固执，出差乘飞机，他不坐头等舱。他有一句名言："少坐一次头等舱，解决一个贫困户。"他还这么幽默地说："头等舱和普通舱都是一个屁股座位，都是同一个时间到达，头等舱并不会先到达，何必多花那个冤枉钱呢！"到外地出差开会，他会与同事们离开住宿宾馆，到周边大排档，挑几个便宜的菜蔬，吃个稀里哗啦。

笔者采访期间，朱重庆爱人阿香因心脏病去北京住院动手术，他没有惊动村里任何一个人，也没有告诉亲戚朋友，与儿子、阿香姐妹几个悄悄护理。到北京后，他住进航民村驻京办事处。因为办事处只有三个小房间，人多住不下，他就与另外一人住在一个小房间里。更叫绝的是，他随手把全家人及阿香姐妹来去北京的高铁票、飞机票撕得粉粉碎，丢进垃圾桶。他说，这样可以避免弄错报销，公私要分清，免得人家说闲话。与此可相互佐证的是，朱重庆在航民宾馆请自家亲戚吃饭，从来都是自己付钱。问他为什么要这样做，他回答说，那么多服务员都看着，人家都知道这是我朱重庆个人亲戚，怎么好沾公家的光，揩集体的油呢？

在一次采访中，集团公司副总高天相曾以敬佩的口吻讲过关于朱重庆的一则小故事《探矿》，给笔者留下极其深刻记忆。

故事发生在三年前。当时，全国探矿开矿成风，一些企业纷纷从地上转入地下寻找矿藏资源，有的因盲目决策、匆匆上马，遭受重大损失。这时，也有人向航民集团推荐云南大理地区的金矿铜矿，并吹得天花乱坠，似乎当地只要一镐下去，就是人民币。朱重庆觉得不放心，决定亲自去实地考察一番，并叫上已退休的好朋友孙永森，带着高天相和几位技术人员就出发了。第一夜在大理市区过，自然没有任何问题。第二天，他们赶到澜沧江边上，考察了一座水电站，晚上就在附近一个小镇上住宿吃饭。入住的这家饭店没有什么菜，他们就在当地一家小餐馆就餐，杀了一只土鸡、一条鱼，还有一点蔬菜，孙永森自己动手烧菜做饭，味道还不错。吃完晚饭，大家坐在一起，议论明天上山找矿的事。同行的技术人员从镇上找了一位当地向导，说明天就由他带大家上山。向导倒是老实人，他告诉大家，明天上山找矿的路比较远、山比较高，也非常难走，希望大家做好思想准备。而且，山上没有什么饭店，只能到村里吃"派饭"。大家仍认为只要能开车、能吃饭就可以，向导的话也许是吓唬吓唬人，只是想多要点向导费罢了，所以也就没有太在意。高天相当时心想，不管是不是"派饭"，到农村里杀只鸡，煎几个鸡蛋，烧碗青菜总可以吧？谁知第二天上山后，才明白向导昨晚所言不虚。出门见山，一座山连着一座山，澜沧江从两山夹峙中蜿蜒奔腾而来，盘山公路既陡又窄，一边是褐红色的悬崖，边上白云缭绕，一边是悬挂着一些小树杈和杂草的陡壁，看一眼都让人胆战心惊、毛骨悚然。他们借的又是当地两辆破旧车，还未开到半途，其中一辆轮胎就被戳破了，动弹不得，只能留一辆开一辆，孙永森提出他管车不走了。调整人员后，破车继续出发，颠颠簸簸，好不容易到达传说中的"天灯村"。当地向导带着朱重庆、高天相和技术人员踏看矿床。那种地方都是原始植被，真的需要披荆斩棘哦。高天相一不小心蹭破了脚，无法行走，只好退到村里等待，朱重庆却继续踏看。已过花甲之年的他跟在当地人身后，穿隧道，下山沟，和大家一起用手扒拉开灌木杂草，一路踏着落叶枯草前行，结果一帮人都被弄得灰头土脸、血赤糊拉。早过了午饭时间，大家饿得饥肠辘辘，但找不到吃所谓"派饭"的人家，一直等到一位好心人告知，才寻到一位姓张的小学老师家。饭菜上来后，高天相就犯愁了。原来，这位张老师只给客人们准备了一碗咸菜，一碗杂菜，几碗米饭。那些菜干硬发黑，高天相用筷子夹起一尝，又咸又涩，赶紧悄悄吐掉。这饭菜真的没办法下咽，他只好向主人讨要了一杯茶水，倒进饭碗中，变成“茶泡饭”，囫囵吞了几口。但他看见重庆居然端着饭碗，就着咸菜，一口饭，一筷菜，吃得有滋有味。一边吃着，一边还不忘幽默一下：“看来，地下的钱也不好赚啊！”三年后的今天，当高天相向笔者叙说这段亲历往事时，对朱重庆还是佩服得一塌糊涂：重庆真是什么苦都能吃呀！

在航民村人面前，朱重庆是实在的人；在社会公众面前，朱重庆是低调的人；在媒体镜头面前，朱重庆是不显山不露水的人。在航民集团办公室，笔者偶然看到一本2014年6月编印的《浙江航民集团、航民村电话号码簿》，这本电话号码簿蓝色封面，按姓氏笔画为序排列电话号码，朱重庆位列第27位。一个单位一把手的姓名电话被排在第27位，这种排法，大概是绝无仅有的吧！一个细节、一件小事，都可以看出朱重庆的谦和低调。从资产规模和经营范围看，航民集团早就可以算得上是一家大公司了。按常规而言，大公司董事长、总经理通常会配备一两个秘书，帮助处理一点杂事，应付一些送往迎来。但作为董事长兼总经理的朱重庆，却从来不配秘书，连出差都极少带随员，许多事情都亲力亲为。有客人上门，他亲自递烟泡茶。村民们有事找他，推门而入。根本没有事先预约、秘书挡驾之类。因此，朱重庆办公室内，经常是“高朋满座”、烟雾缭绕。有时，也的确浪费许多时间，有的也真耽误事情。有朋友就此询问朱重庆，朱重庆呵呵一笑：“别看我是集团董事长、总经理，在航民村老百姓眼里，我朱重庆就是一个大队党支部书记，哪有大队党支部书记配着秘书、关着办公室门不让群众见一见的呀？”这就是朱重庆对自己身份角色的定位。他深知，与损失的时间和错过的机缘相比较，失去了群众发自内心的信任和亲密无间的交流，才是一个共产党书记最可惧怕的哦！笔者深深感到，当事业和企业都发展到那么大、当权力和威信都达到那么高的情况下，朱重庆保持了一份难能可贵的理智、

农业机械化收割

美丽的油菜花田

清醒、谦和、朴实。按照朱重庆自己的说法，叫做“保持了农民的本色”。但愿我们社会有更多的人保持这样一种“本色”!

采访期间的4月18日晚上，恰巧碰上航民集团召开第一季度工作会议。笔者向朱重庆提出，希望能列席会议，感受感受现场。朱重庆爽快地同意了。

这是笔者时隔多年之后参加的一个农村会议。场景和格局的特别，给笔者留下极其深刻印象，也触发笔者许多联想和感慨。现在，我试着把这个会议现场模拟出来，并插叙回忆。

今夜月亮虽然未圆，但显得分外皎洁。月亮边上，散布着稀疏的星星，一颗一颗，亮而醒目。这是入春以来难得的晴朗爽快之夜。

航民集团办公大楼一层会议室，12盏璀璨的吊灯把整个会场照得如同白昼。会场正中电视屏上，显示着航民村“飞航”村徽，村徽下是会标“浙江航民集团2016年第一季度工作会议”。字是玫瑰红色的，衬着橘黄色的底，鲜艳夺目。会场摆成回字形，围着台布，极其规范。

还未到开会时间，人们已陆陆续续走进会场，等笔者于七点一刻步入会场、找了一个角落坐下时，会场内已坐了大约一半的人。桌子上虽没有摆放座签，但约定俗成，大家似乎都知道自己的座位在哪里，一进来，便相互打着招呼，然后准确无误地入座。有的坐下不久，便开始抽烟，一会，周边人头上，就已是一圈一圈的烟雾了。每个座位前面，都放着两本《中国村庄杂志》、一张《浙江航民实业集团有限公司所属企业经营情况表》。有的悠闲地翻阅杂志，有的则用手指着表格上的数据，悄声议论着。

过了一会，朱重庆等人相继进入会场。朱重庆一眼看到了笔者，遂走过来邀请笔者坐到主席台上，笔者笑着推辞了，指着座位说:“这里蛮好，别影响你们正常开会。”朱重庆也就不再客气，径自走到主席台坐下。会场顿时安静下来，会议即将开始。

“生产队里开大会。”笔者脑海里突然冒出了一首老歌中的这句话。

那是一首上了年纪的人当年耳熟能详的“流行歌曲”，反映彼时农村开展忆苦思甜教育活动，其“流行”程度绝对胜过当下的流行歌曲。“生产队里开大会，诉苦把冤伸……”那真叫作风靡一时、妇孺皆知。记得笔者所在的生产队，一帮不知天高地厚、却自以为“苦大仇深”的小伙伴，根据这首歌曲，自编自导自演了一出忆苦思甜短剧，竟然惊动了全公社。

此时笔者脑海中自然浮现出政社合一、三级所有、队为基础的人民公社化时期。那时，生产队里开大会，是常有的事，而且，上面往往依据开会次数多少和参会人数多少来评判一个生产队政治觉悟的高低。生产队里开大会，一个作用是评工分。那时实行集体大呼隆出工生产，但每个社员工分却有高有低，需要进行“自报公议”，评议形式就是“生产队里开大会”。因为那时工分代表着一个人主要价值和全部收入，实实在在地牵涉到每人、每户的面子和收入，所以，每每争得面红耳赤、不欢而散。另一个作用就是进行所谓的“政治学习”。那时，每个生产队都创办了“政治夜校”，每所“政治夜校”配备一至两名政治辅导员。笔者当年就曾担任过所在生产队“政治夜校”政治辅导员。这种“政治夜校”都在晚上开学，每半月一次。笔者至今清晰记得，每当“政治夜校”之夜降临，笔者总是担心“唱空城计”，只得拖着白天劳动后极其疲惫的身躯，绕着村子，吹着哨子，一遍又一遍地催着大家开会。一些社员被笔者催不过，拿上一条小板凳或竹椅子，三三两两，来到生产队仓库前的晒谷场。月亮挂在天边，热风袭人，一群群蚊子昆虫对着会场上唯一的一盏电灯，轮番发起冲击，又纷纷掉落地上。社员们有的找个靠河磡的地方坐下，有的干脆坐在晒谷场石板上。男人们一边拍打着蚊子，一边闲聊着。妇女们则大多就着远处射来的昏暗灯光，或打着毛线，或纳着鞋底。好不容易凑齐几十个人，“政治夜校”便开课了。主要内容就是阅读《人民日报》或《红旗》杂志的文章，开展批林批孔。那些深奥的大块头文章，对于好歹算是高中毕业的笔者来说也似懂非懂，要让社员们感兴趣、听得懂，根本不可能。结果，读的人口干舌燥，听的人昏昏欲睡。最后，由生产队长宣布一下明天的派工，大家便轰的一声散会，逃之夭夭。那种“政治夜校”说到底，就是一种形式主义。

“我们开会吧！”会议由航民集团副总高天相主持。会场音响效果不错，高天相那口比较标准的普通话声音清晰地传过来。笔者这才从短暂的回忆中走出来。

“今天，生产队里开大会。”没有料到，朱重庆竟然也用这句话作为开场白，他那浑厚沉稳的萧山土话直击耳膜。大概，我俩都陷入了对那段特殊时期的回忆，眼前浮现出同样的历史场景吧！

“今天，生产队里开大会。”朱重庆重复了一下，接着就介绍笔者。“我们村第一次特邀一位副部级领导参加生产队大会，一下子提高了会议规格。”朱重庆开着玩笑，会场气氛顿时活跃起来，大家目光齐刷刷地转向笔者。笔者只得站起来，向大家拱手致意，然后请朱重庆继续开会。

朱重庆视线离开讲稿，随手拿起放在每人面前的那份表格，逐项分析着。大家随着他的分析，目光左右移动跟踪。第一季度，航民村实现了“开门红”，虽然产值有所减少，但利润却增长了20.52%，主业印染、热电、黄金饰品效益不错，航民股票价格比去年上涨一半多。说到航民股票，朱重庆讲了一个笑话。萧山有个老股民，认定航民股票今年没戏，所以没有买。前几天看到朱重庆，说没有想到航民股票今年涨得那么多，他悔得肠子都青了！朱重庆说到此处，会场上发出轻微笑声。朱重庆一项一项地总结着一季度完成的工作任务和指标，分析着第二季度面临的形势和利好消息，布置了五项重点工作。

朱重庆讲了差不多一个半钟头。笔者不时观察，大家听得极其认真，有的还作了记录，特别是朱重庆讲到与他们自己单位有关联的工作时，记得特别仔细。

高天相在会议结束时，就贯彻落实两个文件讲了一些意见。

晚上9点15分，会议结束，大家欣欣然走出会场。

如果不作介绍说明，谁又会相信，这是中国当下一个村（也就是过去的生产大队）开的一次普通会议？！看看眼前这个农村集团公司的会议，再遥想当年那个“生产队里开大会”，真是恍如隔世、宛若梦境呀！

在这个“战斗堡垒”中，还有一个人物至今尚未出现在笔者的文字中，但此人不能不提及。他，就是航民集团公司原党委委员、朱重庆之后接任漂染厂厂长、后来担任农业党支部书记的朱德水。笔者为何迟迟没有采访他，是因为朱德水出了一个特殊情况：他不幸罹患重症，正准备手术，因顾及他的情绪，故一直找不到合适时机采访，被耽搁下来了。

5 月 20 日上午，天下着瓢泼大雨，我们的车奔驰在萧绍公路上。今天雨水之大，近期少见。透过挡风玻璃，那密集的雨点似乎不是下的，而是从天上狠命砸下来的，碰到硬滑的车皮，产生强烈反弹，像海滩上的跳跳鱼一般，在车窗前上蹿下跳。两旁的厂房、农家别墅，仿佛都被浸泡在水中。车上刮水器紧张忙碌着，才使司机勉强看清前面的道路。

我们匆匆赶路，是因为笔者已通过集团党委办公室与朱德水联系上。得悉他刚动完手术不久，今天在城区家中休养，可以接受采访。于是我们备上一点水果和营养品，赶去看望他。这雨，是为了反衬我们采访他的诚意吗？

半小时后，我们来到一个高档小区。上楼，找对门牌号，推开门进去，见是一个偌大厅堂，足有四五十平方米，朝南，即使现在是下雨天，厅堂也显得宽敞豁亮。

见我们进门，朱德水从沙发中站起来，迎向我们，看他精神状态尚好，满是皱纹的脸上绽开着淳朴的笑容。也许是术后不久有点怕凉的缘故吧，他在单衣单衫外，又裹了一套白色浴衣，粗粗一看，有点像病号服，使人感觉他还在医院就诊一样。

向朱德水问候毕，笔者落座，向他说明来意。朱德水说的第一句话是：“航民村的事，重庆最清楚。没有重庆，就没有航民的发展。”这话，笔者从许多航民的村民百姓干部员工中听到过，但今天从这样一位重症患者和朱重庆多年搭档的口中说出，似乎分量和可信度又与众不同。

提起当年办厂情景，朱德水似乎陷入深深回忆之中。航民村办厂时，他是参与商量的人员之一，但主要是才法老徐拿的主意。才法老徐蛮开明的，竭力举荐朱重庆当厂长。后来，朱德水当大队长，支部分工由他分管农业生产，所以，企业的具体事情他很少过问。一直到1989年，航民村办企业成立实业公司，朱重庆担任实业公司总经理，他接替朱重庆担任漂染厂厂长，才正式进入企业工作，一干就是16年哦。后来，朱重庆又让他转出来搞农业，一直干到生病退休。在场的朱德水爱人看上去也是一位性格开朗、热情健谈的人，她是早期进入漂染厂的职工，对漂染厂的历史多少有点知晓，于是，她不时插话、帮着补充，尽量使朱德水的回忆显得完整些。

航民漂染厂是航民村的“黄埔军校”，朱德水在当漂染厂厂长16年间，为航民村办企业培养输送了一大批管理和技术人才。他看事正，看人准，对上不怨，对下不怒，也从来不会抹下脸训人。在这点上，他与朱重庆十分相似，也因此被职工称为“老好人”“厚道的老农民”。多年来，党组织让他干啥就干啥，田头车间转了一个遍，见荣誉就让，见风头就退，所以在航民村领导班子中，他恐怕是唯一没有任何“光荣称号”的人。笔者由此慨叹：在一个基层“战斗堡垒”中，既需要像才法老徐那样开明识时、让贤荐才的领导，更需要像朱重庆那样胸襟高远、开拓创新的猛将，也需要像朱德水那样不挑不拣、踏实苦干的党员干部啊！由共同理想、共同目标和不同专长、不同脾性组成的“战斗堡垒”才是战无不胜、攻无不克的哦！

在即将完成对航民村采访时，笔者特意请朱重庆帮助联系，请求采访一下航民村所在的瓜沥镇委书记、同时兼任萧山区委常委的顾春晓同志，想请他从全镇，甚至全局的角度谈谈航民村，谈谈朱重庆。顾书记爽快地答应了笔者这一不情之请。

5月21日，是个周末。本当是休息天，但顾书记说，乡镇干部哪有什么正正规规休息天呀？就这天吧，周末办事的人相对少，可以聊得畅快些。恭敬不如从命，笔者当然欣然同意。

顾春晓书记在瓜沥镇政府一间小会议室接待笔者采访。顾书记是上世纪七十年代初生人，眼前正是干事创业的好年龄。个子不高不矮，胖墩墩的，一脸和善相，穿着一件黑色条纹衬衫，说着“萧普话”。高声、快捷、直截了当。也许是笔者有过县乡工作经历吧，感觉与顾书记交流起来并不困难。

顾春晓书记已从朱重庆那里得知笔者在创作关于航民村的长篇报告文学，一开口就说：“航民村值得写呀，你先把报告文学写好，然后，可以考虑弄部电视剧，那样影响就大了！”笔者听他这么说，倒是有点出乎意料之外，说实在的，笔者还没有考虑将报告文学改成电视剧呢。但当地领导重视和认可，毕竟是一件令人欣喜的事。

三两句寒暄过去，话题很快就切入对航民村、对朱重庆的评价和看法上。顾春晓介绍说，他是去年 8 月底才来瓜沥镇任职的，过去接触不是很多，但他对朱重庆和航民村一直是知道的，可谓如雷贯耳。一句话，没有朱重庆，就没有航民村今天！朱重庆改革开放意识很强，航民村从小到大的发展，可以看出中国农村的变化进步。中国改革开放以来，乡镇企业发展很快，涌现出了一大批优秀农民企业家。那么多年来，大浪淘沙，商海沉浮，许多人转向了，不少人销声匿迹了，有的企业转制转私了。朱重庆是个特例。他最早从染缸起家，使航民村成为全国十强村，真的不容易啊！他在航民村坚持走集体经济道路，办好村里企业，直接服务于老百姓。在办好企业同时，改变村容村貌，民生方面进步明显。搞田园广场，保持都市中的农村风光，这个创意非常好呢。他们还赞助慈善事业、结对扶贫。这样，村办企业就与老百姓息息相关。航民村的发展，是萧山几十年发展的一个缩影，朱重庆身上体现了萧山精神。再一点，朱重庆为人比较低调、谦和，不像过去那个大邱庄的禹作敏，无法无天。他与镇里的关系，与区里各部门的关系都处理得蛮好。这几年航民村发展总体上比较稳健，小的失误有一点，但大的失误没有，没有伤筋动骨。我听朱重庆说过：“宁可错过，不可错投。”这话很经典哦。最近，听说航民集团参股的深圳第一创业股票即将上市，3 个多亿投资将变成 30 多亿元市值，不得了啊！顾春晓书记说到这里，平息了一下自己的情绪，顺便喝了口茶，继续说下去。还有，朱重庆没有私心，一直住在村里，与村民朝夕相处。人很敬业，一般每天工作到深夜十一二点钟。

“看来，顾书记才来不久，但对航民村和朱重庆的情况蛮熟呀！”笔者不由得赞叹了一句。

“那是，航民村在瓜沥镇地位举足轻重，对瓜沥镇建设和发展起到了很好推动作用、示范作用。一年光缴税就4亿多哪！”

“那么，在顾书记看来，航民村在今后发展中要注意点什么？”

顾春晓书记似乎早已考虑过这件事，显得胸有成竹：“主要是两件事。一是企业转型升级。现在，国家环保标准越来越高，老百姓对环境质量要求也越来越高，航民村下一步必须要考虑新产业、新产品的替换和升级。二呢，还有一个接班问题。现在朱重庆在，没有话说。但朱重庆年纪毕竟一年年大起来，下一代能不能接好班，是个大问题。”

顾春晓书记的观点与笔者在采访中形成的看法“高仿”。留待“战斗堡垒”的领军者朱重庆去思考和探索吧！

五村缘与五村园

最早听朱重庆说到“五村园”是在2014年春节。

那年，笔者回故乡探亲路过航民村，朱重庆在公司食堂请笔者吃便饭。席间聊起航民村近况，他就跟笔者提到了“五村园”，说他们最近联合五个村，在杭州西溪湿地建设一个“五村园”。这个“五村园”是全国唯一的联合模式和建设模式。当时，笔者觉得这个创意和名称很好，但时间匆忙，未来得及细问。时间一长，也就渐渐淡忘了。

这次住在航民村体验生活，深入采访，时间比较充裕，朱重庆几次提到“五村园”与“五村缘”，不禁引发了笔者浓厚兴趣，于是专门找了个时间，请朱重庆原原本本、详详细细作了介绍，弄清了“五村园”与“五村缘”的来龙去脉，惊讶于它们独特的理念和构想，再一次惊叹中国农民的创造性思维。

朱重庆像熟悉他的亲戚朋友一样熟悉这些村。他一个村一个村地向笔者介绍他们的概况和特色。先让笔者顺着朱重庆介绍的思路，结合笔者的了解，向读者简略描述一下其他四个各具特色的村庄吧！

上海闵行区九星村

九星村被称为上海第一村，中国十大名村。村如其名，它就像是闪烁在上海农村夜空的璀璨之星，也仿若那颗皇冠上耀眼的明珠。村庄东临上海漕河泾高新技术开发区，北靠上海虹桥交通枢纽，上海城市外环穿村而过，独特的区位优势决定了九星村成为“中国市场第一村”。九星村特色在市场、成功在市场、秘诀在管理。他们在实践中探索出极具九星村特色的“以市兴村、强村富民”之路。“九星商行”是九星推出的第一个村属商业市场。1998 年 8 月至 11 月短短三个月时间，九星村又先后办起了五金、食品、南北干货、胶合板、农副产品五大批发市场。接着，他们干脆一不做二不休，放开手脚建市场、招商家，建起了华东最大综合批发市场，同时也就成为全国最大村办综合批发市场。整个市场占地面积 106 万平方米、建筑面积 80 多万平方米、入驻全国各地商户 9000 多家、经商务工人员 25000 多人、年交易额 300 多亿元。汇集了五金、陶瓷卫浴、灯饰、家具、窗帘布艺、茶叶、酒店用品、装饰玻璃、钢材、胶合板、名贵木材、地板、防盗门、油漆涂料、电器、PVC、不锈钢、文具礼品、菜市场、石材、电线电缆、消防器材、文化收藏品、红木家居、家纺等 26 大类专业商品区，有 800 多个驰名品牌、上万个品种。进入九星村，仿佛进入了一个店铺的海洋。纵横交错的道路两旁，是鳞次栉比的商铺和住宅。临街门店前，停靠着各色汽车，有轿车、也有许多小卡车，更有蹬着三轮车四处搬运货物的工人在忙碌地穿梭。车子牌照显示它们来自冀、晋、蒙、辽、吉、黑、沪、苏、豫……看到这些，会使人感觉置身于一个大市场。这样的市场，焉能不繁荣兴旺、充满生机活力呀？这个市场培育出 500 多位千万富翁，涌现出 4000 多位创业老板。

在市场赚得盆满钵满同时，九星村开始农村股份制改革试点，使全村 3757 个村民变为股民。九星村"掌门人"吴恩福认为，新农村就是"三有"：人人有工作，人人有保障，人人有股份。再加上养老金、医疗保险金以及失业保险金等保障，九星村民可说是"三保险"。考察九星村时可以发现：它们虽然地处东南沿海经济较发达地区，但并不完全依托农业致富，村子"当家人"的眼界和魄力是它们得以实现"跨越式发展"的主要原因。九星村所创造的奇迹引起了社会普遍关注，村子带头人进入了大学课堂，成为 MBA 教学的鲜活案例。

浙江东阳市花园村

花园村距东阳市区 16 公里，原是一个偏僻的小山村。全村仅 183 户、496 人。取村名为花园，本是寄托人们一种美好的向往。人间有梦总成真。花园村在带头人邵钦祥创办的民营企业带动下，潜心谋求全体村民致富。经过几十年奋斗，以高科技产业、农村旅游业、红木家具业崛起于浙江中部盆地，为村民搭建多种多样创业平台，闯出了一条"民营企业 + 普通农户 = 共同富裕"的新路。花园村成为名副其实的人间胜境、江南花园。2004 年 10 月，花园村与周边 9 个行政村合并组建成新花园村，现花园村农户 1727 户，总人口 4346 人，耕地 1006 亩，村区域面积 5 平方公里。先后荣获全国文明村、中国村官培训基地、全国新农村建设 A 级学习考察点等多项荣誉。

笔者在考察采访航民村间隙，曾赴花园村参观访问，见到的是一派欣欣向荣的社会主义新农村景象。说是一村，实为一镇。该村有大型粮油商贸城、购物广场、农产品大厅、木材木线市场，旅游观光区有中华百村图、吉祥湖畔、音乐喷泉等十大景点，有现代农业、生态农业园区、佛教文化园、老年公寓等，还有服装、饮食、建材、工艺品等各具特色的商业街，成为现代名村游、农民休闲度假的一个好去处。

笔者一天时间走马观花，留下深刻印象的：一是红木产业。花园村本来离经济中心和交通中心比较偏远，但令人意想不到的是，这里居然成为全国最大红木原料和红木家具市场，来自东南亚和我国南方地区的各类红木堆积如山，加工制作红木家具的家庭店铺遍地开花，红木市场内摆放着不同材质、不同款式、不同工艺、不同风格的红木家具展销样品。陪同的花园村人介绍说，花园村通过整合资源，实施分类开发，已经形成了原木进口、板材销售、电脑雕花、红木及仿古家具制作一条龙的红木产业链。二是中国农村博物馆。热情的主人诚邀笔者参观一下他们村策划筹建的中国农村博物馆。这也许是中国第一吧？笔者饶有兴趣地浏览了两个小时。该馆布展面积达 3200 平方米，内设政策制度馆、农村变迁馆、农村民俗馆、中国名村馆、中国江河源头馆、百村名印馆、领导关怀馆、村长论坛馆以及花园村馆分馆等。以理论、实践、制度、发展为内容，用实物加影像，反映了新中国成立以来我国农村制度政策的历史沿革，展示了以名村为代表的中国现代农村发展历程和发展成就，用来收藏、研究、展示、宣传中国农村的一种记忆。虽然展馆尚不全面和完整，但从一个村的视角去观察反映大半个世纪中国农村，其创意和勇气值得褒奖。三是吉祥湖大型音乐喷泉。这几年，随着城市化进程加快，城市大型广场和音乐喷泉本不足为奇，但花园村吉祥湖大型音乐喷泉以规模宏大、变幻莫测而令笔者惊叹。入夜后，吉祥湖四周游人如织、熙熙攘攘。在人们惊呼声中，大型音乐喷泉表演开始。音乐声起，喷泉呈现出各式各样的水柱、水幕造型，变幻着不同色彩，翩翩起舞。那色彩真是丰富极了，有彩虹般的玫瑰色，有蓝色妖姬般的宝蓝色，有鲜橘般的橙黄色，有初春嫩草般的碧青色，有天女散花般的杂色……使人眼花缭乱、美不胜收。置身其间，你可能瞬间忘却在何时在何地，恍惚间以为自己是在黄浦江畔、珠江两岸观赏夜景呢。

浙江奉化市滕头村

滕头村是个江南水乡小村，就像一颗晶莹剔透的明珠镶嵌在宁波与溪口之间。全村农户 343 户、村民 844 人、耕地近千亩。滕头村以保护生态环境、建设美好乡村而闻名于世，是国家首批 5A 级生态旅游区，被联合国评为“全球生态 500 佳村庄”和“世界十佳自然村”。滕头—溪口旅游景区被授予我国旅游界最高级别的5A级旅游景区，从而成为宁波市第一个5A级旅游景区。2013年滕头村以世界唯一乡村案例入选上海世博会“城市最佳实践区”，被誉为“中国生态第一村”。党和国家领导人、海内外知名人士和广大游客接踵而至，联合国副秘书长伊丽莎白·多德斯韦尔女士等也亲临视察，对该村科学发展理念及和谐社会建设所取得的成就予以高度评价。有位诗人为滕头村写下这样一首诗：“青山碧水胜桃源，日丽花香四季春。人间仙景何处觅？且看奉化滕头村。”

滕头村人的环保意识，来自于对土地深深的依恋。滕头人曾投入43万工，把近千亩高低不平、常年旱涝的低产田，改造成200多块大小划一、沟渠纵横、排灌方便的高产田，谱写了一曲气势非凡的土地恋歌。改革开放以来，滕头村坚持走生产发展、生活富裕、生态良好的良性发展道路。经过调整优化，传统农业得到提升，建立了高科技蔬菜瓜果种子种苗基地、植物组织培育中心等，精品、高效、创汇、生态、观光于一体的现代化农业格局基本形成，以房地产、园林绿化、生态旅游为主要内容的第三产业蓬勃发展。在发展的同时，全村上下非常注重保护环境、美化家园。滕头村根据“扩大规模、完善功能、优化环境、提高品位”这一总体要求，坚持可持续发展战略，牢固确立“既要金山银山，更要绿水青山”的科学发展观，结合旅游业景点开发，把生态环境和村庄建设紧密结合起来。村里很早就成立了全国第一家村级环境保护委员会，对引进项目实行一票否决制，至今已累计否决了一大批经济效益良好但有污染的项目。村里先后投入8100多万元，全面实施“蓝天、碧水、绿色”三大工程，兴建农家乐园、将军林、音乐喷泉广场、石刻窗花馆等生态景点20多处，全村呈现出绿树成荫、碧水环流、花果相间、百鸟和鸣的江南田园美景，实现了人与自然和谐相处。

“滕头很小，位于中国东海之滨，很难在地图上找到她；同时，滕头很大，因为我的父老乡亲们所追求的是全人类生生不息所追求的伟大主题——人与自然和谐共存，人与人和谐相处。”这是滕头村荣获世界十佳和谐乡村时，村党委书记傅企平向世界作的介绍。

浙江台州市方林村

方林村走的则是另外一条无中生有、以市兴村的道路。经济发展模式是：基本保障靠集体，发家致富靠自己。

这个村位于浙江台州路桥南大门，是交通咽喉处，地理位置优越，又是中国农村股份合作制经济发源地之一。独特的历史传统和区位优势，集聚了相关要素资源和人力资源，方林村领导班子在班长方中华带领下，充分发挥创新精神，将富村与富民结合起来，充分调动集体和个人两方面积极性，千方百计引进客运南站，继而又以惊人气魄投资1900万元创建第二个市场——中国商城方林机动车交易中心，方林村发展由此迈入了快车道。方中华及时提出了“跳出方林发展方林”的新思路，与杨戴村合股兴建浙江方林汽车城。汽车城营业面积达5.5万平方米，年交易额突破50亿元，交易量3.5万余辆，村集体收入4000余万元，成为华东地区规模最大、设施最完善、服务功能最齐全的四星级文明规范汽车城。与此同时，方林村在汽车城旁边，又兴建了一座占地73亩、营业面积1.8万平方米，拥有180个摊位，内设商用大厅、机动车检测、工商税务、金融保险、上牌办证等手续一应俱全的浙江方林二手车交易市场，并于2009年7月正式营业。方林二手车市场年成交额40亿元以上，算上周边其他汽车4S店及汽车相关产业，整个方林汽车产业服务集聚区销售额达120多亿元，纳税额超亿元。由此逐渐形成以市场为基业、工业为重点、农业为辅业的产业格局，为方林村经济腾飞打下了基础。

在建设新农村实践中，方林村干部群众逐步认识到生态环境保护的重要意义。他们聘请专家编制了《台州市路桥区方林生态村建设规划》。该规划运用科学发展观指导方林村发展，将全村分为商业区、工业区、农业区、住宅区四个区块，并对各个区块进行科学定位，目标是将方林村建设成为发达生态经济、优美生态环境、和谐生态家园、繁荣文明生态文化、可持续发展能力较强的社会主义新农村。由上海同济大学设计、全村村民投资兴建一、二期192套低层立式村民住宅别墅和三期60套别墅，家家户户都住进了别墅式住房。村里多年来逐步建立了16项社会福利和保障体系，村民人均获益近5000元。与此同时，基本完成方林村经济合作社股改工作，参与股改户数288户、股改人数1174人，2015年年终按股权分红每股9000元。方林村获得全国第一批生态村、中国经济特色村、全国文明村、全国民主法治示范村、全国敬老模范村等12项国家级殊荣。

说来也巧，笔者那天去东阳花园村参观考察，恰巧碰到了也去花园村商量合作事宜的方林村党委书记方中华。方中华与笔者同年，已过花甲，看上去个子瘦削，显得蛮年轻蛮精干。问起方林村情况，这位掌门人谦虚低调地说，方林村与花园村、航民村还是不好比，差距很大，我们还是小弟弟。其间，他几次热诚邀请笔者有空时去方林村看一看，那会是另一番景象。笔者从方中华的眼睛里，看出了他的自信。

诸位看完关于五村情况的简略介绍后，再随笔者回到那天采访朱重庆的场景中吧。

那是2008年9月，朱重庆打开了回忆闸门。在中国村社发展促进会牵线搭桥和多方撮合下，我们航民村与东阳市花园村、奉化市滕头村、台州市方林村、上海市九星村等五个明星村党委书记，齐聚东阳市花园村，商量成立一种新的区域合作组织形式——中国村企集团五村合作组织。决定按照“合作、创新、发展、共赢”的宗旨，组成合作共同体。五村代表们议定其后每年轮值主席由五个村党委书记轮流担任，第一次轮值主席是花园村邵钦祥。这的确是一个新兴组织，觉得蛮有意思。那一晚，大家都很高兴，也喝了不少酒，彼此看彼此，脸孔都是红彤彤的。朱重庆现在回忆着，似乎还能闻到当时的酒味。

当然，第一次会议议的都是一些大事，也是一个粗线条框架。主要设想通过这个五村合作组织，创建合作平台，实现资源共享、互动交流，共同推进乡村经济和文化产业发展。合作形式分为经济实体性、公共事业性和旅游产业。当时商量，根据各村特点和强项，有所为，有所不为。

生态产业合作以滕头村为主，高科技产业合作以花园村为主，农村市场合作以九星村、方林村为主，我们航民村主要承担实业资本市场建设与拓展。五村合作组织还有一项社会义务，那就是开展咨询合作，以我们五个村发展的实践经验为基础，提供农村经济发展解决方案。

组织架子搭起来了，也有了基本运行机制，但关键是要落到实处，办成实事。四任轮值主席后，“五村联合控股有限公司”于2011年2月底正式注册，注册资本2亿元人民币，落户在杭州市西湖区西溪湿地文二西路，总部用地合作协议正式签署，组建了项目公司，注册资本1000万元，公司命名为杭州五村园投资开发有限公司。随后，招标完成了“五村园”总部规划设计方案，建设总部大楼1幢、独立办公楼5幢、宾馆1幢，独立办公楼分别以五个村名命名。

实体建设是重头戏，五村合作组织成立后，还做了许多工作。“请进来交流”：邀请长江村、韩村河村等各地明星村代表来五村。“走出去交流”：对银行投资项目、房地产联合开发项目、红酒开发项目、旅游开发项目、农业开发项目、卫星城建设项目等进行考察，还对口支援四川地震灾区及帮扶贫困村等。“五村合作组织”的美誉度和影响力慢慢增强，社会各界认可度更高，中国村社发展促进会领导也比较满意。

2015年11月13日，中国村企集团五村合作会议在航民村召开。中国村社发展促进会副秘书长杨秋生，九星村、花园村、滕头村、方林村的领头人来到航民村，共商五村联合控股运行发展事宜，探讨“十三五”时期五村合作发展新商机。因为杭州西溪湿地“五村园”工程项目是委托航民村牵头组织施工的，我就在会上通报了项目开发建设进展和五村联合控股公司资金运作情况。九星村老书记吴恩福圆满完成了第二轮轮值主席工作，在会上将会议旗帜交接给了航民村。今年6月4日，五村合作组织带头人又一次集聚在杭州花园大厦，探讨共赢发展、推动合作创新。会议听取了五村园建设、财务及五村集团项目考察情况的通报。大家感到，五村联合控股有限公司有好领导、好伙伴、好团队，一定会发展得更好。“五村园”就是“五村缘”啊。朱重庆意味深长地对笔者补充了这么一句话。

看来，“五村园”是“五村缘”联结的纽带、落定的第一颗棋子、联姻后生出的第一个儿子。这引发了笔者考察现场的浓厚兴趣。某春日，雨后初霁，山色空濛，杭州西溪湿地半阴半晴，景色宜人。“五村园”工程几幢主体建筑均已建到四五层，有的已开始揭顶。笔者在航民村派出的“五村园”工程项目建设负责人导引下，上天入地，爬楼钻洞，将正在建设中的“五村园”上上下下、里里外外看了个遍。虽然穿行中，不小心磕磕碰碰，甚至被地下室裸露的钢筋划破了皮肤，但总体感觉不错。

“五村园”位于西溪湿地北面，项目占地 30 亩，建筑总面积 53000 平方米。因西溪湿地是风景区，严格控高，故地上建筑面积不到一半，在西溪湿地公园工程中算是不大不小。这个工程项目用地属于当地蒋村村留用地，所以名义上必须是双方合建，“五村园”投资方仅占 49%。问起工程情况，这位负责人讲了一些有趣的、又有点哭笑不得的故事。这个项目开始启动时，时任区委书记非常重视，亲自过问督办。后来，这位书记高升了，接任的书记也许情况不熟，也许后来有什么规定了吧，反正不太管这件事了。这块地刚谈下来时，还是西溪湿地边上的一块荒地，老百姓种着菜，特别奇怪的是中间居然还有一座“圆觉庙”。你可别小看这个名不见经传的小庙，供奉的却是大名鼎鼎的观世音菩萨，据说十分灵验，香火旺盛着呢。当地老百姓很是迷信这尊观世音菩萨，说什么也不让动。如果不动，那就意味着放弃这个项目。这怎么可以？他们只好明里暗里做工作。他们的诚意总算感动了观世音娘娘，当地老百姓同意异地重建。于是，他们另选了一块空地，建了一座同等规模的“圆觉庙”。并选择观世音娘娘诞辰日农历二月十九日，将她请了出去。这样，才抓紧上报审批，落实了基建招投标。

这类工程项目小插曲多得是，笔者也经历过许多，因此也就见怪不怪啦。笔者看到现在工程建设进展顺利，就比较关注起建成后的风格和作用。这位负责人见问，就在办公桌上摊开设计图纸，给笔者绘声绘色地介绍起来。“五村园”建设方也就是五个名村带头人，本身眼界就高着哩，对“五村园”建设自然要求尽善尽美。这个工程由中国美术学院风景建筑设计研究院负责整体设计，以人为本，一轴多点，高低错落，古色古香，追求古典园林、现代中式风格。《水龙经·论形局》中说：“水见三弯，福寿安闲。屈曲来朝，荣华富饶。”这个设计非常注重水的形态和环流，造成一种西溪湿地特有的柔美。建成后，蜿蜒曲折、移步异景，阡陌纵横、柳暗花明，景中有人、人景共赏，一定会成为西溪湿地一处有特色的综合商务楼群和景观点。还有一个可圈可点的是，该工程地下停车场非常宽余，除满足本身所需外，还可以向社会开放，为西溪公园游览车辆提供服务。这也算是五个村对杭州人民一点小小贡献吧！说到这里，那位负责人微微一笑。

话题转入建成后的使用功能。这位负责人说，前不久五村头头们开会，根据中央精神，对“五村园”原定功能进行了调整。现在可能倾向于搞文化创意类项目，至于具体项目，目前尚未敲定哩。这件事，笔者后来在航民集团工会副主席李林达处得到印证：他们正紧锣密鼓地调研论证“五村园”产业项目，待基本成熟后，方提交“五村园”投资公司决策定盘。

中南海离航民村有多远

记不清是哪个具体日期，几位老朋友去航民村走访。朱重庆请大家吃便餐。说好中午 12 点，但左等右等，总是不见朱重庆来，一打听，说重庆去处理污水厂事情了。过了好一会，重庆终于来了，对大家说声抱歉，就入了座。因彼此都是极熟稔的老友，三杯老酒下肚，便相互开起玩笑来。席间有位朋友半调侃半不懂地问朱重庆：“重庆，你那么辛苦，把航民村搞得这样好，总书记知道不知道呀？”这个问题有点刁钻古怪，一般人不知该如何回答。只见重庆呵呵一笑，笑眯眯地说：“我想应该知道的。当他们的飞机飞过航民村上空时，看见飞机翅膀下这块地方灯火辉煌，他们一定会说，‘哎，这个地方搞得还不错哩！’再问是什么地方？秘书会向他报告说是航民村。这不就知道了？”朱重庆这种富于农民式想象和幽默的回答，顷刻把满座的人都逗乐了。

朱重庆说的是笑话，但又是真话。其实，航民村离中南海并不遥远。就空间而言，直线距离大概为1200公里，飞机一个半小时航程；就心理而言，中南海与中国每一个农村、与航民村党组织紧紧相连、息息相关。这里，有一些真实的历史镜头和史料可以佐证这种感觉。

那是1991年10月25日，天高气爽、万物丰收的金秋季节。航民村创业正如火如荼、渐入佳境。但航民人没有想到，他们会迎来一位党和国家的最高领导人。一个普通的江南小村，有史以来，从来没有那么高级别领导人踏上这块土地。但今天，这一切成了现实。

时任中共中央总书记江泽民同志，在浙江省委领导同志陪同下，兴致勃勃地来到航民村视察。据说，这是江泽民总书记上任后第一次视察农村。

航坞山下，航民村头，前所未有的闹猛、拥挤、热烈，整个村像过节一样。村民们自发走出家门，聚集在小河两岸，都想见一见过去只有电视上才能见到的党和国家最高领导人。

接待江泽民总书记的，是担任航民实业公司党总支书记不久的朱重庆。他刚接到通知，从外地赶回来。那时朱重庆还不到四十岁，内心里虽有些许紧张，外表却显得沉稳从容。他相信党的最高领导人希望听到的是真实情况，他朱重庆从不作假，相信航民村的情况是经得起看、也经得起问的，只要实事求是汇报即可。朱重庆此时心中盘算着的“小九九”却是另外一个问题：江总书记难得来一次航民村，无论如何要请他留下墨宝，作个永久纪念。怎么开口？怎么操作呢？朱重庆是个细心人，要考虑好每一个细节。一夜翻来覆去地思考、琢磨，朱重庆终于想到一个办法。翌日清晨，他早早起来，找出一张白纸，在纸上工工整整写上“萧山市航民实业公司”九个字。他之所以这么做，一来怕自己的“萧普话”说得不标准，江总书记听不清晰。二来担心名称太长，江总书记记不准确。写在纸上好，清清楚楚、明明白白，这下就不会搞错了。

然后朱重庆把西装左口袋全部掏空，放进这张纸条，这样就万无一失了！主意拿定，朱重庆提早来到公司办公楼前，迎候江总书记。

江总书记到达时间是上午9时零5分，安排视察一个钟头。

在航民实业公司办公楼一层会议室，江总书记很随意地坐下来，听取航民村党总支书记朱重庆的情况汇报。行前，江总书记已从浙江省有关领导介绍中得知，航民村是浙江省首富村，还是全国村镇建设文明村。下车看了一眼，似乎比想象中还要好一些。江总书记饶有兴致地听着朱重庆汇报，不时微笑着点头、插问。朱重庆则用“萧普话”简明扼要地汇报着，从过去航民村贫穷落后说起，说到办漂染厂的艰辛，说到到上海滩捡拾废旧设备，一直讲到现在全村“没有暴发户、没有贫困户、家家都是万元户”。作为一个基层村级党总支书记，直接向党的总书记汇报工作，开始时朱重庆多少还是有点紧张，尤其是担忧江总书记听不懂他的“萧普话”，所以，他尽量说得慢一些，有的地方还作些重复。等到后来，他发现江总书记能听得懂他说的每一句“萧普话”，才想起江总书记曾在上海工作生活多年，萧山话语与上海闲话蛮接近的，这下，他汇报得就更顺畅、更轻松了。

汇报告一段落，在旁的浙江省委领导目光对准朱重庆，问他还有什么要向江总书记说的事。朱重庆觉得时机来了，他鼓足勇气，面向江总书记，极其诚恳地说：“总书记，请您给我们航民题个词吧！”说着，他不慌不忙地从西装口袋里摸出那张事先准备好了的字条，摊开在桌面上。江总书记一看就笑了：“嚯，你们的名称这么长呀？”他略作沉思后，欣然提笔，在签名本上写下了“江泽民于萧山市航民实业公司”，并留下具体日期。

接下来行程是看企业看农户。江总书记在省委主要领导和朱重庆陪同下，视察了漂染厂，又走访了村民朱建庆和朱关友的家。

朱建庆家的别墅当时刚刚落成，在村里算是比较时尚的。江总书记走进他家，在新沙发上一落座，就开始了“家庭情况调查”，与江总书记交谈的是朱建庆的妻子。

对话从女主人怀里抱着的孩子开始。

江总书记问："孩子多大啦？"

女主人回答："五个多月了。"

江总书记继续问："是独生子女吧？"

女主人据实回答："不是，现在农村计划生育开了个小口子。头胎是女孩的，可以再生一个。"

江总书记猜测着问："哦，孩子是男孩？"

女主人眉开眼笑地点点头："是。"

江总书记轻轻地一拍自己的膝盖，竖起大拇指，情不自禁地用上海话说："哦，好，运道真当好！"

江总书记还向朱建庆一家问起村里集体福利，问起全家收入。当听到女主人回答说，全家年收入大约 5 万元时，江总书记高兴得连连拍手："好！好！你们收入比我们还要高啊！"听到江总书记如此赞许，朱建庆一家和在旁陪同的所有人，心里都乐滋滋的。

江总书记接着又来到村民朱关友家。彼时，朱关友家院里院外都挤满了围观的村民，一见到江总书记过来，村民们自发鼓起掌来。江总书记一边向鼓掌的村民挥手示意，一边朗声说道："你们航民村的生活真好啊！"

这时，人群中一位老妈妈突然高声回言："这全靠党中央领导得好！"这话从一个年长的、目不识丁的女村民口中说出来，大家都没有思想准备，谁也没有教她这么说，谁也没有想到她会那样说，顿时，全场一片寂静。但片刻之后，全院是一片会心的笑声和话语声。

江总书记笑了，朱重庆笑了，在场所有人都笑了。

事后，时任萧山市委书记经常把这句普通村民的回答作为航民村村民具有高度政治素质的例子来说。有没有必要上升到如此高度来评价这句话，自然可以讨论。但在现场，大家都认可这句话说出了大家的心声。

江总书记视察航民村，给航民村历史写下了浓墨重彩的一页，也给航民村村民留下了难忘的深刻记忆。至今事情已过去 25 年，当年还是小伙子的朱建庆现已年过花甲，但他仍保留着对当时场景的全部回忆。在他办公室书桌玻璃橱窗内，摆放着江总书记坐在他家沙发上与他全家人温馨交谈的照片。在采访中，朱建庆眼光不时掠过那张照片，似乎在寻找那段美好回忆和闪光青春。

这是另一个令航民人印象深刻的日子：1992 年 1 月 25 日上午 9 时 30 分。时任全国人大常委会委员长万里视察航民村。

“这是一个村子？”令众人没想到的是，万里委员长一下车，望了一眼航民实业公司办公大楼，兀地问了这么一句话。

也许是万里委员长看多了安徽贫困地区乡村，也许是欺上瞒下的假动作实在太多，他似乎有点不太相信，眼前这繁荣发达的场景，会是一个村的架构。所以提出了这个疑问。

在场陪同的人一时不知如何作答。

“委员长好！这的确是我们航民村办公大楼！”前来迎接万里委员长的朱重庆赶忙回答，并汇报着有关情况。

对于农村和农民，万里委员长最熟悉不过了。上世纪八十年代初曾流传着一句民谣：“要吃米，找万里。”这位农民眼中的开明领导、农村改革的开路先锋，朱重庆和航民村人对他充满了崇敬，更懂得农村农业农民的事一丝一毫也瞒不过这位农村问题专家。于是，朱重庆将航民村一件件、一桩桩事，实实在在地向委员长作了汇报。万里委员长听得很认真，问得很仔细。汇报快结束时，朱重庆突然动情地说：“我们航民村走的这条路，就是委员长您当年指出的‘无农不稳、无工不富、无商不活’的路，这条路，使我们航民村发展壮大起来了。所以，我们特别感谢您！”

万里委员长听朱重庆这么说，颇有感慨地插话说：“那时，我说这句话，也不知道对不对呢？”

朱重庆立即回应道：“我们航民村的实践证明，委员长的话是完全正确的！”

听完汇报，万里委员长还详细询问了村里农业生产情况，还特别关注村民们满意度。于是，大家提议，请万里委员长进村入户亲自看一看、听一听。

车子沿着整洁的水泥马路缓缓进村，两旁是一幢幢新楼别墅，万里委员长脸露喜色，对朱重庆和所有车上的人说，这里不是农村，而更像城镇！

紧接着，万里委员长下车，走进三户村民家串门。他饶有兴致地察看各家的房屋结构和室内布置，脸上绽开了掩饰不住的笑容，称许道："你们村的生活水平都很高了，你们住的房子那么好，一些省部级干部也赶不上呀！"

此时，细心的朱重庆从万里委员长的言语和神情中感觉到，委员长此时已确信这是一个村子了，而且是一个令他感到欣慰和兴奋的一个村。想到这里，朱重庆由衷地说："谢谢委员长鼓励！"

朱重庆、才法老徐等把万里委员长送到车前。委员长挥手向大家告别，刚想跨上车时，忽然又转过身来，紧紧地握着朱重庆的手说："希望你们有更大发展。祝村民们生活越过越好！"握手告别的一刹那，朱重庆看到万里委员长的一头银发在朔风中轻微抖动，传导出万里委员长的某种激动和兴奋。他或许从航民村看到了中国农村的希望，而朱重庆则从委员长的那头抖动的银发中感受到了更大的责任。

在漫长发展岁月中，前来航民村考察或与航民村有过接触交谈的中央领导人不在少数，一位有心的记者曾开列出一长串名单。笔者在采访朱重庆和航民人时，他们或多或少都会提及，印象深刻的还有胡锦涛和习近平同志。

1993 年，时任中央政治局常委的胡锦涛同志来杭州召开党建与经济工作关系问题小型座谈会，杭州市委推荐航民村党委作为基层党组织代表参加座谈会并发言。那天，朱重庆与萧山市委书记提前一刻赶到会场，只见胡锦涛同志已早早等候在会场门口，与前来开会的代表逐一握手、见面、合影留念。会议由胡锦涛同志亲自主持，并点名让航民村党委发言。朱重庆在座谈会上汇报了航民村党委抓党建促经济的一些做法，得到胡锦涛同志充分肯定。最后，由胡锦涛同志作总结讲话。朱重庆感觉胡锦涛同志很谦虚，对基层情况很熟悉，非常体谅企业和基层困难，为企业讲了不少好话，会场气氛很活跃。这次会议的生动场景和党的高级领导人谦虚平和的作风，给朱重庆留下终身难忘印象。

时任浙江省委书记习近平同志对航民村发展极为关注，并具体指导协调。2004年年初，航民村在发展用地问题上碰到困难，村里出面向习近平书记反映这个情况，习近平书记两次作了批示，要求杭州市、萧山区有关领导帮助协调研究，抓紧督办落实。2004年7月12日下午三点半，习近平同志冒着酷暑高温，到航民村考察。他先来到航民村办6万吨级污水处理厂，仔细察看印染污水进口处和处理后排水出口处，拿起印染污泥肥料、燃烧煤渣建材的实物样品，详细询问每一道工艺流程。陪同的朱重庆一边回答着习近平书记提问，一边抓紧时间向他汇报航民村贯彻落实浙江省委“八八战略”、发展循环经济、实施“八一一工程”、小村投巨资治理污染、抓好印染热电企业等情况。习近平书记对航民村经济建设和发展循环经济的做法给予高度评价。接着，习近平书记进入航民村里考察。他走家串户，笑容可掬，与沿途围观的村民打招呼，询问村民生活情况。临走前，习近平书记对朱重庆说，听老朋友肖主任提到，航民村怎么怎么好，前不久，全国农村奔小康研讨会在你们航民村召开。你们航民村是老先进了，人家来向你们学习，你们也要向别的村学习。今天我看了，你们的村庄建设得很好，不愧为老先进，但还要继续努力！朱重庆连连点头。考察过程中，习近平书记还记起航民村要求解决企业发展用地的问题，就关切地询问近况，并指示陪同的杭州市、萧山区领导抓紧协调落实。那么高职务的一位省委书记，还时时牵挂着一个小村的具体问题，真是让人感动。时至今日，当朱重庆、朱建庆等人回忆起这段往事时，还是唏嘘不已、感慨万分。

笔者问朱重庆：为什么一个小小航民村，能得到中央那么多领导同志关怀和垂爱？

原因很简单，就是航民村一直在按照党中央指示精神做。朱重庆简单明了地答复笔者。然后，他开始了抒情式解释：

假如伟大领袖毛主席活过来，他对航民村坚持集体经济、实现共同富裕这一做法，会比较满意；

假如改革开放总设计师邓小平同志活过来，他对航民村坚持改革开放、坚持发展是硬道理的做法，也会满意；

假如前总书记胡锦涛同志知道现在航民村科学发展、和谐发展的状况，也会满意；

假如习近平总书记现在知道他以前视察过的航民村创业创新、去产能、反腐败，相信也会比较满意。

所以，总起来看，航民村所做的事，与中央一贯来的精神和中央提倡的事，至少 90% 以上是符合的。这就是我们的自我评价和底气所在。朱重庆最后带有总结性地这样回答笔者。

在航民村发展历史上和朱重庆个人履历中，有一件事不能不提。

那是 1993 年 3 月 28 日上午 10 时，一身西装的朱重庆出现在八届全国人大一次会议新闻中心会场，作为全国人大代表回答中外记者提问。同台参加的还有江苏华西村书记吴仁宝等 4 位村书记。那一年，朱重庆刚好四十岁。古人云“四十而不惑”。四十岁的朱重庆坐在万众瞩目的“两会”新闻中心主席台上，望着“八届人大一次会议新闻中心”字眼，感觉到有点沉重、有点兴奋。这是朱重庆，不，这是江南小村航民村第一次向世界亮相。一个从小爬田畈、敲石子的农民，今天坐上这样庄重而显眼的位置，代表中国农民回答世界的提问。一瞬间，朱重庆找到了感觉，一下子从农民、从航民村中跳出来，向着“中南海思维”靠近了许多，使自己站在一个较为宏观的视角看问题。所以，他要求自己尽可能沉住气、稳住神，回答得全面、准确、朴实，幽默。

《浙江日报》曾对朱重庆此次答记者问，作过详细报道。现在试作情景再现。

当新闻中心主持人宣布提问开始后，《农民日报》一位记者点名朱重庆回答问题：东部发达地区乡镇企业怎样和西部乡镇企业联手发展？

记者所提的问题，也是这次人大会议一个热点。

朱重庆对此早有考虑。此时，他不疾不徐作答：东部地区与西部地区在经济上的差距客观存在。我们浙江也存在东部沿海和中西部山区经济发展的差异。沿海一带经济所以比较发达，其中重要一条就是因为乡镇企业发展。发展乡镇企业要有一定条件，比如交通、通讯等等。但我想，东部沿海地区发展起来，也会对中西部地区起到带动作用。比如我们航民实业公司现在就与辽宁、河南的两个乡镇企业搞了联营，既帮助他们发展，又为我们产品找到了市场。

一位天津记者向台上的几位农民代表提问：发展乡镇企业需要占用大量耕地，你们是怎样处理这个关系的？

朱重庆对这个问题作了补充回答：发展乡镇企业，搞好村镇建设，当然会占用一些耕地。我们浙江人多地少，土地尤其珍贵。所以，我们在发展乡镇企业时很注意这个问题，宁可多花一万钱，也要少占一分田。

精彩！农民式幽默！台下记者们悄悄议论开了。

又有一位记者提了一个比较尖锐的问题：我国加入关贸总协定之后，将会对乡镇企业带来哪些影响？

对这个问题，朱重庆不仅深思熟虑过，而且早已在航民村办企业里提前采取了对策。此时，他面对记者，不慌不忙地回答道：我国即将加入关贸总协定，这是一件好事。加入关贸总协定以后，我们可以参与国际经济大循环，可以和世界经济接轨。“入关”既是机遇也是挑战。目前，我们正在做“入关”准备，主要是加快企业技术改造，提高产品质量档次和员工素质。

朱重庆的回答让这些见多识广的“无冕之王”都心服口服。一些多次跟朱重庆打过交道的媒体朋友，不由感叹“士别三日当刮目相看”，今日朱重庆，其视野、识见、胸襟、气度非昔日可比了！

这，或许就是航民村“靠近”中南海之后带来的显著改变。

第三篇章
和谐和美

天人和谐、人际和谐、环境和美大概是中国传统文化的最高境界，也是中国农民亘古向往的理想天堂。朱重庆和航民村领导班子站在农民的立场及视角建设新农村、调适新人际，把新的理念、新的审美与农村农民的优良传统融为一体，凸显了航民村特有的和谐和美，使之成为航民村的无形资产、亮丽品牌和最具魅力之处。

——采访札记

治理污染、保护环境，是全人类面临的共同考题。如何认识和对待污染问题、环境问题，体现出人类、国家、族群、团体、自然人的文明程度和文明素养。航民村在发展中经历了容污、识污、治污、防污四个阶段，是中国城乡发展的一个缩影。在中国实现这个历史性跨越中，它既具有典型的标本价值，又具有生动的诠释意义。

将一个落后的传统的农村村落改造建设成为一个新型农村、品质农村，航民村需要面对和解决的问题多多。除有形的物质层面的构建外，更深层次的是农民思想理念、思维模式的改变和精神境界、审美标准的提升。正是这样一个个小村的巨变，才汇成了中国农村乃至中华民族整体的历史性进步。从这个意义上，分析解剖航民村的具象肌理，更能看清一个民族一个国家演变进步的渐进性、曲折性、生动性和丰富性。

小村治污始末

航民村起步时搞的是印染，现在集团公司主业仍然是印染。印染，是一个高污染行业。有时，印染甚至是污染的代名词。

办厂之前，航民村是个典型的传统农村。与大多数农村农民一样，当初并没有多少环保意识。那时，农村主要矛盾是怎样填饱肚子、焐热身子。而且，航民村所在的萧山地区有种络麻的传统，多数生产队是一半水稻一半麻。每到剥麻季节，农民们根据老辈人传承的做法，将成捆成捆的麻皮丢进河水中浸泡，一直等到麻皮表层被水泡烂，再来提取麻筋。那辰光，可以说萧山地区每条河水都是黑的、臭的，但人们对此现象见怪不怪、习以为常，照样在这样乌黑发臭的河水里洗衣洗澡。

漂染厂开办初期，主要业务是染被面。那时，没有什么水处理设备，职工们将染过被面的染料废水直接排入河道。结果，一河清水，被洗成红的、黄的、绿的颜色，然后，染了色的河水浩浩荡荡、顺流而下。那时，萧山地区还有不少农村种着络麻，结果，不少泡在河里的络麻皮被航民漂染厂流来的漂洗水染成五颜六色。这些络麻卖到供销社，或者被拒收，或者被降价收购。这下，邻近生产队农民不干了，有的跑到县有关部门反映，要求县里出面制止；有的直接找到朱重庆评理，要求赔偿。朱重庆只得想办法用混合脱色剂进行处理。但那时毕竟加工被面数量较少，影响也只是一时的，所以，没有酿成什么事端。县环保局同志善意地提请朱重庆注意，并教漂染厂职工怎么处理污水。漂染厂开始建造小型污水处理池，先试着将电石渣、硫酸亚铁、次氯酸钠等放进污水处理池内，进行沉淀处理。水是清了，但有毒的化学成分还在，人畜饮用后非常有害。最后想到，内河不行，就干脆排到外海。他们从航民村修了一条输水管道，一直铺到钱塘江边，将漂染厂污水直接排放进钱塘江。当时他们认为，钱塘江那么大，一日两潮、浊浪滚滚，万马奔腾、流进大海，让外国人尝尝！

随着企业发展，参观人群纷至沓来。人们在参观厂容厂貌、村容村貌同时，关注着航民村污染问题。从1987年起，航民人逐渐认识到了保护环境、治理污染的重要性和紧迫性。在一次大会上，朱重庆提出一个观点："以前我们想的是：只有发展，才能治污；现在我们想的是：只有治污，才能发展。也就是：先治污，再赚钱！"

思路调整，立刻带来面貌变化。

2001年上半年，航民村人治污迈出了具有标志性一步：一次性投入6000万元，兴建6万吨级污水处理厂。他们请来中国纺织工业设计院专家，按照当时最高标准进行技术设计，用8个月时间建设，于年底前建成运行。

那家污水处理厂建成之后，朱重庆曾陪着笔者和朋友们去参观过。当时，我们只感觉场面很大，很是佩服一个小村的魄力。今天，为了解详情，笔者找到了当年负责筹建污水处理厂的沈建华，他现已调任航民建材公司总经理。

沈建华，自述1956年生，属猴，是一个朴实厚道、其貌不扬的人。大概是腿脚不利索吧，他走进办公室时一瘸一瘸的，一只裤脚高、一只裤脚低。粗粗一看，他根本不像一家建材公司总经理，倒蛮像农村水泥预制场一位监工。

在航民建材公司总经理位置上，沈建华也干得很好。他利用建筑垃圾制作砖头，使建筑垃圾成为再生资源。研制的新型墙体材料成为浙江省2015年度优秀产品。但当他回忆起当年筹办污水处理厂的峥嵘岁月时，这位老航民人还是显得热血沸腾、激动不已。

他识字不多，但是一位有心人。在他办公室保险柜里，至今保留着筹建污水处理厂时的全部工作笔记本。有的是会议记录，有的是考察情况，有的是他对问题的思考和处理思路。因为许多字他不认识、不会写，所以，他的工作笔记本，有许多只有他自己才懂得的"简称""代称"符号、图案。他一边指着笔记本上的记载给笔者看，一边作着解释和回忆。有的文字、符号、画面在笔者看来简直是天书鬼符、匪夷所思。譬如，污水处理厂关键设备之一：箅水机。沈建华解释着说，就是那种出水口过滤垃圾的装置，如城市下水道口、家里卫生间下水口用的那玩意儿。但沈建华不会写那个“箅”字，就在笔记本上画上一个栅栏图案，在旁边再注上一个“水”字，就代表“箅水机”。真是亏他想得出来哦！笔者每每被逗笑啦。

污水处理厂是2001年3月份开始动议筹建的，那就从3月份开始查阅吧。沈建华用唾沫湿了湿手指头，打开他那些尘封已久的本子。此时，工作笔记本就成了无可替代的真实史料：

3月4日下午：朱重庆来电话，明天出发去考察设备。

3月5日：上午在上海考察设备，下午赴江阴考察设备。对方均安排了接待。但我们坚持自己付钱结账，晚上不参加他们组织的活动。

3月9日：萧山市环保局提出去考察。

3月10日至13日：赴无锡、南京、合肥、江阴、杭州、诸暨等地考察。原则同上。

3月15日：萧山市环保局开会研究航民污水处理厂筹建一事。市政府许副市长讲话，要求今年6月底前完成施工。市人大常委会派人参加，各设备厂家介绍情况。

3月27日：举行杭甬高速公路跨越污水处理管线可行性论证会。

3月29日：国家环保局、省环保厅派员了解督查情况，市人大、市政府领导陪同。

4月2日：省环保厅、杭州市环保局再次派员检查督办，市政府领导陪同。

4月15日：污水处理厂基础深坑已开挖，底层钢筋已预埋。突然，工地停电，天下起雷阵雨，雨水顺着槽沟流进深坑。如果深坑里的四壁泥土下滑，就会淹没已预埋的钢筋架，造成重大损失，并延误工期。此时，我用身体挡住盛水桶，确保“井点拔水机”继续运行，然后叫来电工处理好停电故障，避免了一场事故。

从上述记载中，可粗略看出当年筹建污水处理厂的大致过程及艰难状况。沈建华除了翻看笔记本外，还回忆了当年几个工作和生活细节。当时，他一天到晚在工地组织施工，晒得全身墨黑墨黑。朱重庆也隔三差五过来商量督促。他一边组织施工，一边还要配合有关部门对航民股份公司进行上市环境评估。环保部门自然盯住印染厂不放，但当时有的印染厂厂长环保意识还不强，再加上印染生意好，所以，有的厂开足马力、日夜不停生产。环保部门一次次来测试，自然过不了关。他们要求几家印染厂关一部分、减一部分，但人家哪里会同意呀？他感到压力蛮大，急得血压升高、直掉眼泪。高天相副总当时调侃说：这是“污水达标、血压升高”。恰恰此时，他父亲因年老去世，朱重庆三次到他家慰问，帮着他处理其父的丧事，真是令沈建华感动不已。污水处理厂最终还是按原计划在年底前建成并投入使用，总算完成朱重庆托付的一件大事，沈建华感到很欣慰。污水处理厂建成后，沈建华被评为杭州市劳动模范。此次采访时，沈建华感慨地说，这当然是值得高兴的事，但身体却真的搞垮了，造成膝关节磨损。后来，整个膝关节得用塑料薄膜包起来。说着，他撩起裤脚给笔者看。果然，他的膝关节红肿明显，用几层厚厚的塑料薄膜包着。怪不得他走路时显得一瘸一瘸的呢。看着沈建华包裹着的膝盖，一阵敬意和酸楚从笔者心底涌起：即使在和平建设时期，在日常发展之中，也会有人作出这样那样的牺牲和奉献哦！

航民村治污大手笔引起社会公众和媒体热烈追捧。2002年2月16日，新华社以《浙江省一个村出资6000万元，建设污水处理厂》为题作了报道。3月21日，中央电视台《金土地》栏目播出时长11分钟的《小村治污》专题，详细介绍了航民村治污情况。

在保护环境、治理污染中，政府是主导、企业是主体。但因为利益和视角不同，这个主导与主体之间会产生理念或做法上的差异。在治污历程中，航民村多多少少也与当地政府有关部门产生了一些纠结。其间人物形态各异、故事曲折起伏，值得笔者如实写来。

航民村投巨资建设大型污水处理厂后，航民村办印染厂污水处理问题得到根本性解决，但当地有些印染企业思想上不把治污当作一件事，经济上舍不得投入，继续采用“游击战术”：偷排偷放。作为印染业老大的航民村树大招风、躺着中枪，有些不明就里的群众张冠李戴，把片区污染责任归咎于航民村和朱重庆。有人甚至编排了顺口溜：“消灭朱重庆，东片河道会变清。”这当然是冤枉的，主管部门心中也清楚。省环保厅有位副厅长将上述顺口溜改成“保护朱重庆，东片河道会变清”。朱重庆觉得既有人误会他、埋怨他，也有人理解他、支持他，那就且看事实吧！让航民村来牵头治理萧山东片区污染问题吧！用意和设想是蛮好的，但实施起来很难：那么多印染企业，谁会听从航民村调遣？于是，当地政府另出新招，干脆在大江东片区建设了一个30万吨级污水处理厂，强制性要求区域内外企业将污水管道连接到这家污水处理厂，统一进行处理。与此同时，当地水务集团以八折价收购了航民村自费建设的6万吨级污水处理厂。航民村被迫放弃自己准备打造治污标兵的梦想，还吃了点小亏，将自己辛辛苦苦建成的6万吨级污水处理厂卖掉，乖乖地将全部印染厂污水输送到政府新建的污水处理厂进行处理，两年缴费下来，就等于送掉了整个污水处理厂。

事情本来到这里也就了结了。谁知到了2014年，当地政府有关部门又提出，各类污水先由企业处理一次，达到一定标准后，再统一输送到政府指定的污水处理厂集中处理。航民村人有点想不通，不知道这种处理程序科学性合理性在哪里？

笔者对此也属外行。在写作此段文字过程中，于2016年8月2日晚上8时左右，在杭州滨江区一个闷热斗室里，将电话打回北京，专门请教我国著名水问题专家、国务院参事仇保兴同志。仇保兴参事回答说，这种做法符合常规、通行。接着他向笔者解释说，因为一般工业企业都是从专业性角度处理污水的，大概符合一百多项指标，很难全面达到生活水两百多项标准，所以需要综合性污水处理厂进行处理，然后集中排放。当然，现在苏州也有企业一次性处理完毕，最后把所有污水蒸发，留下泥块运走。但那样的话，处理成本极高，一般企业吃不消，也不合算哦。

航民村人可能不太会这么去了解污水二次处理的原理，有关部门同志大概也没有像仇保兴参事作这样耐心浅显的解释说明。反正航民人没有弄懂，也没有想通。但胳膊拧不过大腿，航民村最终还是勉强接受了这种方式。

接受这种方式，问题接踵而至：航民村办印染厂污水第一次怎么处理？原先6万吨级的污水处理厂已被政府收购了，现在需要再建一个污水处理厂。

“能否将早先我们航民村自建的那个污水处理厂还给航民呀？”在有关部门召集的征求意见座谈会上，朱重庆先是试探性地问道。

“不，不可能。那污水处理厂早已属于我们了！”有关部门领导断然拒绝。

朱重庆又换了一个思路：“要不，在靠近政府指定的污水处理厂边上，由航民村出钱新建一个污水处理厂？”

“这，这，这恐怕也做不到。哪有你们航民建造污水处理厂的场地呀？”有关部门领导以土地为由婉拒。其实，朱重庆他们知道，那个污水处理厂周边还有一大片空地呢。

朱重庆也急了：“那，我们将航民冶炼厂改建成污水处理厂，一定让它完全达标，然后再排钱塘江！”

“这，这，怎么可以？万一影响钱塘江水质怎么办？”有关部门领导还是不同意。

朱重庆没辙了，只得把球踢给了对方：“那，你们说怎么办吧？”

有关部门和瓜沥镇领导提出了第四方案：航民村先将污水送到离村20多公里的地方，与钱江印染厂污水合并处理，然后再将经第一次处理后的污水输送到政府指定的污水处理厂。

“由第一级处理到政府指定的污水处理厂约有30公里，这段输送管道怎么办？”朱重庆提出了这个问题。

有关部门答复，20公里这段管道由航民集团出钱铺设，30公里这段管道由水务集团铺设。

“这段20公里加30公里的管道涉及那么多农户，还要跨过机场灯光带，行不行呢？”朱重庆又接连想到了两个问题。

有关部门领导又答应由政府出面做工作。既然如此，朱重庆觉得别无选择，便同意了该方案，而且立即组织人马，按照这个思路，邀请上海同济大学设计了一个10万吨级污水处理厂工程方案。

方案送上去了，航民人翘首以盼。过了一段时间，有关部门答复来了，说第四方案也不行啦。主要是沿线农户拆迁问题，做不通工作，于是只好放弃第四方案，另辟蹊径。最后，瓜沥镇领导提出了第五方案：建议将属于水务集团已废置多年的东片污水处理厂租赁给航民村使用，由水务集团评估定价，由航民村出钱并改扩建。这个方案得到了当地党委主要领导首肯，遂成为定案。但是，部门与地方之间又开始博弈。水务集团以瓜沥镇欠他们10亩土地为由，不同意交出东片污水处理厂，而瓜沥镇的确一下子又拿不出10亩土地。接下来，武当对太极，拳打脚踢、你来我往，虚虚实实、进进退退，一拖就过去了4个月。

时至9月中下旬，双方还掰扯得难解难分、胜负未决。突然有消息传来，说当地一把手十分重视这个环保项目，国庆节后，他将到现场调研，踏看工程进展情况，有什么问题，就现场解决什么问题。这一下，有关部门和单位就开始紧张了，要知道，当时连项目方案都未落实，双方合同尚未签订，更遑论项目进展了。这要让那位一把手得知，还得了？你要不要头上这顶乌纱帽了？这些人真急了，什么条件都不讲了，10亩土地也暂时不要啦，只是一个劲地催着朱重庆在半天时间内签完合同、汇出租赁款，下午就要钱。多少呢？4500万元。这可不是一个小数字。航民集团半天能不能拿出4500万元现钱？朱重庆心中也没有底，他一个电话打到集团公司财务部一问。好在航民集团真的实力雄厚，账上银子大大的有，财务说没有问题。朱重庆放心了，有关部门和单位领导也放心了。他们朱总朱总地叫着，还“教”朱重庆届时怎么向一把手汇报。说前面过程就不用讲了，只说工程已在施工，目前进展顺利，确保

朱重庆在人民大会堂答记者问

东片污水处理公司

12 月底完成整个工程就行。朱重庆觉得工程时间太紧，不太可能完成，至少需要 100 天。有关部门和单位领导就“劝说”朱重庆：朱总呀，你就这样汇报吧！到时万一完不成也不要紧呀。那时，领导不会再来现场看了，我们自己知道就行，我们给你兜着呢！为避免得罪那么多部门和单位，朱重庆心想只好违心一次，答应下来。这时，他们似乎才觉得朱重庆这个人顾全大局、够仗义的。于是，又大大表扬了朱重庆和航民村一番。

东片污水处理厂工程总算开工了。不久，当地一把手真的来项目现场调研，召开座谈会听取意见。会上，朱重庆根据大家事先商量好的“口径”作了汇报，并表态力争在 12 月底前完成工程改扩建任务。一把手听完比较满意。他在会上表扬了航民村，也表扬了有关部门和单位，可说皆大欢喜。

送走一把手，朱重庆悄悄地跟有关部门领导说，这个工程日期是你们让我说的，实际完成起来是有困难的。谁知有关部门领导当即拉下脸来说：“这个 12 月 20 日完工日期，可是你朱老总当着一把手的面亲口说的，完得成要完成，完不成也得完成！”

天哪，这是怎么了？怎么会前后两副面孔？这世上还有讲理的地方吗？还讲实事求是吗？朱重庆这才发现自己被彻底“绑架”了，坐上了人家预设好程序和时间的“过山车”，身不由己、退无可退了！

为兑现那个被“教”出来的承诺，也为了争这口气，朱重庆、污水处理厂总经理徐万君和工程队的人豁出来了，真的开始拼命了！抓紧做好周边一百多家农户思想工作和改造事宜，工程队于 10 月 11 日正式进场。在徐万君组织协调下，300 多名员工，分成 7 个工程队，一天 24 小时轮班作业。施工领导班子每天下午 5 点半以后开会碰头，汇报工程进展情况，然后研究安排第二天工程任务。所有工程都是交叉施工，安排到每个工程队，量化到每天每人，有点类似于铁路运行图，前后左右配套衔接，确保每个环节不出差错。管理人员每天工作到深夜 11 点，有时甚至通宵达旦。

污水处理厂改扩建工程中最紧迫的大概要数设备。原污水处理厂已废置8年，所有设备都已无法使用，必须更换。订购国外品牌吧，一般期限都是6个月，需要海运，中间还隔着一个国际友人们特别看重的圣诞节假期。时间实在太紧了，他们就苦口婆心做国内设备制造厂家工作，本乡本土的，熟悉情况，又便于运输安装，得到他们的理解和支持。其中主要设备鼓风机，由杭州制氧机厂生产，按照常规需要3个月，但杭州制氧机厂答应两个月内完成。他们在厂内组织突击，一路绿灯，最终如期完成，将鼓风机送到了现场。

朱重庆自己隔天去一次污水处理厂工程现场，并提出，既然是改扩建，就趁此机会搞得好些、规范些、漂亮些。他指挥调整工厂格局、选择机器设备，把原先的6根电线合并成一根管子，把所有管道埋入地下。他把航民村花木组长叫到工地现场，一起商量污水处理厂绿化美化方案，挑选那些容易种养存活、颜色花色搭配、形状错落有致、价格便宜低廉的绿植品种。

经过两个月零九天奋战，污水处理厂终于赶在年底前竣工并投入运行。经过一年多来实际操作，各种设施设备运转良好，各项指标好于预期。你如果现在去航民污水处理厂，会发现整个厂区像一座花园。

航民人赌着气创造了一个小小奇迹。

事后，笔者从其他地方了解到，当地领导和有关部门为什么那么逼着航民村赶这个工程的原委。原来，2014年国家环保部制订了一个减排计划，这个计划层层分解落实到各省市区直至基层，航民村污水处理厂属于这个计划内一个项目。如果航民村这个项目完不成，就意味着所在区、所在市、所在省没有完成计划。于是，航民村污水处理厂项目无意之中成为全局完成计划的一个聚焦点。打个不恰当比方，就像辽沈战役中塔山狙击战、抗美援朝中上甘岭战役的位置。

在系统报告航民村几十年治污战役战况时，笔者认为必须详细地描写一个人。这个人就是前文已出现、但尚未作为重点对象的徐万君。是朱重庆与徐万君合作，促成或曰推进了航民村治污工程。

徐万君，原先是瓜沥镇自来水公司一个普通技术员，但他头脑聪敏活络、喜欢学习钻研，在水处理方面自学成才，确有专长。航民村办企业发展起来后，朱重庆动员他到航民村工作。他欣然抛弃铁饭碗，投奔航民村，协助朱重庆处理环保治污工作。为了节约文字，笔者略去了徐万君在航民村工作的过程，直接将他出场时间推到2009年。

2009年，当地政府向区域内企业下达了进行除尘、脱硫等治污技改，达到国家锅炉烟气排放标准的指令性要求。

根据一般常规思路，企业可采用传统技术工艺，将石灰石打成浆（化学名称为氢氧化钙），喷到除尘脱硫设备上，进行中和，出来后变成石膏，给水泥厂作配料。另一个办法叫“大湿法处理”，就是加碱中和。

航民集团所属热电厂也非得走这条常规治污老路吗？

航民村办印染厂不是有大量印染废水吗？而印染废水中含有丰富足量的氢氧化钠，氢氧化钠可以与硫酸发生典型性酸碱化学反应，达到中和目的呀！

徐万君在思考这个问题。这么多年来，徐万君浸泡在印染行业中，他对印染厂污水问题作过多方面深入研究。2008年9月，徐万君到山东青岛等地调研考察污水处理技术，发现有的造纸企业采用工业废碱脱硫，还发现有家热电厂试图用印染废水脱硫，但因彼此分属不同集团、谈不拢价格而作罢。对于航民热电和印染厂来说，同属一个集团公司，不存在彼此价格谈不拢问题。当时考察，并没有形成明确结论，但此时此刻，却像一束强光照亮了徐万君的心路。他有点按捺不住、跃跃欲试。得找机会跟朱总谈谈自己的想法哦！

朱重庆同时也在思考琢磨这个问题。搞了几十年印染行业，朱重庆已经成为行家里手，对印染废水的成因、构成、治理对策等可谓熟悉精通、了如指掌。听说航民三家热电厂招标，收到的治污方案都是用传统方法脱硫。为什么没有新的治污方案呢？大家都不敢试吧？如果能换一种思路，可以节约治污费用。更重要的是，以废治废，航民印染行业将从此华丽转身，变劣势为优势。那，该多好呀？得找徐万君聊聊，听听他的想法。

英雄所见略同。思路不谋而合。

那是多么美好的春夜哦。一连几个晚上，朱重庆在办公室里与徐万君兴致勃勃地谈呀谈。他们思索着、分析着、交流着、探讨着这个独特的技术方案。徐万君向朱重庆谈了他山东青岛之行情况，郑重提出了他的方案。既谈了这种思路的科学性可行性，也谈了这个方案可能会出现的问题。一个是印染废水碱含量够不够？徐万君告诉朱重庆，他作过测算，认定绰绰有余。一个是印染废水含有纱线杂质，能不能吸附过滤出来，这将是一个关键。现在，他虽然还没有百分百把握，但他相信自己能攻克这个难关。

当然，徐万君还担心有关部门会不会同意他们这么试？为保险起见，也为了能顺利获得政府有关部门同意，他建议朱重庆先试验一家，等成功了，再全面推开；如果万一失败了，也就一家，影响不到全局。他是真心为朱重庆担忧，为航民集团着想。朱重庆请徐万君放心，政府有关部门工作由他负责来做。他凭自己的知识和经验判断，这个以废治废方案技术上是可行的。既然可行，为什么只搞一家？不，全面推开！如果出了问题，由他朱重庆承担！朱重庆斩钉截铁的态度，让徐万君受到鼓舞。徐万君由衷感到，朱总很懂行，在环保方面很专业，一般专家可能还没有他了解得那么深入和具体吧？他具有敏锐的触觉、长远的眼光，还有魄力作出决断。

果然不出所料。航民村向当地环保部门一汇报思路和方案，当地两级环保部门立马表态都不同意。哪有这样搞法的呀？闻所未闻、见所未见呀！印染废水本身含碱，进入热电水汽之后，会造成二次污染，处理起来不是难度更大吗？这个朱重庆，平时那么重视环保和治污，这次怎么啦？想玩障眼法、瞒天过海、应付我们呀？我们环保部门是专业部门，可不是那么好糊弄的呢。不同意，坚决不同意！

出门不利、出师未捷呀！不过，没什么。航民村这么多年来，什么风浪没有经历过，什么难题关口没有被攻克。朱重庆想出了一个对策：你们不是说自己专业吗？把我们航民人看成是“土八路”“游击队”？好，那我就找几个更专业更权威的专家来说服你们！朱重庆让徐万君想办法请专家。徐万君通过自己熟悉的老师，找到了环保部大气问题专家庄德安教授。庄教授倒是认可航民村的治污脱硫思路，并欣然应允亲赴航民村作解答。过了不久，他就带着另外几位专家来到航民村。航民村又恭恭敬敬地把当地两级环保部门的人请来，然后请北京来的大专家讲解。庄教授讲得有理有节、口干舌燥，谁知当地的小专家们不买账、不认可，说庄教授讲的全是理论，他们是做具体工作的，眼见为实，耳听是虚。这下，徐万君可真抓瞎了！怎么办呢？朱重庆牛脾气也上来了：他们不同意这个方案，我们就不进其他设备。看他们怎么办？！

该发泄的气话也说了，但彼此这样僵持着总不是办法。过关的大门钥匙拿在人家手里呢！朱重庆和徐万君向庄教授讨教办法，庄教授说我们回去后写个材料，向部里反映一下此事。你们也可以写个材料，他给省环保厅有关同志说一说。

所幸的是，省环保厅居然同意航民村的治污脱硫方案。这给朱重庆和徐万君增添了些许底气。朱重庆一级一级地找当地政府领导，汇报航民村方案，介绍省环保厅和有关专家的看法，请求当地政府协调此事，获得当地政府领导赞同。

当地政府领导态度相当积极，专门为航民村办企业除尘脱硫问题召开会议，进行沟通协调。会议由当地政府分管工业的区长主持召开，省市区三级环保部门和有关部门负责人到会，朱重庆和徐万君参加会议。

当地环保部门显然是有备而来，会议一开始，就显得剑拔弩张。他们明确表态不同意，市级环保部门也同意当地环保部门意见。他们不同意的理由就是以前说过的那些车轱辘话，什么理论上可行，不等于实践上可操作；什么他们查阅了许多资料，没有见到成功案例；航民村态度是好的，但思路和方案不可取，如此等等。

徐万君越听越生气，但他知道这种场合还轮不到他发言。他把目光转向朱重庆。他看得出朱重庆也被气坏了，只见朱重庆在竭力控制自己情绪，尽量使说话语气显得平和些，但态度却相当坚决："根据我们自己的知识和经验，航民村提出的以废治废治污方案是完全可行的，那么多专家都进行了论证分析。"

"如果达不到要求呢？"环保部门领导语气咄咄逼人。

"按规定，脱硫项目费用政府补贴70%。今天我把话说在这里：如果达不到标准，我们航民不要你们贴一分钱，并且，愿意接受处罚，你们说关就关！"朱重庆说得掷地有声。

哗，会场内一阵躁动，有人交头接耳，有人频频点头。这些经常泡会场的人，极少听到企业敢说出如此过硬的话。他们不由得向朱重庆投去敬佩的眼神。徐万君知道朱重庆已下了破釜沉舟、背水一战的决心了，他不由得一阵冲动，很想说上几句，但他控制住了自己。

会场上，所有人敛声屏息，眼睛盯着朱重庆，看他怎么说。

朱重庆此时倒反而显得平静些，最重的话都已说出去了，还有什么好顾虑和担忧的呢？他喝了一口水，缓和了一下口气，不紧不慢地说："第二，尽量让政府少花钱。我们航民愿意政府补贴脱硫项目费用打八折。"

哦，会场内议论声再次悄然四起。

主持会议领导大概对此很感兴趣。就追了一句："老朱，你这话可当真呀？能签字画押、立军令状吗？"

"可以。"朱重庆笑眯眯地答复。

此时，会场气氛已明显转向对航民村有利，会议主持人请省环保厅领导发表意见。这位负责人先用目光扫视了一下会场，然后，干脆利落地讲了三点意见。第一，航民村提出的以废治废方案是个新东西，不要马上否定，允许搞试点。我们不看用什么手段方法，只看最终结果。第二，既然是航民村提出的方案，那就允许航民村一家先试，别的地方暂不推开。第三，航民村提出政府补贴可以打八折，只是表明航民村态度坚决，但我们政府不能改变补贴额度，一分钱不能少！不能让老实人和先行先试者吃亏！这位负责人的话，博得全场热烈掌声。

会议主持人拍板定论，当地环保部门领导被迫同意航民村作试验。会后，出了《会议纪要》，正式同意航民村治污脱硫的思路和方案。

会议结束时，朱重庆握了握徐万君的手，意味深长地说了一句：“就看万君啦！”

当时，徐万君只答复朱重庆两个字：“尽力！”

会议结束后，航民村立马行动。航民集团公司下达指令，开始铺设四家印染厂与三家热电厂之间输送印染污水的管道。为防备万一，朱重庆又增添了一道措施：修建补充碱管道。

话说出去，收不回来了。徐万君意识到，成与不成，关系到那些国家环保专家的声誉，关系到省环保部门领导的力挺，特别是关系到朱重庆的压力。不可想象，如果他徐万君搞不成功，航民村那么多企业关停，朱重庆怎么面对航民村老百姓？朱重庆还有什么颜面进出省市区政府大门？那就说明朱重庆的诚信度、环保理念、工作思路都有问题。这不就把朱重庆给毁了吗？徐万君感到自己真的没有退路了！全部退路都给堵死了，给会场上竭力反对的人、积极赞成的人，给躲在一边看笑话的人，给朱重庆，也包括给自己，统统堵死了！他，徐万君真正成了过河卒子，只能往前拱，不能往后退。他这时才理解什么叫逼上梁山，什么叫背水一战，什么叫破釜沉舟，什么叫孤注一掷，什么叫义无反顾！徐万君想起会上朱重庆的表态，想起会议结束时朱重庆那句话包含的信任。在朱重庆手下工作，他徐万君还有什么顾虑，还有什么可担忧的呢？人生难得一知己，人生难得一回搏。豁出去了，搏一回，必须置之死地而后生！

徐万君上阵了！

徐万君自然明白，以废治废，用印染污水中的碱性中和热电锅炉水汽中的硫，从理论上来说是没有问题的，化学方程式也成立，印染废水的碱性浓度也足够。之所以许多厂家不敢试用，或没有成功，关键难点在于有没有办法将印染污水中的布料杂质颗粒过滤掉？因为在染色后整理过程中，纤维材质的表面毛绒或边角杂质会转化成微颗粒物，成为一种糊状杂质，用一般办法很难将它与水分离开来。而如果分离不开，印染污水中的碱性就很容易与这些糊状的纤维杂质积成垢块，堵塞喷淋器喷嘴，使之喷射不出，那样，就没有办法实现除尘，也不可能与硫酸气体中和。所以，关键的关键，要想办法把印染污水中这种糊状的纤维杂质分离开来。

徐万君准备第一个品尝这只“螃蟹”。

谈何容易呀！一个白天接着一个夜晚，一个夜晚连着一个白天，加班、熬夜，成为常态。徐万君心脏不太好，医生说他患有三尖瓣生理性返流，脑供血容易不足。但此时，他的脑袋开足马力，高速运转着，特别需要供血供氧呢，千万千万别在这个时候缺血缺氧啊。徐万君祈祷上苍，同时也告诫自己。他回忆着，思索着，形成了，又推翻，推翻了，再来过。分不清是在哪里，不去想是在家还是在办公室。他的全部精力都在那个糊状的纤维杂质上，感到这是一个会逃遁的令人生厌的魔鬼。不用劲抓，它就从你手上跑掉；稍微一用劲，它又让你连工具粉身碎骨。真是轻不得重不得呀。徐万君猛然想起，春季里雨水多，田畈里的沟渠都是满满的，农民常用石板栅栏或木头栅栏做成临时水闸，用来随意调节水量。他还想起，有一家印染企业为挡住污水中的杂质，在水槽中设置不锈钢栅栏，用人工手动开启栅栏。这些办法土是土气些，但这些原理是对的，可用格栅过滤办法来对付印染污水中的糊状纤维杂质呀！徐万君豁然开朗，一下子如登上高山之巅，天下风景尽收眼底，他找到了攻关思路。那么，多大的孔（专业术语称这种度量单位叫“目”，也就是每平方英寸上的筛孔数量）比较适宜拦截这种糊状纤维杂质呢？那就采用笨办法，一次一次试呗！徐万君先从 5 目、10 目试起，试到 30 目时，徐万君发现过滤效果已达到理想化状态。

又试了几次，他把结果告诉了朱重庆。朱重庆也很高兴。但徐万君还是高兴不起来。他知道，光有这个筛孔格栅还是不够的，还得让它机械化，甚至自动化才行。朱重庆鼓励徐万君，毕竟路找对了，已经成功了一半。到时真的没有好办法，干脆用手工开启筛孔格栅拦截杂质吧！

朱重庆是笑着说的，半真半假、亦真亦假。但徐万君明白，朱总的话，自然是为了鼓励他，也为了打消他的顾虑。他徐万君怎么会允许现代企业仍像田间老农开启水闸一样来操作工艺流程？怎么会让一件事情成功一半、废弃一半呢？徐万君再次陷入发明创造的痴迷之中。日思夜想，灵感忽至。徐万君找到了一个办法，他把这个筛孔格栅装到一只直筒上，既可以装，自然也可以随时卸下来剔除清洗附着物。直筒随着机器旋转，水流从筛孔格栅中穿过，直筒与直筒之间的缝隙，用橡皮条密封，使得糊状纤维杂质无法逃遁。看似简单的一个过程，却涉及机械转速、流速，高度与精度等专门知识，这位自学成才的水利工程师，居然一样一样把它们弄懂了、拿下了。他自己设计了一套图纸，找了一家机械制造厂搞试制。人家厂家不放心呢，说这个机器听都没有听说过，能不能成功呀？不成功，这个制作加工费怎么算呀？这时，朱重庆出场撑腰了。徐万君你大胆试制，成与不成，加工费航民照付！你徐万君知名度不够，人家有怀疑，但朱重庆的话人家信呀！朱重庆都说了，没有问题了，那就试制试制呗！这家机械制造厂蛮配合的，先后开了20多副模具，试制出了样品。徐万君像捧着宝贝一样，来来回回，进进出出，跟着到现场试验。有时，见到那些黏在筛孔格栅上的杂质颗粒，觉得真麻烦，他恨不得用嘴、用舌头把它们舔下来，但一扇筛孔格栅行，成千上万扇筛孔格栅不行呀，还得靠机械化、自动化呀。徐万君只得耐住性子，一遍又一遍地试着，改进着。还好，最后只剩下一点点小问题，改进一下，试验居然成功了！

天哪！终于成功了！6个月时间，多少难关，多少辛酸，多少不易呀！徐万君双眼含着热泪，用抑制不住的兴奋劲向朱重庆报告了这个喜讯。后来，他就病倒了，后来，他居然休克！

2016年4月29日上午，一个普通日子。笔者在航民东片污水处理公司办公室见到了这位富有传奇色彩但又不乏争议的人物。徐万君已调任这家污水处理公司总经理，并带着人完成了废置水厂改扩建工程。此刻，他坐在笔者面前，静等着采访提问。看上去，徐万君是位干练的中年人，讲着相对标准的“萧山普通话”，头发已显稀疏，双目炯炯有神，使人感觉得出他的睿智和精明。

笔者问起让他备感压力和折磨的印染污水处理和热电锅炉脱硫除尘一事。他微微一笑说，试验成功后，效益的确很明显啊！航民村再次邀请三级环保部门领导到现场评估验收，在事实面前，当地环保部门也认账了。他和朱重庆一起合作发明的“气吹式超细栅网过滤机”获得发明专利，航民燃煤锅炉印染污水除尘与脱硫集成技术开发与工程应用获得国家环保部2011年度环境保护科学技术三等奖、中国环境保护产业协会2010年国家重点环境保护实用技术示范工程。这就足够了！徐万君此时提起此事来，觉得蛮满足的。

窗外，雨声潇潇。

转眼间，已是春夏交替季节。航坞山被雾气和烟云笼罩着。满山树木经过这两天雨水清洗，越发显得苍翠欲滴。从办公室望出去，墨绿色山峦、从烟囱中喷出的乳白色水汽、土灰色厂房，显得自然和谐。

朱重庆爱在没事时，望望窗外的航坞山，想象航坞山卧牛一般的形状，感受一下山的稳重与厚实，使自己的心变得更踏实些。

他的目光盯在那三根大烟囱上，思绪延伸得很远。过去，人们以烟囱中的黑烟作为工业化标志，总爱说“烟囱林立、浓烟滚滚”，后来，黑烟成为人人喊打的过街老鼠，这是人们思想理念多大的进步呀！政府和社会的标准越来越高。从2009年开始，可谓步步紧逼。先是要求烟气排放指标，每立方米气体中二氧化硫含量不超过200毫克。2013年提出脱硫脱硝指标，每立方米二氧化硫含量再下降75%。航民集团所属企业在2009年前，就按照政府要求，花了许多钱，采取除尘、脱硫、脱硝等办法，达到了国家排放标准，此刻烟囱里喷出的“烟”大多已属水蒸气，只有极少的微状颗粒物和有害气体，但人们还不满意。2015年，杭州市提出，为迎接G20峰会，杭州地区所有企业要在现有基础上再提高一个档次：达到天然气燃烧的排放标准。换句话说，要变成无烟的烟囱，至少人们肉眼一般看不出来。对于燃煤锅炉来说，这绝对是个蛮高标准哦。三个热电厂为此需要再投入5000万元。资金哪里来呢？朱重庆想到，一是企业盈利积累，二是企业折旧提成，三是政府补贴。政府补贴能拿到吗？这是最没有底数的事。他还记得航民集团2013年上脱硝技改项目时，政府有关部门答应总费用的70%由他们补助买单，但至今只给了18%。其余的52%，还是天边的黄鹤，何时能到账还不知道。他还记得，去年政府鼓励企业认购排污权费，20年有效。航民集团一次性交足7892万元，准备按20年分批摊销进入成本。虽然有些事觉得有点奇葩，但航民村还是选择相信政府。即使政府一分钱不补贴，我们航民集团自己也要做！

朱重庆眼前集中精力在抓的一件事，叫做热电、印染用气一体化。印染工艺上有个关键环节，叫“定型”。打个比方，就像人理发时的“发式定型”一样，靓丽不靓丽，主要看这一招。为减少燃煤污染源、提高生产效率、改善航民印染产业形象，2015年第三季度，航民集团下大决心，指令所属热电厂、印染厂实施改造工程，用一年时间，将原来每家印染厂导热油锅炉定型，改为采用热电厂集中供应蒸汽定型。同时，配套进行热电设备第二次除尘、脱硫、脱硝改造，使热电厂达到超低排放，基本上实现无污染。虽说一系列投入合计需要3个亿，但完全值得呀。航民热电公司还可以利用部分闲置设备，通过技改挖潜，增加供气量，满足航民村6家印染厂对供气的需求。对这件事，朱重庆是铁了心要干的，不管付出多大代价，也不管政府给不给补助，都得干，而且要把它干好。那样的话，至少10年内不会再有问题。10年后呢？我朱重庆早已退休了，那时让后继者去考虑吧！今年春节前，天下着大雪，朱重庆自己带队去杭州中策橡胶公司、大江东富丽华热电公司等单位考察取经，比较遴选治污设施设备。回来后，马上行动。朱重庆期待着改造完成后，蓝天白云下，航民印染厂、热电厂烟囱再也看不见烟气，那就没有烟囱的实质概念，只留下烟囱的外在形象了。那，多美呀！会失落吗？会怀念吗？朱重庆咧开嘴，自我解嘲地笑了笑。顿时觉得时间不等人，必须抓紧了！

在航民村采访期间，笔者与朱重庆聊得最多的还是污染处理问题。一是水，二是气。一次与朱重庆一起午餐，席间，朱重庆谈到当天上午去污水处理厂处理一起事故经过：由于污水处理厂一根管子突然破裂，一部分污水未经处理，流入旁边河流，影响到水质。厂里赶紧向朱重庆报告此事，朱重庆一大早就赶到污水处理厂。他问厂里准备怎么处理此事？厂里有人提出，因为管道破裂发现得早、堵塞及时，渗漏到河里的污水不算多，想办法再抽一些清水进去，冲淡一下，估计大家也看不出什么来。朱重庆一听就火了，这不是自欺欺人吗？我们航民村企业怎么能这样做呢？！他断然拒绝了这个“馊主意”，明确提出把已受污染的河流段坝内固定住，然后用水泵把堤坝内受污染的混合水抽回到污水处理厂，进行规范处理，达到标准后再排放。朱重庆跟污水处理厂领导和员工们算了一笔账：这样做大概要多花 5 万元钱。但这个 5 万元钱花得值呀！他严肃指出，保护环境、治理污水，一定要做，而且要真做好。航民企业不能做有害社会的事，不能做侥幸的事，绝不能给别人留下任何话柄，一定要踏踏实实、一步一个脚印前进。污水处理厂认为朱重庆考虑这一污水漏水事故长远而全面，大家比较服气，就按照他的方案去实施了。

笔者在钱江印染化工公司采访时，总经理施建华讲述了朱重庆重视污水处理的一个小故事，给笔者留下深刻印象。一次，朱重庆到钱江印染化工公司检查污水处理情况，他详细查看了所有报表，又登上梯子，实地察看了污水处理全过程。化验员向他报告，各项指标均合格，请朱总放心。朱重庆从化验员手中要过盛满处理后污水的玻璃杯，用力晃了晃。人们以为他要在光线照射下看一看杯内水质成色，所以没有在意。谁也没有想到的是，朱重庆居然举起玻璃杯准备往嘴边送。这时，施建华似乎发现了朱重庆的意图，赶紧用手拦住朱重庆手中的玻璃杯，想阻止他。但朱重庆已呷进一大口，并咂嘴品味，然后又用鼻子闻了闻气味。等他走下扶梯，确信这水没有什么问题时，才将口中的脏水吐掉。现场的企业高管和技术人员既敬佩又不解，都纷纷询问朱重庆为什么要这样做。朱重庆诙谐地回答道："毛主席说过，要知道梨子的滋味，就要亲口尝一尝。我这就是亲口尝一尝啊！"在采访中了解到这件事后，笔者也有许多不解，就向朱重庆请教：现代化验设备那么精密精确，他为什么还要亲口品味污水呀？朱重庆照例是呵呵一笑，回答笔者说，印染布料第一、二次清洗用的都是中水，中水要经过化学药剂处理，他有点不放心水质。有些水看上去是清的，但实际上不过关。仪器只能测试出 COD 是 200，还是 300，却测不出酸涩度和气味。他相信自己的舌苔味蕾和鼻子敏感度、灵敏度会超过最精密的仪器设备，自己尝过就可放心。笔者问，那水味道很差吧？不料朱重庆咧开嘴呵呵一笑：还好吧？上甘岭志愿军战士还喝尿水呢！

左边是凤巢，右边是舞台

人们越来越懂得：事业兴亡，关键在人；企业盛衰，关键亦在人。

朱重庆在一次集团会议讲话中，曾对人才问题作过一个"航民村式"的解读：航民集团是一个经济实体，但同时承担着大量社会职能，这是航民村一大特色和亮点。用人要"五湖四海"，不拘一格。古人云"英雄莫问出处"，"山不在高、有仙则名"。一个人如果搞近亲发展，智商会越来越低，体力会越来越弱。企业用人也是这个道理。要营造人全面自由发展的环境，尊重人才，善待员工。人才不是学历职称的概念，凡是在某个方面有一技之长的，都是人才。员工是企业财富的创造者，是企业的基础。基础不牢，企业动摇，效益难保。善待员工不仅仅是提高工资奖金待遇，关键是要营造爱才用才、安心舒心的环境。尊重人才、善待员工还体现在充分交流、遇事沟通、平易近人、态度可亲。航民村一定要彰显“厂和万客来、人和万事顺、村和百业旺、家和万事兴”。

当然，朱重庆上述全面辩证、深刻独特的认识也是后来才有的。初创时期的航民村首先面对的不是人才问题，而是用工问题。但深入剖析，你也会从用工事例中，隐隐约约看出朱重庆早期的人才观。

俗话说，在农村办厂，最难两桩事：一是对外供销，二是对内招工。供销人员毕竟只几个人，影响面不大，而且供销人员没有一点过硬的社会关系还真不行。而招工往往涉及全体村民，航民漂染厂也不例外。三类人又显得特别突出：干部家属子女、多劳力家庭、困难户。为进厂，有的人找干部通关节、说好话，有的请客送礼，有的则直接跑到才法老徐和朱重庆这里，死缠硬磨。好在才法老徐很开明，不打招呼、不批条子、不轻易许诺，他把招工用人权都交给朱重庆处理，只要朱重庆提出的意见，他一概同意。这样也把朱重庆逼到了风口浪尖上，所有得罪人的事都得由他担着，弄得焦头烂额。朱重庆想的是，漂染厂刚刚创办，还未站稳脚跟，如果都是照顾安排人员进厂，工人适应不了工作，漂染厂就有可能关掉。所以，他坚持一半以上进厂的人能适应工作、具有初中以上文化水平和一技之长，再加以适当培训，然后上岗，这样保证了漂染厂的基本骨干队伍。当然，朱重庆生在农村，本身也是农民，他自然懂得农民，也不得不顾及村干部的心理和困难户的情绪，他也得妥协、折中、中庸，同意安排一部分照顾对象进厂，这样，他就可以获得最大限度的支持。这也许就是办厂初期朱重庆能达到的最大理想值，也是朱重庆初步形成的用人观吧！

创业和发展过程，必然经历职工理念转变和素质提升过程。想想村办企业职工，昨天都还是在田畈上劳动的农民，夜里洗洗脚，第二天一早走进工厂，成为工人，哪有那么快的转变呀？什么组织纪律、团队意识，统统都有一个接受、适应、养成、巩固的过程。尤其是对产品质量、企业信誉的体认，有时还要付出沉重代价、经历痛苦体验才能获得。

笔者在采访中，曾几次听过当年航民人“走麦城”的一件糗事。漂染厂发展到 1983 年上半年，业务越来越多，印染量越来越大，进厂的人也越来越多。多时出错，忙中添乱，漂染厂出了一起质量事故。绍兴一家企业来漂染厂加工印染一批“克罗丁”涤纶布。“克罗丁”与一般化纤布不一样，当时比较少见，本来应当采用不同于普通化纤布的染料配方，并在印染过程中注意温度。但负责配方的人员并不熟悉“克罗丁”布料的特殊工艺配方，还是采用一般化纤布的配方，具体负责印染的工人也没有注意调整温度，结果，印染好的“克罗丁”布料变质变脆，被对方退货，企业一下子损失几万元。被退货，这是情理之中的事。但对这批次品如何处理，大家意见却并不一致。有的职工心疼钱，提出既然是次品，那就按次品削价处理，卖给别的客户，尽量减少损失。朱重庆坚决不同意。很少发火的朱重庆这次真发火了，这样的次品还想卖钱，还想再去糊弄人?！就算真有人买，我也不卖。这不是在减少损失，这是在坍航民人的台。那么，到底怎么处理这批次品布料呢？朱重庆想出了一个让大家根本想不到的方案：这批次品布料不能浪费，全部拿来做成职工工作服，每个干部职工发一套，而且规定必须穿着上班！等到全厂干部职工穿上这套工作服上班时，各种令人忍俊不禁的事情都发生了：有的职工只穿了几天，不是袖口破了，就是袋子掉了。更有甚者，稍不注意，用力一蹲，屁股底下的裤子就齐刷刷开了裂，闹个大红脸。大家你看我，我看你，真是哑巴吃黄连，有苦说不出。谁让我们生产出这样的次品呢？这件事，全厂干部职工印象极其深刻，大家认识到了产品质量重要性，弄得不好，工厂要倒闭！据说，自从发生这件事之后，全厂干部职工的质量意识明显增强，从此，漂染厂乃至航民村所有企业，再也没有发生过严重的质量事故。

出了质量事故后，朱重庆一直心事重重，他在想如何亡羊补牢，提高员工素质，杜绝类似事故再次发生。他找到支部书记才法老徐一起商量对策。

朱重庆此时倒显得心平气和：“出了这样的事，看看真是气人，想想也很难怪他们。主要还是没有文化、缺少知识。”

才法老徐表示赞同。但他也不知怎么办才好。于是就问朱重庆："那，哪个弄？"

"我想办个培训班，让大家学点知识。至少让漂染厂职工有起码的专业知识。"朱重庆显然已深思熟虑。面对着党支部书记，详细谈了他的设想计划。

不过，才法老徐担心有的职工没有兴趣，调皮捣蛋。

朱重庆胸有成竹地说："相信多数人还是肯学的。有些人实在不肯学，就强制他们学习！"

才法老徐表示赞同。

第二天，漂染厂开会作出两条规定：一是严格执行规章制度，加强岗位责任制教育；二是开办业余学校，聘请教师上课，传授印染、纺织、化工、机械方面专业知识。

业余学校办起来了，但"学生们"表现不理想。有的宁愿加班劳动，也不愿意进教室学习。有的被车间领导连劝带逼地送进教室，没有几分钟就逃了出来。朱重庆对那些"逃学"职工进行了严厉批评。朱重庆的话，对那些刚进厂的"农民工"是最具冲击心坎力量的："你们不要以为现在村里办厂了，大家有活干就好了。老实说，我们现在还是初期阶段，请不起外面技术人员。但总有一天，我们厂要越办越大，技术人员总归是要请的。那时，你们没有文化、没有知识，好岗位怎么轮得到你们？恐怕现在的饭碗都保不住。"

朱重庆这番话说得有分量，把一些不想学习的职工给震醒了。

同时，朱重庆在漂染厂采用经济手段来"逼"大家参加学习。规定：每周上三堂课，每堂课一个半小时；到课奖励一元，迟到十分钟扣三角，早退扣五角；事假扣四元，旷课扣八元，还将培训与年终奖金、平时加薪挂钩。

这样的"经济制裁"措施，在那个年代力度是相当大的，效果立竿见影。从此以后，补习班里坐得满满当当，成为航民村一大夜景。

虽然说是土办法、笨办法，但在特定阶段、对特定对象还是起到了约束和激励作用。它“逼”着这个群体慢慢地由农民变为工人，由普通工人变为技术工人。量变到质变，然后实现整个群体的超越。

我们可以来听一听朱思宝治厂的故事。

在航民集团公司，航民百泰职工的待遇和福利是出名的。所以，即使在航民集团内部，航民百泰员工也从不掩饰他们的这种优越感和自豪感。与此相对应的是，在黄金饰品行业几次不景气的时候，“不管风吹浪打，胜似闲庭信步”，航民百泰都保持了较大市场份额和较快增长幅度，而且，队伍稳定，人气旺盛，人均效益已超过深圳百泰公司。在航民百泰首饰公司总经理朱思宝看来，管厂，其实就是管人。一流企业，一定是用企业文化管人；二流企业，一定是用制度管人；三流企业，才是用人工管人。他在回答笔者采访提问时，总结道：“管理者与被管理者不要成为对立面。要站在被管理者角度去考虑管理制度，这种制度才能落实，才能管好职工。如果总是考虑老板利益，就管不好，甚至事与愿违。”他举例说，2011 年，有的地方宣传“打工不要四处跑，就业还是家乡好”。这口号颇有蛊惑性，有点“唱楚歌”的味道。航民百泰公司当时正处于大发展阶段，急需熟练技术工人，却一时招工难。当时，朱思宝就考虑怎么能让职工父母亲知道这些孩子在航民百泰公司的工作情况呢？有的提出买东西，让职工带回家。但又有多少职工会告诉父母这些东西是公司送的呢？他就考虑印发公司“红头文件”——致职工家长的信，让他们带回家去。同时，设计给职工父母发“奖金”，每人每月 100 元。不是发给职工，而是直接邮寄给职工父母。朱思宝让公司人事部门调查摸底，了解到全公司职工来自全国二十七八个省区市。为确保每位职工父母每月准时收到公司寄出的奖金，他们选择了遍布全国各乡镇的邮政储蓄作为邮寄渠道。从这些细节上，可看出朱思宝用心之苦、管理之细。

笔者随意采访的航民百泰三位员工：航民百泰技术部助理唐中林、普通女工邓梦玲，还有保安员老谢，也从侧面印证了朱思宝治厂的效果。

与唐中林闲聊是在航民百泰公司小型会议室里。唐中林瘦小个儿，

1982年出生。他蛮喜欢笑，说起话来，带有浓重的蜀地口音。他说他是重庆大足人。大足，你知道吧？就是那个大足石刻的地方。笔者点点头说去过，欣赏过大足石刻，很了不起。这下，他似乎更来了兴趣，说话音调都提高了几分贝。他毕业于重庆一所民政中专学校，原先在深圳百泰公司做车花工，2003年随着师傅和一帮同事来到航民百泰。他说他很爱航民百泰公司，也很爱国，是个愤青，喜欢看历史、军事书和战争片，凡是与国家、民族沾点边的事，他都来劲。认为别人能做的，我们也一定能做好，不能让别人欺负我们。所以，朱思宝总经理提出航民百泰公司要打造民族品牌、做成国内一流饰品企业，他就很有共鸣。以前他主管车花车间，差不多百来号人呢。大概管得不错吧？2014年，领导上又让他负责精品车间，他就发誓一定要把现有产品做精做细，同时开发研制轻型时尚的新产品新工艺。他说他与同事们一起，开发了两款新产品，一款叫“记忆手环”，使产品富有弹性、能自动恢复到原先形状，就像人有记忆一样。一款叫“水立方手镯”。笔者听着新鲜，就问他能否拿两只样品来，让我开开眼界、见识见识。当然行啊，小唐拿起手机，一个电话打出去，不一会，一个比他更年轻的小伙子小跑着送来两对样品。小唐把样品放在桌上，一款一款地向笔者做着介绍。你看，黄金饰品过去有个缺点，就是戴久了容易变形，不美观了。我们现在开发的这款式，不管你戴多久，它都能自动恢复到定型时的形状。说着，他拿起那个“记忆手环”，用手指慢慢把它拉开、拉大，然后放开手指。果真，那手环就像接到指令一样，迅速自动恢复原状。真神奇啊！还有那款“水立方手镯”，多面菱形，在灯光下，璀璨夺目，真是好时尚好漂亮哟。当然，当然了。小唐目光里流露出些许骄傲的神情。眼下，这两款新产品在市场上销售得很火，每月都能卖几十公斤呢。

说到家庭，小伙子又是一脸兴奋。他说，他爱人也是航民百泰公司职工，是与他同一批从深圳过来的，现在做车花工。家里有个六岁的女儿，由小唐妈妈带着。笔者插嘴打趣道：小唐你“以权谋私”“近水楼台”了吧？小唐既没有承认，也没有否认，只是笑笑说，航民百泰公司班组长们大多找的都是本公司女工，大概是“肥水不流外人田”吧，他一家现在已把户口迁到航民村，并在这里买了一套房子，准备在航民村安家落户过日子了。最后，他用十分肯定的语气对笔者说：“航民百泰培养了我，我一定做到航民百泰不要我时为止。这边平台那么好，干不出一点名堂来，有点对不住航民村啊！”

而见到邓梦玲，则完全是个偶然。

2016年3月12日下午，笔者在航民百泰首饰公司办公室主任陪同下，到几个加工车间实地考察金饰品加工过程。

在金饰品加工车间，笔者随机采访了一位正在埋头干活的女工。她叫邓梦玲，今年二十二岁，河南驻马店人。这是一位清秀苗条的女工。她干的活叫“注蜡”，就是用蜡作模具，浇铸金饰品毛坯。只见她一边用娴熟的技艺干着活，一边轻声细语地回答着笔者的提问。偶尔抬起头来，用那双漂亮的凤眼瞟一下我们。从她的回答中笔者得悉，她以前在深圳百泰干过一段时间，后来听她家人说航民百泰公司好，就来这边了。她每天加工3000多件首饰，月收入5000多元。公司免费提供一日三餐，饭菜不错，管够。公司还每年奖励职工父母2000元钱，说是职工父母也很辛苦。这里待遇挺好的，她说。哪方面好呢？哪方面都好。部门领导、同事都很关心，有什么不开心的事跟领导说说，也能帮着解决。她答复着笔者，显得极度满意。问她家庭情况，她有点不好意思地告诉笔者，她结婚了，已有一个四岁小孩，在老家上幼儿园。老公也在这家公司工作，做精品“指磨”。去年，他们还在老家驻马店买了一套130多平方米大房子，首付已付。偶尔，小夫妻也会为归还首付款、付月供等琐事吵吵嘴，但情感上非常恩爱。这时，旁边一位同伴问：邓梦玲，你怎么那么早就结婚生孩子啦？笔者打趣道，漂亮女孩，追的人多，禁不住就结婚了呗。此时，邓梦玲微微抬头，咯咯地笑了，笑得很是甜蜜，又带着这个年龄段女性才会有的羞涩感。真是一张幸福而生动的脸庞，它深深地镌刻在笔者的脑海，成为航民印象之一。

结识保安员老谢，是2016年4月16日晨6点半，在远离航民员工宿舍区的小河边。

那天是周末。笔者按照老习惯，早早起来，一边沿着河岸散步，一边欣赏着航民村晨景。昨夜下过一场不大不小的春雨，早晨放晴了，东边天空薄薄的云层中显现出一抹淡淡的朝霞，给小村涂抹上一层温暖的亮光。空气湿润得很，岸边的杨柳新绿欲滴。

只见三三两两的村民往南风桥头和田园广场走，开始晨练。这时，笔者意外发现一位约莫五十来岁的男子，正在小河边钓鱼。只见他全神贯注，盯着浮标，竿起竿落之间，神定气闲，颇有一种大将风度。笔者的好奇心一下子被引发了，便踱步过去，与他攀谈起来。他见笔者问起钓鱼，只是淡淡一笑："钓着玩玩。"看得出，他每天把钓鱼当作一种休息方式或生活方式，全然不在乎钓多少鱼。从闲聊中知道，他是湖北荆州人，出生在农村。年轻时就出门闯荡了，早年在深圳打过工，那时，深圳还需要边防证哩。但待长了，就觉得深圳物价实在太贵，他消费不起。2001 年，经朋友介绍来到航民村，一待就 15 年过去了。按照航民村的说法已是"新航民人"了，他略显诙谐地说。他自我介绍姓谢，是航民百泰公司的保安，任务就是负责公司职工宿舍区安全，每天上班十多个钟头，每月收入 4000 多元。他爱人也是老家那边来的，因为没有文化，在航民百泰公司做保洁员，每月收入 3000 多元。夫妻俩加起来月收入 7000 多元，不算高，但公司包吃包住，而且伙食还不错，自己不要花一分钱，所以觉得收入也够了。他有一个二十多岁的儿子，年轻，在这里待不住，就外出自己打工去了。这边就他们夫妻俩，现在住着公司免费提供的一大间宿舍。因为不用烧菜做饭，老谢觉得这一大间房子也就行了。当说到公司的两位朱总（指集团老总朱重庆和航民百泰老总朱思宝）时，老谢脸上浮现出一副敬重的神情，连连说："不简单，不简单！"笔者问为什么这么说？老谢答道，能把一个村子搞得那么好，一个企业搞得那么大，那么多外地人来这里打工，真是了不起。

说话间，鱼竿浮标一个劲往下沉，老谢眼明手捷，拉起钓竿，只见一条十来公分长的鲫鱼上钩了。老谢有点洋洋得意地把钓到的鱼放进身边水桶里，转身又上了鱼饵，重新把鱼竿甩向河中。笔者忍不住好奇地问：“这河里钓上来的鱼能吃吗？”因为笔者见河面上浮着些水草树叶。“好吃，比市场上买的一般鲫鱼还好吃，因为这是真正野生的呢。”这时，正在旁边观战的另一位员工插话道。老谢微微点点头，算是认可这位同伴的说法。

过了一会，老谢拿出手机看了看时间，收拾起鱼竿准备回家了。笔者冒昧提出，能不能去他管理的职工宿舍区看一眼。老谢欣然同意。接着，老谢把笔者带到一辆簇新的丰田轿车前，示意笔者上车。天哪，他竟然是开着丰田轿车来钓鱼的？笔者禁不住内心惊叹了一声。不一会，小车就来到宿舍小区，老谢指了指眼前的几幢楼房：“就是这里。过不了多久，我们就要搬到新的职工园区了，那里就更宽敞了。”笔者知道，老谢指的是航民村前不久刚落成的职工居住中心。

外来员工的安居状况，也是笔者采访中关注的焦点之一。

航民是个小村，至今才 322 户、1165 人。企业发展到这等规模，仅靠本村人显然是不够的，必须依靠大量外地人。现在航民村办企业工作的职工人数达到 11500 人，90% 以上人员来自外地。使用外地员工面临的现实问题，就是一个“住”字。中国人生活习惯和心理习惯都是追求安居乐业，先有一个住的地方，然后才会安心工作。朱重庆和航民村懂得这个最基本、最简单，也是最烦难的道理。他们提出，要善待外地员工。让他们吃好住好，才能工作好。懂得职工宁愿工资低一些，也要有地方可住。他们一直来把建设外来员工住房作为筑巢引凤的重要组成部分，舍得出地，舍得花钱。让万余名外来员工安居在航民村，奉献在航民村。

起初，外地员工在航民集团各厂工作，按惯例住集体宿舍，大家也习以为常。但后来外来员工越来越多，集体宿舍住不下，一些外来员工就选择在周边农村租房居住。一租房，问题就来了，不是不方便，就是租费贵，员工们慢慢有点人心浮动，航民集团公司很快意识到这个问题。

2000年，他们选择航民村最好地段，拆除一家织布厂和经营性门面房，在发展资金还比较紧张的情况下，一次性投资3600多万元，兴建外来职工公寓27000平方米，计有124套家庭住宅和300个单间。每个单间18平方米，用来解决刚结婚的青年夫妻和单身老职工。套房住宅90来平方米，两室两厅结构，用来解决企业管理干部和技术人员。即使用今天的眼光看，那种套房也蛮可以的。笔者这次到航民村采访，先后几个月时间，就住在其中的5号楼二单元301室。房间内，生活设施一应俱全，网络电视入户。更值得称道的是，居然一年四季供应热水，这是沾了航民村热电厂供应蒸汽热水的光。回过头去看，航民村当时是下了多大决心哦！

到2015年，航民村外来员工人数更多。集团又决定拿出2亿元，建造新的职工居住中心。这次建设，一次性规划、高起点设计、高标准建设，确保几十年不淘汰。建筑总面积7万平方米，其中地下13000平方米，可解决5000名职工的住宿问题，约占全村外来员工总数的一半。再加上各厂自己兴建的职工住宅，航民村外来员工的住房问题得到妥善解决。

“今后15年，航民村不必再考虑外来员工的住房困难问题了。”朱重庆略显自豪地对笔者这样说。

这是多难的一件事哦！但在航民村却解决得不显山不显水。

4月12日下午3点多，笔者在基建部老赵的陪同下，第一次走进职工居住中心。这是一个偌大的住宅小区，在花园式结构布局中，矗立着9幢大楼，每幢楼高11层，外墙是统一的橘红色小缸砖贴面，显得十分沉稳低调，彰显出航民村风格。据说，土地是航民村的，但按照商品房模式开发。笔者考察那天，居住中心外墙已贴镶完成，正在进行内部粉刷装修，工地上一片繁忙紧张状态。集团要求在6月底前装修完毕，争取8月份搬迁入住。笔者随意走进8号楼，选了几间房子看了看，只见每个小套大概20多平方米，显得比较宽敞明亮，都单独配有卫生间。一问，回答说这是给两位单身职工合住的房间，比较适宜。管理干部和技术骨干，住的是单独小套，材质和风格一样，只是面积上更为宽敞些。一个周末，朱重庆要求集团公司机关全体人员义务劳动，到居住中心植树种草，美化环境。两天劳动下来，汗水入土，绿树碧草，蔚成风景。

等到笔者第七次去航民村采访，航民百泰公司五六百名员工已搬迁入住职工居住中心。入住后情况如何？笔者打定主意，利用晚上时间去串串门，实地看一看。

因是阴天，还不到7点，航民村四周就黑了下来。好在马路宽阔、路灯闪亮，秋风凉爽、桂香浓郁，此时散步，却是极惬意的。走进职工居住中心，夜色中，只见高楼林立、绿树成行。用水泥围成的绿化墩内，开着一串串漂亮的白花，在灯光映照下，摇曳生辉。大概正是上下班交接时间吧，院子内人员进进出出，一辆辆电瓶车、摩托车从笔者身边飞驰而过，卷起一阵阵流动的气浪，裹挟着一种特有的青春气息，漫向笔者。

在小区保安室，笔者又碰上了保安老谢，彼此像老朋友一样打着招呼。老谢脸上绽开着掩饰不住的笑容，用手一指三层一间亮着灯的窗口说，那就是他的新家。老谢说这话时，神情显得很开心。不用说，自然是乔迁给他带来的喜悦哦。笔者说明来意，老谢一迭声地答应，带着笔者敲开一户户新家。

笔者先后走访了三户人家。一户是航民百泰精品车间副组长朱全胜。这是位85后年轻人，江苏宿迁人，爱人也是航民百泰公司的员工，已有一个8岁男孩，住在一起的还有他母亲，帮着照顾小孩。这次，他家分配到两大间一小间，大概有50来平米。笔者环视一下，居家设施齐全。小朱说，这房子比想象得还好，设计采光蛮敞亮，空调器、电视机都是最新品牌的，24小时供应热水，这些都是集团公司出钱安装的，自己只要支付水费电费收视费就行。他感觉蛮好、蛮满意的。

第二户是航民百泰公司车间主管胡利霞。她高挑个儿，穿着一件蛮时尚的黑底白条套裙。新房最显眼处，摆放着她的结婚照。胡利霞是从深圳百泰过来的老员工，一步步做到今天的位置。说起这套新房子，她是合不拢嘴地笑。这里环境不错，空气好，蛮干净，上下有电梯，不用像过去一样爬六楼了。她略显不好意思地告知笔者，她很早就期待搬进新房子了。在小区还没有竣工前，她就与小姐妹们偷偷来看过几次，搬进来住后，感觉超过预期。而且，航民百泰公司规定，凡属分厂车间骨干和夫妻工龄两年以上者，均由公司代缴房租。这样，他们就不用掏一分钱了。您说，天底下还有那么好的公司吗？胡利霞又咯咯咯地笑开了，一脸知足和满意的表情。

推开第三户青年职工管金军的寝室时，这位 28 岁小伙子正坐在床沿边，低头浏览着手机新闻，而与他同寝室的一位小伙子急匆匆地穿好衣服准备去上夜班。管金军戴着一副眼镜，看上去比较内敛、沉稳。见笔者和老谢进门，他略感愕然。待我们说明来意，请他谈谈住新房的感受时，管金军只是微微一笑：蛮好的，真当蛮好的。问他好在什么地方？他随手一指，你看，电视、空调，都是统一安装，网络、热水都有，还有配套的食堂和洗衣房，这对于他们这些单身青年来说，就没有后顾之忧了。他与同事们合住，算是集体宿舍，公司规定不用缴一分钱房租。这多好呀！问他还有什么不满意的，他摇摇头，没有了！

航民村以“五湖四海”的胸襟，吸纳大川溪流，延揽人才精英，引进大专以上人员 500 多名，利用网络学院培养大专生 695 名，形成了一个适应航民事业发展需要，由基础型人才、实用型人才、创新型人才、复合型人才四个层面构成的人才方阵，探索出一套具有航民村特色的人才引进模式、培养模式、使用模式、管理模式、激励模式。新一代航民人在茁壮成长。

请允许笔者从大量采访座谈的对象中，选择两位稍具典型性的人物，对他们作一些粗线条的勾勒，从一个侧面去解剖一下航民村巨变后面的人才因素。

李学刚，航民科技中心常务副主任。他告诉笔者，1976 年生，今年刚好 40 岁。四川双流县人，老家就在双流机场边上。出生在农村，从小没有出过远门，连双流县城也没有去过。但学习成绩一直不错，结果，竟然考上了中国纺织业第一名校——中国纺织大学，学习染整专业。“说来也好笑。”李学刚是个爱笑的小伙子，回忆到这里，他自己先笑了起来。“坐火车到了上海，连怎么坐出租车也不知道，觉得好害怕，怕身上的行李被人家拉走了。现在想想多可笑呀！那一套破行李能值几个钱？也许送给上海出租车师傅，人家也不见得会要呢。总之，好不容易，磕磕碰碰地走到中国纺织大学门口。”他站在校门口，东张西望，觉得校园怎么那么大，楼房怎么那么高呀？他有点害怕，不敢进去，一直在校门口徘徊。后来，还是学兄学姐们带着他这个新生，报到，办手续，送到寝室。

看着眼前这位戴着眼镜，镜片后闪烁着一双明亮、聪慧眼睛，显得清秀而精干的青年才俊，怎么能相信上大学之日的李学刚居然是那样的呢？“那时的李学刚那么纯洁腼腆呀？”笔者打趣道。

李学刚莞尔一笑：“可不是吗！”但一进入课堂，李学刚马上显示出与众不同的实力和潜质，他的学习成绩在全班是冒尖的，而且，他还喜欢踢足球，担任前锋，速度极快，每每为所在球队争光，在绿茵场上赢得了许多女生追踪的目光。那真是一段美好的大学时光哦！

2000年，李学刚大学毕业，面临工作选择。恰在此前，中国纺织大学改名为上海东华大学，随之而来的另一个消息更让李学刚心神不定：上海几乎所有的印染厂都关停了。换句话说，李学刚学的专业麻烦了，要么到外地就业，要么改行转业。那时，东华大学正在与航民村筹建校企合作的纺织科技中心，中心筹建主任就是李学刚的导师，是上海人。航民村派人来游说。李学刚至今记得清清楚楚，来人是集团公司副总高天相。高副总蛮会说话和鼓动的，娓娓动听地介绍了航民集团前景、现有印染行业状况，还有许多叫得出名和叫不出名的先进设备、新的工艺，亟需青年大学生去掌握，去创造。航民村印染是龙头，有的是舞台，缺的是人才。一番话，竟把李学刚和几个同学给说动了。老师们也认为航民村印染产业很有前途，既然上海没有所学专业的用处了，就去航民村试试看吧。

那天，他们几个在老师带领下，前来航民村。那时交通条件远不如现在。相对于大都市上海，航民村自然显得有点偏僻，路况也不好，公交大巴走得摇摇晃晃，路上还随时下客上客，尚未到航民村，大家就“晕”了。来到航民村后，发现科技中心还是一张设计蓝图，有的同学就感觉受不了。其中有位女同学，第二天一大清早起来，连招呼也没打就溜之大吉了。

李学刚没有走，他留下来了，一留就是16年，而且，现在更没有走的念头了。问他当时为什么能留下来，李学刚略一沉思说，主要看到航民村印染厂那些新设备新机器，感到很惊奇：一个村居然能买这些设备和机器，比他们教科书上学到的还要先进啊！看来，这个地方是可以干一番事业的。既然可以干事业，男子汉四海为家，何必一定要在大城市呢？李学刚自己想通了，还动员鼓励几位同学一起留了下来。

从2002年开始，李学刚与同事们开始筹建航民村印染检测中心。集团公司先后拿出3000万元，筹建国内一流的科技中心和检测机构，他们与中国实验检测室合作，高起点、高标准、全套化。李学刚自己跑码头，选择采购最好的检测设备。2002年年底，全套设备到位，接着进行安装、调试、改进。同时，通过老师介绍，到上海实验室培训中心找材料。并在老师指导下，按照国际标准ISO17025，自己动手编写航民印染检测中心管理体系，到2003年年底全部完成。然后，李学刚请来国家实验室论证委员会专家们，请他们帮助把关验收。专家们一看航民印染检测中心摆放的仪器设备，一听李学刚介绍汇报的检测中心情况，都惊讶得合不拢嘴。这怎么可能呀？一个村、一家企业，居然能做全套检测，设备仪器那么齐全?！譬如这套主要设备吧，全国只有两台，一台居然在一个村办企业里？啧啧啧，太不可思议了！专家们给予航民印染检测中心很高的评价，验收自然也就顺利过关。

自那以后，航民印染检测中心开始运转，李学刚带着12个人的小团队一路走来。检测中心一边为航民印染企业作检测，偶尔也接受外地印染企业的检测委托，赚点小钱；一边为航民印染企业培训技术骨干，建立厂级检测实验室，在全国渐渐有了点小名气。航民检测中心的检测标准都是最新版的，与国家标准保持着同步。李学刚他们经常参加国家组织的检测比较，偶尔也会有国际顶尖检测机构专家参与“能力验证”，他们从未出现过哪怕一次不合格的情况。这就表明李学刚他们始终掌控着印染检测的制高点，牢牢占据着国内印染行业的最前沿。仪器设备也经常更新换代，在这方面，航民集团和朱总舍得投入。凡是李学刚写的申请更换仪器设备的报告，不管多少钱，朱总从来不打磕巴，照批不误。这一点，有时弄得李学刚自己也感觉不好意思：花那么多钱，朱总不心疼吗？自己提出来值吗？

问到李学刚为什么留那么久不离开航民村，李学刚回答得很干脆：“两个原因吧。一是航民集团很有优势。特别是混纺印染，在全国处于领先地位，有事好做。”谈起印染专业，李学刚眼睛闪着亮光，侃侃而论、滔滔不绝，他显然已成为业内专家。“第二嘛，朱总特别好。”怎么个好法呢？李学刚说不完。他说，朱总特别重视科技中心这块工作，有事可以直接找朱总谈，朱总会耐心地听你说完，然后与你一起分析，帮着你拿主意。当然，朱总对人也很关心。李学刚在航民村有了一套 80 多平米的公寓，爱人也在科技中心工作。有一次他小孩生病，朱总非常重视，安排到上海治病，吃住在公司驻沪办事处，全部免费，李学刚很是感动。“航民企业文化蛮好。这不是我一个人的感受，而是科技中心大多数人的看法。”李学刚特意强调了这个“大多数人”，笔者从科技中心其他员工的言行和神态上，印证了李学刚的这一说法。

党办主任王丽，则是另一种典型，走的是另一条成长之路。这位当年从湖北荆州走出来的姑娘，现在早已是一位小学生的妈妈。她生得高个方脸、浓眉大眼、秀发披肩，待人处事干练利落、落落大方。

因朱重庆指定王丽负责笔者采访期间的联络工作，所以，平时与王丽接触和联系相对就多一些。笔者发觉她工作蛮认真、蛮细致的，总是事先帮助联系好采访对象，然后很仔细地告诉笔者怎么找、怎么走、谁来接送等等。偶尔没事时，她也会陪着笔者去采访对象处。到了现场，把笔者介绍给对方，然后，她找好一个位子坐下来，静静地听着。在返回途中，笔者会随意问一些事，王丽总是作些简短回复，似乎并不愿意多谈自己。

真正坐下来采访王丽，是在笔者即将结束第四次采访时。

“谈谈你吧！”因为彼此已较为熟悉，采访就开门见山、直奔主题。

“其实挺平淡，没有什么好说的。”王丽说的是一口比较标准的普通话。

笔者说：“就把你这些平淡的事说一说，我就想从你的经历中看看外地年轻人到航民村之后是怎么安心、扎根、生长的。”

“那好吧！”王丽开始了她的叙述。

她老家荆州洪湖在长江边上，就像歌词唱的那样：“一条大河波浪宽，风吹稻花香两岸”，靠山吃山、靠水吃水，荆州也算得上是鱼米之乡，她从小生活就蛮安定、蛮安逸的。高中毕业，她顺利考上了武汉理工大学外贸英语专业。大学期间，她读书、恋爱两不误，毕业时，成绩及格了，男朋友也牵手了。但她就是不愿意留在武汉，想到外地闯荡闯荡，她自信找份工作不难，难的是找到一份称心如意的工作。直到快毕业时，她才一上广东，二下浙江，开始寻觅工作岗位。她精心准备了一份个人简历，还有一份手写的自荐信。王丽有点自得地说，她有这个本事，能把自己的简历写得漂漂亮亮，把自荐信写得诚诚恳恳，让人看了能记住，并留下深刻印象。2002 年，这边萧山组团到武汉有关大专院校招聘大学生，其中就有万向、传化、航民等。在招聘现场，与航民村合作的东华大学几位教授也去了，为航民村讲了许多好话，把他们这些年轻人说动心了。他们选择的天平开始向航民村倾斜，觉得一个村搞成这样不容易，都愿意来实地看一看，再作定论。

2002 年 6 月，航民村通知她和同届的 7 个人一起来面试。他们坐上火车来到杭州，误打误撞地跑到心仪已久的西湖，好好看了个够，然后再坐上 315 路公交车，沿着虎跑一带转了遍，感觉杭州好美，西湖好美，真让人喜欢。然后，就坐车到了萧山，已感觉到从大城市来到县城了。接着，转乘中巴招手车往瓜沥镇方向开。只见沿途风景越来越差，路上行人也很少，越来越像农村。哎哟，怎么这样？车上的同学当时就喊出声来，大家心里也感觉拔凉拔凉的。

不过，下车后，心情开始转暖。东华大学许老师陪同他们参观村容村貌，看到航民村民几乎家家都住着别墅洋楼，心里蛮羡慕的。晚上安排住进航民村招待所，看到设备齐全、服务周到，还给他们这些人报销来回路费。大伙儿感觉挺奇怪的：找工作是我们自己的事，一般都是自费的，这个村怎么那么好？看来，自有过人之处啊！第二天，朱总和高总安排面试。说是面试，其实蛮简单的，就问他们为什么愿意来航民村？大家都是大学刚毕业，也没有多少实践经验，只能大而化之、泛泛而论。7 个人面试，不到半个小时就结束。面试虽然简单，但朱总却给大家留下极其深刻印象：这位老总与别的老总完全不一样啊，总是笑眯眯的，整个过程都是带着笑问话、答话。朱总的笑容让这些新毕业的大学生们心里非常放松、非常温暖。当天，集团公司就通知他们：同意录取他们，欢迎来航民村工作！这一下，同伴们都高兴坏了！

报到后，王丽被分配在集团公司接待办公室工作。这个工作地球人都知道是干嘛的，整天送往迎来，倒茶送水。一段时间下来，她感到枯燥、厌烦，开始有点不安心了。她提出想专业对口，去航民集团进出口部工作，但集团公司没有同意，她也只得作罢。2004 年，萧山有一家大企业向社会公开招聘一位办公室副主任，她看到招聘启事后，有点动心了。她谁也没有告诉，偷偷跑着去应聘，居然还通过了面试，人家认为她非常合适，同意录取她。当她真的准备离开航民村时，她又有点舍不得了。她想到了航民村对她的好，想到朱总爱人主动借钱给她，帮她还清了学校的助学贷款。又想到自己即将结婚生子，到新单位会让人家为难。这样一想，就咬牙放弃了。她终于想通了一个道理：关键还是要在现有岗位上干出成绩来，否则，老是换单位，未必会如意。

想通之后，她就沉下心来，开始埋头工作。不久，她入了党，担任了集团公司团委副书记，想方设法开展团的特色活动，凭自己的工作、能力、人品赢得了大家赞誉。2011 年 5 月，她被任命为党办副主任，到 2014 年 3 月，升任主任。她把党办工作安排得井井有条，然后，腾出精力来，加强办公室工作正规化建设。笔者有意向王丽要过一批文件档案，看到航民集团党办文件的格式规范、文字标点、印制质量并不亚于中国作协办公厅的水平。笔者几次向王丽提及此事，她说，她是借鉴中组部、浙江省委办公厅、萧山区委的文件范本印制的。哦，怪不得，她的标尺高着呢，所谓取法乎上得其中，也就高人一筹了！

在航民村采访，笔者最关注的还是人才问题，也与朱重庆多次讨论过这个问题。虽然，航民村对朱重庆的用人之道也不是百分百唱赞歌，但客观而言，绝大多数人都为他的思想境界、人格魅力和人性关怀所折服。航民村，并不具备现代化都市生活环境和民营企业般高薪高酬体制，那么，靠什么留人？朱重庆主要还是靠知人善任、真诚待人、人情温暖。前文多次提及过的徐万君，笔者曾问他为何如此拼命卖力，他说，他与朱重庆已有三十多年交往，他欠着朱总一个大大的人情。他原先在瓜沥镇自来水公司工作，航民村开始办厂时，朱重庆经常来找他帮助解决有关水处理方面的一些事，后来，他就听了朱重庆建议，到航民村来工作。自到航民村工作起，每年年三十夜，朱重庆最后看的一个人必定是他。年年如此，从无遗漏。为避免遗忘，朱重庆在自己办公桌台历上，一直压着徐万君的名字。每当年三十夜将离开办公室时，朱重庆就会打电话，让徐万君到他办公室去，除问问一般情况外，总是送他一些过年礼物。唯有一年三十夜，朱重庆可能真忙过头忘记了，但正月初一一大早就打电话找徐万君。因此，徐万君很感佩朱重庆，平时总想着多干一些工作。在他看来，他多干一些，朱重庆似乎就可少干一些。徐万君认为，朱重庆对他的关心照顾已超出一个领导对属下的关系，他对朱重庆的负责也已超过了一个下属对领导的职责。他们是因为航民村的事业才走到一起，才变成这样的。有一次，笔者偶然向朱重庆提及徐万君的发明创造和个别人对他的议论，朱重庆只说了一句话：“徐万君是个绝对可靠的人！”在待人律己标尺极为严苛的朱重庆这里，“绝对可靠”是个极高的评价呀！士为知己者死，女为悦己者容。徐万君，你听到了吗？

几个月中，笔者与航民村企业家、高层管理者和普通员工接触交谈，深有感触感悟。在一些研究者眼里，会比较在意这几十年来乡镇企业或曰农村经济物质层面的东西，譬如，经济体数量、经济总量、产品种类、城镇化率、农民收入、人均居住面积等等。其实，在笔者看来，这几十年来农村变化最大的是农民兄弟。用日常眼光看这种变化，它是渐进式的、潜移默化的；用阶段性眼光看这种变化，它又是更新换代式的、历史性的。如果将现在的农民与三十几年前的农民作个对比，你会发现，农民兄弟的思想理念、视野胸襟、独立自主意识、文化认知水平、精神心理自信、法律观念等等，与往昔真的不可同日而语。从中，涌现出了与国际顶尖企业家相比毫不逊色的农民企业家阶层，培养出成千上万称职合格的农村职工和农业职工，由此产生了中华民族有史以来最为深刻的精神思想嬗变，实现了效果最为显著的民族整体素质的提升。这可算作中国改革开放特别巨大的成果，而且将对中华民族今后发展繁荣产生长远而有决定意义的影响！

目标：国际品质的新式村庄

笔者讲述航民村庄建设的故事，不能不先提到28年前的一则旧事。

那一年，经浙江团省委推荐，朱重庆参加了全国青联组织的中国青年考察团，赴日本进行为期一个月考察，那次考察团团长正是现任总理李克强同志。因为考察团人数较多，有一百来号人，需分成若干个分团，朱重庆毫无疑问地被编在农业分团。朱重庆记得农业分团人数最多，共有24人。那是朱重庆第一次跨出国门，第一次实地考察发达国家的农业。朱重庆和考察团成员先到东京，然后坐新干线到广岛、富士山、九州、德岛等地。他在德岛看到，日本农业非常精细化，地上搞得很干净，蔬菜棚可以拉动，上下升降，既简单，又经济。田间都是柏油马路，可以开车进出。山坡上种着柑橘，上山下山都是小货车运输，十分方便。这些情景，在当下中国农村已不稀罕，但在当时，国内哪有那样搞农业的呀？套用现在一句网络语言，这次恶补，真使朱重庆脑洞大开。记得当年邓小平同志在日本坐了新干线，说了一句意味深长的话："我知道什么叫现代化了。"当年的朱重庆也有类似邓小平同志的那种感慨：终于知道什么叫农村农业现代化了！

从此以后，朱重庆就有了一个梦：建设一个类似日本的、具有国际品质和现代风格的村庄。

当时，这仅仅是朱重庆一个人的梦想。航民村刚刚起步，一年仅有几百万元利润。经济基础决定上层建筑，也决定梦想高度。经济实力还不足以让航民人展开梦想的翅膀。

航民村酝酿建设新农村，是从1985年开始的。那时新农村样板还不多见，朱重庆带着大家去看过江苏华西村和绍兴上旺村，然后结合航民实际，着手改变航民村脏乱差状况，整修河道，修筑河磡。真正起步是在1989年航民实业公司成立之后，第二年，航民村成为浙江第一个亿元村。

村庄虽小，但规划建设一定要高起点、高标准。朱重庆提出了"山水田林路统一规划、政经文商旅有序建设"的目标，他们自己畅想设计，也邀请有关专家帮助完善，请萧山市城镇测绘局测绘编制新农村建设规划，请杭州市园文局帮助设计航民村绿化亮化图案。作为一个小村，一开始就有规划意识，避免了许多地方出现过的拆拆建建、修修补补现象，不能不说朱重庆提出的目标是有远见的，分管此项工作的朱德水、朱校相诸人也尽了最大努力。

航民村新农村建设是从拆除老屋、翻建新楼开始的。凡属公共设施部分如村际屋际道路、园林绿化、自来水管道、公共区域照明、全村排污管网等，由村里统一规划，组织施工。农户拆除老屋，由村里统一发

外来员工居住中心

幼儿园

给补贴、统一规划审批、统一高度宽度尺寸、统一放样打桩，农户自己施工建设。这办法开始很受欢迎，实施了几年，也见到成效，一幢幢崭新的农舍出现在航民村。到本世纪初，矛盾开始凸显，村民之间为新房位置发生争执。他们找村里，也找朱重庆，各说各的困难，各有各的理由，都想争取靠河边的、向阳的房址。朱重庆和村委会成员一家一家做工作，说得口干舌燥。虽然朱重庆威信高，最终也能拍板下来，村民也感到找到朱重庆就是找到最后拍板者了，但朱重庆感到这样做既累，又得罪人。他觉得应该另想办法。什么办法呢？他与村委们和村民们商量，有村民向他建议，应当以质论价、优质优价。如果大家都抢着要，怎么办？抓阄呀！抽签呀！农村流行这个，农民也服这个！你运气好不好、手气顺不顺，全由你自己决定，怨不得谁！哦，这办法不错哩！党委会和村委会同志都觉得这办法可行，不妨一试。于是，就试开了！第一批建设 46 幢别墅，由航民村委托设计单位统一设计、由集体统一组织施工，平均造价 28 万元。测算下来，朝东第一幢别墅定价 37 万元，朝东第二幢别墅 36 万元，以此类推，最后靠西一幢别墅 17 万元。朝东第一幢，虽然价格贵些，但地理位置实在好，傍着村河，垂着烟柳，有几户村民抢着要。那就抓阄呗，结果一户抽中，另外几户人家也没啥意见。因为规则是既定的，也是公平的，没有抓到的，只能承认是自己手气不好。据说，自这个办法推行以后，航民村新楼建设和出售过程风平浪静，再也没有什么尖锐矛盾出现。全村没有一户多宅情况，也没有豪门大宅现象。

在新村建设全面展开的同时，航民村把集体投资建设的重点放到了文化、教育和旅游设施上。1992 年 11 月，投资 130 万元，航民商业街形成雏形。1993 年 12 月，投资 3600 多万元的三星级航民宾馆建成并顺利开业。1996 年 7 月，投资 2000 多万元，建成航民村文化中心。同年 12 月，又投资 400 多万元，新建航民村幼儿园。2013 年，航民村投资 600 多万元，开辟“田园广场”。2014 年，又投资 900 多万元，兴建“山前广场”。

这样的罗列介绍未免比较抽象和枯燥，还是让笔者从中选择一些典型场景，作一番具体介绍和描绘吧！

先从较早的航民宾馆说起。

航民村原有一家商场招待所，随着航民村办企业生意越做越大，已严重不适应。朱重庆提出航民村应该建设一家星级宾馆。

这个设想提出时，有赞成的，也有不同看法的。有人说，航民是农村，来航民打工的也是农民，进进出出的都是农民。农民嘛，言下之意就那么回事，素质低，不习惯，以后宾馆怎么管？还有人翻出老皇历来，说现在航民招待所，比当年上海滩的“四海浴室”不知好到哪里去了，招待招待客商已足够了。但朱重庆用他的思考和“理论”说服大家：航民招待所现有条件当然比当年上海的一般旅馆要好，但这是一种纵向比较。时代在发展，我们航民更要学会横向比较，不能动不动就“比比旧社会”。他形象地打了个比方：就像一个中学生，懂得的知识当然比小学生要多，但他的学习成绩始终是3分，你说做父母的能满意吗？宾馆是旅游和餐饮的结合，需要高素质员工，但高素质员工是靠严格要求培养出来的。农村有句土话，叫做“船到桥头自然直”。为什么呢？就是因为桥洞就那么大，而且固定在那里，撑船的人想通过桥洞，就得考虑它的空间位置，时间长了，撑船的人自然而然养成了习惯。从培养提高人的素质看，一个村建一家宾馆，比建一个工厂要好得多，也可以让村民们开开洋荤，提升提升档次。

道理说通了，航民人说干就干。当时国家严格控制建设楼堂管所，如果报建宾馆肯定不能批准。怎么办呢？当地计经委有人帮着出主意，既然你们航民村是接待外面客商的，干脆就叫接待站好了。于是，航民村就用“航民接待站”的名义报批，终于获准。

宾馆建起来后，来往宾客自然是方便了许多，但一些预料到和未曾预料到的问题也接踵而至。2016年5月7日，笔者与航民宾馆现任总经理、当年宾馆餐饮部筹建负责人李乐英女士作了一次长谈，了解彼时情景。这位19岁就当上村妇女主任、后来慕名来到航民宾馆工作的女强人，回忆起当时情景，话匣子就打开了。农村人祖祖辈辈哪见过这样高档的宾馆呀？航民宾馆一开业，可真够热闹的。除了宾客外，村里那些老太太、老公公，认为这个航民宾馆是村里开的，就跟自己家差不多，于是带上孙儿孙女，跑到宾馆来看新鲜。有的在大堂一坐就是半天，说是享受享受共产党的福。有些小孩爱玩电梯，整天上上下下，大呼小叫。一些私车司机，赤着膊，穿着短裤，跑到宾馆享受中央空调的“凉快”。还有一些小流氓跑到宾馆来捣乱滋事，当时宾馆负责人被迫请这些人吃饭。李乐英说，虽然烦这些，但想一想也能理解。他们就有针对性做起工作，在大堂间专门开辟一个角落，打开空调，放着电视，泡上热茶，供村里人休息聊天。同时告诉他们，宾馆在做生意，希望不要影响到客人。慢慢地，村里人开始“识相”了，宾馆经营环境日渐趋好。

李乐英是从2001年下半年开始当总经理的，一路走来，酸甜苦辣自不必说。这个行业比较难搞，李乐英带着十来个管理人员，一天到晚往外面跑，找旅游公司，想方设法引导市场，扩大客源。他们把餐饮当作开发重点，研究客户口味，品尝其他酒店的风味，学回来后推出新品，使餐饮收入占到宾馆总营收的六成。现在，航民宾馆已升格为四星级，形成了自己固定客户群，算是在宾馆餐饮行业站稳了脚跟，已不惧同行竞争了！说起这些，这位女经理脸上露出笑容，显得信心十足。

再让我们到航民村文化中心去溜达溜达吧！

航民村文化中心坐落在村东边，位置和建筑都比较醒目。笔者住在村里，每天早晨和傍晚散步，都要经过这个文化中心。文化中心设有影剧院、游泳馆、图书阅览室、歌舞厅、棋牌室等。据说，没有建文化中心之前，这一片都是破旧农舍，其间还有一座“朱家庵”。影剧院院址土地原本不是航民村的，是航民村为这个文化中心显得方方正正，特意向毗邻的明朗村征用的，代价是把这块地上的9户农民划归航民村，让他们成为航民人。

笔者为了解航民村文化中心日常活动情况，特意采访了文化中心主任沈忠校。沈主任给笔者详细介绍了文化中心的活动情况。文化中心影剧院每周三次放映电影，什么人都可以观看，全部免费。他们配备了最先进的高清数字电影放映机，还有专职放映员。周日晚上一般安排演出彩排，每月月底均有演出。航民村和瓜沥镇上有个业余演出团体，表演的大多是戏曲，航民村免费提供场地灯光，上级有关部门还给予适当补贴。游泳馆每年热天开放三个月，人还比较多。体育馆是各种球类活动。舞厅主要是跳交谊舞。图书馆又挂名“农家书屋”，与萧山区图书馆联网实行“一卡通”。沈主任坦率地说，文化中心刚开办时，每晚来的人特别多，现在因为手机电脑普及，人们玩的花样多了，来文化中心的人相对就少些。但文化中心还是受到村民和外来务工人员的欢迎，因为有些活动，是电脑手机取代不了的。譬如呢？笔者问他。譬如，沈主任后来极其兴奋地谈到了2015年春节，航民村文化中心承担浙江省农村“我们的村晚”主会场演出活动。这次活动是省里主办的，省委宣传部、省广电厅领导带队考察了全省不知多少个文化礼堂，他们最终选择了航民村，他们认定，航民村文化礼堂是全省村级文化礼堂中最好的。说到这里，沈主任显得很自豪，也有点激动。

情景再现：

2015年2月12日，腊月二十四日。春节临近，年味已十分浓郁。入夜，朗月星空，万家灯火。航民村文化礼堂披红挂彩、热闹异常。浙江省“我们的村晚”走进航民村文化礼堂。航民村文化礼堂作为全省演出主会场，由浙江卫视向全省直播。前来现场观摩的省委领导，恰巧都担任过团省委领导工作，与朱重庆是老熟人。他们握着朱重庆的手，回忆着那些难以忘怀的青春往事，气氛自然而轻松。此时，航民村文化中心显得“小”了，哪里能容纳得下那么多人，那么多喜庆气氛呀？不是座无虚席，而是座位显然不够，许多人只好站在过道上，甚至是场外。

“我们的村晚”节目都由农民自编自导自演，原汁原味、土生土长，讲述的是发生在农民群众身边的故事，表演的是农村新貌、农民风采。在欢快的旋律中，一群打扮俏皮可爱的农村萌娃首先登台，拉开了“我们的村晚”的帷幕。名歌串烧、越剧联唱、畲族歌舞、情景舞蹈等轮番上演，赢得了场内场外村民的喝彩声和鼓掌声。由航民村为主体、由瓜沥镇其他村参与表演的花边时装秀一上场，全场观众眼睛为之一亮。萧山花边是民间艺术的瑰宝，一针一线闪耀着劳动人民智慧的光芒。这个花边舞蹈打破传统单一元素，融入现代时尚感，成为“我们的村晚”中一道亮丽的风景。

这是一台别样的“村晚”，让航民文化礼堂走向全省，甚至是观看浙江卫视的世界各国，也让文化中心沈主任一直兴奋激动到如今。

而给笔者留下深刻印象的，则是文化中心另外一场例行的演出。

那是笔者第三次赴航民村采访期间。4 月 30 日傍晚，笔者晚饭后散步返回时，路过小河横桥，偶然看到桥栏边摆放着一块黑板，上面写着《演出通知》：今晚 7:30，村文化礼堂有演出，欢迎观看。

这世界上还有这样的《演出通知》？笔者一下子来了兴致，看看时间刚好，便顺着村间马路，向文化礼堂踱将过去。

夜幕降临航民村，树影逐渐模糊起来，春风习习，温暖宜人。走近文化礼堂，只见灯火通明，礼堂正中电子屏幕上反复播放着演出预告。此时，村民们大概都已吃完晚饭，陆续向文化礼堂走来。也许演出的是越剧节目，因此，观众以中老年居多，有老夫妻拉着手的，有媳妇搀扶着婆婆的，还有老人头顶着小孩，大摇大摆进来的。不一会，一个千把人的文化会堂，大概坐上了三分之二的人。

进得文化会堂，笔者随便找个位子坐下。一问就知，在场观众并非完全是航民村人，或者更准确地说，多数不是航民村人。与笔者挨着坐的一位老伯就是邻村村民，坐在笔者前排的是在瓜沥镇上搞建筑施工的一位外地民工。他们似乎都晓得航民村每月底有演出，约上几个同伴就赶来看戏了。

趁演出前空隙，人们相互打着招呼，问候着、寒暄着，家长里短、柴米油盐，很是亲和。坐在笔者身边这位老者，满头白发，但精神颇佳、谈兴甚浓。一坐下，他就以内行的口吻给笔者做着“普及”工作。他说，航民村每月肯定有演出，碰到节日，还连演两场，昨夜已演出一场，今天一场加演，是庆祝节日。说到此处，他用手指指舞台正中的电子背板。

笔者抬头一看，果真映出一行字来：庆“五一”越剧文艺晚会。咦，奇怪！笔者住在航民村竟然不知，而这位邻村老伯却知道得一清二楚。老伯见笔者有所疑惑，便笑笑解释道，他是每场必到，一场不落，算是一个骨灰级戏迷咯！笔者略带疑惑地问道：“航民村演出，外地人可以看吗？”老伯不无幽默地回应道：“可以呀！就是北京人、美国人都可以看的！”笔者自忖：对呀！还真给他说中啦！自己这位“北京人”，不是也不用买票就入场了吗？笔者问老伯，他们村有没有文化礼堂的演出？老伯回答说没有。问为啥没有？因为经济实力不行，干部也不行呀！在外村人看来，航民村也不是一点问题没有，但总体上蛮好。经济实力强，老百姓富裕，过着幸福生活。现在，航民村打出中国航民的牌子，没有实力怎么可能？说到这里，老伯露出一副羡慕神情。

规定时间已到，台上的锣鼓、乐器还在铿铿锵锵、咿咿呀呀地调试。台下有位老年观众大概忍不住了，朗声喊了一句：“怎么还不开场呀？”他的喊声引得半场人笑起来。又过了一会，演出才正式开始，女主持人娉娉婷婷走上前台。咦，这主持人怎么那么眼熟呀？想了想，才记起这不就是下午采访过的航民幼儿园园长洪见方吗？对，就是她！虽不是专业主持人，但洪见方台风落落大方，预报节目也字正腔圆，赢得台下观众一阵掌声。

第一个节目是折子戏越剧《打金枝》选段“闯宫”。这一段剧情大多数人耳熟能详：因唐朝公主没给郭子仪祝寿，郭子仪之子、当朝驸马对公主兴师问罪，夫妻二人为君臣、父子礼节而争吵，最后到唐皇面前评理。台上郭驸马朝服鲜艳、器宇轩昂，唐公主金环翠袖、珠光宝气。两人有板有眼、有韵有味地对唱着，嗓音不错，音响效果也不错，竟能穿透出文化礼堂。台下的人一边观看，一边跟唱，一边议论。坐在笔者身边的这位老伯，对剧情显然已烂熟于心，合着越剧的节拍，抖着脚，一副悠然自得的陶醉状。一会，像忽然记起什么似的，喜滋滋地告诉笔者，那位扮演小生郭驸马的女子，就是航民村人，四里八乡就她一个人唱得最好。

演出在继续。越剧《祥林嫂》选段、越剧《碧玉簪》选段、越剧《玉堂春》选段……几乎都是名剧名曲。台上演员认真，台下观众入迷，气氛渐入佳境。但即使在此刻，也有大人进进出出，小孩活蹦乱跳。这情景使笔者强烈感受到，今天农村文艺演出，虽然场地搬进了正规影剧院，但观看形式和管理方式仍然像当年农村晒谷场放映露天电影一样，村民们要的就是这么一种热烈、一种天然、一种自由、一种氛围……

令航民人感到些许骄傲和自豪的，要数村里的田园广场。

航民村田园广场名气蛮大，已成为航民村一张亮丽名片。不要说是周边邻村，就连杭州市区也有不少游客慕名而来。

说起这个田园广场的缘由，有几个不同版本。笔者为此采访过策划者朱重庆、实施者陈国庆，了解到较为确切的决策实施过程。得悉这个田园广场背后，还有一段曲折经历、一个“斗智斗勇”的有趣故事呢。

事情的起因是城里的“广场舞”之风刮到了瓜沥镇和航民村，一些航民人和刚退休的企业员工十分喜欢这种健身舞蹈，晚饭后没事，就在村头树下或马路上“蹦嚓嚓”起来。但村边路角，场地毕竟有限，结果弄得到处都是跳舞人群。有些不喜欢跳舞的村民又觉得这是噪音，便向村里反映。怎么解决这个问题呢？朱重庆想到了村中心这块“闲置”的土地。这块地是航民村特意留下来的，要不是特意，航民村那么多工厂项目，有八块十块地也早已用完了。但凡有高级领导来，朱重庆总忘不了介绍这块土地，称它为“都市中的田野”。领导同志或建议或赞同要保留这块地，再不要建工厂、盖楼房了。工厂是肯定不建，楼房也肯定不盖了，但怎么用好它，让它发挥特别的作用，也的确是朱重庆的一块心病。有段时间，瓜沥镇政府看上了这块黄金宝地，设想在此盖镇政府办公楼。对于自己的“顶头上司”，航民人不太好明确拒绝，他们请求镇里，最好别在这地上盖办公楼；如果真的要盖，航民村也只能给三分之一的地。然后，又告诉镇里，某某领导怎么指示，某某领导怎么要求。那可都是“国”字号大领导呀，航民村得顾大局、识抬举，不能不听招呼吧？就这样，航民人明里暗里、软磨硬泡，学着打太极拳。过了一段时间，也许是镇里认为航民人说得有道理，也许是觉得用这块三分之一土地盖镇政府办公大楼太小了，最终决定放弃。镇政府在放弃这个方案同时，顺手帮航民村协调成一件好事：让航民村用另外一块土地，调换了原征用遗留的一块旧厂用地。这样，航民村不但没亏损一寸土地，反而“赚”了个方方正正呢。

朱重庆此时有了主意：用这块土地修建一个农村田园广场。这样做，可以一举数得：解决了跳广场舞难题，永久性保留了这块耕地，使村里厂里孩子们看得到水稻、油菜，听得见田鸡叫、蛐蛐声。朱重庆在党委会上一说，大家都极赞同。然后，就七嘴八舌地议论起中心广场的方案来，有说飞鸟展翅型的，有说长廊回环型的，也有说用有机玻璃太阳罩的，反正，五花八门，什么都有。最后，大家选定了“大凉伞型”，一来造价低，二来稳固安全，三来朴实无华，像航民村，也像朱重庆。得，方案就这么敲定了！

一个小工程，施工自然不成问题，交给村委会组织实施，半年多时间就完工。一座既显朴实、又具备想象力的“田园广场”出现在航民人和世人面前。

笔者选了一个春日上午，与田园广场来了一次亲密接触。

在四周密密麻麻高楼别墅围挡中，占地五十余亩的田园广场，就像一位披着薄纱出浴的仙女，超凡脱俗，显得与众不同。正是阳春三月，一垄垄油菜，挺着一杆杆淡绿色菜梗，顶上开出一蓬蓬散金般菜花。花丛中，蝴蝶翩翩，蜜蜂嗡嗡，忙得不亦乐乎，它们似乎也诧异在这水泥钢筋堆中怎么会有这么一个乐园？置身油菜花丛中，恍若欣赏那些充满幻想色彩的印象派油画，会产生一种梦境般的不真实感。东风吹过，一阵阵沁人心脾的芳香袭向游人，使人陶醉。田园中心，是一座“大凉伞”型八角圆心亭，八根钢柱擎顶，托住高大亭盖，下面花岗岩铺地，光可鉴人。从“大凉伞”圆心延伸出十字通道，穿过油菜垄，与周边道路相接。因为不是节假日，人们都在上班工作，所以广场内外，只有三三两两的老人带着小孩在游玩休闲。但老人们脸上洋溢着那种清闲和惬意，小孩子指指点点油菜花时那种惊喜和欢闹，还是使人直觉到这个田园广场给他们带来的乐趣和意义。

笔者信步踱进八角亭内，被田园广场四周油菜花美景所吸引，一时流连忘返。回忆起在人民公社化时期，油菜花是一种寻常农作物。一个生产大队，一般都种植几百亩油菜，然后用油菜籽榨油，作为农民自食菜油。那时，一到三四月份，满畈满畈油菜开花后，整个田野就像覆盖上了一层巨大的金箔。但那时，谁也不觉得它有什么好、有什么美，当人们饿着肚皮时，是没有心思欣赏美景的。这大概也符合老祖宗的唯物主义原理吧！而今，大片田野被厂房和马路所蚕食，油菜花陡然显得稀缺、金贵和亮丽起来。笔者浮想联翩，一时兴起，随口吟出："水泥林中万朵金，南风送香沁人心。一园留得田野趣，亦城亦乡梦成真。"

笔者由衷地喜欢上了这个田园广场。

清明节那天晚上，笔者吃完晚饭，信马由缰，不知不觉，再次来到田园广场。

天色尚早，西边透出雨后一抹亮色，春风轻拂，油菜花香味浓郁，田园广场显得特别吸引人。有几对老人，在广场道路上悠闲地推着童车，指指点点，与童车内的小孩子说话，而坐在童车里的小孩子，显得异常兴奋，把一双胖乎乎小手伸出来，似乎想抓住那些黄嘟嘟的油菜花。亭子西侧，有两对年轻情侣依偎着，以油菜花作背景在玩自拍，脸上是一副陶醉模样。笔者觉得他们显然是外地人，便上前打趣道："那么陶醉，自拍玩得不错呀！"

那两对年轻人转过身来，朝笔者友好地一笑："这个地方很漂亮，所以，想留点纪念。"

攀谈中得知，这两对情侣是山东潍坊人，利用清明节假期，来这边游玩，对这个田园广场挺感兴趣。

笔者觉得好奇，跑那么远来看油菜花呀？一问才知道，原来，他们是受朋友邀请来的。这位朋友在航民村附近做管道生意，已经五六年，赚了些钱，这次特意邀请他同村的两对小伙伴来这边游玩。

笔者说，我去过你们潍坊，潍坊也不错呀！

其中一位长得极清秀的女孩用手指了指田园广场和边上别墅群，带着不无羡慕的口吻说："没有这里好！我们那边村庄都是一层平房哩！"

与几位山东游客分开后，笔者开始转悠。见到一位老人在认真细心地打扫广场上的卫生，估摸着是这个广场的管理人员，便与他闲聊起来。交谈中得知，这位老人姓沈，今年已七十七岁。身板蛮健朗，说话声音洪亮，口才不错。村里请他管理这个田园广场，每月付给他2100元工资。他每年可以从股份分红中拿到一万多元，足够吃了。他告诉笔者，这个田园广场舞场在周边名气蛮大，来这里跳舞的除了航民本村人外，更多的是外地打工者、瓜沥镇上居民。一年到头不断人，即使下雪天都有人来跳舞。他的任务就是每晚六点半到八点半给广场开关音响，播放舞曲，还负责打扫卫生。

此时，夜色如一团水墨般在航民村周边洇润开来，只见人们或三三两两、或成群结队朝广场涌来。还没有到规定时间，一些心急的大妈，已催着老沈打开灯光音响。老沈见时间还早，故意拖延着，最后，被逼得没招了，只好慢吞吞地掏出三把钥匙，逐一打开灯光音响。霎时，灯光大亮，音乐响起，跳舞人群自觉排成一行行长列，伴随着舞曲节奏，翩翩起舞，绕广场转圈。几个顽皮的小朋友，故意在大人舞列中像小鱼一样穿来插去，同时发出清脆的调皮笑声。一眼望去，金黄的油菜花作为硕大背景，亭子中央是犹如彩龙般的舞蹈队伍。笔者不禁慨叹：真是一幅和谐美好欢快的乡村夜景图哦！

盛夏季节，笔者再次赴航民村采访。一天，吃完早餐，笔者又到田园广场溜达。

今年夏季连续高温，天空被蒸发得湛蓝湛蓝。虽说还是早晨，但直射的阳光已让人感觉到有点灼热。只见田园广场田畈上早已换种上杂交稻，眼下高约尺许，并开始分蘖，密密匝匝，茁茁壮壮，长势喜人。一眼望去，恰似一块碧绿柔软的巨毯，铺展在田园广场上。热风吹过，其间夹带着好闻的禾苗清香。俯下身子，可以聆听到久违的蛙鸣声。面对着钢筋水泥丛林中这一片自然绿色景致，不管是吟诵“汗滴禾下土”也好，还是“听取蛙声一片”也罢，都是极容易使人引发丰富联想的。

夏季的田园广场展现出与别的季节不同的景色和诱惑力。

那么，秋光里呢？冬雪中呢？

一年四季不同景，十里八村赞其名。航民村的田园广场，恰似镶嵌在地面上一块巨大绿色显示屏，它映照出航民村及周边乡镇今天幸福富庶的生活场景。

航民村庄建设的另一亮点，就是新近落成的航民山前广场。

回忆有时令人兴奋，有时也使人略感苦涩。朱重庆在介绍航民山前广场时的心情就是这样。

航坞山东北面，留着当年开山炸石宕口的痕迹，很像一个豁牙瘪嘴的老人。这几年，航民村邀请专家帮忙论证，尽量予以修复，并铺设了一条通达航民村公墓的小路，种上了一些树木，显得稍微好看一些，但要恢复成清秀美艳的少女样是不可能了。山下，是镇水泥厂废弃的遗址和航民村印染厂一个车间，有限的空闲地带竟成了上班职工摆放自行车的场地，横七竖八，人和车很难进出，要去山上公墓更是举步维艰。朱重庆感到，航民村还缺少一个能让村民休闲游览的公园，同时，把这条上山道路开辟出来。这个想法是五年前形成的，五年后，随着印染车间的搬迁，条件成熟了，他要实施酝酿已久的公园建设计划。

朱重庆想的是，当年人们干了多少现在看起来很蠢的事，已经无可挽回。我们现在要尽量避免再干傻事，绝不能让子孙后代再骂我们。农民出身的朱重庆，他是多么熟悉农民的思维和脾性啊！他在提出公园设想时，采用了农民的方式，讲了一个冷笑话。他说，昨夜我在梦中见到老书记才法老徐了，才法老徐有点不太高兴呢。我问老徐你怎么不高兴呀？老徐皱着眉头问：重庆，你怎么搞的？我一年下来吃两餐庚饭，上山下山连路都走不通啊！朱重庆接着说，人在山下生活，少则几十年，多则上百年，而在山上“生活”要万万年。老人对“上山”很重视，我们要安抚好这批老祖宗啊！

朱重庆这一说，大家都笑了，也明白了，那就建吧！不，朱重庆提出，要么不建，既然要建，就要漂漂亮亮。重点建筑造型是两个大牌坊，朱重庆自己特意跑到顺德、番禺去现场考察大牌坊，回来后，根据山前广场的位置和面积，自己确定材质和尺寸，还跑到现场修改完善，直至完工。

山前广场竣工开放后，成为村里老年人主要活动场所。航民村老支书才法老徐的墓就安放在山前广场后的山上。村民们说，才法老徐睡在这里可看到航民村兴旺繁忙的景象，让他每天高高兴兴的。

现在，让我们一起去游览一下山前广场吧！

山前广场正面，是一座气势恢宏的石牌坊建筑，由主牌坊和副牌坊组合而成。主牌坊两侧，镌刻着一副长联：“山河胜境，秀水群峰，永沐光华雨露；中国强村，白发青少，常怀贤士精英”。背面也是一副长联，上联是：“天时地利人和，聚古今灵光成大业”，下联是：“水碧山青禾壮，汇一方宝地育英才”。从这两副楹联中，似可看出航民村修建这座山前广场的寓意：怀念先贤，延揽英才。

公园正中，是一个八卦太极图案。略一转弯，是一处小亭，名曰“群芳亭”。边上有一联，倒也清新别致：“满园日月新诗卷，半座云山古画图”。公园内种植有茶花、桃树、玉兰等，其时，正是桃花灼灼、茶花怒放季节，满园都飘着浓郁花香。山前广场内的绿植和花卉都是朱重庆一株一株精心挑选的，体现了他农民式的审美观。

公园进门处有一块“五牛屏”。走近一看，只见屏壁上五头牛，都睁着炯炯有神的眼睛，奋力耕耘、砥砺前行，造型形象生动，呼之欲出。陪同的航民集团文化发展部经理陈国龙见笔者在欣赏这幅“五牛图”，便插上一句：“重庆特别喜欢牛！”说完，他又用手指着不远处的公路转盘：“看，那也是一只牛的雕塑。”

朱重庆为什么特别喜欢牛呢？笔者怀着好奇心，曾在私下问过朱重庆。朱重庆告诉笔者有两个原因，一是航民村所面对的山，原先叫牛头山，那样子就像一头连日耕田后正在稍事休憩的卧牛，牛头、牛背、牛屁股、牛尾巴，活脱活像。后来“文革”中，因围海造田、开矿采石，牛的造型被破坏了，感觉蛮可惜。他选在公路转盘和山前公园处画牛、雕牛，就是对牛头山的纪念。二是他少年时期放过牛，觉得牛很能吃苦，也很老实，他对牛有感情。其实，笔者知道还有第三个原因，朱重庆没有细说，但航民村老百姓心里明镜似的。朱重庆几十年如一日，踏踏实实、勤勤恳恳，和和气气、朴朴实实，像煞一头负重前行的老黄牛。

“五牛屏”背面，是一篇《山前纪略》，由著名作家陈继光先生撰写。此篇辞赋广征博引、溯古述今，情感充沛、文采斐然，不妨照录如下：

浙水东去，龛赭之间。龛山东峰既称杭坞，又曰王步。前者乃勾践之舟宫，后者谓钱镠之勘潮。宋元以降，山前海天一色，波浪浴日，乃钱塘之海门也。及至明清士人揽胜，远眺白浪滔天，近闻巨涛拍岸，无不惊叹，谓之白洋潮也。而嘉靖年间，倭寇犯境，是时山前一役，大胜贼人。旌旗青史，浩气长存。然白云苍狗、沧海桑田。宋堤虽存，海则不再。唯山前乡里，筚路蓝缕，劈岩采石，历时有年。其远垦荒涂，近筑机场，谱写南沙之璀璨。而古塘两侧，有航民一村。乘己未东风，巧夺先机。励精图治，大书创业之壮阔。嗟呼，浩浩兮岁月，荡荡兮寰宇。村以山命名，人以村为荣。工商并举，悉心耕耘，春华秋实，生机盎然。遂于甲午年秋，辟场以记盛世，并勉后人。其情可嘉，其理可循，其景可赏。真可谓山前日晖，山后月明，山前山后悟日月；河东春光，河西秋色，河东河西知春秋。观之思之，能不浮一大白乎？

今天，当你来到航民村，扑入眼帘的是欣欣向荣的新农村景象。以航民集团办公楼和航民村办公楼为中心，一条东西向的宽阔马路划分出工厂区和生活区。西北区域散落着航民村十几家企业。沿着穿村马路，航民村建成了繁华的商贸一条街。街北面，8家金银珠宝店与“潮元素”发廊、春辉旅行社一字排开。一入夜，华灯璀璨，霓虹闪烁，俊男靓女穿梭于金店发廊，把航民村时髦靓丽的一面呈现得淋漓尽致。街南面，颇具规模的三江超市与四星级航民宾馆毗邻而居，还有一些餐馆、点心店、五金店夹杂其间，展现的是航民村日常世俗生活的一面。村中是一条清澈的小河，呈T字型。在T字型交界点上，建有一座石桥，其上是一个小巧玲珑的“南风亭”。小河岸边、垂柳青青，小河之中、绿荷红莲。小河两边，坐落着航民村民的别墅区或新楼群，它们以不同的建筑式样和色彩构成不同图案，幼儿园、文化礼堂、图书馆等散落其中。东南的田园广场与西北的山前广场，遥相呼应，像两块巨大的风景屏。小花园、小草坪环绕着村前屋后。清晨，漫步在航民村大街小巷，欣赏着这个由小村蜕变为小镇的地方，似乎特别有感觉。人们从一幢幢农家别墅中走出来，打开停泊在周边的小车，启动油门，缓缓地驶入小村主干道，立时，就显得川流不息。凡是大都市马路上有的名牌和车型，什么奔驰、宝马、沃尔沃，在这里都能看到。唯一不同的是，汽车鸣叫声比大都市多，也比大都市响。也许，人们还沿袭着农村式的高音大嗓？也许，是开车人在有意显摆一下自己的豪车，以期引起路人对他们的注目和艳羡？

村主任陈国庆告诉笔者，经过30多年努力，航民村已实现中央提出的“生产发展、生活富裕、乡风文明、村容整洁、管理民主”的新农村建设要求，先后被授予“全国村镇建设文明村”“浙江省新农村建设示范村”等荣誉称号。

永不满足的朱重庆又提出了航民村建设的新目标：打造与世界发达国家村庄相媲美的生活品质之村，在新农村建设中，争当全区领头雁、全省排头兵、全国先行者。他曾经这样描绘过他心目中理想的航民村形象：着力打造生活品质之村。建设经济发达的实力航民、开拓创新的活力航民、秀美宜居的魅力航民、幸福富裕的和谐航民。看着眼前一切，你会由衷感到，现实中的航民村与朱重庆心目中理想的航民村是越来越接近了。最终，它俩必将合二为一。

航民村民的日常生活场景

蹲点采访期间，笔者在不暴露身份和创作意图的情况下，进行了 10 家农户随机性即兴式家访。实录如下：

家访之一

2016 年 4 月 5 日中午 1 时

航民村 × 区 × 弄 × 号

这是一幢靠马路边的别墅，看得出，房子建造时间较早，式样显得有点老旧，有的墙灰还出现了脱落。

别墅女主人是一位退休老大妈，身体健朗，穿着一件毛线衫，挽着袖口，正在家中打扫卫生。

笔者与这位大妈闲聊。得知她家有 5 口人：老头子、儿子、儿媳、孙子和她。老头子早已退休，原先在航民水泥厂工作，现在每月能拿到 3000 多元退休工资。笔者问老人家在哪？她用手指指楼上：喏，中午喝了点黄酒，这辰光在困午觉休息呢。说起儿子儿媳，大妈细细叙述开了：儿子也在航民水泥厂工作，现在水泥厂关闭了，他还悬空挂着，每月拿 6000 多元过渡工资，正等着朱重庆给他安排工作呢。儿媳在航民企业里当会计，收入比较高，一年有 20 来万元哩。孙子 23 岁，正在宁波读大学，接下来准备去国外读书了。她今年 73 岁，退休前在航民村一家企业做炊事员，现在每月能拿 2000 多元退休工资。儿子儿媳平时住在瓜沥镇上，但每天在她家吃饭，她的任务就是买菜烧饭，做做家务，搞搞卫生。每天清早她都去村里南风桥头，与一帮老头老太锻炼锻炼身体。

大妈告诉笔者，她家现住的房子在村里算是造得最早的。她家原先房址就是现在航民宾馆的位置，后来朱重庆说那里要造宾馆，请他们搬迁，异地建房，他们就把房子建到这个地方来了。他们是航民村第一批建新房的，当时还是蛮好的，现在看上去有点旧了。除了这套房子，他们另外还有一套房子出租着，每年可收4万元租金，这样加起来，她和老头子一年有10来万元收入，吃吃用用足够了，足够了。她重复着说。笔者问，村里不是还有股份分红吗？她说她知道全家5个人都有股份，但不知到底有多少股份，因为股份由儿媳管着，她弄不懂，也从来不问。

她说，中午是他们二老加儿媳3个人吃饭，晚上儿子儿媳、女儿女婿都来吃，就有6个人吃。有时孙子外孙学校放假也来吃，就变成了8个人，热热闹闹的。笔者打趣说，你收他们饭费吗？她笑着说：不收。钱够用了就好。他们来吃，热闹呢，多好！

说到现在的生活，她觉得已经蛮好了。人总是要讲良心的嘛，与以前真是不好比。她记得刚嫁到航民村时，老头子家中只有3间小平屋，人多，只能隔开着住，所谓新房就是半间小平屋。问她现在还有什么不满意的？她乐呵呵地回答道：唯一不满意的是，她家房子靠马路，灰尘多，树叶多，总是打扫不干净。你看，刚刚扫过，院里又这样了！她指着院子里的树叶和灰尘无奈地对笔者说。

家访之二

2016年4月13日傍晚6点

航民村×区×弄×号

夕阳西下，六十开外、灰白头发的男主人在自家别墅前驻足四望，似乎在等什么人。见笔者散步过去，他友善地朝笔者微微一笑，随口说出“坐坐”。这正中下怀，笔者真的走过去了，他遂引笔者进入院子。院子甚是干净，女主人闻声出来，大概见到一个陌生人，略有点惊讶。笔者连忙自我介绍：“我是绍兴人，在北方工作，来航民村参观，随便走走。对不起，打扰了。”然后指着院子夸赞说：“大姐，这院子打扫得可真干净呀！您真勤快！”男主人接口说：“勤快倒是勤快的。”女主人见是夸她，显得很是满足，但嘴上却说：“不勤快，不勤快。”边说边又用扫帚扫了扫本来就蛮干净的院子。于是，笔者就与夫妻俩聊起天来。

从与男主人聊天中获悉，他今年六十四岁，原来是航民集团所属一家印染厂机修工，这家印染厂在北面海涂上，离航民村几十里地哩。到了退休年龄，感觉身体还可以，就又找了一家私人厂，继续做机修工，每月收入四五千元。现在，他每月社保收入 1800 元，老太太社保每月比他多一两百块钱。为啥比他多呢？因为退得早，社保费每年有调增。笔者问道，村里股份分红有多少？他说不多，每年四五万元吧！这是当时自己花钱买的股份，当然，集体也送了一些。他说他家经济状况在航民村属于中下水平。当然，够了，够花就好。跟过去当然不好比的。他指着自家别墅说，这房子翻建了三次，先是平房改楼房，然后推倒楼房再盖别墅，弄成现在这个样子。当时只花了 40 多万元。要是现在呀，差不多要百万元了。然后说到儿子女儿。他有一儿一女，女儿为大，已出嫁，当然也把村里给她的股权证带走了。儿子与女婿在萧山市区开了一家灯具店，做点小生意，收入马马虎虎。每天晚饭回家来吃的。正是口说曹操，曹操就到。他正说着儿子女婿，就见两个小伙子晃荡晃荡地朝这边走来。男主人一看，就笑了："这不，两个人来吃晚饭啦！"笔者笑着打趣说："来蹭饭的！"

两个小伙子走到我们面前，打了个招呼，就走进院子，脱下鞋子，换上拖鞋进屋。女主人见人到齐，就张罗着开饭。不一会，女主人像变戏法似的，端出一桌子菜来，竟然有七菜一汤：清蒸武昌鱼、红烧猪肉、水煮梭子蟹、芦笋炒青豆、榨菜烧豆芽、拍黄瓜、红烧笋片、紫菜蛋汤。天哪，那么丰盛呀？笔者惊讶地问道："今天饭菜那么好，是有什么喜事吗？"男主人爽朗地笑答："今天没有什么事呀。这些都是家常菜，天天这样的。"接着，他从酒柜中取出一瓶"五粮醇"，给自己倒了大半碗，开始"咻溜咻溜"品尝。整个院子立时弥漫开浓郁的酒香，引得笔者禁不住咽下几口唾沫。欣赏着这家子其乐融融的晚餐场景，看着男主人喝酒时那副心满意足的神情，笔者觉得什么问题都是多余的，便欣欣然告辞离开。

家访之三

2016 年 4 月 17 日晨 6:30

航民村 × 区 × 弄 × 号

今天是笔者到航民村以来难得的好天气。昨夜春雨似乎把天空洗了个遍，此刻空气清新，满眼碧绿，呈现出江南春色的妩媚。

笔者仍按老习惯在村里散步。村民们似乎比笔者起得更早，有的出门，有的在屋前屋后打扫卫生。

笔者踱到一幢别墅后面，欣赏着这幢别墅的屋顶造型。一位六十来岁的女主人手拿扫帚正好从门内出来，见到笔者，就热情地邀请笔者进屋坐坐。进得门去，见是一个偌大的堂前。女主人有点自豪地介绍说，这幢楼已是她家第三次建造的新屋了。原来宅基地在后面一些，后来村里统一建造好，卖给村民，记得自家掏了 24 万元，村里补贴了 14 万元。现在这个堂前大着呢，可以摆 7 桌酒席，还蛮宽敞的。笔者好奇地用脚步丈量了一下，长 10 步，宽 5 步，足足有 50 平米啊！聊天之中得知，女主人现在已退休，之前是漂染厂职工。漂染厂？无意之中找到了漂染厂老职工，笔者便越发来了兴致，就问她何时进的漂染厂。她答道，是 1982 年，当时她家劳动力多，按照大队政策，她被照顾安排进厂。她老伴也是漂染厂工人，专管厂内污水处理。那时，进厂后也没有工资，每天拿 7 个工分，回生产队结算。她一边在厂里工作，一边还要回家拔秧种田，两头忙不过来，家里厂里搞得乱糟糟、脏得很。所以，大家都建议村里把田地收回去，由集体统一种植。后来，村里真的把田地收回了，那就好了啊。

笔者问起现在情况，女主人说自己退休后，每月拿 1800 多元社保养老金，老头子还在厂里工作，每月工资 4000 多元，年终股份分红有个四五万元，用用足够了！儿子自个儿在杭州做外贸生意，儿媳在杭州四季青小商品城有个摊位，做点小生意，都是早出晚归，生活倒是蛮稳定的。问到对村里的看法，女主人略一停顿说，现在生活与过去不好比，她与老公都是土生土长航民人，知道过去的事。那时，生产队劳动一年，也就百八十元钱，有的还要买黑市粮食吃。现在村里有人有些意见，有点不太满意。但从根上说，没有朱重庆把厂办得这么好，哪有我们现在这样的生活？我们航民比周边村要好许多呢。做人要讲良心，说话要实事求是。你说呢？

正聊着，一个五六岁小家伙睡眼惺忪、光着屁屁从楼梯上连走带爬地下来，女主人连忙赶过去一把接住。笔者问这是您的孙子吧？女主人笑眯眯地点点头，答道今年虚岁六岁，在村办幼儿园读大班呢。这时，小家伙似乎清醒了，扯着嗓音喊道："老师教我们看书、写字、画画呢！"说着，用胖嘟嘟的小手指了指堂前一块画板。笔者这才注意到，原来，堂前支着一个长方形画架，上面是这个小家伙的涂鸦作品，画面上尽是夸张变形的兔子猴子大灰狼形象，倒也蛮有趣。笔者让小家伙站在画架前，准备给他拍张照。这小家伙故意翻白眼、扮鬼脸，让笔者一时无法按下快门，惹得在旁的女主人连连"呵斥"。但笔者听得出来，这初听上去像"呵斥"的话，其实满含着对这个聪明淘气孙儿的爱怜与得意。

家访之四

2016年4月17日中午12:30

航民村×区×弄×号

中午的阳光好极了，南风吹来，使人感觉惬意异常。

笔者在职工食堂用毕午餐，又开始漫无目的的转悠。

来到一排玫瑰红别墅前，笔者放慢脚步，见前面一家院子开着门，一位五十岁左右、瘦削精干的女主人正在晾晒衣服，见笔者在欣赏她家别墅，便热情邀约进去坐坐。笔者一问，才知道她在航民村办幼儿园当老师。今天没上班呀？笔者顺嘴问道。女主人答道今天是她轮休日，并解释说，航民村办厂是轮班作业，没有统一休息日，所以幼儿园也是全年无休，老师们轮换着休息。

这家院子格局与航民村大多数别墅并无二致，大概是女主人勤快吧，院子和过道打扫得极其干净，大理石地面光可鉴人，使笔者不敢落脚。这时，从过道那头走来两个女孩，一大一小，一看便知是姐妹俩，一问果真是。原来，她家还未吃午饭，女主人一会就端上饭菜，还邀请笔者用餐。笔者回说吃过了，娘儿仨就围坐着开始吃饭。利用午饭时间，笔者与她们三人闲聊起来。从娘儿仨的相互补充中，笔者大致了解了她家状况。她家四口人，男主人在航民集团驻绍兴柯桥办事处工作，每天早出晚归，收入还可以。大女儿在温州大学温州师院数学专业念书，已是大四学生，目前正在找一份教师工作，据说竞争蛮激烈的。小女儿现在瓜沥镇小读六年级，特别喜欢美术，一天到晚写写画画。问到她家经济状况，女主人说原先自己做小生意，但这几年生意越来越难做，每个月还要交一千多元社保费，觉得有点承受不了，就到村幼儿园工作了。收入不算高，每月两三千元，不过至少每年一万多元社保费由村里代缴了，这样她感觉压力轻了许多。村里还有股份分红，每年四五万元进账，家庭开支就差不多了。问到她们对村领导班子有什么看法，大女儿放下饭碗，抢着回答："还蛮不错的！"女主人也点点头说："真的还不错。航民与其他周边村比较，算是好的。"大女儿接着话题，跟笔者讲起她去温州泰顺山区支教半个月的经历。她说，没有想到还有那么穷困的地方。她所去的学校在山顶上，每个星期才能下山一次，到半山腰的所谓集市上买点蔬菜。航民村与那里相比，真是一个在天上，一个在地下呀！她觉得航民什么都好，就是空气还有点问题。笔者跟这位大学生开玩笑说，大学四年还未找对象呀？家里房子那么漂亮，爸妈就两个女儿，你抓紧找个上门女婿吧！妹妹在旁帮腔："就是就是。"此时，大学生清秀的脸上现出一丝羞涩，喃喃自语道还是先落实工作吧。女主人倒也显得通情达理："随她们自己定吧！"

闲聊之间，一家人已吃完午餐，笔者道谢后告辞出门。

山前广场

田园广场

家访之五

2016年4月18日13:00

航民村×区×弄×号

午间的春阳暖暖的，南风软软的，真是惬意。笔者利用采访空档，继续走家串户。

大多数人都去上班了，村里一时很难见得到人。笔者转悠到路边一幢别墅边，见有一老人正在自家别墅旁整理菜园，便走过去攀谈。

老人矮墩墩个儿，头发已灰白，但脸色红润，身板结实，言语实在，笑起来显得极憨厚。一聊才知道，老人今年七十二岁，已退休多年，在家主要照顾因病致瘫的老太婆，为儿子媳妇买菜烧饭，料理家务。他早年在航坞山石料场做小工，收入很少。大队（老人一口一个“大队”）办起漂染厂后，因为缺染料，又办了染料厂，他也因此进厂当工人，还担任过组长。老人回忆到这里，脸上露出一种似乎久违了的自豪感。后来呢？后来？后来因为染料厂污染太厉害，大队把它关了。他就转到漂染厂七车间当工人，一直干到退休为止。为啥不当组长了？因为没有文化呀，那些洋码字根本看不懂，还是当工人安耽些。

笔者问到他家庭成员，老人说除老太婆外，有两个女儿、一个儿子。老太婆以前在大队澳美印染厂工作，前几年不幸中风偏瘫，现整天躺在床上，靠他服侍。两个女儿都嫁到外村去了，为啥不留村？婚姻上的事体真说不清楚呢。儿子懂点印花技术，现在大队办的达美印染厂当车间副主任。儿媳妇原先也在大队厂里做工，后来嫌工作时间太死，就离开企业自己做小生意去了。家中还有一个十一岁的孙女，儿子他们准备再生一个，这样就够了。

谈起家庭经济状况，老人倒也显得蛮坦率。他回答说，他和老太婆每月有4000多元社保退休金，儿子收入比较高一些，一年有个几十万元吧，儿媳妇做小生意收入也可以。全家生活不错，买买吃吃足够了。他家房子已翻建过三次，这幢别墅是第四次建的。至于老太婆看病，去年一年花了一万多元，报销了一部分，大队补贴了 2700 元，瓜沥镇也补了一些，自家掏了 5000 多元，还好还好。对这样的分摊，老人似乎还比较满意。

话题又转到对航民村领导班子的看法，老人禁不住抢着说："重庆这个人是不错的，真是不错的。希望重庆能当得长一些，这样，航民能稳定。做人要凭良心，说话要实事求是。与周边相比，航民是好的。"他接着举例说，除工资社保这一块之外，大队（他还是将村说成了大队）每年还给他们家发 1600 斤大米，每斤 5 毛钱。这些米一家人吃不完，现在人的饭量小了呀，多下来的，不是送给亲家，就是送给女儿家，这是真的。过年还有猪肉、鱼、冬笋等等。现在国家真好，大队也做得不错。笔者有意问他，那么为啥有些人还有这样那样的意见呢？他挑明其中的原委：有些人的子女能力不够，当不了技术员，也当不上干部，收入相对少了，所以不太满意。还有一些干部，相互送来送去的，群众也晓得的。这是实话。

在闲聊中，不知不觉过去了不少时间。笔者见老人要忙着干活，不宜多逗留，便告辞了。

家访之六

2016 年 4 月 18 日傍晚 6:30

航民村 × 区 × 弄 × 号

晚饭后，夕阳西照，整个航民村被涂抹上一层美丽的金色。笔者信步走进村里，来到河岸边一套别墅前。

大概已经吃完晚餐，男主人酒足饭饱，微腆着肚子，满脸通红，正舒适地剔着牙，女主人在屋子一侧厨房洗碗刷锅。男主人见笔者踱步过去，微笑着点点头。于是，极自然地聊起天来。男主人告诉笔者，他今年六十二岁，比朱重庆小一岁，今年刚退休回家。你说为啥跟重庆比年龄？因为跟重庆熟呀。村里开办漂染厂时，他就是筹建组成员。重庆负责跑外地采购，他在村里参与平整土地、装修厂房、修理锅炉，算是漂染厂老人了！漂染厂办好后，他被重庆先后派往广东顺德、辽宁、郑州的联营厂，负责基建和锅炉安装。笔者打趣道，您可是南征北战呀！他自嘲地笑一笑，可不是吗？直到1995年，才从外地回来。接着，重庆把他安排到钱江印染厂，这一干就是20年。按照村里规定，去年就应当退了，但厂里走不开，就延迟到今年。照他本意，觉得身体还好，技术也不错，还想再干几年。因为在职工资收入高呀。他为此曾找过朱重庆，重庆告诉他，这是制度规定，不好违反的。如果答应他延迟，还有一大批人要看样的，包括重庆的一些亲戚。他觉得重庆讲得有道理，重庆有重庆的难处。他没有再为难重庆，就答应退休了。现在，外地有印染厂在拉他去管锅炉，他还没有想好要不要去呢。

说到家里情况，他倒显得蛮豁达的。他家除老伴外，一女一儿。女儿已出嫁，外孙都那么高了，他比比自己的胸口。然后指着路西头一套别墅对笔者说，喏，女儿就嫁在那里，你说近不近？真是喊一声都能听得见。儿子在萧山做外贸生意，今年正准备结婚呢。你看，不是在搞装修吗？笔者这才注意到，院子里堆放着一些装修材料和杂物。笔者问，这得花几十万元吧？他连连摇头，哪里够，装修差不多，还有结婚的费用呢。笔者问，难道女方还要彩礼？他高深莫测地一笑。女方家庭经济条件非常好，不过，我们总是要准备好的嘛！笔者开玩笑说，那你们家赚了。男主人呵呵呵地笑起来。然后，他与笔者算起家庭账来，现在他与老伴社保养老金每月大概是四五千元，村里年终股份分红6万多元。全年加起来就是十多万元，不多不少，够了。他告诉笔者，航民村各家各户股份分红没有少于4万元的，平均是六七万元。说到这里，还是要从根子上看，如果航民没有工厂，不可能有今天！

笔者就请教他，为啥村里有些年轻人包括他家儿子不愿意在村办企业干，而要跑到外面去呢？他略一停顿说，这主要是航民企业干活时间长，三班倒，基本没有节假日，有的年轻人不太喜欢吧！现在年轻人与我们当年不一样咯！他似乎深有感慨地说。

笔者告辞出来。此时，太阳早已落进了航坞山，月亮升起来了。航民村沐浴在浓浓月色中，像一位打扮时尚的漂亮村姑，使人禁不住多看她几眼。

家访之七

2016 年 4 月 27 日晚 6:15

航民村 × 区 × 弄 × 号

今天下午刚从北京回来，在食堂简单吃了几口，又到村里转悠了！

天气似乎比北京清凉许多，漫步在航民村林荫道上，感觉浑身舒服，且油然而生一种久违的亲切。

笔者见有一幢别墅后门开着，便停住脚步。显然是晚餐已毕，男主人正在厨房收拾。笔者朝里一望，男主人头发全白了，但身板笔直，样子精干。男主人朝笔者招呼一声："进来坐坐！"笔者寒暄着跨进门去。笔者问男主人："那么勤快呀！女主人呢？"他呵呵一笑："饭后去串门聊天了。"他一边手脚利落地清理着饭后的杂物，擦洗桌子、饭碗，一边与笔者聊着天。从他断断续续的答问中，笔者弄清了这一家大概情况。他是 1956 年生人，今年刚好是猴子本命年。早年在石料场敲石子，大队办起漂染厂后，他就进厂做装卸工。一直做到前几年，因腰不太好，动了手术，厂里活做不动了，但年纪还不大，就转到村委会办公楼管传达室。今年到龄，准备彻底退休了！你问一年有多少收入？他扳着手指算着：大概四五万元。老太婆原先也在漂染厂，做缝纫工，现在已退休，拿社保金，每月一千八九百吧？儿子在热电厂，当一个小头头，收入高一些。儿媳也在漂染厂工作，就是一般工人，年收入五六万元。笔者问，你们家也有股份吧？他马上解释道，那不是股份公司股票，而是集团公司内部股。笔者连忙说明，知道，知道。那一年能分多少红呀？也就四五万元吧！他淡淡答道。

正聊在兴头上，外面进来一个三十多岁的小伙子，后面跟进来一位老太太，手上抱着一个小女孩。男主人指着进门的小伙子说，这就是我儿子。那么，身后那位就是女主人，她手上抱着的显然是孙女了，笔者一问果真是。但小伙子笑着说：“这是小的。”笔者马上问：“那，还有大的？”“是呀，有大的，是个儿子。”笔者好奇地问：“怎么不见你大儿子呀？”小伙子用手一指室内：“读小学一年级，这辰光他妈妈正在辅导做作业呢！”原来如此！小学一年级就抓得那么紧，当下小夫妻对下一代教育的重视程度早已超过我们这一代咯，笔者不由得发出感慨。顺着这个学校问题，笔者与小伙子聊起他的学习和工作。他告诉笔者，自己是在杭州滨江区读的机电专科，毕业时，可以留校，也有另外企业来找他。但他想还是到航民村办企业工作比较安稳，后来就找了重庆。重庆欢迎他回村工作，并把他派到江东热电厂工作，一干就是13年。现在是厂里中层干部，年薪差不多20来万元。每天开车去上班，也就半个钟头，感觉还蛮不错。

聊着聊着，话锋一转。问起过去的生活，男主人不禁回忆起从前在生产队劳动时，一天最多赚一块钱。那时，航民比周边村都差，现在，航民村是这一带最好的了。当然，他也知道村里有人还有意见。此时的他显得有点愤愤不平。“做人得摸摸良心，说的话要端得上桌面。实事求是地说，村民有事找重庆，但凡能解决的，重庆没有不帮忙的。”老太太在旁边一直点着头，看来，她是赞同男主人态度的。小伙子也附和着介绍，他们江东热电厂效益也不错，去年利润大概有7000多万元吧，比一般厂不知要好到哪里去呢！笔者问他还有什么不满足的？小伙子犹豫了半天才说，就是这别墅小了点，只有四个房间，等儿女大了，不够住。天哪，这家伙住着别墅还嫌不够大哦！

说话之间，男主人陪着笔者转到他家前院，见到院子收拾得极其干净，西南角有一棵枣树，显得枝繁叶茂。他指着说：“这棵枣树去年开始开花，结了几颗枣子，估计今年就多了！”说这话时，他脸上漾开了微笑。在一抹夕照中，笔者似乎看到在秋天霞光里，满树枣子成熟了，他们一家人围着枣树开心地笑着……

家访之八

2016年4月28日傍晚5:45

航民村老楼房

今天晚餐比较早，当笔者在职工食堂吃完时，航民村还处于上下班高峰期，笔者避开来来往往的车辆，来到一座老房子前。这是一座在航民村已不多见的两层建筑，在众多别墅高楼中，显得有点不合群，甚至有点落寞。但楼房主人在进院处，悬挂了两只鲜红大灯笼，顽强地显示出它的存在，吸引着众人目光。

航民村竟然还有这般“恋旧”之人？笔者好奇心油然而生，便径直走了过去。快近院落时，一股浓烈的香樟树味扑面而来，伴随着香味的是啪啪啪的劈柴声。这个年代、这样村庄，居然还有人劈柴？简直是匪夷所思啊。

进得院子，只见院子里堆满了一段段香樟树，还有一堆堆码放整齐的木片。一位须发皆白的老者此刻嘴里叼着一根香烟，正在用力劈柴，满头银发随着他一仰一俯的劈柴动作，在夕照余晖中一闪一闪。身后做帮手的，显然是他的老伴，同样身板健朗、一头华发。院子里还坐着一位前来串门的老邻居。笔者进去时，三人正在闲聊。一打听老者年纪，吓了笔者一大跳。老者说，不大不大，今年八十八岁。一问那位女主人，也说是八十多岁。笔者带点疑惑地转头询问那位串门的邻居，只见他一个劲儿地点头。看来，确凿无疑。问起老人家为啥还住在老屋，是儿子他们不欢迎？老者随口说着，他有两个儿子，一个在航民村驻绍兴轻纺城办事处，一个自己在外面开家小店。两个儿子非常孝顺，他俩都还健在，但儿子们已将他俩未来供奉的牌位位置都留出来了。说是要与爷爷奶奶的牌位放在一起，让他们死后能住新屋。但他俩住不惯新屋，进门要换两双鞋，还要上下楼梯。这老屋一百多年了，是爷爷传给他的，住了一辈子，不是蛮好吗？多少自由自在！哦，原来如此！老者一边朗声说着，一边手起刀落、刀刀准确，树段旋转、木屑飞溅。遇到难劈的树段，他蛮有技巧地砸上钢凿，待钢凿排成一列，再逐个用力敲打，使之深入树心，不一会，树段就裂开为两块。要不是笔者亲眼所见，看他那得心应手、娴熟自如的样子，谁能相信这是一个米寿老者呢？

笔者好奇地向这位老者打探健康长寿秘诀。老者呵呵一笑：“哪有什么秘诀？就是做做吃吃。一生这样，习惯了！”

当笔者问起老人的过去，老者似乎有点不屑地反问：“你不看报纸吧？”言下之意是，你竟然不知道我？笔者一时丈二和尚摸不着头脑。这时在旁的那位邻居代为解释：“他可是航民村名人哪，曾经是全国劳动模范。”啊？真的？笔者大为惊奇。什么时候呀？那是六七十年代吧？当时还是生产队劳动，我多么肯做生活哦！说这话时，老者脸上露出不易被察觉的微笑。老伴在旁帮腔说，他力气大，挑着三四百斤重担，走路像飞一样呢。全国劳动模范？朱重庆不也是全国劳动模范吗？那位邻居接着回答：就是。他半个钟头前刚从朱重庆家回来。笔者问，你去找朱重庆，求他办事呀？有什么事？没有一点事，重庆看得起老年人，我就是去随便上门聊聊天。说到这里，老人略显得有点自豪。话题转到他眼前生活。他说每天早上六七点钟起床，与老太婆一起上街。老太婆买菜，他坐茶馆。等老太婆买好菜，他喝得也差不多了，就一道回家，洗菜烧饭。下午串串门，聊聊天，有时到村里转一转，把村里修整掉的树枝捡回来，劈柴烧火。至于收入，目前每月 1300 元，老太太有社保金，每月一千八九百元。村里年终股份分红几万元，还给每户发米、发鱼、发笋干。反正只要不生大病，吃吃用用够了，还想怎么着？！说话间，老人又抽完了一支烟，劈开了几段树干，然后在旁边整齐码好。真是眼明手捷、神定气闲。看来，老者是把这种劈柴劳动当作自己活动手脚、锻炼筋骨的体育项目，并以此保持他昔日劳动的荣耀，也慰藉着自己那颗永不服老的心。

正值笔者思路天马行空时，从外面又走进来两位串门聊天的老人。看来，老者人缘不错，生活充实。为不过多影响他们，笔者连忙告辞出门。

（后来，笔者几经辗转才搞清楚，这位老者的确是航民村的名人，解放前算是航民村最富裕的地主人家。所谓“全国劳动模范”是特定时期村民对他“劳动改造”的善意调侃，也是今日老者乐观豁达的自嘲。）

家访之九

2016年4月30日下午4:10

航民村×区×弄×号

俗话说，三九月，乱穿衣。天气突然热了起来，昨天穿两用衫刚合适，现在连穿一件衬衣都觉得热了。

笔者刚结束对航民幼儿园的采访，踏上村间马路，准备回员工宿舍。

路过一幢青灰色别墅时，被女主人正在摊晒的笋片霉干菜香味所吸引，不由得停住了脚步，禁不住深深吸了一口。女主人见状笑笑，随口说声：“进来坐坐。”笔者一想，晚餐时间还早，正好借此聊聊，便踱进院落。

这家院子与别家倒无大的区别，只是沿着院子围墙，种了许多花木，此时在夕照中显得郁郁葱葱。进得主人饭厅，目光便被吸引住了，只见两边墙壁上，贴满了密密麻麻的奖状。女主人流露出明显的自豪感，向笔者介绍：“这是孙女的奖状，她今年虚岁十岁，读小学三年级哩。”笔者凑近一看，果真是这家孙女三年来获得的各类奖状和证书，有“学习积极分子”“闪亮小明星”“环境小卫士”“书法优胜奖”“故事大赛二等奖”等，看得出，这小孩发展蛮全面的哦。

女主人见笔者对这些奖状感兴趣，脸上绽开灿烂的笑。一边请笔者坐，一边泡上一杯新茶。笔者道谢后入座，问小孩在家吗？女主人回答随她妈妈散步去了。一打听，知道女主人竟与笔者同年，属羊，农村习惯叫虚岁，也就六十二岁啦。她告诉笔者，她是外村人，嫁到航民村来的。早年在漂染厂做工，操作烘干机。后来，因为眼疾，转到村办幼儿园工作，前几年已退休，现在每月社保养老金一千八九百元。老头子一直在村农科所工作，去年也办了退休手续，但又被村里返聘继续工作，收入还可以。多少钱？一年大概十来万吧！问到家里的股份，她说不清楚准确数字，但每年分红有6万多元。加起来，用用足够了！说到儿子媳妇，女主人眉开眼笑。说儿子读书毕业后，就进村漂染厂工作，现在是一个车间副科长。笔者问："应该叫副主任吧？"女主人答道："厂里都叫副科长的。"噢，原来如此。"那么收入不错吧？一年有多少呀？"女主人答道："不清楚，我们自己吃吃用用够了，所以也不去打听他们的收入。"笔者说："据我了解，漂染厂中层干部一年20多万元吧？"女主人点点头："这些会有的。"说到儿媳，女主人解释说："儿媳是外地人，是她儿子大学同学，毕业后来航民村，进了达美厂，做外贸业务。现在怀孕保胎，暂时不工作了。"笔者打趣道："这是好事呀。阿姐希望儿媳生个孙儿吧？"女主人连连摆手："不是，不是，我觉得再生一个就好，生男生女都一样。"笔者不由赞叹道："阿姐思想蛮开通呀！"女主人点点头："现在时代不一样了，过去是因为女人干不了重活，拿不到十足工分，所以希望是男的，现在还有什么区别呀，对不对？"

聊着聊着，话题又转到对朱重庆的看法上。女主人说："重庆这个人真的蛮好的。"笔者问她：重庆好在什么地方？

她并不作思考，脱口而出："当年我生儿子时，刚巧与重庆爱人阿香生朱立民相差两天时间。当时，两家住的老房子相隔不太远，重庆家条件比我家略好些，重庆就叫家里人给我送吃送喝的。凡是阿香吃的喝的，我都有份。这多好呀！有几个人能做到呀？重庆不光对我家那么好，对别人家也是这样的。"女主人此刻回忆起这些已经过去了三十多年的往事，眼眶里仍是泪花闪闪的。看来，老百姓会一辈子记得这些点点滴滴小事，而且总是通过这些小事来评价党员干部、记住党员干部形象的。

正闲聊着，只见从外面进来一位挺着大肚子的少妇，身后跟着一个活蹦乱跳的小女孩。不用问，这肯定就是女主人的儿媳和孙女了。果真，女主人喜形于色地拉着孙女的手说："这位爷爷刚才表扬你哪，把你说得那么好！"小女孩见奶奶如此说，脸上笑开了花，转身朝笔者扮了个鬼脸。笔者请小女孩站在她的奖状前，给她拍张照。只见小女孩十分内行地站到奖状前，竖起两个手指，形成一个"V"字形，装出一副摆拍的姿势，让笔者拍照。笔者见她这副模样，忍不住笑起来，站在旁边的那位奶奶更是笑得合不拢嘴……

家访之十

2016年5月1日11:30

航民村×区×弄×号

今天是“五一”国际劳动节，航民村路上来往的车辆明显少于平时。中午时分，天气显得有点闷热，暮春的阳光照在身上，竟有点热辣辣的感觉。笔者利用午餐前空隙，在村里随意转悠着。步行才一小会，全身已是汗涔涔了。

来到南风亭边一幢玫瑰色别墅前，笔者被别墅旁边通道内飘出的饭菜香味吸引住了，不由得停下脚步。正在烧菜做饭的女主人盛情邀请笔者进去坐坐。

此时，女主人显然很忙，但还是用笑颜欢迎笔者这位不速之客。笔者笑着问：“今天过节，烧点什么好吃的呀？”“喏，多了！”女主人指着已经烧好的菜肴或砧板上正放着的食材给笔者一一介绍：“有清煮河虾、白鲞扣土鸡、腌芥菜烧胖头鱼、毛笋滚豆腐、香干肉丝炒芹菜……等烧好，足有一大桌吧！”笔者不由得赞叹道：“真丰盛啊！”女主人有点得意地点点头：“今天过节呀，给他们烧得好一些。不过，我们家平时也不差。”笔者问：“家里人呢？”“都在楼里玩哦。”女主人边烧菜边微笑着回应。

正说着，从厅堂里走出一位十七八岁的女孩，文文静静，戴着一副眼镜。看模样，大概是女主人的小女儿。一问，果真是，在邻近的萧山九中读高二。女主人插话说：“这小鬼今后的目标是进萧山机场工作。”笔者对这位高中生说：“你现在定位人生目标还早了些。等今后进了大学，读了研究生，眼界会打开，目标也会变化的。”这位女生点点头，似乎赞成笔者这个看法。

话题由饭菜转到她家住房。笔者赞叹说：“你家房子位置好，道地宽敞，绿化漂亮。”女主人有点得意地点点头。她介绍道，这些别墅都是村里统一建造的，有一个平均价。但每幢别墅根据不同地段有不同价格。她家这幢房子当年售价是36万元，往西一幢是32万元，再往西就是30万元、28万元，最便宜的是26万元。笔者问：“如果大家都愿意出高价，要买地段好的房子怎么办？”“怎么办？”“抓阄呀！”女主人很快接口回答。她家运气好，抓阄抓到这幢房子，女主人直到今天似乎还在庆幸当年自己手气顺。这种农民式选择方式倒也公平，农民服气，笔者在内心思忖道。“当然。”女主人接着说下去：“内部装修自家负责。钱多的，装修得好一些，钱少的，装修得一般般。”“那么，你家装修得咋样？”“一般般吧！”女主人故作谦虚地回应笔者。“那么，村里谁家房子最好，装修得最豪华呢？是朱重庆家吗？”“不是，不是。”女主人一迭声地否定。“重庆家与我们家差不多的。”这时，小女儿抢着对笔者说：“他家还不如我家呢。我家大门是花梨木的。”她还怕笔者不相信，就领着笔者来到她家大门口，拔起大门插销，打开大门让笔者检验。笔者一看一推一叩击，果真是上等花梨木板。“那，航民村最好的房子是谁呢？”笔者追着问。女主人慢吞吞地回答：“自然是那几个在外地办私人厂的老板咯。”

笔者见她家到处贴着大红双喜字，便问：“家里办过喜事呀？”女主人笑笑说：“其实，女儿办喜事都两年多啦，小外孙女虚岁都两岁了呢。舍不得揭啊！”好像是为证明此事，那位女高中生在笔者面前打开手机：“喏，这就是她的外孙囡。”原来，手机里有一段用微信发来的视频。视频中，一个可爱的小家伙举着一双小手，正在牙牙学语呢。女主人斜眼看了一下视频，脸上是藏不住的笑。她给笔者介绍，她和爱人都在村办达美印染厂工作，她是业务员，收入还可以。你问什么叫业务员？就是跑市场、搞供销的，以前叫采购员。笔者记得过去农村有句俗话形容采购员的能说会道，叫做“死尸会走、白鲞会游”。哦，怪不得这位女主人那么会说呢。女主人一边做菜，一边继续着她的介绍。她家有两个女儿，小女儿读高中二年级；大女儿在萧山园林设计院做设计，公家人，收入一般，招了个上门女婿，女婿是镇上派出所警察。那警察可不是开后门进的，是公开考进去的。女主人似乎担心笔者误会，不忘解释一句。

话题又转到对村里的看法上。女主人不假思索地回答："村里好呀！"笔者正想追问下去，在旁的小女儿抢着回答："我们村蛮好的。"笔者问好在什么地方？这位女高中生回答说，她们现在读高中，按说已经不算义务教育阶段了，别的村学生都要自己掏学杂费，但他们全部由航民村支付。每当学校缴费时，她的那些同学对航民人蛮羡慕的，都觉得他们村真好，他们也感到作为航民人蛮自豪。说到这里，这位女高中生镜片后的眼睛顿时显得亮晶晶的。笔者有意问她："那，为啥有的村民对村里还有些意见呢？"这位女高中生不紧不慢、侃侃而谈："这不奇怪呀。有的人总是站在个人角度看问题，碰到点具体事就找村里，要求解决。但村子是集体，要全盘考虑，或许一时办不了，他们就会有意见。"女主人在旁连连点头，表示赞同女儿的说法："村里有村里的考虑，重庆也有重庆的难处。"笔者觉得这几句入情入理、颇有见地的话，从一个年少稚嫩的中学生口中说出，真的难能可贵。一时对这位小女生刮目相看，禁不住夸赞了她几句。

聊天之间，女主人已烧完菜，摘下围裙，准备布置饭桌了。笔者见状赶忙告辞。女主人倒是非常热情，邀请笔者一起午餐，还不无自得地补充了一句："航民宾馆的饭菜还不如我们家的呢。"宾馆菜肴的确比不上她烧的家常菜，笔者就餐的职工食堂更比不上。但笔者知道女主人这是在客气，道了一句谢谢便离开了。

新航民人的浪漫爱情

爱情像波浪一般涌来，幸福像花儿一样开放。

凡有人群的地方，就会有爱情。新的人群必然产生新的爱情。来自中国四面八方的人，汇流并融入航民村，成为新航民人。他们因航民村而结缘，相识、相知、相爱，演绎了一个又一个浪漫的爱情故事。这些故事，诠释了新航民人的爱情观、人生观，阐述了爱情与事业、与青春、与理想的关联，折射出航民村的吸引力、凝聚力和丰富的精神情感世界。

在航民村采访中，笔者多次询问新航民人的情感生活和家庭生活，一些人津津乐道地提及两对新航民人的爱情故事，一鳞半爪地介绍这两个爱情故事的浪漫色彩和浓重的航民村味道。旁人的雾里观花怎比得上当事人的切身感受？笔者干脆约请爱情故事的主人公亲自出场，向大家详细讲述他们浪漫的恋爱始末。

第一对爱情故事的主角是航民集团基建科工程师凌江和集团文秘办公室文员钟黎妮。

2016 年 4 月 16 日下午，趁着凌江和钟黎妮工作空隙，笔者把他俩约请到一起，让他们自己回忆恋爱细节、交流情感体验。

凌江个子不高，戴着一副近视眼镜，显得精明精干，语速极快。自称有点小追求、小城府，现在有点小迷惘。钟黎妮也是一副近视眼镜，穿着蓝花布裙子。自称做人比较知足，没有“压力山大”。据说，两人虽早已结婚，并有了一个女儿，但相互之间作这样坦率、具体的交谈，还是第一次，也因此，年轻妈妈钟黎妮还略带点羞涩感，而凌江则显得毫不在意，似乎笔者在总结他的成功经验，帮助他盘点已到手的胜利果实。

在笔者提示和插问下，他俩开始叙述交流“爱情史”。以下是内容实录。

凌江：说起我们的故事，首先要告诉陈老师的是，我和小钟是同乡，父母都在宜昌宜都市兵工企业 238 厂工作。老爸是机修工，老妈是厂医。

钟黎妮：我老爸是厂党委副书记，姓钟，老妈是统计文书，姓黎。我的名字就是他们姓氏的合体。爸妈原来都是下乡知青，后来被招工进厂。

凌江：说到 238 厂，陈老师可能不太了解。我先简单地介绍一下吧！上世纪六十年代中期，宜昌被国家列为“三线”建设地区，陆续出现了一些“代号厂”“部属厂”。听老辈人回忆说，那时，沙石马路上疾驰着许多挂着军牌的汽车，不同番号的工程部队来到宜昌执行战备施工任务。这期间，国家在我们宜都兴建了三家军工企业，其中有一家叫“向阳光学仪器厂”，也称238厂，主要为国防军需研制生产光学仪器和精密仪器及成套设备。那时，238厂蛮神秘的呢，建在山沟沟里，离县城有18公里。现在，大部分已搬迁到武汉了。那个地方实在太偏僻了！

钟黎妮：是啊，现在看来真的蛮偏僻。不过，当时，厂区环境还不错，有厂办幼儿园。

凌江：我和小钟都是独生子女，上的也都是厂办幼儿园。后来，我跟随老妈到镇上读小学。小学五年级时，就认识小钟了。（这算不算青梅竹马呀？凌江打着哈哈。）

钟黎妮：因为我老爸与凌江老爸是朋友，彼此有来往，记得那年我老爸过生日，凌江全家到我家来玩，这样就认识了他。后来，偶尔见见面，也没有太深印象。

凌江：我比小钟大4岁。那时，感觉大好多呢，根本没有往那方面想。到1998年，我考上武汉理工大学工民建专业，小钟还在238厂子弟学校读初三，是个小P孩吧？不过，两家之间还是有来往的。

钟黎妮：你才是呢。记得是我读高一那年暑假，我们一家去凌江家玩耍。到了他们家，只见家里大人在玩牌，凌江一个人在洗衣服。当时，心里咯噔一下：感觉这个男孩怎么那么勤快呀？这大概是第一次对凌江留下比较深刻印象的事。

凌江：这其实不算什么，我一直来自己的衣服自己洗。

钟黎妮：到了晚上，大人们还在继续玩牌。我与凌江聊了一些学校的事。大概凌江觉察出我的无聊吧，他就建议我到他们家楼上一位老师家去玩电脑。那时，电脑还没有普及，我也蛮有兴致的，就由凌江陪着上去玩了一会。下楼时，楼道黑咕隆咚的，我又是近视眼，根本看不清楼梯台阶。凌江就说了句：牵着你吧！我当时什么也没有想，就傻乎乎地把手交给他，由他牵着下楼。

凌江：您问我当时什么感觉？当时觉得挺自然的呀。当然，毕竟是第一次牵女生的手嘛，感觉那只手软绵绵、热乎乎的，手掌里全是汗，心里还是有点异样。

钟黎妮：那是我们第一次拉手。事后想起来，才觉得有点不好意思哪！后来，2002年夏天，我考上了长春理工大学。

凌江：2002年是个分水岭吧？这一年我毕了业。自己不愿留在武汉，更不想回238厂，就想到外面走走，因此到处应聘。后来，航民村这边招人，我们就过来看看。那是我人生第一次坐火车，坐的还是绿皮车硬座位。哐当哐当地开到杭州东站，再坐中巴车到瓜沥，来到航民宾馆门口。因为不知道集团公司办公楼在哪，就要了一辆三轮车。结果，这个踏三轮车的人绕了一大圈，来到离航民宾馆不足两百米的集团公司办公楼前，说要5元钱。当时，我一抬头，见到不远处的航民宾馆，真是气得要命，但也无可奈何，只好自认倒霉呗！

钟黎妮：哈哈哈，这是聪明的凌江唯一一次被骗的经历。

凌江：下午在航民集团公司三楼开会，然后，又带着我们参观了一下村容村貌、企业公寓，当时感觉还行，就决定来这里。回学校取了派遣证，于7月14日到航民集团基建科报到，开始工作。

钟黎妮：2002年9月我上了大学，学校按惯例军训。我去街上买了一只手机，感觉新鲜着呢，一天到晚摆弄着怎么使用。突然，一条短信不期而至："希望保持联系。我是凌江。"虽然语气平淡，并没有什么含义和暧昧之处，但还是给我不小震动。我没有想到凌江会给我发短信，也不知他从哪里弄来我的手机号码？但这一举动至少说明，他还没有忘记我这位昔日的朋友。

凌江：我是从小钟爸妈处问来她手机号码的。当时，我也刚刚买了一只手机，就想到处发发短信，过过瘾呗！便从小钟爸妈处要了她的手机号码，发短信问问高考情况。知道小钟上了长春理工大学，觉得挺好的。

钟黎妮：他当时建议我们上QQ聊。

凌江：当时觉得QQ聊天好玩哦！

钟黎妮：陈老师问凌江这样做有什么“企图”？起初好像看不出有什么“企图”吧？（钟黎妮说到这里，拿眼睛扫视了一下凌江。）当时你有“企图”吗？

凌江：那时还真的没有“企图”。后来，彼此短信才多起来。

钟黎妮：每月发短信花很多钱。

凌江：到底花多少钱？每月几百元吧，记得最多一个月花了四五百元短信费。连那个报亭卖电话卡的人都认识我了。因为，我基本上是晚上固定时间去买卡的。

钟黎妮：应当说，开始三四个月是很纯洁的，到后来就热得不得了，甚至有点疯狂了。你来我往，彼此感觉有说不完的话。

凌江：（似乎有点不太相信自己当时会这样）真的不可思议。当然，当然，谁没有年轻过呀？嘿嘿……

钟黎妮：记得2002年年底一个晚上，凌江给我发了一条短信，问我：能做我的女朋友吗？

凌江：为啥这时提出来？因为这时有点感觉了！

钟黎妮：说实在的，凌江这个人在我心目中长得比较帅，为人又比较神秘，彼此很聊得来，内心挺佩服他的。我就用短信反问凌江：做你女朋友会有什么好处？陈老师，你看，当时就那么傻乎乎地直截了当地问。

凌江：我回答：会对你很好的！

钟黎妮：那就那样吧！算是答应了！

凌江：当时见小钟答应了，很高兴的，心里怦怦怦地乱跳。

钟黎妮：回复完凌江的短信，我回到宿舍，整张脸通红通红的，很快被室友们发现了。她们一个劲追问，哎哟，我们家白雪公主被谁追的呀？脸都红成鸡冠花啦。我被她们逼问得没有办法，只好老实交代，请她们帮我出出主意。这些姐妹还行，笑话管笑话，建议还是蛮中肯的。都说，既然这样，那就试着谈谈呗，不相信会被吃了！

凌江：激情之中冲口而出，说完之后就有点后悔了。主要是当时自己有点动摇，觉得这里工资待遇不算高，地方又偏，父母也不太同意，所以想离开航民村。

钟黎妮：没有想到这家伙过了两个星期就改口了。他说，我会像对待亲妹妹一样对待你。这是什么话？这就不是拿我当女朋友，而是当妹妹了！谁要你当妹妹呀？那段时间，我生凌江的气，心情非常不好。

凌江：陈老师问为什么会有那样的变化？因为后来想想，要在杭州安家落户买房子，基本上不可能。没有房子，又怎么结婚？怎么对得起小钟呀？所以，一咬牙，就改口了！

凌江：2003年春节，两人都回老家过年，我也跟着父母去小钟家，给她爸妈拜年。但当时双方都没有提及此事，也没有单独见面，彼此都故意回避这件事情，不想触及。春节过后，我回来上班。与小钟分开后，内心变得很不安，很焦虑，翻来覆去，觉得有很多话要跟小钟说。

钟黎妮："非典"时期，两人又恢复了短信联系。"非典"过后一两个月内，两个人用短信反复讨论要不要在一起？

凌江："非典"好像给人们很多启发。觉得生命很珍贵，爱情很难得。既然相亲相爱，还是要尽量在一起。

钟黎妮：后来知道，2003年"非典"前后一段时间，凌江有点想离开航民村。觉得这个人考虑问题还是比较周全的，也是为我着想。这么一转念，也就不恨他了！于是，两人决定，正式明确恋爱关系。

凌江：2004 年暑假，小钟来过一趟航民村。她是从长春坐慢车到上海，我到萧山坐火车去上海接的她。

钟黎妮：我在航民村住了一个星期，感觉挺好的呀！看到凌江他们两个人住一间，环境也可以，还有中央空调和洗澡房。最主要的是，自己喜欢的人在哪里，我就会到哪里，喜欢哪里。

凌江：航民村工资模式有点像日本，工作年头越长，工资越高。

钟黎妮：2005 年暑假，不知为什么事情，我与凌江吵架了，而且吵得很凶。老妈都吓坏了，不知发生了什么事，我便把事情一五一十向父母招了。老妈一听，还觉得挺高兴的，说是从小看着长大的人。老妈跟老爸一说，老爸也没反对，这事竟然顺利过关。但我爸妈并没有马上告诉凌江爸妈。

凌江：我在电话中已跟老爸老妈说过。

钟黎妮：直到我大学快毕业时，我俩才正式告诉双方父母。

凌江：2006 年国庆节，双方父母一起到航民村看了看，觉得航民村其他条件都不错，只是环境问题上有点气味，但他们都表示尊重我俩意见。我就告诉他们，我俩已确定关系，不会再改变了！

钟黎妮：2006 年我大学毕业，要不要继续读研究生？我一时拿不定主意。读吧？还要那么几年时间。不读吧？错过机会有点可惜。我征求凌江意见，凌江倒是力主我继续考研。陈老师您要知道，那时凌江的意见多重要呀！如果他说不要再读，我肯定不读了！

凌江：那是，那是。（凌江此时似乎不无得意地点点头。）

钟黎妮：哼……怪不得人家说，热恋中的女孩智商等于零！

凌江：怎么样？事实证明，考研是对的！

钟黎妮：那倒是。读，总比不读为好。虽然，我的研究专业现在未必用得上，但毕竟多学了一些知识吧！2008 年，主要学习任务就是写论文，我就住到航民村来了，一边准备论文，一边教书。2009 年 3 月回校进行论文答辩，顺利通过后，4 月份就返回航民村。

凌江：小钟忙着准备论文，我却是忙着准备婚房。2007 年就开始申请要房。我大着胆子直接给朱总打了个报告，朱总居然真的同意了！我们分到一套 80 多平米员工公寓，这可把我和小钟高兴坏了！于是，我俩在 2008 年 11 月 25 日登记领证，2009 年 10 月 6 日举行婚礼。（凌江对这两个日期倒是记得清清楚楚的呢！）

钟黎妮：还有我的工作呢。开始，我在萧山投了许多简历，跑了很多路，都如石沉大海。后来不得已，找了朱总，他竟然一口就答应了。我真的好感谢他哦！

凌江：既然相爱结婚了，就希望彼此近一点。这可能与我们从小同在 238 厂也有关系吧！

钟黎妮：现在我们有了一个女儿，两周岁。凌江年收入 10 多万元，我么，8 至 9 万元，觉得挺好的，挺满足的。

凌江：您问我家？我家现在住的是航民集团公司自己开发的楼盘，117 平米，2009 年买的。当时售价 40 多万元，首付 15 万元。那时我们住在员工公寓，哪有钱呀？朱总又照顾我们这些人，同意我们向集团公司借钱交押金，然后慢慢还。到 2012 年已全部还清，现在是无债一身轻了！

钟黎妮：我一向来是循规蹈矩的人，唯有恋爱这件事，是我最疯狂的。我对情感看得比较重。找的人在哪，我就一定会在哪！（说完，她朝凌江又深情地看了一眼。）

凌江：（似乎也很有触动和感慨）人家都说我与小钟的爱情

故事很浪漫，其实，整个过程下来，真是太不容易了！

与凌江和钟黎妮青梅竹马、殊途同归，两地恋爱、异乡成家的恋爱历程不同，罗岚的恋爱故事则是另一种版本。那就是：素昧平生、偶然邂逅，有情有缘、终成眷属。

此刻，浪漫故事主人公之一——航民集团公司文化发展部文员罗岚，正安静地坐在笔者面前。她，身材高挑苗条，秀发披肩，外套是一件藏青色羊毛长衫，内衬西瓜红高领毛衫，一副度数不深的近视眼镜，镜片后面闪动着一双漂亮的眸子。左手腕戴着一串石榴石手链，据说石榴石可补血，是她先生特意给她买的。她很爱笑，一笑，露出两个浅浅的小酒窝，怎么看，脸上都写着满足、自得、惬意，幸福得像要冒出蜜来。她，似乎并不忌讳年龄，自我介绍1979年生。也许是心情，也许是遗传，她的外貌显得比实际年龄要小得多。她一边时不时微笑一下，一边将她与他的浪漫故事娓娓道来。

怎么说我自己呢？我老家在湖北襄阳，家境还不错。高中毕业后考入武汉理工大学广告学专业。大学四年，学习平面构成、色彩、素描、营销学、传播学、企业文化、CI，杂七杂八、蜻蜓点水。我不太喜欢搞经济，对那些数字天生厌烦。更知道自己性格内敛羞涩，不擅与人打交道，害怕到处求爷爷告奶奶拉广告。2002年大学毕业时，我四处参加招聘会，遇会投简历，就想找一份稍微理想些简单些的工作，竟跌跌撞撞从武汉跑到航民村就业。先是在航民宾馆做推介工作，后调入集团文化发展部做文员，结婚生女，成为一个新航民人。就那么简单，没有什么曲折。您问我对自己目前的工作怎么看？那还是比较喜欢的吧！说到这里，罗兰眉毛一挑，侧着头微笑着。

但在个人问题上，一直没有找到理想的另一半。一眨眼，就到了2009年，我都三十岁啦。人们常说，三十而立，而我连家还没有成哩。家里妈妈有点着急，我倒不急。也不是不急，我也多次相过亲，但都没有相中。您说这种事，急有什么用？对吧？顺其自然，慢慢找呗！谁想到，就在这年春节，发生了那件现在被人们视作浪漫的事。

春节过完了，我准备返回航民村上班。那时，襄阳到杭州没有直达列车，只能坐从十堰市开往上海的车次，但那趟车票特别难买。为买这张车票，我托了熟人，结果还是推迟了好几天，后来才拿到正月初九的车票。

记得那天下午，我姐夫送我上车。我走进车厢时，他已坐在我对面下铺上。大概见我一个女孩子家提了一只大箱子比较吃力，他似乎是下意识站起来帮我安放。他一站起来，我就觉得这个人高高大大的，后来才知道他身高 185 公分哩。我 171 公分，不算矮吧？但看他时还要仰视。安顿好行李，我坐了下来，开始翻阅带上车的《读者》杂志。只见他坐在车厢靠窗的小凳子上，翻看着《楚天都市报》。一会，大概看完了吧，他提出能不能互相换着看看。这有什么不可以的呀？当时，也没有看出他有什么鬼主意，这样就很自然地开始聊天。问起来才知道，他叫刘流，是襄阳人，与我在同一区域居住，离我们家也就十几分钟车程。您说多近呀？他今天也是到杭州，原来他在杭州滨江一家 IT 企业打工。虽说隔行如隔山，但不影响聊天呀。都是一个地方出来的，又都在杭州工作，就有一种自然的亲近感。您说对不？更何况，火车要开 25 个钟头，有的是时间哦！

笔者禁不住插问道："那，您与您先生在火车上相遇，第一次到底聊了些什么？第一印象怎么样？"

罗岚摇摇头："时间过去太长，有点记不清了！"令人意想不到的是，她竟然从线衫口袋里掏出手机，当场给他先生拨通了电话："哎——刘流！我现在正跟北京来的陈老师聊我们第一次见面的情景。你说，我们第一次聊什么了？"罗岚一边开心地笑着，一边在电话里问他先生。为了让笔者也能听清她先生的回答，罗岚居然把手机设置成"免提"，那样，对方刘流的回答声就清晰地进入笔者耳膜。

一问一答，一来一回，他俩共同回忆、相互补充，有时又稍作修正，还原出第一次邂逅的美丽经过，完善着这个浪漫故事的细节。

此时窗外，雨后的阳光分外灿烂，和煦的春风穿透窗棂，漫进来，使室内每个角落都充溢了春意。在这样氛围里，倾听一个美妙动人的爱情故事，于写作者而言，也是一种难得的享受。

刘流："记得那天我买的票是中铺的，坐在火车窗边。我这个人性格比较外向，工作是搞培训的，脸皮比较厚，沟通能力比较强。所以，能无话找话，与罗岚聊得很多哦。"

"陈老师问你对我的第一印象怎么样嘛？"罗岚追问着，口气明显有点撒娇。

刘流："第一印象：感觉罗岚个子蛮高，落落大方。说不上多么漂亮，但气质比较好。也能聊天，不是特别闷。通过聊天，发觉罗岚谈吐不俗。属于我喜欢的那种文静的女孩子。"

"罗岚还不算漂亮呀？这个刘流真够苛求的了。今天回家，罗岚罚他跪一小时键盘！"笔者禁不住打趣道。

罗岚只是笑笑，并没有在意他先生的那个评价。也许，到了罗岚这个年龄段，不会再去争辩自己漂亮不漂亮的问题了吧？

挂断电话，罗岚继续着她的讲述。

第二天下午，我在萧山车站下车。他本来应当在杭州站下车的，没想到他居然跟到了萧山车站。临下车前，他提出希望互留一下手机号码，便于今后联系。我感觉这个人还比较可靠，也体贴人，又比我小三岁，应当没有什么危险，于是，就把手机号码留给他了。

回航民村后，我投入正常工作之中。而他的短信聊天、电话交流非常频繁，我都有点晕。

这样懵懵懂懂地过了一两个星期吧，情人节那天，我在家休息，他发短信跟我开玩笑，约我出去过情人节。说实在的，我也谈过几个男生，但的确没有过过情人节。出去就出去呗，谁怕谁呀？我给自己鼓了鼓勇气，就答应他出门了。这是我与他第一次到杭州玩。我们逛了逛解放路百货商场，再去爬宝石山、看保俶塔。在爬山途中，他请我吃了一顿"必胜客"。玩了大半天，他又带我去唱歌。一听，他唱得真好。这才意识到，他是在我面前显示“强项”呢。唱完歌，天下起大雨，一时走不了，我们便坐在大厅里聊天。外面春雨潇潇，他热情似火。聊着聊着，他突然提出，我们能不能明确做男女朋友呀？这句话把我说蒙了，心里好像十五个水桶吊水，七上八下的。我只得说，我比你大三岁，不太合适吧？说实话，这也是我主要顾虑所在。他认为只要彼此相爱，大三岁小三岁都没有关系。我有点被他说服了，答应考虑考虑后再答复他。

此后一个月中，我们继续保持着频率较高的联络。但我也在反复思忖，到底要不要答应他？与他接触了一段时间，感觉这个人可靠、可信赖、也能包容人，与他相处比较舒适，给人一种安全感。虽说我比他大，但事实上还是他在照顾我，而且很周全。他态度热情主动，薪酬收入也还可以。在实际交往中，也感觉不出三岁年龄差距。这么左思右想，就同意了。2010年春节去了他家，到10月就登记结婚。一年后，女儿出生。现在女儿已五岁了，非常活泼可爱哦。

罗岚在快结束她的讲述时，说了几句满带情感的话：“我自己觉得我们的爱情史并不算很浪漫。只是在那个时空点上，恰巧遇到了那个人。因为我在航民村工作，我才会去坐那趟车。我晚乘，他也晚乘，他似乎就在等我这趟车。这就是缘分。而这个缘分，是航民村给我俩创造的。所以，没有航民村，就没有我俩的这段故事。”

这个故事本来到此可以结束了，但笔者还是有点好奇：罗岚的晚乘是因为买不到票，而刘流的晚乘原因到底是什么呢？会不会是男人追女孩的一个“计划”？世界上真有那么奇巧的事吗？

我把这个疑问留到最后，临结束采访时，才向罗岚提出。罗岚回答道，直到现在，她也不知道刘流为什么会晚那么多天，更不知道刘流为什么选择乘坐那趟火车。但她答应满足笔者的好奇心，帮助问一问。

一个周日清晨，笔者正在村间林荫小径上散步，恰巧遇到罗岚牵着女儿的小手到村口公园玩耍。相遇寒暄后，笔者又问起那个罗岚与她先生同一天同一趟车的怪问题。罗岚朝女儿一瞥，露出羞涩的神态，微微一笑：“我问过他了，的确是因为买不到票而推迟的。真是一个偶然！”“这世界上真有这样的奇遇呀？”笔者不由得感慨万分。罗岚一听就笑得前仰后翻，一双明眸放射出幸福女人才有的光泽。

不前不后，不迟不早，就是那个时间、那趟车次、那个座位，爱情悄然降临身边。你说，浩浩之上、冥冥之中，有多少我们至今还难以解答的奥秘黑洞哦！

丙申暮春，中共中央总书记习近平来到中国农村改革的主要发源地小岗村调研。他走村入户，还走进当年18位农民按血手印的院落，追忆农村改革的历程，感慨万千。接着，他在小岗村主持召开了农村改革座谈会。会上，穿着深色夹克衫的总书记面对着当地领导和小岗村“两委”班子成员、大包干带头人、村民代表，语重心长地指出，中国要强农业必须强，中国要美农村必须美，中国要富农民必须富。要坚持把解决好“三农”问题作为全党工作重中之重，加大推进新形势下农村改革力度，加强城乡统筹，全面落实强农惠农富农政策，促进农业基础稳固、农村和谐稳定、农民安居乐业。

此时，距离小岗村千里之外的朱重庆和航民村人，同时听到了习总书记的声音，心底引发了一阵阵共鸣。是的，农民要富裕起来，还要像城里人一样过上现代生活。这是中国农民千百年来的一个梦想，也是中华民族一个巨大的历史性跨越。航民村在带头人朱重庆的引领组织下，已开始第二次创业和创新，向着更富裕更文明更和谐更和美的目标迈进。

笔者最后想告诉大家的是：航民村故事是一部电视连续剧。续集不断，而且，会越来越精彩……

后 记

很早就想为航民村写点文字。

那原因有二：首先自然是因为朱重庆。笔者青年时代曾在浙江团省委任职，因工作关系有幸结识航民村带头人朱重庆，历三十年，遂成挚友。其间笔者岗位变动频繁，忽南忽北，亦政亦文。朱重庆从一村办企业厂长，而成著名企业家，财富日增，光环罩身。但朱重庆待人接物一如既往，珍视友谊、不改初衷。其人其事其情其义，可薄云天。但凡与他熟悉或接触过的人，没有不举大拇指点赞的。在朱重庆身上，集中体现了中国农民美好品质、优良传统、独特智慧与现代企业家高尚良知、科学决策、和谐管理的完美统一，达到了现实环境条件所能允许的极致。自知作为一个文学工作者，不写写朱重庆，有点愧对这份几十年的友情，更愧对中国大地上涌现出来的新型农村带头人。二来源于对航民村的熟稔。因为朱重庆的热情好客，也因为笔者对新农村建设的关注，笔者每年都会去一趟航民村。那时，朱重庆总会陪伴着、指点着，如数家珍般介绍这一年中航民村的新变化。那些新冒出来的厂房、农舍、农作物，总是给笔者带来种种惊喜，并留下深刻记忆。可以毫不夸张地说，笔者是看着航民村在朱重庆带领下逐步发展起来的。航民村有今天，着实不易。改革开放以来，中国富裕起来的村庄何其多？五彩缤纷、各有千秋。有的如日中天、名震四海，有的如昙花一现、兴勃亡忽，有的脱离“三农”、改弦易辙……林林总总，不一而足。但笔者总觉得航民村在中国富裕村中有自己独特的一抹亮色，值得写出来，以资从事“三农”工作的同志借鉴。

在过去，上述想法仅仅是一种蕴藏于心底的奢望。艰巨的领导岗位，繁杂的事务工作，使这一美好愿望成为一种不可能。因为，要写出一个真实可信的朱重庆、一个真实客观的航民村，光靠道听途说是不行的，光是参观采风是不够的，必须沉下心来，身入、心入、情入。

从领导岗位上退下来，不再纠缠于日常事务，使得笔者有了大把大把可自由支配的时间。做点什么有益于世道人心的事呢？笔者首先想到的，就是要了却夙愿，把朱重庆、把航民村写出来！再不写，实在说不过去了！

应当说，笔者对朱重庆、对航民村是熟悉的，但当真的把朱重庆和航民村作为描写对象时，却发现，现有的了解和思考是不够的。

描写中国农村改革发展致富的文学作品可谓多矣，那么，朱重庆的闪光之点在哪里？航民村之路的支点在何处？当下反映航民村的现实价值又是什么？

描写朱重庆和航民村，绝不是简单地写一个农村致富的故事。虽然，航民村是令人羡慕的浙江首富村，也是建设新农村的老典型，笔者用大半年时间在航民村蹲点采访、深入生活，强烈意识到，朱重庆的视野和航民村的经验已经远远超出农民致富的范畴，有一些重要问题，需要在这部作品中进行描写并作出回答。譬如，在一个经济基础相当薄弱、人才和资源极度匮乏的地方，如何无中生有、行稳致远，保持经济快速平稳持续发展？譬如，如何伴随着农村经济富裕的脚步，因地制宜地抓好对农民的思想观念更新和文化知识教育，实现农民精神状态和现代理念的整体性转变？譬如，为什么航民村能坚持共同富裕道路、落实共享发展理念，内在的思想情感动力和运行保障机制是什么？譬如，一个带头人需要具备怎样的素质和条件，才能在富甲一方后仍保持不变的初心和清醒的头脑，避免成为“私营企业主”或“山大王”？譬如，党如何通过科学的组织架构和骨干作用，将自己的使命和影响传导并落实在村这一级基层组织中，促使每个细胞充满生机和活力？譬如，农村的工业化与农业现代化、农村生态文明化如何协调发展、共同推进、相得益彰，真正建成农民所希望的那种新农村？譬如，乡镇企业发展到今天，环境和条件均发生了巨大变化，还有没有必要坚持致富农民、建设乡村的初心？乡镇企业的当下价值究竟在哪里？等等，等等。

朱重庆和航民村以自己几十年的实践探索，科学而完满地回答了上述问题。笔者以为，朱重庆事迹和航民村精神的精髓是：创业创新、共享共富、和美和谐。航民村的出发点和成功奥秘在这里，朱重庆的价值追求和高远目标也在这里。这个精髓体现了党的十八大和十八届五中全会精神，体现了创新、协调、绿色、开放、共享的发展理念，是中国农村今后的发展方向。从这个意义上说，朱重庆思路和航民村的做法具有全国普适意义，也具有解答中国“三农”问题的独特价值。

有鉴于此，笔者将这部报告文学取名为《航民　一个共富的村庄》，力图写出笔者眼中之朱重庆、今日中国之航民村。

创作报告文学，是笔者工作和生活转型期的一次新尝试。这部报告文学得以成稿并付梓，的确需要感谢许多人。

首先，自然应该感谢朱重庆和航民人。没有他和他们在实践中创造的业绩，这部报告文学就无从谈起。生活永远是文学创作的源泉，生活永远比文学更精彩，生活中的人们永远是报告文学的第一作者！笔者可以负责任地说，这部报告文学作品没有丝毫的夸张和虚饰。如果大家在读完这部作品后能说，笔者是个认真的观察者、忠实的记录者，这部报告文学还算比较真实地描摹了朱重庆和航民人的形象，那么，笔者就感到心满意足了！

其次，应该感谢作家陈继光老师。陈继光老师曾于2009年初创作出版了纪实文学《有一个村子叫“航民”》，比较全面地描写了当时的航民村。笔者在本次创作中，征得陈继光老师同意，化用了他的一些素材。当然，在这些化用中，笔者采取了不同的叙述角度和语言风格。这不是笔者懒于采访，而是有的当事人已不在世，无缘追访；有的是航民村故事的经典版本，或是陈老师的诗赋佳作，不容改动。笔者对陈继光老师的慨然允诺，表示深深敬意！

再次，应该感谢良师益友何建明、张胜友先生。建明、胜友兄作为我国报告文学界标杆式的人物，对初学者表现出来的那种真诚鼓励和悉心指点，使笔者深深感动。正是因为有了这种鼓励和指点，笔者才能在犹豫时坚持，在困惑时清醒。

还有，不应该忘记感谢航民集团党办主任王丽女士和文化发展部经理陈国龙先生。在采访和创作中，他俩为笔者提供了许多具体帮助，使笔者较为顺利地完成任务。陈国龙先生还为本书贡献了他拍摄并珍藏的照片，为文本增色不少。

最后，还要真诚感谢我的同事、书法名家廖奔先生为拙作题写书名。

笔者由此感慨：报告文学作品其实是一种集体创作，笔者仅仅是一个执笔者而已，而已。

陈崎嵘

2016 年 10 月 10 日初稿于钱塘江畔
2016 年 10 月 22 日形成征求意见稿
2017 年 2 月 12 日 定稿于北京沙滩

图书在版编目（CIP）数据

航民 一个共富的村庄 / 陈崎嵘著. -- 北京：作家出版社，2017.3

ISBN 978-7-5063-9393-5

Ⅰ. ①航… Ⅱ. ①陈… Ⅲ. ①纪实文学－中国－当代 Ⅳ. ①I25

中国版本图书馆CIP数据核字（2017）第056511号

航民 一个共富的村庄

作　　者：陈崎嵘
责任编辑：李亚梓
装帧设计：百丰艺术
出版发行：作家出版社
社　　址：北京农展馆南里10号　　邮　　编：100125
电话传真：86-10-65930756（出版发行部）
86-10-65004079（总编室）
86-10-65015116（邮购部）
E-mail:zuojia@zuojia.net.cn
http://www.haozuojia.com（作家在线）
印　　刷：三河市北燕印装有限公司
成品尺寸：170×240
字　　数：234千
印　　张：17.25
版　　次：2017年5月第1版
印　　次：2017年5月第1次印刷
ISBN 978-7-5063-9393-5
定　　价：38.00元